나는 고양이가 되기로 했다

나는 고양이가 되기로 했다

강혜인 외 지음

이야기 공작소

세상에 단 한 권뿐인
고등학생들의 창작집

문학은 맘껏 꿈꾸는 일입니다. 꿈꾸는 일에 경계가 있을 리 없습니다. 반드시 찾아야 할 정답이 있을 리도 없습니다. 주인공과 함께 사랑을 하고 모험을 하며 즐기는 것이 문학입니다. 때로는 주인공과 함께 절망하고 눈물을 흘리며 슬퍼하게 만드는 것도 문학입니다.

그러나 모두 같은 인물을 응원하고 같은 장면에서 웃는 것은 아닙니다. 사람에 따라서 공감하는 인물이 서로 다르기도 합니다. 사건에 대한 판단도 얼마든지 다를 수 있습니다. 문학의 세계에서 우리는 완전히 자유입니다. 이런 자유로움을 빼버리면 문학은 아무것도 아닌 것이 되고 맙니다. 그런데 언제부터인가 문학은 정말 아무것도 아닌 것이 되어버릴 지경이 되었습니다. 특히 우리 청소년들에게 문학은 그냥 아무것도 아닌 것이 아니라 정답을 찾아내야 하는 고통스러운 시험 과목으로 다가와 머리를 아프게 합니다. 영어처럼 정해진 문법이 있거나 수학처럼 딱 떨어지는 공식도 없으니 난감하기

짝이 없는 노릇입니다. 자신의 느낌에 충실하지 못하고 출제자가 원하는 정답을 탐지하느라 전전긍긍입니다.

이 책은 지난해 경기 지역의 16개 고등학교 26개 학급에서 실시한 아주 특별한 문학수업 과정에서 나온 학생들의 작품을 묶은 것입니다. 이 수업은 문학이 가진 무한한 상상력으로 청소년들의 창의성을 북돋우기 위해 한국문화예술교육진흥원이 진행한 시범사업의 일환으로 이루어졌습니다.

고등학교 교실에서 만난 학생들과 우리가 가장 먼저 한 일은 문학에 정답이 있다는 고정관념을 부수는 일이었습니다. 쉽지 않은 일이었습니다. 학생들은 자유롭게 자신의 생각을 말하라는 문학 강사들의 말을 좀처럼 믿으려 하지 않았습니다. 학생들이 쓴 이야기에 대한 느낌을 물으면 성적이 좋은 아이에게 시선이 몰리곤 했습니다.

시간이 좀 걸렸지만 자신의 생각이 훌륭하다고 진정으로 인정받고 있다는 걸 학생들이 느끼기 시작하면서 교실의 분위기는 놀랍게 달라졌습니다. 우리가 진행한 문학수업에는 우열이 없었습니다. 소외받는 아이도 없었습니다. 자신의 생각을 글로 표현하고, 친구들의 글을 읽은 느낌을 말하는 걸 주저하는 학생들은 거의 없게 되었습니다.

입시에 대한 중압감에 시달리는 고등학생들에게 문학의 날개를 달아주어 상상의 세계를 맘껏 날게 만들겠다는 우리의 시도가 결코 무모한 것이 아니었음을 여기에 실린 작품들이 말해주고 있습니다. 오늘의 고등학생들이 처한 현실이 어렵고 힘들다는 것은 분명한 사실이지만 그들에게 꿈이 있다는 것 역시 분명한 사실입니다.

문학수업 시간에 학원 숙제를 한 학생이 있었습니다. 못하게 하지도, 교실에서 내보내지도 못한 문학 강사는 마음의 상처를 입었습니다. 그러나 그 다음 주에 그 학생은 지난 시간에 썼어야 했던 그 글을 써왔습니다. 학원을 마치고 집으로 돌아온 자정이 넘은 시간에 미안한 마음으로 쓴 글이라고 했습니다. 바로 이 지점에서 문학이 탄생합니다. 이 마음이 문학입니다.

이 책은 그렇게 탄생한 세상에 단 한 권뿐인 고등학생들의 창작집입니다. 이 책의 작가들은 문학의 매혹을 알아채고 문학과 더불어 깊어지고 넓어진 학생들입니다. 오늘을 사는 눈물겹고, 유쾌한 고등학생들의 빛나는 성취에 뜨거운 박수를 보냅니다. 이들의 상상력이 세상의 내일을 풍요롭게 만들 것입니다.

문학이 자신의 본래 모습으로 학생들을 만날 수 있게 해준 문화체육관광부와 한국문화예술교육진흥원, 그리고 멋진 결과를 이끌어낸 문학 강사진에게도 감사드립니다.

방재석
중앙대학교 문예창작학과 교수
중앙대학교 스토리텔링연구소장

차 례

05 희곡

06 뮤지컬극본

07 시놉시스

08 웹툰 콘티

예술강사 후기

예술강사　　　540

01

시

소년의 시간

강혜인 문산여자고등학교

소년은 외롭다고 했다.

손끝을 톡 치고 달아나던 햇살이 걷히고
귀 끝을 소란스레 휘달리던 초록 나무의 노래가 끝나고
꾸물꾸물 자라나던 쓸쓸함이 소년을 안았다.

소년은 우울하다고 했다.

빛나던 웃음이 세월에 바래고
숱이 많아 빗질이 힘들던 머리가 숭덩숭덩 빠진다고 했다.

소년은 힘이 든다고 했다.

넓고 단단하던 어깨가 멸치마냥 쪼그라들고
의젓하던 허리가 굽은 볏단마냥 휘었다고 했다.

아무도 말해주지 않았던 비밀을 소년이 알아버렸다.

소년의 시간은 늙었다. 늙어졌다. 이젠 늙어버렸다.

소년의 눈이 마알겠다.

그리고 오늘따라

아빠의 눈이 마알겠다.
그리고 빨갛다……

고양이 발

고현수 장안고등학교

고양이 발에는 외로움이 가득할 거야
한 걸음 옮기고 옮겨도 반기는 이 없으니까
그 외로움이 나를 이끌어
한 걸음 옮기고 옮겨도 세상에 혼자 남겨진 것처럼 만드니까

고양이 발에는 어디로 갈지 모르는 혼란이 가득할 거야
한 걸음 옮기고 옮겨도 어디로 향할지 모르니까
그 혼란이 나를 이끌어
한 걸음 옮기고 옮겨도 내가 걸어온 길조차 모르게 만드니까

고양이 발에 외로움이 있기에
고양이 발이 어디로 갈지 모르기에
고양이와 똑 닮은 난 오늘도 이 길 위에 외로이 서 있나 보다

쉬는 시간 내 왼쪽 옆 분단

권예지 호평고등학교

긴긴 고음 꽁지에
마침표를 찍은 종소리

연필을 쥔 채
장렬히 전사하는

느릿느릿한
오후 3시 10분의
학교

내 왼쪽 옆 분단
상냥한 햇살이
펴놓은 이부자리서

책상이 침대인 양
책들이 베개인 양
낮잠을 품에 안은 그대

긴 속눈썹 끝엔
어떤 꿈이 맺혀 있을까

살랑이는 숨결
실룩이는 볼에
터질 듯 아찔한
귀여움이 몽글몽글

도수 없는 그대에게 취해
나는 풍경 모두를 안을 것이오

저만치 돌아오는 발랄한 고음

아슬아슬한

오후 3시 19분의
교실

곧 깨져버릴
정적 속에서

아찔하게 편안한
휴식이 함께하길

날지도 못하면서

김동현 능동고등학교

나는 저들의 생태를 이해하지 못하겠다. 알에서 태어나는 순간 가족들 몇이 저들의 손에 생을 마감했다. 나는 그때부터 한 인간과 그 주위의 인간을 관찰했다.

그들은 다른 동물들을 하찮게 여기고 그들을 가두고 죽인다. 몇몇 다른 동물들과 접촉하며 대화해 본 결과 인간 주위의 동물들은 여러 공생 관계를 이루고 있다는 것을 알았다. 편하게 식량을 확보하며 지낼 공간을 얻는 일부도 있다. 강제적으로 갇힌 동물들 중 인간에 대한 충성을 바치는 것을 세뇌당하는 것도 확인했다.

인간들은 그들끼리는 상호작용을 이룬다. 각자의 할 일을 정해서 평생에 가까운 시간 동안 그 일만 한다. 그것은 마치 개미왕국과 비슷하다. 그러나 그들은 개미와는 달리 자신들을 이 땅의 절대자로 생각한다.

물론 우리 잠자리족 관점으로 보자면 그들은 하나의 개체에 불과하다. 날지도 못하고 크기만 크고 우글우글하게 모여 살며 자신들이 누구인지 모르고 있는.

혼자 걸어간다

김민선 장안고등학교

하루 종일
아무도 알아주지 못하는 날들
무슨 일이 있는 듯 없는 듯

아무런 표정 없이 힘없이
그대로 혼자 걸어간다

말수는 점점 줄어들고
멍해지는 시간은 점점 길어지고
이 세상 제일 슬픈 듯
그대로 혼자 걸어간다

뿌연 안개가 있는 듯 눈앞이 흐려지고
맺힌 구슬을 닦으며
이렇게 나 혼자 걸어간다

하이힐

김민정 포곡고등학교

빨간 하이힐이 걷는다.
빛에 매혹되어 죽어가는 하루살이 같이
그녀는 오늘도 조여 오는 발목에 웃으며
독사과 같은 빨간 하이힐로 걸어온다.

또각
또각
또각

돌아가는 길

김보미 대진고등학교

종잇날 차가운 길
낯선 이의 발걸음에
음
희미한 오렌지빛 가로등에
파
정적의 대기
나는 무거운 공기
내 마음 안 발걸음
가른다 바람

멈춰진 바람
정적의 대기
나는 무거운 공기
잠을 청해보는 침대
슬며시 나를 어루만지는 뜻밖의 손길
솜의 날갯짓
내가 잊고 있었던 마지막 종착지
어머니.

나는 도끼를 가지고 있지 않다

김아랑 삼괴고등학교

열 걸음 남짓한 거리를 여섯 걸음에 내달았다. 얼마만인지 낯은 무언가 달라졌다. 고개가 갸우뚱해지는 만큼 풍경이 뒤로 내몰리며 한쪽으로 기운다. 낮은 칸막이도 개개인의 노트북도, 자리에 앉은 사람도 그대로인데 어색하게 달라진 공간에 서서 어색함을 손으로 내젓는다. 어색한 공간을 배경으로 내몬다. 내 작디작은 손으로 휘적휘적 내저어도 그 자리에 서 있다. 이곳은 아니다. 예전의 그곳이 아니다. 익숙한 손이 나에게 푸딩을 내민다. 너에게 말하는 내 입에서는 단어도 문장도 아닌 것이 뛰논다. 너는 나의 옆 허공을 본다. 허공에게 인사를 건넨다. 나는 이곳에 있다. 다시 한 번 너에게 손을 내저어 보인다. 너는 나에게 말한다, 생각이 차갑다고. 손에 든 푸딩이 기계음을 낸다. 푸딩의 기계음이 멈출 때, 너는 시인이 되어라 바람에 실어 너의 이야기를 나에게 보낸다. 시집을 들면 도끼를 내려 놓아야 한다고 너는 일렀다. 푸딩의 기계음이 목에 걸려 넘어가지 않는다. 기계음이 내 입에서 들려온다. 열 걸음 남짓한 거리를 세 걸음만으로 벗어난다. 나는 도끼를 가지고 있지 않다.

아직도 기계음은 꺼지지 않는다.

개

김현정 포곡고등학교

이미 엄마의 기억은 없다.
빈 밥그릇에 홀로 남은
맛있는 밥 냄새처럼
좀 그립긴한데
옅다.

빈집 안엔 언제나 아무도 없다.
어디서 딸랑딸랑 소리만 난다.
아래쪽에서 들린 것 같은데
고개를 숙이면
없다.

느릇하게 기인 낮잠을 자다가
식은 밥그릇을 헤집다가
영역을 순찰하다가
그것도 질려 다시
잔다.

온 세상이 어두워지면
멀리서 또각또각 소리가 난다.
너무도 규칙적이고 익숙한 소음이
한 걸음 두 걸음 세 걸음 네 걸음 그렇게.
난 거대하고 무거운 벽 그 앞에 앉아 있는다.

삐리릭 철컥 어머 기다렸어 배고팠지
내가 너무 늦었구나 미안해 지금 밥 줄게
낯익은 향기와 손길과 목소리와 밥과 물과
한숨과 눈물과 톡 쏘는 냄새와 축 처진 어깨를
이제 오셨나요? 어디 아프나요? 그래도 기다렸어요.

많이.

아주 많이.

너무너무 많이.

원숭이

김희수 대진고등학교

그저 맨발로 태어난
원숭이가 있었다
바리공주가 있었다

얼마 지나지 않아 원숭이는
난생처음
꽃신을 신어 보았다

딱 한 번
발을 살그머니 집어넣어
신고 걸어 보았을 뿐인데

원숭이는
꽃신을 벗을 수 없었다

그러던 어느 날
원숭이를 탄생시킨 두 심장이
멈추기 시작했다

두 심장은 원숭이를 향해 울었다
"나를 위해 꽃신을 벗고 약을 구해오렴."
약은 꽃신을 신고는 들어갈 수 없는
미지의 공간에 있었다

그러나 원숭이는
꽃신을 벗지 않았다
꽃신을 벗지 못했다

원숭이가 있었다
그저 맨발로 태어난
바리공주가 있었다

절규하는 노인

문주용 능동고등학교

70세의 한 노인이 활활 타고 있는 허름한 벽난로 앞에서 절규하고 있다. 그에게는 어떤 사연이 있던 걸까. 그는 젊었을 적 반드시 성공해서 여유롭고 호화로운 삶을 살겠다는 꿈을 가지고 상경했다. 하지만 현실은 그가 생각했던 것처럼 이상적이지도, 낭만적이지도 않았다. 결국 일자리를 찾지 못하고 길거리를 전전하며 지내던 그는 일용직 일자리를 구해 하루 끼니를 겨우 해결해가며 살아왔다. 그렇기에 그에게는 사랑하는 여인도 사랑하는 자식도 없었다. 그는 여느 때와 다름없이 끼닛거리를 사 그의 집으로 돌아가던 중 복권을 하나 사서 집으로 돌아왔다. 그리고 TV를 보며 복권 번호를 맞춰보던 그는 복권 번호가 전부 맞는 것을 보고 놀라워했다. 그는 들뜬 마음으로 복권 당첨금을 받으러 갈 채비를 했다. 그는 의자에 있던 복권을 집어 들다가 그만 그 복권을 떨어뜨리고 말았다. 그리고 복권은 그만 벽난로에 들어가고 말았다. 활활 타던 벽난로에 복권이 들어가자 불길은 마치 어미 새가 물어다 준 먹이를 먹는 어린 새처럼 복권을 야금야금 태우기 시작했고, 복권은 순식간에 재가 되어 사라졌다. 그렇게 해서 그는 의자에 앉아 절규를 하고 있다. 그는 이런 시를 지었다.

복권을 샀다
당첨이 됐다
내 나이 80세
이제야 나의 파란만장한 삶이 시작되는가
청소하다 벽난로에 복권을 넣었다
아, 아, 나의 꿈이여
아, 아, 내 복권이여……

물이 꾸는 꿈

박혜인 효명고등학교

뺨을 얻어맞은 조약돌이 화를 냈어
그런데 나는 너무 빨리 달려서
사과할 틈도 없이 앞으로만 가는 거야

언젠가 내가 아주 천천히 흐를 때
붕어 아저씨가 그랬어
사람은 아주 무섭다고
눈코입도 없는 것들이
기다란 몸과 뾰족한 이빨로
내 친구를 낚아갔단다 애야

내 옆에 있던 물방울들은 소곤거려
사람은 아주 몽글몽글하단다
얼굴엔 다섯 개 다리를 매달고
우리를 섞어서
나는 구름이 될 수 있었어
그래서 여기 이렇게 같이 달릴 수 있는거야 라고.

내가 구름이 되면
별을 만나고 산책을 하다가
사람들이 나를 부르는 소리에
땅 속으로 미끄럼틀을 타고 내려갈 텐데

그렇게 하면
나는 도움이 될 수 있을까
상처주는 것이 아니라
보듬어 줄 수 있을까

이어지다

안진현 세경고등학교

눈이 세상을 물들인 그날에

세상을 입은 듯한 한 명의 소녀.

세상과 동화되어 신비하게 보인다.

아픈 공간에서 벗어나 세상과 마주섰을 때,

소녀는 자신과 닮은 색의 슬픔을 토해냈다.

마주선 세상에 있는 그 소년은

거친 숨을 몰아쉬며 달려와 소녀가 토해낸 슬픔을 삼켰다.

가야만 하는 곳, 가고 싶은 곳, 한정적인 시간,

소녀는 가고 싶은 곳을 택했고, 소년에게 부탁했다.

소년은 그것에 응했고,

하얀 소녀와 세상의 소년은 어딘가로 향한다.

화려한 거리, 사랑과 행복, 웃음과 탄식.

그것과는 무관하다는 듯 그들은 계속해서 걷는다.

어쩌면 처음부터 목적지는 없었을지도 모른다.

체념한 듯한 소녀, 무표정을 일관하고

슬픈 빛을 띤 소년은 삼킨 슬픔이 새어나올까 울지도 못한다.

소녀를 쫓던 무언가가 소녀를 잡았을 때에,

소녀의 발자국은 더 이상 만들어질 수 없었다.

순간, 소년은 깨달았다.

소녀가 만들어온 발자국은 세상의 색이 아닌, 고통의 색이었음을.

소년은 슬픔이 새어나올까 입을 다물었다.

소녀가 눈을 감을 때까지 그저 바라볼 뿐이었다.

이윽고 소녀가 눈을 감았을 때,

소년은 더 이상 참을 필요가 없었다. 애써 참았던 슬픔은 정적을 찢고,

소년의 의지를 확고하게 만들기에 충분했다.

소년의 슬픈 감정은 서서히 사라졌다.

소년은 그의 품에서 무언가를 꺼냈다.

소년의 눈은 울고 있었지만, 입은 웃고 있었다.

그리고 무언가가 떨어지는 소리는 거리의 소리에 묻혀 사라졌다.

하얀 소녀와 세상의 소년은 끝내 이어질 수 없었다.

그리고 앞으로도 이어질 수 없을 것이다.

하지만, 소녀와 소년은 같은 것을 보았고, 그들을 이어놓았다.

그들이 만나는 그곳엔 하얀 공간도, 쫓는 무언가도, 고통의
색도 찾을 수 없을 것이다.

낙엽 책갈피

유성민 마석고등학교

나무에 매달려 있는 잎사귀가 속삭입니다
바닥에 떨어지기 싫다고
낙엽이 되기 싫다고

하지만 바람이 불고 시간이 흐르니
결국 낙엽이 되어버렸습니다

바람에 날려 이리저리 흩날리다
햇빛에 기대어 있을 때
누군가가 책갈피에 끼웁니다
나뭇잎은 가만히 책 주인의 이야기를 듣고 있습니다

겨우 존재하는 것들의 허밍

윤가영 용인고등학교

세상 가장 낮은 곳에 존재하는 것이 있어

세상 가장 높은 곳

아침, 다시 밤

저 아래 임야처럼 존재하는 모든 집들이 그득하게 눈에 들
어와

꺼질 듯 위태로이 춤추는 불을 내는 곤로에 기대어

고달픈 흙손으로 아이의 얼굴 쓸어내리며 울음 삭히는 젊
은 어머니 있는 곳

모두가 사람인 세상에서 고양이는 나는 이렇게 외로워졌다

나는 뭣도 아니다.

세상 가장 낮은 곳에 존재하는 것이 있어.

늘 밤인 듯 어둡던 집 문턱에 주저앉아

술로 아이를 타박이며 인생 나부랭이를 쉽게 토하는 병든
아버지

아이는 사로잠을 자면서도 지붕을 때리는 빗소리에 비설거
지를 걱정하는 곳

모두가 사람인 세상에서 고양이는 나는 이렇게 외로워졌다

결국 나는 뭣도 아니다.

세상 가장 낮은 곳에 존재하는 것이 있어
아무 부모도 너를 키워주지 않았어
축생처럼 깜빡이는 내 눈동자처럼 말이야
네가 그린 그림이 켄트지 없이 벽에 칠하는 목탄같이 뻑뻑
하고 낯선
네가 그리고 싶은 그림들과 그려야 하는 것들이 다른 곳
모두가 사람인 세상에서 고양이는 나는 이렇게 외로워졌다.

아무도 나를 봐주지 않았지
뒷골목에서 잠들고 아무 데서나 하염없이 스러지고 벼룩의
간을 내어먹으며
하지만 나는 고양이가 되기로 했다
자줏빛 커튼이 서럽고 희미하게 스쳐가는 봄비 소리같은
고양이가 아닌 그들이 만들어내는
어쩌면 루머에 지나지 않는 것들
결국 나는 뭣도 아닌 고양이가 되기로 했다.

나갔어

윤채원 용인고등학교

지금 나갔어
산꼭대기에 허술하게
걸쳐진 얇고 긴 다리 위
한가운데 있는 것 같아

돌아오지 못하고 있어
산엔 아무것도 없어
꿀 같은 노란 햇빛도 없고
코가 시린 바람도 불지 않아
다리 위를 건너는데
밧줄도 나가고 있고
나무도 나가고 있어

다 나갔어
돌아오지 못하고 있어

저 먼 산에 가지 말고
내 옆 산에 올라가라

내 정신

화분을 쓰고

이은지 대진고등학교

필기하는 소리가 사각사각,
정적을 파고들어가
표정 없는 민자 얼굴들은
한참 동안 고개를 들지 않았지
교실 안에 빽빽하게 들어찬
검은 뒤통수들은 설핏 시들다가도
금세 일어나 제자리를 유지하곤 해
노란 영양제 같은 쉬는 시간도
아무런 변화 없이 교실 속에 스며들어
정지된 젖은 눈동자들 속에선
씨앗 같은 눈동자가 반들반들하게 빛나
언젠간 그들도 메마른 허공에
색색의 꽃을 틔울 날이 오겠지
잎사귀가 화분에 닿을 때면
더 큰 화분에 뿌리를 내리기도 할 거야
시계의 최북단을 넘어가는 초침 소리가
그들 사이에서 맥박처럼 뛰는 것만 같아
시계의 최북단을 넘어가는 초침 소리가
그들 사이에서 맥박처럼 뛰는 것만 같아

날개의 슬하

이은지 대진고등학교

그레고르는 시대를 초월한 패션 스타였어
나는 법을 알지 못한 그는 가만히 침대 속에서 굳어갔지
그의 친인척들은 그를 기리는 마음으로
그가 입고 있던 소가죽 라이더 자켓을 입었어
그들은 떨리는 다리를 매끄러운 자켓 속으로 감추게 되어
서야
그레고르가 죽은 이유를 알게 되었지
그들은 알았어도 모르는 것과 다르지 않았어
자켓 밖으로는 소리도 잘 새어나가지 않았어
요란하게 웽웽거리면서 명을 재촉하는
무지한 것들과는 다르다고 생각했지
자켓 안으로 경박한 다리를 정중하게 가리고는
흔적도 없이 이리저리 들쑤시고 다녔지
까다로운 입맛보다 흐름에 귀 기울여야 했어
이 판에서는 눈치가 중요하잖아

멋드러진 그들의 자켓은 인간들 사이에서도 유명해졌어
고르기도 바쁜 화려한 옷과는 달랐어

인간들도 그레고르의 의상 감각을 인정했어
인간들은 소가죽으로 된 천 속에 들어앉기 시작했지
곧 그들의 생활에 익숙해졌지
가늘고 긴 게 중요한 거야

덩어리

이재환 능동고등학교

어느 순간부터 사람들은 고깃덩이가 되어 버렸습니다.

무표정의 사람들이 둥글게 뭉치게 되었습니다.

갈수록 많은 사람들이 고깃덩이가 되어갑니다.

열흘 후 고깃덩이가 되지 않은 사람은 저밖에 없게 되었습니다.

외로워서 미칠 것 같던 도중 우연히 고깃덩이에 팔을 스쳤습니다.

오랜만의 체온에 황홀할 지경이었습니다.

저도 고깃덩이 안으로 들어가 봤습니다.

사람들의 심장소리에 마음이 편해집니다.

마치 어머니 뱃속의 태아가 된 것 같습니다.

이제 아무 생각도 들지 않습니다.

아무 감정도 없이, 아무 생각도 없이

한 덩어리 고깃덩이가 되어 있습니다.

저 고깃덩이 속으로 들어가고 싶습니다.

안쪽으로 파고들수록 아늑한

어머니 자궁 같은 따듯함.

체온에 감싸여 다시 태아로 돌아갑니다.

후회

이진솔 장안고등학교

어느새 12월
한 해의 마지막 달
한 해를 정리하는 달

정말 쉼 없이 달려왔다
1년을……

뒤돌아보지 않고 달려왔다
1년을……

창 밖에서 캐럴이
흘러들어온다

창 밖에서 구세군의
따뜻한 종소리가
흘러들어온다

창 밖에서

다른 가족들, 친구들, 연인들의
따뜻한 웃음소리가
흘러들어온다

달리는 것을 잠시 멈추고
뒤를 돌아보니 내가 달려온
발자국만이 남아 있다

조금만 천천히 달려왔더라면……
조금만 뒤를 돌아보며 달려왔더라면……

돌부리

임종철 삼괴고등학교

'탁!'

'타닥!'……

나를 친 사람들이 허공에서 잠시 자유형을 하더니

침을 뱉거나

얼굴을 찌그러뜨리며 가며

실컷 욕을 한다

누군가는 이런 나를 장애물 취급하며

되먹지 못한 글들을 쓴다

(돌부리에 넘어지더라도 다시 일어서서……

돌부리를 조심해라. 사소한 일에서……)

먼저 친 쪽은 너희들인데

자꾸 왜 내게 뭐라 하는가

기분이 상한 것은 오히려 나다

가만히 있다고 해서 아무 것도 아닌 줄 아는 것인가

우리는 마법처럼

조은실 문산여자고등학교

낡은 책상 위 문제집, 펄럭펄럭 노트
필통 속 달그락대는 마법 재료들
자, 이제 마법 재료를 넣어 봐요
5교시, 피곤한 마음으로
고부랑 함수를 적어가고
시험지에 질긴 낙서를 하고
가끔은, 속없는 마음으로
문산 피카소의 붓이 되어
흑백신문처럼 검고 하얗기만 하다가도
오로라 빛깔처럼 화려하게 그려지는
열일곱, 열여덟의 선은 알 수 없이 깊어요
펄펄 김을 내며 끓지요
안드로메다의 운명한 성운들이 모인
블랙홀마냥!
우리들을 솥단지 속에
펄펄 끓일 거예요, 앓을 거예요
아파도 그게 미래가 될 테니까요
때론 야속하고 때론 가슴 두근거리게 만드는

우리들의 알 수 없는 내일,
그래서 우리는 마법이에요

너를 위해

채연정 세경고등학교

너를 위해
모든 것을 바치고 싶다.

네가 힘들고
지치고 울고 싶을 때
그 슬픔을
너를 위해
나를 희생하고 싶다.

네가 웃고, 행복하고
미소를 지을 때
너를 위해
함께 웃어주고 싶다.

하지만
정작 내가 할 수 있는 일은 단 하나

나는 지금 납골당을 향한다.

게장

최희원 마석고등학교

아집을 벗은 게가
등딱지도 버리고
지금 내 눈앞에 있다

가장 깊은 곳을 보호해 줄 방패도 없어서
드러난 맨 몸뚱이 흰 살
아마도 나를 위해 아픔을 참고 빨간 옷을 입은 게처럼

버려야 할 껍질
날카로운 가시가 돋친 딱딱한 등을
선뜻 버릴 수 있는 사람이 되고 싶다

나를 지키기 위해 필요했던 억센 집게발 모두 버리고
가죽을 뜯는 아픔을 인내한 하얀 게의 살처럼
결국은 싱그럽게 웃으며
너를 위해 나를 줄 수 있는
그런 사람이 되고 싶다

기꺼이
너의 밥도둑이 되고 싶다

오늘

황성일 문산제일고등학교

먼 훗날 문득
오늘이 생각난다면

쳇바퀴 구르듯 빨리 갔든
달팽이 기듯 느리게 갔든

언젠가의 오늘

돈방석 짜면서
주름 깊은 나에게

시간과 함께 먼 길 온
발 퉁퉁 부은 나에게

즐거운 하루를 선사하리라.

02

수필

나는 안경입니다

강남규 장안고등학교

저는 저의 친한 친구의 잘 보이지 않는 눈을 잘 보이게 하기 위해 항상 그의 귀에 걸쳐 있는 두 다리의 안경입니다.

나는 그가 보는 세상이 어떤지 항상 궁금합니다. 내가 보는 시야만 보여주는 것이 불공평하기에 그가 보는 세상도 보고 싶습니다. 항상 내가 보는 길을 다니며 항상 똑같은 방향을 보고 학교를 가고 그곳에서 내가 본 수업 내용을 필기합니다. 내가 하는 것만 하는 그가 너무 멍청해 보이지만 그가 나를 믿고 신뢰하는 것이기에 저는 항상 즐겁게 사실을 말해 줍니다. 그래서 그가 보는 세상이 궁금해도 조금은 참아 줄 수 있습니다. 그러나 나는 너무 솔직한 성격을 지니고 있어서 그에게 거짓말을 못하고 모든 것을 솔직하게 말해 줍니다. 그래서 저는 그가 보고 싶어 하지 않는 것도 매일 보여줍니다. 하지만 그럴 때면 그의 눈물을 보게 되어 그에게 매일 미안합니다. 이런 제가 미울 텐데 그는 언제나 그랬듯이 저를 아껴주고 같이 있어 줍니다.

하지만 항상 곁에 있는 나로서는 그는 정말 이상하고 서운함을 느끼게 할 때도 있습니다. 가끔 내가 있다는 것을 까먹고 세수를 하기도 하며 뜨거운 라면에 가까이 다가가 저를 뜨겁게 합니다. 그럼 저는 서운하고 슬퍼서 그에게 앞이 보이지 않게 김을 서리곤 하죠. 또 잠시 자려고 그와 떨어져 있으면 나와 함께 있을 때보다 잠을 더 잘 잡니다. 하지만 그는 세수하다가 물 묻은 나를 정성스럽게 닦아주고 서운함에 눈물처럼 서린 김을 닦아주고 잠에서 깨어나면 항상 저를 먼저 찾습니다. 저를 아끼고 사랑하는 이런 행동에 저는 다시 행복해지고 그를 용서하고 다시 그의 시야를 행복하게 만들어 줍니다.

그가 언젠가 저에게 말한 적이 있습니다. 그가 보는 세상은 너무 흐릿하고 앞이 보이지 않기에 너무 무섭고 두려워 내가 필요하고 그 옆에 내가 있어야 한다고. 그는 나와 있을 땐 당당해 보였지만 사실 겁쟁이일 수도 있다는 생각이 들었습니다. 이제는 그가 조금 더 당당해지고 자신감 있게 힘차게 살아나갔으면 좋겠습니다.

그는 오늘도 저를 마구 대하지만 저는 그에게 내가 필요하다는 것을 알고 있습니다. 앞이 잘 보이지 않는 그가 있기에 나는 가치 있는 사물이 되었고 그런 그를 돕는 게 행복합니다. 그와 나는 여전히 싸우기도 하고 화해하기도 합니다. 하지만 저는 이런 생활이 만족스럽고 자랑스럽습니다. 이제는 내가 보는 시선 말고도 다르게 자신의 생각을 가지고 봤으면 좋겠습니다. 내가 보는 것을 믿지 않아 서운할 때도 있겠지만 나는 그가 생각할 수 있다면 참을 수 있습니다. 그는 너무 진실만을 보려 할 때가 많습니다. 이제는 그런 현실은 잠시나마 집착하지 않고 여유를 가진 채 살아가는 사람이 되어줬으면 합니다. 저도 이제는 그에게 좋은 것만 볼 수 있게 노력을 하겠습니다.

　나는 아직도 그의 두 귀에 두 다리를 걸치고 그와 함께하고 있는 안경입니다.

김치찌개

김유민 장안고등학교

크리스마스에는 따뜻함과 빨간색이 넘쳐난다. 쏟아져 내리는 눈마저도 따뜻해 보이고, 어디에 시선을 두어도 빠짐없이 보이는 빨간색들은 추위를 잊은 듯이 보인다. 따뜻함과 빨간색은 넘쳐흐른다. 내가 혼자 보고 있는 TV속에서도. 크리스마스에 TV를 보고 있는 내가 한심해 팔을 휘적거려 리모컨을 찾아 TV를 껐다……가 다시 켰다. 게임을 하려고 컴퓨터 앞에 갈수도, 뒤늦게 약속을 잡으려 핸드폰을 집을 수도 없다. 너무 귀찮다. 오늘은 그냥 혼자 집에 있기로 마음을 굳히고 다시 넋 놓고 TV를 보려다가 점심때가 한참 지난 것을 알았다. 평소 같으면 엄마가 때맞춰 해주는 밥이나 꾸역꾸역 먹고 말겠지만 오늘은 부모님이 집을 내게 맡기고 나가셔서 혼자 끼니를 해결해야 한다. 집에 남은 밥으로 점심을 때우면서 서러움이 올라왔다. 늦디 늦은 첫 식사인데도 입맛이 없고 잘 넘어가질 않았다. 온몸에 힘을 다 빼고 반쯤 녹은 냉동 오징어 마냥 흐느적거리며 걸어가 누우려다가 화들짝 놀라 일어섰다. 아무리 할 일이 없다지만 지금까지 한 것처럼 반 시체마냥 죽어 있을 수는 없다. 만약 점심과 똑같은 저녁을 먹으면 스트레스가 쌓여 쓰러질 것만 같다. 크리스마스에 집에 혼자 있다고 폐인처럼 있으면 안 될 것 같다. 하지만 당장에 아무것도 할 일이 없었다. 큰일은 못해도 당장 할 일이 필요했다. 오랜만에 고무장갑을 끼고 설거지를 시작했다. 헹궈도 헹궈도 주방세제가 남아서 미끄러울 것 같았던 그릇들은 물을 끄고 손으로 만져보니 뽀드득 하는 소리가 들렸다. 실컷 헛수고를 하고 시계를 보니 30분이나 지났다. 설거지가 끝나자 할 일도 끝나버려 멍하니 서 있었다. 어쩔 수 없이 컴퓨터를 켰다. 네이버를 들어가자마자 보이는 건 크리스마스에 관련된 것들뿐이다. 저녁을 걱정하고 있던 터라 음식들에 눈이 갔다. 링크를 눌러 블로그에 들어가 음식을 만드는 과정들과 완성된 음식을 보았다. 간단했다. 겨우 저 정도를 가지고 요리라고 할 수 없을 것 같을 정도로. 조금 더 어렵고 조금 더 만들고 싶은 음식을 찾아 다른 음식들을 읽어 나갔다. 읽다 보니 다 읽긴 했지만 이거다, 하는 음식은 없었다. 뿐만 아니라 재료들이 모자라서 나가서 사와야 했다. 나가서 재료를 사올 거라면 정확히 무슨 음식을 할 것인지 정하고 나갈 필요가 있다. 충동적으로 사서는 근사하고 특별한 저녁이 될 수 없으니까. 문득 목이 말라 물을 마시고 방으로 가던 중에 거실에서 거울을 보았다. 집에 혼자 놔두고 외출하기엔 불안한 어린아이는 이미 없었다. 혼자 집에 있으면 치킨이나 족발을 시켜먹을 소년의 태를 벗고 혹시 들어올 가족을 위해 저녁을 준비하는 청년이 서 있는 것 같았다. 추운 밖에서 들어오면 먹고 싶은 음식이 뭘까. 엄마가 해주는 김치찌개가 떠올랐다. 컴퓨터도, 그 위에서 환하게 날 기다리는 블로그도 필요가 없어졌다. 컴퓨터를 끄고 쌀을 씻어 밥솥에 넣고 물도 맞췄다. 취사 버튼을 누르려다가 쌀을 불려야 한다는 이야기가 생각나 물에 쌀을 담가둔 채로 씻고 옷을 갈아입고 밖으로 나왔다. 한참을 걷다 주머니를 뒤져 보니 지갑을 들고 오지 않아 돈이 별로 없었다. 살 게 많지 않으니 그냥 가기로 했다. 정작 나와서 보니 살 물건이 고기 말고는 없었다. 생각과는 다르게 돈은 문제가 되지 않았다. 어떤 고기를 살지가 더 막막했다. 그저 멍하니 고기들을 쳐다보고 있다가 주인아저씨가 찌개용 목살이 싸다고 말하는 것을 듣고 결정했다. 부위를 결정했어도 얼마나 많이 사야 할지 감이 안 왔다. 어쩔 수 없이 그냥 한 근을 샀다. 눈을 돌리자 케이크가 보였다. 크리스마스인데 김치찌개만 먹기는 좀 그랬다. 하지만 주머니를 털어 봐도 8000원 밖에 없었다. 대체할 수는 없을까 주위를 빙빙 돌다가 전자레인지로 순식간에 만든다는 브라우니 믹스를 발견했다. 하나에 4000원. 2개를 구입해 집으로 오자마자 취사버튼을 누르고 브라우니 믹스를 뜯어서 설명서대로 따라 하기 시작했다. 한 시간 정도 식혀주라고 하니, 브라우니를 다 만들고 식히는 시간에 김치찌개를 만들면 될 것이다. 포장에 쓰여 있는 대로 계량도 하고 섞기도 하면서 실컷 진땀을 뺀 후에 전자레인지에 넣고 돌렸다. 별로 한 일이 없는데도 뿌듯함이 밀려왔다. 뜨거운 브라우니를 꺼내어 식히는 동안 식사준비를 하기로 했다. 먼저 김치찌개를 끓이려면 김치를 꺼내야 하는데 벌써 난관에 부딪혔다. 작년에 김장하고 남은 김치를 써야 하나? 아니면 새로 김치냉장고를 차지한 이번 김장김치를 써야 하나? 일단은 냉장고로 쫓겨 온 작년 김장김치를 쓰기로 했다. 김치를 썰어서 넣고 물을 부어 끓이기 시작했다. 대충 끓기 시작하자 사온 고기를 넣었다. 다 넣기엔 조금 많은 것 같아 조금 남겼다. 그렇게 끓이다가 맛을 보았다. 맛이 없다. 김치냄새가 나는 뜨거운 물 같다. 급하게 집에 있는 온갖 조미료를 넣었지만 엄마가 끓여주는 맛이 아니었다. 한참을 허둥거리다 엄마가 하던 대로 김칫국물을 떠 넣고 마구 끓였다. 그리고 긴장감에 휩싸여 맛을 보았다. …… 성공이다. 다 식은 브라우니를 두 겹으로 쌓아 놓으니 제법 괜찮았다. 저녁을 먹기에는 늦은 정도가 아니라 지금 먹으면 야식인 시간. 어쩔 수 없이 내 밥을 퍼 놓고 찌개도 퍼 밥 옆에 놓았다. 혼자 먹는 밥이 쓸쓸하고 우울하지만, 이제는 익숙해져 내가 만든 음식들에 만족감을 느낄 뿐이었다. 그런데 브라우니에 꽂아줄 초가 없다. 열심히 준비했지만 먹어줄 사람이 없는 내 음식을 딱 대표하는 것 같아 우울해진다. 그러고 보니 오늘 하루 종일 내가 한 말이 '목살 한 근 주세요' 밖에 없다. 옆에 아무도 없음이 정말로 싫고 힘들어지는 그때 문 열리는 소리가 들렸다. 부모님이셨다. 그리고 뒤에는 같이 논다던 부모님의 친구들까지.

"어서 오세요. 밥 먹으려고 했는데."

"그래? 집에 밥이 없어 걱정이었는데 다행이구나."

사람 붐비는 것을 좋아하지 않으시는 아버지가 엄마에게 집에 가자고 계속 말씀을 하셔서 배달음식으로 배라도 채울 겸 그냥 집으로 오셨단다. 근데 아버지 손에 들린 상자는, 케이크다.

"이거? 그래도 크리스마스잖아."

식탁에 둘러앉았지만 오늘은 케이크를 먹지 못하겠다. 초가 필요한 브라우니에게 초를 주는 일 빼고는 할 수 있는 일이 없으니까. 신나게 떠들다가 지금까지의 침묵의 시간을 무마하는 듯이 말수가 많아진 나에게 다시 놀라며 밥을 먹는다.

"놔두세요. 오늘은 설거지까지 제가 할게요."

"그래? 아들 덕 한번 보자."

그릇들을 옮겨 설거지를 시작했다. 주방세제가 남아 있는지 아닌지는 아직도 헷갈린다. 무슨 상관이 있겠는가. 30분이고 한 시간이고 닦다 보면 다 닦이겠지. 한참 설거지를 하다가 김치찌개를 끓인 냄비가 보였다. 너무 위태롭게 놓여 있어 금방에라도 바닥에 떨어질 것 같았다. 세제가 묻은 고무장갑으로 냄비를 잡은 게 실수일까? 묵직한 무게에 손이 미끄러져 아직 뜨거운 냄비를 엎질렀다.

"괜찮아?"

기다리고 있었다는 듯이 빠르게 그리고 놀란 표정을 감추지 못하고 달려오는 엄마.

"그러게 내가 갑자기 일한다고 할 때부터 알아봤……."

잔소리가 시작됐다. 내 다리는 뜨거운 국물 때문에 아려오는데 엄마가 치우고 있는 바닥을 바라보니 김치찌개가 보였다. 나도 따뜻함과 빨간색을 찾은 것 같다. 저 바닥에 엎질러진 김치찌개에서.

나도 별처럼

유성민 마석고등학교

나는 시골 작은 마을에서 살고 있습니다. 우리 마을은 다른 마을과 다르게 별과 달이 무지 많고 밝게 반짝입니다. 그래서 매년 여름이면 이 멋진 별과 달을 보러 많은 사람들이 놀러오고 우리 집 주변을 더럽히고 갑니다. 매년 더럽혀지고 나면 다시 깨끗하게 마을이 청소되어 있고 공기도 좋았습니다. 저는 이것이 궁금해서 할머니께 여쭈어 보니까 별들이 우리 마을을 청소해 준다고 하셨습니다. 그런데 몇 년 전부터는 마을이 더러운 쓰레기와 맑지 않은 공기들로 덮여 있게 되었습니다. 그래서 할머니께 왜 요즘은 별들이 마을을 청소 안 해주냐고 하니깐 할머니께서 밤하늘을 가리키시며 말씀하셨습니다.

"별이 하나도 없지? 별들이 다 우리 때문에 죽은 거란다."

"별이 죽어요?"

나는 별이 죽는다는 것이 놀라워서 물었습니다. 할머니께선 안타까운 표정을 지으셨습니다.

"왜 죽었어요?"

나는 점점 더 궁금해졌습니다.

"달에는 두 마리 토끼가 살지! 그 토끼 두 마리는 무얼 빻는지 아니?"

"떡이요."

나는 당연히 옛날부터 전해 오는 이야기처럼 대답했습니다.

"그게 아니란다. 실은 토끼들이 빻고 있는 건 별이란다."

"별이요?"

"그래 별! 토끼들은 별을 빻고, 그 별 가루를 뭉쳐서 더 큰 별을 만든단다. 큰 별은 더 빛나지! 바로 사람들이 나쁜 일을 못하도록 더욱 밝게 세상을 비춰주는 거란다."

할머니의 이야기는 점점 더 재미있어졌습니다.

"별들이 또 무얼 해요?"

"큰 별을 만들고 남은 별 가루로 토끼들이 우리 마을에 뿌려 오염된 곳을 맑게 해준단다. 그래서 우리가 청소를 하지 않아도 깨끗하던 거란다."라고 하셨습니다. 요즘 별이 안 뜨는 이유는 우리가 세상을 더럽힌 증거라고 하셨습니다. 나는 기분이 우울해졌습니다. 할머니께서는 내게 다시 물으셨습니다.

"별이 제일 중요한 일을 하는데 그게 뭔지 궁금하지 않니?"

"네 궁금해요."

"바로 우리 곁을 든든하게 저 멀리서 지켜 주는 거란다."

나는 할머니 말씀을 듣고 나서부터 별에 대한 소중함을 느꼈습니다. 그리고 나중에 커서 별처럼 세상을 맑고 밝게 만드는 사람이 되어야겠다고 생각했습니다.

나의 뒷모습

이성은 포곡고등학교

사람들은 나를 보고, 혹은 나와 대화를 나누어 보면 내가 어떤 사람인지 어느 정도 알 수 있다고 한다. 성숙하고, 열심히 하며 지금 자신이 해야 할 일을 잘 알고 있는 성실한 학생. 이것이 나의 모습, 더 콕 집어 말해 나의 앞모습이다. 하지만 남이 찍어 준 사진 속의 내 뒷모습은 달랐다. 조신하고 성실한 학생의 분위기는 찾아볼 수 없었고, 일탈을 꿈꾸는, 장난기 가득한 여자아이의 모습이 담겨 있었다.

이를 보고 내가 항상 가꾸는 내 앞모습만이 '나'가 아니라, 뒷모습도 '나'일 수 있구나, 라는 생각을 하였다. 나 자신도 나를 '성실한 학생의 이미지'에 가둬두지 않고 있나, 라는 생각도 들면서 내 안의 또 다른 내가 일탈을 꿈꾸니 조금은 여유를 가지고 놓아 주어야겠다고 다짐했다.

요술 펜

최수연 세경고등학교

학교에 갔는데 애들이 한명도 보이지 않고 내 책상 앞에 펜 하나가 놓여 있었다. 나는 펜을 유심히 살펴보다가 주머니에 챙기고 학생들을 찾으러 돌아다녀 봤다. 그런데 학생들이 한 명도 보이지 않고 남은 건 나와 펜 하나뿐이었다. 한참을 찾다가 애들이 없기에 집에 가려고 학교를 나가려는 참이었다. 벽에 이런 포스터가 붙어 있었다.

'이 펜을 주운 사람은 당장 제자리에 돌려놓아라!'

그 펜은 분명 내가 가지고 있는 펜이었다. 나는 이 펜에 뭔가 이상한 것이 없나 싶어서 공책에 내 이름을 써 봤다. 그 순간 놀라운 일이 벌어졌다. 내가 한 명 더 생겨난 것이다. 믿을 수 없어서 다시 공책에 새로운 글을 써 봤다. '친구들' 또 펜으로 글을 쓴 동시에 친구들이 내 눈 앞에 다가왔다. 나는 이 펜을 자꾸자꾸 써먹어야겠다고 생각하고 그동안 가지고 싶었던 것을 적어나가기 시작했다. 또 빨리 졸업을 하고 싶어서 시간도 마음대로 조절했다. 펜 하나로 십 분 만에 오 년 뒤로 도착해버렸다. 내가 가지고 싶은 모든 것들을 가진 채.

그러나 보이지 않는 건 딱 한 가지였다. 가족이었다. 아무리 써도 가족은 나오지 않았고 과거로 돌아가려해도 돌아가지지 않았다. 너무 불안해서 그 펜을 제자리에 갖다 놓으려 하는데…… (따르르릉) 잠에서 깼다. 이건 꿈이었다.

예전에 보았던 포스터가 마음에 걸려서 다시 포스터 있는 곳으로 뛰어갔다. 그곳엔 상상하지도 못할 글이 씌어 있었다. 제자리에 돌려놓으라는 문구 밑에 작은 글씨로 몇 가지 규칙이 있었다.

규칙

1. 시간을 바꾸면 다시 그전의 시간으로 돌아갈 수 없다.
2. 원하는 것을 가질 경우 가족을 볼 수 없다.
3. 이 규칙을 무시하고 펜을 사용한다면 뒷일은 책임질 수 없다.

나는 순간 눈물이 났다. 그리고 주머니 속 펜을 꺼내면서 종이엔 계속 가족이름만 적고 있을 뿐 이었다……. 혹시나 하는 마음에 그 펜이 원래 있던 장소로 갔다. 그 책상 앞엔 작은 다이어리가 하나 있었다. 그것은 내가 5년 전 쓰던 일기장이었다. 그 속엔 내가 하고 싶은 것, 가지고 싶은 것들이 모두 적혀 있었다. 나는 지금 그 모든 것을 이루었지만 하나도 행복하지 않았다. 더 이상 꿈을 꿀 것이 사라졌기 때문이다. 내 손에 쥐어진 펜을 부수고 싶었지만 그럴 수 없는 내가 너무 한심했다. 내 힘으로는 아무것도 할 수 없을 것만 같은 생각이 들었기 때문이다.

03

동화

까만 꿈

김완수 용인고등학교

눈이 보이지 않는 소년의 꿈은 검은색입니다.

밝은 검은색과 어두운 검은색이 춤추는 소년의 꿈 속.

소년은 색이 부럽지 않습니다. 색을 모르지만, 소년에겐 다정한 빛을 내는 까만 세계가 있습니다.

다만 소년은 자신을 내려다보는 무지개색의 소리가 싫었습니다.

소년은 꿈을 꿉니다.

몇 번이고 몇 번이고 반복해서,

무지개가 없는 세계의 은은한 검은색 꿈을 꿉니다.

어느 날 소년은 신기한 경험을 합니다.

하룻밤을 자고 일어났더니 소년이 하늘을 날고 있는 것이 아니겠습니까.

중력도 아래도 위도 없는 장소에서

소년은 푸른 무지개색을 두고 빛나는 까만색 세계로 모험을 떠났습니다.

까만 세계는 소년의 꿈 그 자체였습니다.

그 세계에는 모든 소년이 있었습니다.

무지개가 없는 아이들은 서로를 마주보곤 모두 즐겁게 웃었습니다.

소년은 따듯한 어둠 속에서 모든 소년과 함께 손을 잡고 빙글빙글 돌았습니다.

빙글빙글 빙글빙글

까만 세계의 모두가 춤을 춥니다.

빙글빙글 원의 모두에게서 웃음소리가 들려옵니다.

소년도 활짝 웃습니다.

소년은 행복했습니다.

어둠 속 맞잡은 왼손의 소년이,

어둠 속 맞잡은 오른손의 소년이,

모두가 꿈꿔온

참을 수 없는 따스함이 흘러넘칩니다.

결국 소년의 눈에 따듯한 비가 내립니다.

한 방울, 두 방울이 모여

이윽고 소년의 볼을 장맛비처럼 타고 내립니다.

울지 마. 왼손의 소년이 위로했습니다.

왜 그러니? 오른손의 소년이 물었습니다.

소년은 울며 대답했습니다.

무지개가 없어.

맞잡은 왼손이 들썩거립니다.

맞잡은 오른손도 들썩거립니다.

빙글빙글 원의 이곳저곳에서 울음소리가 터져 나옵니다.

울고 있던 소년 중 한 사람이 말했습니다.

난 사실 무지개를 좋아해.

다른 소년이 말했습니다.

다만 내려다 보이는 게 싫었을 뿐이야.

또 다른 소년이 말했습니다.

목소리를 맞춰줬으면 했어.

소년이 말했습니다.

사실은 무지개가 없는 세상을 바란 게 아니었어, 하고.

까만 꿈은 가만히 듣다가 빙그레 미소 지었습니다.

그러고는 울고 있는 모든 소년의 머리를 쓰다듬었습니다.

소년이 말합니다.

돌아갈래.

까만 꿈은 마지막으로 소년의 머리를 한 번 더 쓰다듬었습니다.

소년은 작은 빛이 되었습니다.

그러곤 까만 세계를 뒤에 두고 떠납니다.

까만 세계는 소년의 꿈이기도 했습니다.

하지만 이제 소년은 다른 꿈을 꿉니다.

여전히 소년의 세계는 검을테지만,

그곳은 까맣기만 한 세계는 아닙니다.

무지개와 손을 맞잡고 빙글빙글 춤추는 색채의 세계가 소년을 부릅니다.

언젠가 손을 마주 잡을 때까지,
소년은 검은 세계에서 걸어갑니다.
그리고 다시 작은 빛이 되어,
소년은 또 한 번 꿈을 꿉니다.
그때까지,
안녕.

아이가 된 어른들

김지원 마석고등학교

평소와는 조금 다른 아침이었다. 일어나라고 몇 번을 다그쳐도 깨어나지 않던 아이가 한 번의 부름에 벌떡 일어나고, 항상 반찬투정을 하던 아이가 방긋방긋 웃는 얼굴로 콩자반을 집어 먹은 아침. 어제까지 유치원에 가기 싫다고 떼쓰던 아이. 학교에 가기 싫다며 꾸물꾸물 늑장을 부리던 아이. 모두들 웃는 얼굴로 집을 나선 아침.

아이들은 그날 아침 이후로 모두 '착한 아이'가 되었다. 어른들이 바라던 이상적인 아이의 모습이 된 것이었다. 아이들은 모두 성실하게 공부했다. 무슨 일이든 성실하게 임했다. 잘 웃고 인사도 잘했다. 심지어 체력관리를 위해 운동도 열심히 했다. 남을 질투하면 안 된다고 배웠기 때문에 경쟁할 필요도 없었다. 그러니까…….

"로봇 같았어. 실수를 용서받을 수 없는 로봇."

드물게 과거를 기억하는 자들은 그렇게 회상하고는 했다. 비극적인 희곡의 처음과 끝을 모두 지켜본 그들은 어리석고 안일했던 자신을, 모두 경쟁하듯 쥐고 있던 두꺼운 철제 모양의 틀을 원망했다.

아이들은 친절했다. 상냥했으며 긍정적이었다. 제 할 일을 열심히 했고 어른을 공경할 줄 알았다.

"도와드릴게요."

"쉬세요, 제가 할게요."

"제가 대신 할게요."

상냥하게 웃으며 휴식을 종용하는 아이들에게 어른들은 서서히 적응했다.

내 아이가 대신 설거지를 해주었다. 내 아이가 대신 저녁밥을 해주었다. 내 아이가 대신 장을 봐왔다. 내 아이가, 내 아이가…… 어른들은 점점 편해졌다. 편해지는 만큼 어려졌다. 반대로 아이들은 점점 어른스러워졌다. 어른들이 바라던 이상적인 아들, 딸에 가까워지고 있었다. 그렇게 각 맞추어, 열 맞추어 찍어내려고 안달이었던 철제 모양의 틀을, 어른들은 비로소 놓아버렸다. 말랑말랑 찰흙 같던 아이들이 그날 아침 이후로 서서히 같은 모양으로 굳어가고 있었기 때문이다.

"어른스럽다는 것은 무엇인가?"

의문을 갖던 철학자가 있었다. 하지만 그도 곧 사해에서 몸을 띄우듯 위태로운 투쟁을 멈춰버렸다. 그것은 그도 어쩔 수 없을 만큼 지언스리운 일이있다. 모두들 그랬기 때문이다.

초등학생들 사이에 유행이 번지듯이 빠른 속도로 어른들은 어려졌다. 철이 없어졌고 투정이 늘어났다.

"출근하기 싫어."

"가게 문 열기 싫어."

“더 잘래.”

아침 일찍 일어나 아버지를 깨우는 아들의 목소리에 짜증을 냈다.

“채소 반찬 싫어.”

“더 달게 해주면 안 돼?”

“초콜릿 더 먹을래.”

저녁밥을 해주느라 앞치마를 두른 딸 앞에서 억지를 부렸다. 제 발 아래 질질 끌리는 앞치마를 걷어 올리며 다시 부엌으로 향하는 딸의 얼굴엔 아직도 상냥한 웃음이 걸려 있었다. 버릇없다고 야단을 치던 예전의 자신과는 완전히 다른 모습이었다. 하지만 어른들은 깨닫지 못했다. 생각이 짧아졌기 때문이었다. 혼나지 않아 다행이라고만 여겼다. 어른이었을 때의 그들이었다면 상상도 못했을 일이었다.

어느 순간부터 마트와 시장에는 무거운 장바구니를 끙끙대며 이고 진 아이들만이 가득했고 일조차 나가지 않게 된 어른들을 대신해 생계를 이어갔다. 투정을 부리고 떼를 쓰는 어른들을 받아주느라 진땀을 뺐으며 그 외중에도 완벽한 어른으로서의 모습을 갖춰 나갔다.

아이들이 모여서 어른들이 쓸 새로운 놀이터를 짓던 어느 날이었다. 벽돌을 지어 나르고 흙을 퍼 나르며 땀을 뻘뻘 흘리는 아이들 앞에 검은 옷을 입은 사내가 나타났다.

“나와 같이 가자.”

키가 커다란 사내가 자신만만하게 외쳤다.

"당신은 누구죠?"

아이들은 교과서에서 배운 대로 낯선 사람을 의심했다. 잔뜩 날카로워진 눈동자를 보고 슬쩍 웃은 사내가 천천히 손을 올려 놀이터 구석에 털썩 주저앉아 모래장난을 하고 있는 어른들을 가리켰다.

"나와, 같이, 가자."

사내는 단어 하나하나를 씹어 삼키듯 조용히 반복했다. 생글생글 웃으며 어른들을 바라보던 아이들의 얼굴이 천천히 굳어갔다.

"어른들은 자기 이익을 챙길 줄 알아."

아이들은 순간 어른들이 짐처럼 느껴지기 시작했다.

작은 피리를 꺼내들어 불며 터벅터벅 길을 걷는 사내의 뒤로 아이들이 줄지어 따라왔다. 모두 제 나이와 어울리지 않는 장바구니, 삽, 지게 따위를 들고 있었다. 재잘재잘 이야기를 나누며 걷는 아이들은 모두 어색하게 미소 짓고 있었다.

아이들이 모두 떠나버려 황폐한 도시에 돌봐줄 이를 잃은 어른들이 칭얼대는 소리만 들렸다. 한 어른이 울음을 터뜨리자 도시 곳곳에서 간헐적으로 울음소리가 터져 나와 도시를 가득 채웠다.

구름 상인

위서현 마석고등학교

옛날 옛날에 구름을 파는 구름 상인이 있었습니다. 가뭄이 들면, 구름 상인은 마을에서 마을로 구름을 팔러 다녔습니다. 구름을 어떻게 팔 수 있냐고요?

구름 상인은 마법의 보라색 나무로 만든 마법의 끈을 가지고 있었습니다. 그믐달이 뜨고 보라색 나무에 하얀 꽃이 피면, 상인은 마법의 끈을 만들어 높은 산 위로 올라가 구름들을 칭칭 묶어 내려왔지요. 구름은 한 묶음에 은화 한 닢이었습니다.

구름 상인이 한 마을에 도착했습니다. 구름 한 점 없는 메마른 하늘 땡볕 아래 풀과 나무는 모두 시들고 사람도 동물도 모두 축 처져 있었습니다.

"구름 사세요!"

구름 상인이 첫 번째 집 대문 앞에서 소리쳤습니다. 한 아주머니가 나오셨습니다.

"어머, 드디어 오셨군요! 여기 은화 두 닢이에요. 여기 형편없이 작은 제 당근들을 좀 보세요. 비가 오지 않아 당근이 자라지를 않아요."

"이렇게 많은 구름은 필요 없으실 텐데요? 비가 너무 많이 내리면 당근들은 크기만 클 뿐 맛이 없어질 텐데요."

"상관없어요. 이 당근들을 내다 팔지 못하면 나는 우리 아이에게 밥을 먹일 수가 없어요!"

구름 상인은 하는 수 없이 구름 두 묶음을 내어주고 그 집을 나왔습니다.

"구름 사세요!"

구름 상인이 두 번째 집 대문 앞에서 소리쳤습니다. 한 할아버지가 천천히 걸어 나오셨습니다.

"아이고, 드디어 오셨구려. 여기 은화 세 닢이요. 내 사과나무들이 말라가고 있어서 걱정이 이만저만이 아니었다우."

"이렇게 많은 구름은 필요 없으실 텐데요? 비가 너무 많이 내리면 사과들은 익기도 전에 떨어져 버릴 거예요……."

"상관없소. 사과들이 익지 않으면 아예 사람들이 사 가지를 않소! 어서 구름을 주시게나."

구름 상인은 하는 수 없이 구름 세 묶음을 내어주고 그 집을 나왔습니다.

"구름 사세요!"

구름 상인이 세 번째 집 대문 앞에서 소리쳤습니다. 예쁜 소녀 한 명이 쪼르르 뛰어나왔습니다.

"어머나! 드디어 오셨네요. 여기 은화 네 닢이에요. 누에들에게 먹일 뽕나무 잎이 없어 누에들이 실을 뽑지 못하고 있어요."

"이렇게 많은 구름은 필요 없을 텐데? 비가 너무 많이 내리면 뽕나무가 뿌리를 깊게 내리지 못해."

"상관없어요. 저희 집에 누에가 얼마나 많은지 아세요?"

"구름 한 묶음만으로도 뽕나무들이 다시 싱싱해 질 거다. 한 묶음만 사렴."

"그건 싫어요. 저는 어서 빨리 예쁜 새 옷을 갖고 싶은걸요."

구름 상인은 하는 수 없이 구름 네 묶음을 내어주고 그 집을 나왔습니다.

"구름 사세요!"

구름 상인이 네 번째 집 대문 앞에서 소리쳤습니다. 수염이 난 아저씨 한 분이 나오셨습니다.

"오오, 드디어 오셨군! 여기 은화 여섯 닢이오. 내 소들이 풀을 뜯지 못해 야윈 것이 보이시오?"

"이렇게 많은 구름은 필요 없으실 텐데요? 비가 너무 많이 내리면 소들이 감기에 걸릴 거예요."

"상관없소. 풀을 못 먹어 소들이 죽는 것보다야 낫소."

"구름 한 묶음만으로도 풀들이 알맞게 자라날 거예요. 한 묶음만 사세요."

구름 상인이 걱정이 되어 말했습니다.

"그건 싫소. 내일 모레가 마을 시장이 열리는 날인데, 그때까지 빨리 소들을 먹여야 하오. 빼빼 마른 소를 누가 사가겠소?”

구름 상인은 하는 수 없이 구름 여섯 묶음을 내어주고 그 집을 나왔습니다. 이제 구름이 한 묶음밖에 남지 않았습니다.

“구름 사세요!”

구름 상인이 다섯 번째 집 대문 앞에서 소리쳤습니다. 한 작은 소년이 문을 열고 나왔습니다.

“아저씨, 드디어 와 주셨네요. 구름 한 묶음에 얼마지요?”

“은화 한 닢이란다.”

“어떡하죠. 저는 은화도 없고, 그리고 구름이 한 묶음이나 필요하지도 않아요. 여기 제일 좋은 양털을 아저씨께 드리고 구름을 한 주먹만 주시면 안 될까요? 양들이 물조차 마시지 못하고 있어요.”

“한 주먹? 이렇게 적은 구름으로 어떻게 하려는 거니?”

구름조각을 내어주며 상인이 말했습니다.

소년은 구름 한 주먹을 조심스레 안고 마당에 있는 우물로 갔습니다. 우물은 이미 바짝 말라 있었습니다. 소년은 두레박에 구름을 넣고 우물 아래로 내려 보냈습니다.

“양들아, 이제 내가 물을 맘껏 마시게 해 줄게.”

두레박이 우물 가장 깊은 바닥에 닿았습니다. 잠시 후, 땅속의 촉촉한 습기를 머금은 구름이 천천히, 뭉게뭉게 피어올랐습니다. 땅 속에 있던 물방울들이 땅 위로 올라온 것입니다. 구름은 소년의 집과 마당에 보슬보슬 단비를 뿌렸습니다.

양들이 헛간에서 나와 맛있게 물을 마셨습니다. 구름은 꼭 필요한 만큼의 비만 뿌리고 하늘로 흩어졌습니다.

이 모든 것을 지켜 본 구름 상인이 말했습니다.
"애야, 잠시 나와 마을을 둘러보러 가지 않겠니?"
소년은 구름 상인과 함께 상인이 다녀간 다른 이웃들의 집을 둘러보았습니다. 첫 번째 집에서 소년은 버려진 당근들이 바닥에 쌓여 있는 것을 보았습니다. 두 번째 집에서 소년은 덜 익은 사과들이 후두둑 떨어져 있는 것을 보았습니다. 세 번째 집에서 소년은 어린 뽕나무들이 불어난 흙에 쓰려져 있는 것을 보았습니다. 네 번째 집에서 소년은 추운 날씨 때문에 콧물을 흘리며 웅크리고 있는 소들을 보았습니다.
상인이 말했습니다.
"애야, 너야말로 구름을 진정 지혜롭게 사용할 줄 아는 사람이구나. 저기 저 집들을 모두 보았지? 이제 네가 구름 상인이 되어 더 이상 아무도 불행하지 않게 해 주렴."
상인은 가지고 있던 마법의 끈을 모두 소년에게 주었습니다.
다음 그믐달이 뜨던 날, 소년과 상인은 함께 마법의 숲에 들어갔습니다. 이제 소년은 구름 상인이 되었습니다. 이제 더 이상 아무도 불행하지 않았습니다.

채린이와 복숭아색 물고기

황서영 포곡고등학교

애들아, 물고기 좋아하니?

선생님은 물고기를 좋아해. 똑같이 보여도 사실 같은 물고기는 하나도 없거든.

색, 무늬, 성격도 모두 다르지.

오늘은 물고기에 대한 재미있는 이야기를 들려줄게.

옛날 옛날, 하느님은 세상을 만들면서 사람들이 걱정이나 고민 없이 살기를 바랐어. 그래서 하느님은 사람들을 위해 물고기들을 보내주었단다. 물고기들은 강과 바다를 돌아다니며 어려운 사람들을 도와주었어. 그중, 분홍색 물고기는 사람들을 행복하게 해주었고 노란색 물고기는 사람들에게 희망을 주었어.

채린이는 걱정이 많은 아이였어. 공부도, 운동도 잘 못하고 소극적인 성격이라 친구도 많지 않았어. 채린이는 그런 자신을 불쌍한 아이라고 생각했고, 학교에 가기 싫어 울기만 했어. 그날도 학교에 가기 싫어서 몰래 강가에서 놀고 있었지.

그런데 갑자기 강에서 이상한 물고기가 지나간 거야. 그 물고기는 분홍빛과 노란빛을 띠고 있는, 그래, 복숭아색의 물고기였어. 신기하게도 그 물고기는 채린이 앞을 계속 맴돌았어. 이상하게 생각한 채린이는 물고기를 집으로 데려왔어. 채린이는 그 물고기를 '복숭이'라고 부르기로 했단다.

그 날부터 이상한 일이 일어나기 시작했어. 채린이는 시험에서 백점을 맞기도 하고, 달리기에서 1등을 하기도 했어. 그뿐만이 아니야. 이상하게도 친구들 앞에서 말을 하는데 전혀 긴장이 되지 않았지 뭐야. 친구들도 늘어났어. 채린이는 행복해지고, 학교 가는 일이 즐거워졌단다. 채린이는 이게 다 복숭이 덕분이라고 생각했어.

그런데 어느 날, 복숭이가 그만 죽어버렸어. 채린이는 너무 슬퍼서 울었어. 그리고 또다시 불쌍한 아이가 될 거라고 생각했어. 하지만 채린이는 여전히 시험에서 백점을 맞기도 하고, 달리기에서 1등을 하기도 해. 또, 채린이의 옆에는 많은 친구들이 있지. 채린이에게 꿈이 생겼기 때문이야. 꿈을 위해 노력하는 아이는 채린이가 생각하는 불쌍한 아이가 되지는 않거든.

분홍색 물고기는 사람들을 행복하게 해주고 노란색 물고기는 사람들에게 희망을 주지. 그럼, 복숭아색 물고기는? 사람들에게 꿈을 갖게 해준단다.

사람들의 걱정과 고민을 해결해주다 보니, 많은 색의 물고기가 생겨났어. 바닷속에 사는 여러 가지 색의 물고기들은 그렇게 해서 생긴 것이란다. 너희들도 고민이 있다면, 바다를

헤엄치는 물고기들에게 이야기해 보는 건 어떠니? 분명 너희
를 도와줄 거야.

04

소설

버스를 기다리며 공동창작 옴니버스 소설

강민석·백요한·이종현·김아랑
최단비·민경준·황다운·임종철 삼괴고등학교

소년 강민석

"어디보자, 서울행 버스가……."

엄마가 벽을 쳐다보면서 혼잣말을 중얼거렸다. 벌써 십 분
이 지났다. 다리도 아프고, 배도 고프고.

"엄마아……."

"어, 그래. 왜 그러니?"

"배고파."

"후우……."

맛있는 냄새가 난 건 그때였다. 주르륵 흐르는 침이 느껴질
정도로. 이리저리 뛰어다닌 나는 옆에 분식 가게가 있다는 걸
알았다.

"떡볶이!"

"엄마가 뛰어다니면 안 됐댔지!"

"떡볶이 사줘!"

엄마가 두 손으로 나를 들어올렸다. 매번 이랬다. 안 된다는
말을 이런 식으로 표현하고. 볼에 공기를 부욱 집어넣었다. 그

러나 엄마는 내게 눈길조차 주지 않으면서 고개를 가로저었다.

"안 된다니까. 집에 가서 먹자."

"떡볶이!"

"……좋아, 이렇게 하자. 여기 가만히 엄마 기다려 주면 사 줄게."

"진짜?"

엄마가 끄덕였다. 이런 간단한 내기는 태어나서 진 적이 없었다. 나는 내부가 잘 보이는 안쪽 의자에 앉았고 이곳에서 엄마를 기다리자고 마음먹었다. 그러나 얼마 지나지 않아 따분함이 밀려왔다. 발을 앞뒤로 흔들면서 시간을 때웠고 시끄러운 소리를 내며 버스가 들어왔다. 귀를 막으면서 앞을 쳐다보니 사람들이 하나씩 대합실 안으로 들어오고 있었다. 소음이 가시자 나는 귀에서 손을 뗐다.

제일 먼저 들어온 건 어떤 젊은 아저씨랑 아줌마였다. 아니 어쩜 형이랑 누나인지도 모르겠다. 젊은 아줌마는 내 옆의 옆 자리에 앉았는데 멍하니 발만 쳐다보고 있었다. 뒤따라 들어온 아저씨는 아줌마의 옆에 서 있었다. 사귀는 사이인가 보다. 아저씨가 아줌마에게 계속 뭐라고 했는데 잘 듣지는 못했다. 아줌마는 계속 말없이 앉아 있었고, 아저씨는 아줌마의 손을 잡았다. 정말 친해보였다. 저렇게 막 손도 잡고. 나는 아직 유나 손도 못 잡아봤는데…….

뒤이어서 어떤 군인 아저씨가 들어왔다. 코를 찌르는 담배

냄새에 코를 막으면서 인상을 찌푸렸다. 그러나 눈을 뗄 수가 없었다. 군인 아저씨라니! TV로만 본 게 전부였는데. 매번 멋있다고 생각하기만 했지, 이렇게 가까이서 보는 건 처음이다. 군인 아저씨는 친구처럼 보이는 아저씨랑 계속 웃으면서 대화했지만 내가 싫어하는 담배는 버릴 생각을 안했다. 담배는 정말 싫지만…… 군인 아저씨는 정말 멋있었다.

그리고 정말정말 수상한 저 패딩 잠바 입은 형! 계속 주위를 두리번거리는데다가 내가 쳐다본 아줌마랑, 형이랑 누나, 군인을 모두 쳐다봤다. 내가 보는 사람을 계속 따라보는 건가? 호기심에 괜히 아무데나 쳐다봤고 은근슬쩍 눈을 돌려 다시 형을 쳐다봤다. 그런데 이게 웬 일? 형은 나를 보고 있었다! 거기에다가 입가엔 희미한 미소까지. 이 자리를 뜨고 싶은 심정이 너무나도 컸다. 정말 이상해! 정말로! 혹시 내 떡볶이를 노리는 건가?

다시 대합실의 유리문이 열렸다. 털모자를 쓰고 배낭을 가뿐하게 멘, 아줌마인지 누나인지 알 수 없는 여자가 들어왔다. 저쪽 커플의 아줌마보다는 조금 더 나이든 거 같으니 아줌마라고 부르는 게 맞겠지? 이 아줌마는 의자에 앉아 뭔가 생각이 딴 데로 가고 있는 사람 같아 보인다. 수첩을 꺼내 무엇인가 적기도 한다. 정체가 뭔지 제일 궁금한 사람이다.

또 다른 아줌마도 있었다. 우리 엄마보다는 훨씬 늙어 보이니 할머니라고 해야 할까? 그러나 우리 옆집 할머니보다는 훨씬 젊어 보이니 아줌마라고 해야 할 것 같기도 하다. 아! 세상에는 웬 아저씨와 아줌마가 이렇게 많단 말인가! 아줌마는 이상한 가방을 어깨에 걸치고 목에는 카메라를 메고 있었다. 옆에는 바퀴가 달린 가방도 들들들 끌고 들어왔다. 아줌마는 계속 주위를 두리번거리다가 내가 점찍어 둔 분식집 쪽으로 갔다. 이런! 내가 먼저 갈 생각이었는데……. 지금 아줌마가 가면 맛있는 걸 먼저 다 먹는 건 아니겠지? 이제 나는 아줌마보다 엄마가 더 신경 쓰였다. 언제 오는 거야? 이렇게 얌전하게 기다리고 있는데.

곧 엄마가 돌아왔다. 종이에 무언가 써서는 창밖의 버스들과 종이에 써 놓은 것들을 번갈아 보면서 내게로 걸어오고 있었다.

"태민아, 우리는 7번 버스를 타면 돼. 기억해 둬."

그런 게 중요한 게 아니었다. 나는 드디어 카메라를 멘 아줌마와 학생 같은 형한테서 떡볶이를 뺏기지 않기 위해 제일 먼저 이렇게 외쳤다.

"떡볶이!"

군인   **백요한 · 이종현**

마지막 휴가가 끝이 났다. 제대 또한 2개월 앞으로 다가와 있다. 평생 오지 않을 것만 같던 말년 휴가를 마치고 군으로 돌아가고 있다니 믿어지지가 않는다. 군 생활이 끝나간다는 것이 행복한 것이 아니라 불안해지는 것을 왜일까? 말년 휴가를 떠날 때는 분명 산타 할아버지를 기다리며 설레는 어린 아이 같았지만 지금 내 기분은 내가 기다리던 산타 할아버지가 아버지라는 것을 알아 차렸을 때의 기분이 되었다. 아마도 어젯밤 아버지와의 대화 때문일까?

어젯밤 집에서 식사를 마친 후였다. 아버지는 동네 뒷산으로 야간 등산이나 하자며 나를 데리고 나섰다. 엄청난 팔 근육과 덩치로 날 그렇게 혼내던 무서운 아버지였는데 산을 오르며 본 아버지의 모습은 그저 지하철을 올라타면 보이는 흔한 중년의 모습으로 보였다. 안타까운 마음으로 오르고 있을 때 아버지가 먼저 입을 열었다.

"이제 군 복무의 끝이 코앞에 보이는구나. 대견하다. 하지만 이제는 군대보다 큰 산인 사회를 걸어 갈 때가 되었다. 남은 군 생활 동안 제대하고 무었을 할지 생각해 보거라."

아버지의 이 점잖고 낮은 목소리는 나의 가슴을 열고 들어와 심장에 직접대로 소리친 듯 크고 세차게 들어왔다.

"예!"

당당하게 대답은 하였지만 마음이 조여오기 시작하였다.

거의 뜬눈으로 밤을 지새우고 아침이 되었다. 나는 S읍에 있는 부대로 귀대하기 위해 서울 중심부에 있는 시외버스터미널로 가는 지하철을 탔다. 대학 동기인 종한이를 만난 것은 기가 막힌 우연이었다. 종한이는 또한 내가 복무하는 부대에서 제대한 지 일 년이 되는 놈이었다. 내게 들려줄 말이 많지 않을까 하는 기대감이 생겼다.

"오랫만이다, 종한아."

"야 반갑다, 요한아."

종한이의 대답이었다. 나는 다시 종한이에게 말을 걸었다.

"근데 종한아, 너는 제대하고 무슨 일 할까 걱정했냐? 이것 땜에 자꾸 걱정이다."

종한이는 주머니에서 담배를 꺼내서 불을 붙인다.

"제대 후 걱정? 그래 했었지. 근데 어떻게든 되더라고. 지금 나 과외하며 살잖냐."

"대책 없는 놈!"

나는 종한이의 말이 잘 이해가 안 됐다. 어떻게든 되면 이런 생각을 하지 않았겠지. 그러자 종한이가 한마디 했다.

"인생은 대책으로 사는 것이 아니다. 인생이 무슨 공부냐? 계획 짜며 살게?"

"그래도 정해 놓고 사는 것이 편해."

나의 소신이기도 했다. 종한이는 이런 분위기가 어색한지 화제를 돌리며 이런저런 이야기를 나누었다. 학교 동기들 얘기며, 둘 다 아는 군대 얘기며…… 그러면서 이야기에 엔진이 달려 속도가 나기 시작했다. 문득 종한이가 제안을 했다.

"야, 나 오늘 모처럼 한가한데, 내가 S읍까지 너 마중하고 올게. 나도 가끔 거기가 그리웠거든."

"꽤에에엥!"

거위의 울음소리 같은 마찰음을 내며 버스가 멈춰 서자 사람들이 내리기 시작했다. 성격이 급한 종한이가 먼저 내리고, 곧 나도 뒤따라 내렸다. 우리는 급히 담배를 한 대씩 피운 후 대합실로 들어갔다. 종한이가 마음을 바꿔 군대까지는 동행하지 않고 여기에서 그냥 되돌아가겠다고 하여, 음료수라도 한 잔 사주기 위해서였다.

보름 만에 다시 보는 터미널의 모습이 왠지 낯설었다. 그동안 더 낡았다는 생각이 든 것이다. 그 기분을 지워버리려는 듯 종한이와 나는 음료수를 마시며 다소 시끌벅적하게 말을 주고받았다. 귀대하는 내 마음을 이해한다는 듯 종한이가 더너스레를 떨어주었다.

서울 가는 차편이 금방 있어서 종한이는 되돌아서 버스를 타고 떠났다. 그를 배웅하고 나는 다시 대합실로 들어와 앉았다. 여기서 부대까지는 이십 분 거리인데, 아직 한 시간의 여유가 있었다. 나는 생사의 갈림길에 놓인 사람처럼 고개를 숙인 채 곰곰이 생각해 본다.

'제대하면 뭐하지? 가고 싶어 간 것이 아니라 성적에 맞춰 전공 무시, 적성 무시하고 들어간 대학인데. 고3 담임이 전망 좋다고 우기기까지 한 것에 비하면 실망뿐인 학과가 아닌가.

졸업해 봐야 취업은 고사하고 남는 건 아무것도 없을 텐데.'

오히려 군대의 생활기간이 영원해 사회로 돌아가지 않았으면 좋겠다는 생각이 들었다. 이제 남은 시간은 십오 분이었다. 고민을 반복하고 있을 때 빳빳하게 다림질 되어 있는 바지의 오른쪽 주머니에서 휴대폰이 진동한다.

"네, 어머니 잘 다녀오겠습니다. 걱정 마세요. 말년 병장을 누가 건드려요. 네, 몸 건강하게 다녀오겠습니다."

어머니의 걱정 섞인 목소리를 들으며 자리에서 일어났다. 내가 한 걸음만 걸어도 걱정하시는 어머니, 나보다 더 많이 걱정하시는 어머니는 이렇게 살아가고 있지 않는가. 어머니의 걱정들에 내 걱정을 비교하면 계란으로 바위치기이다. 나는 마음 굳게 먹고 부대로 돌아가기로 한다. 터벅터벅 내 걸음 하나하나가 힘 있게 떳떳하게 부대로 향하고 있었다.

신혼부부 김아랑·최단비

"오늘 안가면 안 될까?"

평소보다 다소 쌀쌀하다고 느껴지는 날씨였다. 버스 뒷좌석에 앉아 있는, 다소 소란스러운 우리를 쳐다보는 사람은 없었다. 수경이는 별로 가고 싶어 하지 않는 눈치였다. 근래에 들어서 수경이가 큰집에 가는 것을 꺼리는 것 같았다. 아마도 그 일 때문일 것이다.

"수경아 힘든 거 아는데 언제까지고 안갈 수 없잖아."

덜커덩거리는 버스 창문에 머리를 기대고 발을 까딱까딱 거리며 발끝을 응시하는 수경이를 보고 있자니 마음 한 구석에서 안타까움이 물씬 풍겨왔다. 수경이와 눈을 맞추려 머리카락에 가려진 수경이의 눈을 찾아 헤매도 수경이는 날 바라보고 있지 않았다. 조용하고 다소 울음 섞인 듯한 목소리만 들려올 뿐이었다.

"아! 근데 너무 시댁에 시누이들도 많이 오고 할머니 할아버지도 많이 계시고 시어머니도 아직은 무섭고 그래……."

처음부터 수경이가 할머니 할아버지를 무서워 한 것은 아니었다. 오히려 외롭게 자란 수경이는 언니들이 넷이나 생기고 할머니 할아버지가 같이 산다니 부럽다며 가족들과의 만남을 설레어 했다. 남들이 어렵다던 상견례 자리에 네 명이나 되는 시누이들이 참석했을 때도 누나들을 신경 쓰고 더욱 챙기며 따랐던 아이었다. 하지만 언제부터인가 수경이는 시누이들과 시집이야기만 나오면 조금씩 자리를 피하는 듯한 느낌이 들었다.

어느 정도 설득을 했다 싶었지만 버스를 타러가야 시간이 임박해도 수경이는 벽에 기대 앉아 일어날 생각이 없어 보였었다.

"수경아 나 보고 이야기하자. 응?"

수경이의 눈을 보고 이야기하려 아무리 눈을 찾아도, 수경이는 나를 바라보지 않았다. 아무리 고개를 숙여 애원해도 오히려 내가 안쓰러운 마음이 들 뿐이었다. 시집에 많은 관심을 가졌던 수경이가 이렇게 기피하는 것은 분명 큰 누나 때문임이 분명했다.

지난 추석, 수경이 처음으로 우리 집 식구들과 맞는 명절이었다. 그 당시에도 수경이는 이 버스를 탔었고, 그때와의 반응은 전혀 딴판이었다. 그때의 수경이는 트집을 잡히지 않겠다면서 무던히 애를 썼고, 어머니도 아버지도 할머니도 할아버지도 수경이가 마음에 든다며 입에 침이 마르도록 칭찬하셨다. 하지만 그날, 수경이는 큰 상처를 입었던 것 같다.

큰 누나와는 나이 터울이 제법 있었기에, 오히려 나에겐 큰 누나가 젊은 엄마 같았다. 큰 누나는 내가 명문대를 졸업한 간호사와 결혼을 하길 바랐다. 그만큼 누나는 나에 대한 기대가 큰 편이었다. 하지만 나는 잘나가지는 못해도 수경이가 글 쓰는 모습에 반했다. 나에게 수경이는 내 인생 최고의 책을 쓰는 동화작가였다.

그런데 그날, 누나는 아무렇지 않게 수경이의 기를 죽였다.

수경이가 혼자 부엌에서 설거지를 하던 중이었다. 누나는 설거지거리를 들고 부엌으로 향했고, 그 다음으로 내가 조금 거리를 둔 채 정리해야 하는 반찬거리를 가지고 부엌으로 향했다. 내 발걸음이 부엌 문지방에 다다랐을 때 누나는 무심코 수경이를 죽였다.

"요즘에 석훈이 밥은 잘 챙겨주니? 그리고 또 책 냈다던데 팔리긴 하니?"

달그락달그락 거리던 소리가 잠시 멈추고 수경이의 목소리는 누가 들어도 알 수 있을 정도로 확연히 풀이 죽어버렸다.

"네. 팔리긴 해요……."

수경이의 작은 대꾸에 얇게 조소를 날린 누나는 아무렇지 않게 부엌을 빠져나왔다. 모든 이야기를 내 귀로 들었지만, 나는 아무 말도 할 수 없었다. 나는 아무렇지 않은 척 달그락거리는 소리가 가득한 부엌에 반찬거리를 두고 나왔다. 그리고 그날 이후로 수경이는 시집에 가는 것을 기피해 온 것이다.

너무나 따뜻한 히터 때문인지 버스 안의 공기가 점점 더 답답해지는 것 같았다. 수경이의 손은 주머니에서 빠져나올 줄 몰랐다. 내 눈은 수경이의 눈을 찾다 지쳐가고, 내 손은 수경이의 손을 주머니에서 꺼내려다 눈치만 보고 있었다. 우왕좌왕 어찌 할 줄 모르던 내 손이 허공을 헤매일 때 수경이의 숙여진 고개가 살짝 들렸다.

"아, 그래도 좀……."

너무 안쓰러웠다. 큰 누나의 만행을 바라보기만 하면서 수경이에게 아무것도 해주지 못한, 나는 죄인이었다. 한숨이 절로 나왔다. 수경이에게 내가 해 줄 수 있는 것이 무엇이 있을까. 수경이를 시집으로 데려가기 위해서 설득하는 이런 행동들이 오히려 수경이를 아프게 하는 것인가. 다양한 생각들이 복잡하게 이리저리 얽혔다. 허공을 해매이던 손이 수경이의 머리를 쓰다듬었다. 미안해. 미안해. 속으로 수없이 되뇌었지만, 입 밖으로 나오지는 않았다. 죄인의 심정으로 안타까움과 속상한 마음을 밀어둔 채 염치없게 입을 열었다.

"여보, 힘든 거 아는데 나 봐서 조금만 참자. 응?"

여보라 불러서인지 수경이가 움찔 하는 작은 움직임이 제법 크게 보였다. 그리고 수경이의 입가에 작은 입김이 서렸다.

"미안해."

짧은 한마디에 놀라서 고개를 들었다. 안내 방송은 S읍 시외버스터미널 도착이 얼마 남지 않음을 알려 주었고, 수경이는 주머니에서 손을 꺼냈다. 수경이의 손이 바깥세상 구경을 나온 순간을 보다 빠르게 내 눈이 캐치했다. 손을 잡아야 할까. 순간의 고민을 하고 있을 때 안내 방송이 울렸고, 수경이는 울상을 지은 채 버스에서 내렸다. 버스에서 내리자마자 대합실로 후다닥 들어가더니 대합실 의자에 앉아서 또다시 발끝만 응시하는 수경이었다. 수경이를 바라보자 고맙고 미안하기만한 얼굴이 눈에 비췄다. 사람이 참 웃겼다. 마음 한편으로는 수경이를 걱정하고, 한편으로는 또다시 나의 본가를 어떻게든 데리고 가려는 내가 가증스럽지 않은가.

수경이는 어느새 나와 마주보고 서 있었다. 조금 멍한 감이 있었는데 아까보다는 밝아진 목소리가 귀에 쏙 들어왔다.

"오빠, 얼른 가자."

나는 그 한마디에 아무 말도 하지 않고 한 손으로 수경이의 손을 꽉 잡았다. 두 다리는 대합실 밖을 향해 벌써 성큼성큼 걷고 있었다.

학생 민경준

"이번에 내리실 곳은 S읍 버스터미널입니다."

버스 의자에 앉아 꾸벅 꾸벅 졸다가 천천히 눈을 떴다. 버스 밖 풍경은 작은 은행과 함께 뒷편으로는 시장 골목이 보였다.

"많이 바뀌었구나."

이곳에 온 것은 초등학생 때 한 번뿐이지만 지리는 어렴풋이 알 수 있었다.

"지금 내리실 곳은 S읍 버스터미널입니다."

버스가 멈추고, 버스에서 내리며 주위를 둘러보았다. 오랜만에 본 이곳의 풍경은 버스 안에서와는 또 다른 느낌이었다. 친근한듯하면서도 익숙한 느낌이었다. 햇살도 좋아서 기분이 좋아졌다.

"으, 근데 좀 추운 걸?"

대합실은 바깥보다는 따뜻하겠지 싶어 들어가 보았다. 대합실에는 예전에 있던 매표소는 없어졌고 핸드폰 매장이 자리 잡고 있어서 격세지감을 느끼게 했다. 예전부터 남아 있던 작은 매점과 분식집은 그대로 남아 있었다. 창가 쪽 나무 의자에 앉았다. 정류장에는 버스를 기다리는 승객들을 위해서 난로를 틀어 주었고 따뜻하지는 않지만 포근한 느낌이 들어 그다지 춥다는 생각이 들지 않았다. 고개를 들어 정류장 벽에 붙어있는 시계를 보니 아직 이른 낮이었다. 이 정도면 시간은 빠듯하나마 충분한 듯 했다. 그럼 슬슬 준비를 해야겠다.

나는 학교 지리 숙제 '추억의 장소'를 찾기 위하여 이곳에 왔다. 나는 그 숙제 내용을 듣고는 이곳이 머릿속에 떠올랐고, 초등학생 때 잠깐 살았던 이곳을 어렴풋한 머릿속 지식으로 직접 찾아온 것이다. 이에 뿌듯하면서도 뭔가 설레었다.

추억의 장소, 지금 내가 살고 있는 도시의 꽉 차고, 지독한 학구열과 매연, 소음 등이 아닌 마음 편히 지내고 근심 걱정 없이 뛰어 놀았던, 지금 나에게는 길게 느껴지는 어렸을 그때의 모습을 아직 잊을 수 없다. 주위를 둘러보았다. 엄마를 기다리는 듯한 꼬마아이, 휴가를 나온 것 같은 군인, 어쩌면 부부일지도 모르는 커플과 뭔가의 글을 적고 있는 사람, 그리고 백발이 하연 노인 분들. 저 모습을 바라보며 어쩌면 저 모습들을 내가 거치게 될 지도 모른다는 생각이 들었다. 나는 아이를 바라보며 생각했다. '저 아이도 나와 같은 추억을 가지게 되겠지.'

"웃차!"

한결 편안한 마음으로 몸을 일으키며 작게 미소 지었다. 오늘은 그때의 추억을 다시 볼 수 있을 듯한 기분 좋은 예감이 든다.

시인 황다운

버스에서 내렸다. 내리자마자 추운 기운이 엄습했다. 살갗을 뚫는 바람을 피하기 위해 대합실로 들어갔다.

저 홀로 있었던, 칠이 다 벗겨진 나무의자에 앉았다. 엉덩이가 시릴 정도로 차갑다. 벙어리장갑을 벗고 까끌까끌한 의자 표면을 슥 쓸어보고는 한숨을 내셨다. 이곳이 마지막이다. 겨우 종착지에 도착했다는 안도감에 푹 눌러 쓰고 있던 벙거지 모자를 벗어버렸다. 길바닥이 꽁꽁 얼어버린 추운 겨울임에도 불구하고 앞머리가 땀으로 젖어버렸다. 손으로 엉켜 있던 머리를 빗어주고는 노곤한 몸을 완전히 의자에 기댄 채 머리카락 한 가닥이 걸려 있는 내 손가락을 보았다. 굳은살이 박혀있는 오른 손 중지손가락을.

"넌 무슨 글 쓰는 기계니?"

무작정 떠나온 여행이었다. 배낭 하나와 수첩 하나 들고. 열심히 자기 딸 응원할 거라며 내 손을 잡아 주었던 엄마의 말을 들은 후. 반항이었다, 이건. 십 년 동안 시를 써온 내 노고가 헛되지 않았음을, 그동안의 내 삶이 잘못되지 않았음을 내 스스로에게 확인시키기 위한 그런 아마추어 같은 반항. 하지만 그건 단순한 반항으로 행해진 여행이 아니라는 것을. 인간이라는 존재는 본디 여인숙과 같은 것이어서 매일 아침 새로운 손님이 도착한다. 기쁨, 절망, 슬픔 그리고 약간의 순간적인 깨달음 등이 예기치 않은 방문객처럼 찾아온다. 그리고 잘랄루딘 루미(회교 신비주의 시인)는 말한다. 그 모두를 환영하고 맞아들이라. 설령 그들이 슬픔의 군중이어서 그대의 집을 난폭하게 쓸어가 버리고 가구들을 몽땅 내가더라도. 그들은 어떤 새로운 기쁨을 주기 위해 그대를 청소하는 것인지도 모르니까.* 그래서 이 여행은 그들이 내 집을 청소할 시간을 주기 위한 짬이었다.

　여태껏 내가 해온 글쓰기가 단순 기계로 쓴 것으로 치부 돼버린 이 시점에서 나는 내 길을 잃어버리고 만 것이다. 그럼에도 불구하고 여행을 떠나올 수 있었던 것은 비단 그 슬픔의 군중들이 내 집을 쓸어가 버렸기 때문은 아니다. 가장 아름다운 노래는 아직 불려지지 않았기 때문에, 가장 빛나는 별은 아직 발견되지 않은 별이며 불멸의 춤은 아직 추어지지 않았기 때문에, 가장 넓은 바다는 아직 항해되지 않았고 최고의 날들은 아직 살지 않은 날들이기 때문에, 가장 먼 여행은 아직 끝나지 않았으며 가장 훌륭한 시는 아직 씌어지지 않았기 때문에, 그렇기 때문에 무엇을 해야 할지 더 이상 알 수 없을 때 그 때 비로소 진정한 무엇인가를 할 수

*잘랄루딘 루미, 「여인숙」에서

있는 거라고. 어느 길로 가야할지 더 이상 알 수 없을 때 그 때가
비로소 진정한 여행의 시작이라고. 내 여행이 진정한 여행의 시작
이었기 때문*에 이 모든 것을 받아들일 수 있었던 것이다.

여덟 번째 여행지는 무의도였다. 안개로 옷을 입어서 안개
무(霧)에 옷 의(衣)를 썼다고 하는데 다시 사전에서 찾아보
니 춤출 무(舞)에 옷 의(衣)를 써서 무의도라고 한다. 둘 중
어느 것이 맞는지는 잘 모르겠지만, 중요한 것은 무의도의 이
름이 아니라 그 섬에 살고 있었던 주민 할머니의 말씀이다.

나 홀로 신발을 벗고 갯벌 길을 걸어가고 있던 중에 저 앞에
서 조개를 캐고 계신 할머니를 보았다. 그 뒷모습이 어쩐지
쓸데없이 걷고 있는 나보다 강인해 보여 말을 걸어보았다. 할
머니는 여전히 조개를 캐시며 내가 묻는 말에 답해주셨다. 아
직은 따듯한 가을 날씨에 머리에 보자기를 뒤집어쓰고 계신
할머니의 뒤통수를 가만히 바라보고 있자 불쑥 할머니께서
말을 걸어오셨다.

"처자는 여기에 어쩐 일이우?"

바구니통에 넣어지는 흙 묻은 조개를 보며 답했다.

"그냥, 걷고 있었어요."

할머니는 조개를 캐는 손길을 멈추고 고개를 들어 잠깐 날
바라보시더니 싱긋 웃음을 지으셨다. 그러고는 다시 멈춰있

*나짐 히크메트, 「진정한 여행」에서

던 손을 움직였다.

"내가 재밌는 얘기 하나 해줄까?"

나는 말없이 고개를 끄덕거렸다.

"옛날에 말이야. 신과 통하는 무당 하나가 있었는데 그 무당이 어느 날 하늘의 계시를 받았다며 모든 마을 사람들에게 그 신의 말을 전해주었다지 뭔가. 그 이후로 마을 사람들은 행복하게 살았다고 하우. 그 신의 말이 뭐였을지 궁금하지 않으우?"

알고 싶은 마음이야 당연했다. 하지만 괜한 내 한마디로 인해 이 짧은 침묵이 혹시나 깨어질까 잠자코 있었다.

"신이 이렇게 말했다고 하지. 인간에겐 놀라운 점이 있다. 어린 시절이 지루하다고 서둘러 어른이 되는 것, 그러고는 다시 어린 시절로 되돌아가기를 갈망하는 것, 돈을 벌기 위해 건강을 잃어버리는 것, 그러고는 건강을 되찾기 위해 돈을 다 잃는 것, 미래를 염려하느라 현재를 놓쳐버리는 것, 그리하여 결국 현재에도 미래에도 살지 못하는 것, 결코 죽지 않을 것처럼 사는 것, 그러고는 결코 살아본 적이 없는 듯 무의미하게 죽는 것. 그리고……"

느릿느릿하게 천천히 말씀하시는 할머니는 잠시 뜸을 들이시더니 숨을 한 번 내쉬고는 다시 말을 이었다.

"그리고 내가 이곳에 있음을 기억하기를. 언제나, 모든 방식으로."*

*작가 미상, 「신과의 인터뷰」에서

아랫입술을 깨물었다. 할머니는 왜 내게 이런 말을 해주셨을까. 나를 보고 무엇을 느끼셨기에. 할머니는 멍하니 있는 나를 슥 쳐다보시고는 다시 말했다.

"처자, 나는 말이우. 비록 조개를 캐며 생을 이어가고 있는 할머니일 뿐이지만, 나는 만족한다우. 보기엔 보잘것없어 보이는 인생이라도 나름 내 삶을 삶대로 만족하고 있지. 나는 지금에 충실을 다할 뿐이야. 처자는 안 그러우?"

진정한 여행의 시작이었다. 집이 없는 자는 집을 그리워하고, 집이 있는 자는 빈 들녘의 바람을 그리워한다. 나 집을 떠나 길 위에 서서 생각하니 삶에서 잃은 것도 없고 얻은 것도 없다. 모든 것들이 빈 들녘에 바람처럼 세월을 몰고 다만 멀어져갔다. 어떤 자는 울면서 웃을 날을 그리워하고 웃는 자는 또 웃음 끝에 다가올 울음을 두려워한다. 나 길가에 피어난 풀에게 묻는다. 나는 무엇을 위해 살았으며 또 무엇을 위해 살지 않았는가를. 살아있는 자는 죽을 것을 염려하고 죽어 가는 자는 더 살지 못했음을 아쉬워한다. 자유가 없는 자는 자유를 그리워하고 어떤 나그네는 자유에 지쳐 쓰러진다.[*]

풀은 무엇을 위해 살지도 않고 다만 자기 삶을 사랑하며 자기 생에 충실할 뿐이다. 내가 선택한 인생이라는 배를 타고 시간을 따라 유연하게 흘러가면 되는 것이다. 천천히, 자연스

<hr>

[*]류시화, 「길 위에서의 생각」에서

럽게. 지금 여기에 있는 나를 긍정적이고 편안하게 바라보아야 한다. 그것이 내 삶에 대한 예의인 것이다.

손을 바라봤다. 여전히 내 중지 손가락에는 굳은살이 박혀 있다.

사진작가 **강민석·임종철**

"투걱투걱."

희미하게 사람들의 발소리가 조금씩 들리기 시작했다. 그러다 발소리가 끊겼다.

"아주머니, 내리셔야 합니다."

"…네?"

버스기사가 날 부르는 소리였다. 깨어나 보니 버스가 터미널에 도착해 모두가 내린 뒤 나 혼자만이 그 안에 덩그러니 남아 자고 있었던 모양이다.

"내리시라고요."

정신을 차리자마자 확인한 건 옷가방보다 내 카메라 가방이다. 버스 안에서 잠들면 조심해야 된다. 카메라를 창가 쪽에 두고 통로 쪽에 앉았지만 편히 잠들 수는 없었다. 일종의 내 직업병일 수 있겠다.

머리가 헝클어졌다. 가방에서 빗을 꺼내서 대충 가지런하게 빗었다.

"아, 졸리네."

손을 비비며 일어나 카메라를 짊어지고 캐리어 가방을 두 손으로 들어서 버스에서 내렸다. 버스 타는 동안 난 귀가 민 감해서 건조한 공기를 타고 들리는 버스의 날카로운 쇳소리 와 가스 배기소리가 고막을 계속 쳐서 안 그래도 얕은 잠을 자는데 더 못 자게 만들었다. 내리자마자 바람이 세차게 불었 다. 오늘 치마를 입지 않은 것이 다행이었다.

눈앞에 보인 건 S읍 버스터미널 대합실. 도시와 같이 체계 적으로 되어 있는 것이 아니라 전형적인 시골 버스터미널이 었다. 서울에서 가까운 이곳이지만 강원도 소읍의 어느 버스 터미널과 닮았다는 생각이 들었다. 다른 건 잘 몰라도 낮이라 햇빛도 좋고 경치만큼은 도시에선 볼 수 없는 풍경이라 사진 하나는 잘 찍힐 것만 같았다. 시골 터미널답게 버스도 많지 않고 사람들도 많지 않았다.

"이러저러 해서 오긴 왔는데……."

터미널 안 대합실에서 앉아서 렌즈를 닦았다. 그리고 약간 허기가 져서 무엇을 먹기로 했다. 절에 가는 길도 물어볼 겸 말이다. 작은 터미널이었지만 분식집이 있었다. 분식집에서 따뜻한 어묵을 먹었다. 신기하게도 치킨을 파는 집이었는데 분식도 하고 닭강정도 팔았다. 요즘에 투 잡(two job)을 많 이 하듯이 분식집도 그런가보다. 나도 투 잡을 하고 있다. 사실상 투 잡이라고 하기도 부끄럽다. 그냥 사진을 찍으면서 여행 작가여서 약간의 글을 쓰고 있기 때문이다. 그러나 그것도 요즘에 들어서야 가능했던 일이다.

시골 토박이였던 내게 도시에서의 생활은 어렵고 힘들 수밖에 없었고, 즐거운 마음으로 시작했던 사진작가이었지만 실적만 추구하는 도시 생활에 녹아들어버려서 나 역시 사진을 찍는다는 것 자체의 즐거움을 잊어버렸다. 다른 이유를 말하자면 도시 생활이 싫증났다는 이야기도 할 수 있겠다. 요즘은 그렇지 않아도 전성기 때의 호평의 반도 못 받고 있던 상황이라……. 오십의 나이로 이 바닥에서 간간히 버티고 있다. 젊은 애들이 치고 올라오는 것이 장난이 아니다. 후배 애들 사진에 감탄한 적이 한두 번이 아니다. 젊은 애들이 많으니 자연히 내가 할 일이 적어졌다. 그래서 조금 더 살아가기 위해서 글이라도 쓰기 시작한 것이다.

"할머니, 여기 닭강정 하나만 주세요."

"뭐라고?"

"닭. 강. 정 하나만 주세요."

"그래. 그거 집어먹어."

닭강정을 먹어 봤는데 고기는 별로 없고 튀김옷이 두꺼워서 그런지 맛이 없었다. 나도 그랬다. 줄곧 사진만 찍던 사람이 무슨 글을 쓰겠는가? 형편없었다. 이것도 안 되고 저것도 안 되니 마음이 심란했다. 이런 나의 마음을 안 선배가 어디 좀 내려가서 재충전의 의미로 휴식을 가지라고 해서 이렇게 내려온 것이다.

절에 가면 일단 스님들과 함께 하면서 마음을 비우고 싶다. 그리고 정녕 내가 해야 할 일이 무엇인지 생각하고 싶다. 그래도 휴식도 휴식이지만 내 본분을 잊는다면 그건 죄악일 것 같다. 절에 가서 좋은 사진이 있으면 바로 찍을 것이다.

"여기 1500원이요."

할머니는 손을 내밀어 돈을 받는다.

"할머니 혹시 여기 절이 어디 있는 줄 아세요?"

"뭐?"

"절요."

"엉?"

"절이요! 절! 스님들이 사는 절이요!"

"절이? 아! 겉절이. 겉절이는 벌써 만들었제. 벌써 김장 다 끝났응게."

나는 머리를 잡았다. 아까는 어떻게 알아들었는지 정말 궁금했다. 할 수 없이 사진을 보여주어야 알 수 있을 것 같았다. 그래서 가방에서 사진을 꺼냈다.

"여기요. 여기가 어딘 줄 아세요?"

사진도 보여주고 목소리도 두 배는 더 커졌지만 할머니는 고개를 갸우뚱거린다.

음……. 여기가 아닌가? 분명 여기 있다고 선배가 그랬는데 좀 큰 절이라 인터넷에 있을 것이라고 해서 어제 인터넷에 들어가서 위치도 확인했는데 뭔가가 잘못되었다. 그럼 절을 잘 모르시나? 참! 이 절이 있는 산 이름이 삼봉산이었지.

"할머니. 그럼 삼봉산이 어디 있는 줄 아세요?"

"뭐?"

"삼. 봉. 산이요!"

"아! 삼봉이 산. 그거 여기 뒤편으로 돌아가면 될 거여."

이제야 알아들으니 목소리가 두 옥타브나 올라간 것이 보람이 있었다.

"뒤편이요? 감사합니다. 또 올게요."

다시 카메라를 짊어지고 캐리어 가방을 끌었다. 발걸음이 가벼워진 듯하다. 황소바람이 불어오는 유리문을 향해 나는 걸어 나갔다.

다시 소년 **강민석**

분식집에서 아줌마의 모습은 보이지 않았다. 내가 다 먹고 나갈 때까지. 교복 입은 형의 모습도 보이지 않았고.

"아줌마. 지금이 몇 시죠?"

"1시가 다 되어가네요."

"네?"

나는 밖을 쳐다보고 있었다. 엄마는 갑자기 다급히 자리에서 일어나 계산을 했고 나는 문득 아까 봤던 사람들을 볼 수 있었다. 카메라를 든 아줌마는 버스를 지나쳐 어디론가 걸어갔고, 군인 아저씨는 멋있는 모습으로 저 멀리 걸어가고 있었다. 젊은 아저씨와 아줌마는 벌써 가버렸는지 보이지 않았다. 수첩에 뭔가를 끼적이던 아줌마는 아직도 대합실에 앉아 있었다.

"태민아. 이제 슬슬 가자."

"벌써? 아직 다 못 먹었는데?"

그릇 위엔 아직 서너 개의 떡이 남아 있었다. 너무 아까운데, 하면서 계속 떡볶이만 바라봤다. 그러나 엄마는 또 나를 들어 올리며 일으켜 세웠다.

"안 돼. 이제 진짜 가야지. 집에 가면 맛있는 거 해줄게."

"어? 진짜로?"

"그럼, 진짜지."

"아싸!"

엄마를 따라 버스를 타러 나가면서 대합실에서 안 보이던 젊은 아저씨와 아줌마를 볼 수 있었다. 고등학생처럼 보이는 형은 이제 막 화장실에서 나오고 있었다. 수첩을 든 아줌마는 뭔가 고민에 빠진 표정을 하고 있었다.

"저 아줌마, 고민이 많나 봐."

무슨 생각을 하기에 저렇게 무거운 표정을 짓고 있을까, 싶어서 한 혼잣말이었는데 엄마가 또 그걸 들은 모양이다.

"응? 뭐라고?"

"엄마. 저기 저 아줌마, 고민이 무척 많은 모양이야."

"쓸데없는 소리하지 말고. 가자. 버스 놓치겠어."

"아이, 진짜라니까."

"그래, 그래."

형은 계속 날 보며 웃고 있었고 카메라 들고 있던 아줌마도 다신 볼 수 없었다. 이렇게 엄마 손에 끌려가면서도 나는 내가 앉았던 의자를 보고, 시계를 보고, 분식집을 보고, 형과 커플, 아! 글 쓰는 사람같이 보이는 아줌마, 엄마의 따뜻한 손, 선글라스를 쓴 버스기사 아저씨 모두를 보고 있었다. 기분이 미묘했다. 쓰고 맛없는 당근인 줄 알고 입에 넣었던 게 맛있는 햄인 느낌이랄까. 사람들을 관찰한 뒷맛이 그것이었다.

천천히 버스 앞으로 걸어왔다. 엄마가 먼저 버스기사 아저씨에게 돈을 주면서 계단을 올랐다.

"뭐하니, 태민아? 올라와. 안으로 들어가자."

"응."

나는 엄마 손을 잡고 버스 계단을 올랐다. 그러다 문득 뒤를 돌아봤다. 누가 나를 보고 있을 것만 같았기 때문이다.

신데렐라의 빗자루

강서희 은행고등학교

꽉 막힌 청소도구함 밖에서 아름다운 노랫소리가 들려온다. 학기가 끝나갈 무렵이라 또 영화를 보여주고 있는 모양이다.

"신데렐라! 얼른 청소하러 가지 않고 뭐하니!"

신데렐라? 나는 낑낑거리며 몸을 세워 문 틈 사이로 TV를 보았다. TV에서는 금발 머리의 한 소녀가 못 생긴 아줌마한테 혼나고 있었다. 아줌마는 손에 들고 있던 빗자루를 내던지며 말했다.

"빨리 이 빗자루로 집 안을 깨끗이 청소해 놓으렴."

소녀는 말없이 빗자루를 소중하게 집어 들고 청소를 시작했다. 나는 감탄사가 저절로 나왔다. 어떻게 빗자루를 저렇게 소중히 다룰 수 있는지 내 자신이 빗자루면서도 이해가 가질 않았다. 친구를 막 대하는 아줌마와 달리 소녀는 아줌마가 던진 나의 친구를 소중히 다루었다. 저 신데렐라라고 불리는 소녀와 함께 있는 빗자루가 너무나도 부러웠다. 우리 반 아이들이 저 신데렐라의 마음씨를 조금이라도 닮았으면 좋았을 텐데. 현실은 너무나도 가혹하다. 아무리 저 빗자루를 부러워한데도 나는 머리에 먼지와 머리카락이 한가득 엉켜 있는 청소도구함의 더러운 빗자루일 뿐이다. 결국 엉거주춤한 자세로 영화가 끝날 때까지 보고 말았다. 슬픈 마음만 가득 안고 다시 누워 잠을 청했다.

"아가야, 아가야."

누군가를 부르는 포근한 목소리에 잠이 깨어 살짝 눈을 떴다. 바로 눈앞에서 나를 쳐다보고 있는 아주 작은 할머니의 모습에 잠이 확 달아나고 말았다.

"누구세요?"

"나는 신데렐라를 무도회에 보내 준 요정 할머니란다. 너 신데렐라의 빗자루가 되고 싶다고 했지? 눈을 감으렴. 이 할머니가 널 신데렐라의 성에 보내주마. 하지만 다시 이 청소도구함으로 돌아올 수는 없단다. 그래도 가겠니?"

나를 신데렐라의 성으로 보내준다니 이게 꿈인지 생시인지 도저히 감이 안 잡혔다. 하지만 이 기회가 날아갈 세라 나는 필사적으로 고개를 끄덕였다. 이까짓 청소도구함 따위 다시 안 돌아와도 괜찮다. 날 가지고 장난이나 치고 던지는 애들에게는 남아 있는 정도 없다. 할머니의 손짓에 따라 나는 눈을 감았다.

"안녕, 빗자루야. 내가 신데렐라야. 잘 부탁할게."

TV에서 들었던 맑고 청아한 목소리에 눈을 떠보니 TV에서 봤던 신데렐라가 내 눈앞에서 미소 짓고 있었다. 왕자와 결혼을 해 궁에서 살게 된 신데렐라는 더욱 행복해보였다. 궁이니까 엄청 넓겠지. 신데렐라는 나를 매우 아껴줄 것이다. 나는 매일매일 신데렐라와 이 궁을 청소하면서 돌아다니겠지?

"시녀가 전부 청소해 주니까. 너는 할 일이 없단다. 단지, 나와 수다를 떨며 재미있게 지내자. 궁은 너무나도 심심하거든. 무도회만이 나의 유일한 낙이였어."

할 게 없다고? 생각지도 못한 일에 나는 깜짝 놀라 신데렐라를 바라보았다.

"나는 이제 무도회에 가야해서 이제 갈게. 이 방은 내 방이니까, 너 방처럼 생각하며 편안히 지내. 좀 있다가 봐."

신데렐라는 이 말을 남기며 시녀들과 함께 나가버렸다. 새빨간 카펫에 새하얀 화장대와 옷장이 있는 이 넓은 방을 내가 청소를 안 해도 된다니. 할 일이 없어져서 기뻐해야 하는 건지 내가 쓸모없어져서 슬퍼해야 하는 건지 모르겠다.

신데렐라는 갔다 오자마자 나에게 무도회에서 있었던 일들을 이야기 해줬다. 신데렐라의 이야기에 맞장구 쳐주는 것도 잠시 나는 점점 신데렐라의 이야기가 지루해졌다. 나는 알지도 못 하는 세계에서 신데렐라는 즐거워하고 있었다. 신데렐라는 곧 잠들었고 나도 침대 밑에서 잠을 잤다.

신데렐라는 그 다음날도 또 그 다음날도 혼자서 어디론가 다녀왔고 다녀와서 나에게 이야기를 해주었다. 하지만 알지 못하는 세계의 이야기는 전혀 재미가 없었다. 오히려 신데렐라와 함께 있는 시간이 너무나도 지겨웠다. 나도 그 세계를 알기 위해서 노력해 보았다.

"나도 무도회장에 가보면 안 돼?"

"안 돼. 넌 빗자루잖아."

혼자서 방을 나설까 했지만 알지도 못하는 왕궁을 혼자서 다닐 용기가 나지 않았다. 계속 이런 생활이 반복되자 나는 더 이상 궁 안에 있기가 싫었다. 나는 내가 소중히 다뤄지기를 원하긴 했지만 쓸모없어지기를 원하지는 않았다. 행복해지기 위해 찾아 온 신데렐라는 오히려 나를 슬프게 만들었다.

"오늘은 왕자님과 데이트 약속이 있어. 난 갈게."

"응. 잘 갔다 와."

인사를 마치고 신데렐라가 나가자마자 나는 화장대 위에다가 궁에서 나간다는 편지를 써 놓고서는 궁을 나왔다. 궁 안을 좀 해매기는 했지만 무사히 궁을 빠져나올 수 있었다. 궁을 벗어나자 책에서 봤던 중세의 거리가 눈에 들어왔다. 이것저것 구경하기도 잠시, 얼마 지나지 않아 끝이 보이지 않는 길 위에 앉아 한숨을 쉴 수밖에 없었다.

"어, 빗자루다. 빗자루야. 여기서 뭐해?"

나를 부르는 어린 아이의 목소리에 나는 몸을 천천히 일으켰다.

"빗자루야, 우리 집에 같이 가지 않을래? 우리 집에 빗자루가 없어서 만날 빌렸었거든."

나에게 같이 가자고 하는 아이의 말에 나는 요정 할머니가 가자고 할 때보다 더욱 크게 고개를 끄덕였다. 내가 필요한 사람을 찾게 되었다.

"우리 집은 저기야. 엄마 보인다. 빨리 가자!"

낡아 보이는 칠이 벗겨진 빨간 지붕 집으로 소녀는 한달음에 달려갔다. 신데렐라처럼 크고 화려하지도 깨끗하지도 않았지만 작고 소박한 소녀의 집이 나에겐 더욱 좋아보였다. 소녀는 이미 집에 도착해서 내가 오기를 기다리고 있었다.

"빨리 와!"

나를 부르는 작은 소녀에게로 나는 힘차게 뛰어갔다. 소녀에게로 뛰어가는 지금 나는 행복하다.

크리스마스이브의
술 취한 사슴 이야기

강이룡 은행고등학교

저물어가는 겨울의 하루를 뒤로, 요란한 불빛을 반짝이는 네온사인과 흥겨운 크리스마스 캐럴이 어두운 거리를 장식하고 있다. 두터운 외투를 뚫고 몸을 에워싸는 칼바람과, 채 녹지 않아 발이 푹푹 빠지는 눈 더미가 사람들의 구두코를 문지르며 진로를 방해함에도 불구하고, 열심히 발을 놀리는 사람들은 즐거운 표정으로 삼삼오오 무리지어 사거리를 비워가고 있었다.

크리스마스, 일 년에 한 번 아기예수의 탄생을 찬양하는 이 날이 사람들을 기쁘게 하고 있음에 틀림없었다. 크리스마스가 다가올수록, 나는 작년에 있었던 추억을 떠올리곤 한다. 그때 내가 왜 그런 일들을 벌었는지는 잘 기억이 나지 않는다.

다만 그 사건이 두 번 다시 겪기 힘든 경험이었기에 나는 지난날을 떠올리며 슬쩍 미소를 지었다.

작년 겨울, 12월 24일의 늦은 저녁, 그날 나는 한 전자제품 매장에서 루돌프 인형 탈을 입은 채, 열심히 아르바이트를 하고 있었다. 그날 오후, 친구들의 권유라는 이름의 강요로 인해 한 잔 두 잔 술을 받아 마신 나의 몸은 발은 땅에 닿아 있었지만, 몸이 붕 뜬 느낌에 몸을 제대로 가누지 못하여 우스 꽝스러운 춤을 추고 있었고, 그것이 의외로 지나가는 사람들 의 호기심과 흥미를 유발하였는지, 나는 사람들의 주시 속에 아르바이트를 열심히 완수하고 있었다.

　적어도 몸이 기우뚱 하며 한쪽으로 기울어버리고, 쿠당! 하 는 소리와 함께 무언가를 무너트리며 자빠지기 전까진, 장담 하건대 그 이전까지 나의 아르바이트는 커다란 성행을 빚어 내고 있었다. 분명, 분명히 말이다. 이후의 나는 아마도 일말 의 부끄러움 때문이라 짐작하고 있는 이유 때문에 사슴의 몸 그대로 전자매장을 달리다시피 빠져나왔고, 이를 실수하고 도망쳐버리는 아르바이트생쯤으로 생각한 듯, 지점장 아저씨 께서는 맹렬한 스피드를 내며 나를 추격하고 있었다. 초록불 이 깜빡이는 횡단보도를 건너, 숨이 가빠올 정도로 달려 질러 몇 채의 건물을 지나치고, 눈앞의 주유소를 돌아 육교를 건넌 뒤 이쯤이면 되겠지 하고 몸을 돌리면, 그리 멀지않은 곳에서 지저분한 수염이 덥수룩한 전자매장의 아저씨가 내 그림자를 쫓고 있음을 어렵지 않게 발견할 수 있었다. 아아, 그때까지 만 해도 그날은 내생에 최악의 크리스마스이브였다. 나에게 그날을 추억으로 바꾸어버린 것은 순전히 육교 건너편 공원 에서 벤치에 앉아 쉬고 있는 북극곰, 아니 정확히 말하자면 북극곰 인형 옷을 입고, 벗어놓은 인형 탈을 앉은 자리 옆에 올려둔 채 쉬고 있던 청년, 그는 다름 아닌 우리 집과는 오 분

정도 걸리는 위치에 살고 있는 나보다 서너 살 많은 연배의 이웃집 형님이었다.

전체적으로 약간 말라 보이는 체형에 키가 말쑥이 큰 이 형님은 모델이라고 해도 어울릴 정도로 괜찮은 외면을 지니고 있었다. 양쪽으로 찢어진 눈매가 차가워 보이는 인상을 주는 점이 약간의 흠이지만, 작은 물류센터에서 일하고 있고, 짐작하건데 오늘은 물류센터가 쉬는 날이라 따로 단기 아르바이트를 구해 일을 하고 있는 점으로 미루어 보아, 동네에서는 행실 바르고 부지런한 청년으로 비춰진다는 말을 몸소 증명하고 있었다. 결정적으로 이 형님은 눈치가 없는 내가 보기에도 굉장히 티가 나지만 나름 남몰래 나의 누나를 마음에 두고 있는 듯하였다. 그래서였을까, 사실 서로 마주치면 가볍게 인사만하는 사이지만, 나는 전자매장의 아저씨로부터 몸을 피신하기 위해 이 북극곰의 몸 뒤로 몸을 날려 숨어버렸고, 당연하게도 전자매장의 털보 씨로부터 무시할 수 없는 노성이 터져 나왔다.

"너…… 너 이 자식, 빨리 안 튀어 나와? 그렇게 도망치면 내가 오냐 하고 봐줄 것 같으냐?"

발 아래의 보도블록이 눈앞에 들이밀어지는 듯한 느낌을 받으면서도, 공원을 지나치는 사람들의 이목을 집중시키는 커다란 목소리에 정신이 확 들었다. 상황이 어찌되었든 간에 내가 만취한 상태로 아르바이트를 하였고, 그 자리에서 도망치듯 뛰쳐나왔음은 변함이 없었다. 게다가 설상가상으로 매장의 루돌프 인형 옷을 그대로 입은 채였고, 아르바이트도 한 시간 정도 더 남은 상태였다. 지점장 아저씨께서 어떻게 받아들이시든 간에, 우선 사과부터 하고 넘어가야 할 일이다.

하지만 이제야 뒤늦게 나서서 이 일을 수습하기에는 내게는 온전한 정신과, 더불어 용기가 부족했다.

"저…… 말씀 중에 죄송합니다만, 실례가 안 된다면 무슨 일인지 여쭈어도 되겠습니까?"

그때 내게 구원의 손길을 내민 사람은 나로 인해 내 앞을 가로막은 듯한 처지가 되어버린 그, 다름 아닌 이웃집 형님이었다. 뒤이어 화가 난 상태의 지점장 아저씨로부터 거친 말이 몇 번 들려왔지만, 진정시키려는 형님의 태도 덕분에 그는 한층 화가 누그러진 상태로 서로 몇 마디의 말을 주고받았다.

"아니, 그러니까 이 녀석이 아르바이트를 하다 우리 매장 입간판을 넘어트렸단 말이야. 그랬으면 사과부터 하고 잘 이야기를 하면 될 것을, 도망치긴 왜 도망치느냔 말이지, 나는."

이제는 언제 화를 냈었냐는 듯, 태연한 목소리로 말을 하는 아저씨였다. 굳이 거짓말을 할 이유도 없겠지만, 그의 주장이 사실이라면, 솔직히 나는 몰랐다고 밖에 할 말이 없었다. 내가 입간판을 넘어트렸단 사실도 몰랐을 뿐더러 그저 사람들의 시선이 집중된 길거리 한복판에서 술기운에 괴상한 춤을 추고, 넘어졌던 일에 대한 창피함만 가지고 있었을 뿐이다.

때문에 적잖이 당황한 나는 어떻게든 상황을 설명해보고자 했지만, 아저씨의 말에 대답한 것은 내가 아니었다.

"그러셨군요. 음…… 알고 계시리라 생각되지만, 일반적으로 가게 바깥으로 설치하는 입간판들은 불법이지요. 물론 그렇다고 이쪽 분께서 잘못을 하지 않았다는 것은 아니지만……. 제 생각에는 아저씨께서 통행로에 간판을 설치하신 점도 조금 문제가 있다고 생각되네요. 이 부분에 대해서는 두 분께서 잘 이야기 해야겠지만, 무너진 간판에 대해서는 제가 일부 보상하도록 할 테니, 일단 이쯤 해 두시는 게 어떨까 싶네요. 보는 눈도 많고……. 이쪽 분께서도 죄송해하고 계신 눈치인 것 같습니다만."

루돌프 인형 옷을 입고 있는 상태이기에 내가 누구인지 알 리 없는 상황임에도 불구하고, 이웃 형님은 열심히 나를 변호했고, 나의 의사와는 상관없지만 고맙게도 좋은 쪽으로 이야기가 진행되었다.

"하하! 굳이 그럴 필요는 없네. 보아하니 서로 아는 사이도 아닌 것 같은데, 괜히 상관이 없는 사람에게 부담을 줄 순 없지. 간판의 배상은 이 학생과 따로 얘기를 해봐야겠지만, 부족한 아르바이트 시간과 함께 시급에서 일부 제하는 정도면 충분 할 테고…… 슬슬 가게도 문을 닫을 시간이니, 학생 옷은 내일 그 인형 옷이랑 같이 찾으러 오고, 그때 다시 이야기 하자고. 앞으로는 다시 도망치지 말고 말이야, 알았나?"

나는 죄송하다는 말과 함께 사과를 드렸고, 처음과는 다르게 웃으며 돌아가는 아저씨를 지켜보다가, 아저씨가 멀리 사라져갈 때쯤이 되어서야 이웃집 북극곰 형님을 돌아보았다. 분명 이 형님의 입장에서는 인형에 가려 얼굴이 보이지 않으니, 생판 모르는 남이나 마찬가지일 텐데도 서슴치 않고 나를 돕는 모습에 많은 고마움을 느꼈다. 그때의 나는 그 상황을 마치 유명한 전래동화처럼, 사슴을 사냥꾼으로부터 지켜준 고마운 나무꾼쯤으로 느꼈던 게 틀림없었다,

그렇지 않고서야 그런 말을 막 내뱉었을 리 없을 테니 말이다.

"저 형님, 여기서 공원 북문으로 나가 대형마트 보이는 반대 방향으로 내려가시다가 작은 횟집이 나오는 길목에서 오른쪽으로 꺾으시면 나오는 화장품가게 있죠? 거기에 열심히 일하고 있는 산타가 있을 겁니다. 그 산타의 옷을 훔쳐다가…… 아니, 이게 아니지, 어…… 그렇게 이상한 눈으로 쳐다보지 마시고요, 저는 그냥……. 아 씨, 정말 답답하네. 여봐요 형님, 툭 까놓고 얘기합시다. 형 저희 누나 좋아하잖아요, 그쵸? 제가 도움 받은 것도 있고 해서 그런 건 아니고……. 아니, 솔직히 그것 때문이 아니라고는 못하겠는데……. 아, 정말 아무튼 좀 가서 남자답게 대시 좀 해봐요. 만날 알고서도 지켜보는 입장에서 얼마나 답답한데, 알았죠? 여기서 위쪽으로 쭉 가시다가 마트 쪽 반대방향! 그쪽 길목

횟집에서 우회전! 꼭 그리로 가셔서 저희 누나 좀 꼬셔 봐요. 성공할 거라니까? 그러니까……."

아마도 채 말을 잊지 못한 채 그대로 그렇게 쓰러졌던 것 같다. 이후에 형님이 나를 업고 화장품가게에서 일하고 있던 누나에게 데려갔다는 이야기를 누나로부터 전해 들었지만, 내 기억은 여기서 끝이 난다. 쓰러진 이후에 잠깐씩 정신이 들었던 것도 같지만 다음날 숙취와 함께 찾아온 구토와 함께 잊어버리고 말았다. 하지만 나는 내가 이 형님과 우리 누나를 잇는 다리 역할을 했으리라 짐작한다.

시간을 다시 거슬러 올라가 바로 오늘, 나는 내 앞에서 걷고 있는 남녀 한 쌍을 지켜보았다. 여자는 만면에 웃음을 띠며 팔짱낀 남자를 끌어당기고 있었고, 남자는 보기에 차분해 보이는 표정이지만, 은근히 여자의 짧은 스커트를 다른 사람의 시선으로부터 필사적으로 막고 있는 모습이 퍽 귀엽게도 보였다.

당연히 그 여자는 우리 누나였고, 상대인 남자는 다름 아닌 이웃의 북극곰 씨였다. 두 사람은 작년의 그 일이 있은 지 얼마 지나지 않아 교제를 시작하였고, 지금까지도 그 관계를 키워나가고 있었다.

그날 결국 형님은 나의 지나친 주정의 말마따나 고백을 했을까, 아직까지도 알 수 없는 그날의 전말을 어느 정도 상상하며 흐뭇하게 웃는 사이, 조금 먼 거리에서 누나의 목소리가 들려왔다.

"얏호! 너 빨리 안오면 먼저 간다! 바이바이!"

나에게 크게 손을 흔들며 팔짱을 낀 손을 앞으로 향한 채 빠르게 앞서나가는 누나와 당황하며 발걸음을 맞추는 형님이 어렴풋이 보인다. 멀어진 두 사람을 쫓기 위해 발걸음을 옮기는 사이, 천천히 내 옆을 지나치며 입김을 뿜어대는 머리가 반쯤 까진 할아버지가 든 DMB로부터 뉴스속보가 새어나오고 있었다.

대설주의보가 오늘 밤 본격적으로 시작돼 새벽에 전국으로 확대되면서 25일 오전까지 이어지게 되겠습니다. 올해는 화이트 크리스마스를 기대할 수 있을 것으로 보입니다. 기상청은 25일까지 전국적으로 최고 8센티미터의 눈이 내리겠고 오후에는…

"와아! 눈이다아! 히힛, 올해는 화이트 크리스마스가 되려나?"

"그랬으면 좋겠네요 하하,"

교제를 시작한 지 일여 년 정도가 지난 이 순간까지도 형님보다 한 살 더 어린 누나만이 말을 놓는 기묘한 관계이지만, 두 사람은 언제나 함께할 때는 밝아보였다. 나는 이 두 사람이 '선녀와 나무꾼'처럼 사슴이라는 한 다리에 의해 인연을 맺은 것이기를 내심 바라고 있다.

　그것이 비록, 술주정으로 코가 빨개진 빨간 코 루돌프가 이어준, 선녀가 아닌 산타, 나무꾼이 아닌 북극곰일지라도 말이다.

우주선

강정아 은행고등학교

'하늘에서 우주선이 내려와 우리 학교 운동장에 불시착했다. 난데없이 내려오는 괴물체에 지루한 수학 시간 멍하니 창밖을 쳐다보던 나는 깜짝 놀랐다. 체육을 하던 아이들이 꺅꺅 소리를 지르다가 우주선에 몰려가는 것이 보인다. 저거, 저렇게 해도 괜찮은 걸까? 『우주 전쟁』 같은 책을 보면 지구를 점령하러 온 외계인들이 사람을 막 공격하던데. 나는 무서워져서 벌써 우르르 몰려나가는 우리 반 아이들을 뒤따라 나갈 수 없었다. 그때, 갑자기 뒷문이 벌컥 열리더니 누군가가 들어왔고 내 기억은 환한 빛과 함께 거기서 끊기고 말았다.'

한 초등학교의 교실, 다음은 체육 시간이었다. 원래는 체육 시간이면 종이 치기도 전에 운동장으로 뛰어나가곤 했지만, 오늘 송이는 그럴 기분이 아니었다. 바로 전 시간, 친구들에게 가족 앨범을 보여주다가 한바탕 크게 싸웠기 때문이다.

송이에게는 매우 특별한 사진이 한 장 있었다. 그건 바로 오래되고 색 바랜 사진 한 장이었는데, 바로 송이네 증조할머니의 사진이었다. 증조할머니의 소녀 적 사진은 몇 달 전까지 송이를 늘 챙겨주던 옆집 언니와 꼭 닮아 있었다. 송이는 그 언니를 정말 좋아했는데, 어느 날 갑자기 보이지 않게 되어서

자기에게 말도 않고 이사를 간 건가 싶어서 슬퍼졌다. 하지만 최근에 증조할머니 물건을 모아놓은 다락방에서 이 사진을 발견한 덕에 이젠 언니가 보고 싶은 것도 참을 만해졌다.

그런데 그 사진에는 어딘가 이상한 점이 있었다. 할머니의 손에 최신형 핸드폰이 들려져 있는 것이다. 친구들은 그것을 보고 너희 증조할머니는 시간여행자냐 외계인이냐 하며 송이를 놀려댔다.

사실 송이도 그 사실을 친구들이 말해 준 다음에서야 발견했기 때문에 꽤 당황스러웠다. 하지만 친구들이 증조할머니를 놀려대는 건 참을 수 없었다. 결국 친구들의 놀림은 송이가 지우개를 던져버리는 것으로 끝이 났다.

울적한 기분으로 집에 돌아온 송이는 문득 증조할머니의 다락방으로 올라가 이것저것 뒤지기 시작했다. 그리고 마침내, 한 권의 오래된 공책을 발견할 수 있었다. 그것은 증조할머니의 일기장이었다. 송이는 떨리는 손으로 한 장을 넘기기 시작했다.

'5월 13일. 여기가 어딘지 모르겠다. 어찌된 일인지 정신을 차려보니 나는 학교가 아니라 이 회색 방 안에 갇혀 있다. 주변에 보이는 것이라곤 이 노트와 연필, 그리고 정체를 알 수 없는 몇 개의 버튼뿐이다.

어떻게 이곳으로 오게 된 것인지 신기하기도 하지만 이젠 무

섭다. 어떻게 해야 여기서 나갈 수 있을까? 집에 가고 싶다.'

일기의 시작부터 심상치 않았다. 증조할머니는 어디론가 납치를 당한 것처럼 보였다. 송이는 점점 두근거리기 시작했다.

'6월 4일. 핸드폰이 있지만 문자 한 통 보내지지 않아 그만 시계로 전락해버리고 말았다. 하지만 이마저도 배터리가 얼마 남지 않아 슬슬 끝이 보이는 것 같다. 나는 이곳에 대체 며칠째 갇혀 있어야 할까? 이젠 한계가 다가온다. 답답하다. 이젠 뭔가를 해야 한다.'

송이의 손이 멈칫, 했다. 증조할머니 시대에도 핸드폰이며 문자라는 게 있었던가? 뭔가 이상해져 가는 것이 느껴졌다. 마음속에서 더 이상 일기를 읽으면 위험하다고 외치고 있었지만 송이의 손은 책장을 넘기는 것을 멈출 수 없었다.

'6월 10일. 여러 가지 버튼들 중 하나를 눌렀다. 빨간 버튼을 누르니 답답한 회색 벽이 위로 징, 소리를 내며 올라갔다. 주위에는 내 눈을 믿을 수 없을 일들이 펼쳐져 있었다! 우리 반 아이들 모두가 투명한 벽에 가로막혀 동물원 원숭이처럼 격리되어 있었던 것이다. 나도 마찬가지였다. 한 친구와 눈이 마주친 순간 나는 그만 웃어버리고 말았다. 이제 우리는 어떻

게 되는 걸까.'

'6월 18일. 드디어 핸드폰이 꺼졌다. 거의 한 달째 이곳에 있는 것 같다. 이젠 한계다. 투명한 벽 너머로 보이는 조그만 창문 그 밖의 세상은 분명 우리 학교인데. 왜 아무도 우리를 구하러 오지 않는 걸까? 나는 학교 운동장에 있다고. 다른 버튼도 아무거나 눌러보자. 이젠 어떻게 되든 상관없어.'

'6월. 날짜는 잘 모르겠다. 아마도 20일? 주의! 라고 쓰인 커다란 버튼 빼고는 다 눌렀다. 아직까지는 아무런 일도 일어나지 않았다. 이 마지막 버튼이 나를 구원해 줄 거라 믿고 버튼 위에 손을 얹었다.
이제 이걸 끝으로 안녕!'

그걸로 일기는 끝이 났다. 송이는 대체 이게 어떻게 된 일인지 알 수 없었다. 단지 알 수 있는 사실은, 증조할머니는 절대로 평범한 삶을 살지 않았다는 것. 송이의 어머니의 어머니의 어머니 시대의 사람이지만 최신형 핸드폰을 들고서 문자를 보내는 증조할머니는 결코 평범하지 않다.

그리고 곧 송이는 넘지 말아야 할 선을 넘어서 버린 느낌이 들었다. 일기장 사이에서 살랑, 하고 한 장의 사진이 툭 떨어

진 것이다. 역시 누렇게 바랜 사진 한 장. 언제나 송이를 돌봐
주던 그 언니가, 아니. 아직 소녀인 증조할머니가 최신형 핸
드폰을 손에 꼭 쥐고 송이네 집 근처 고등학교 교복을 입은
채 6·25 전쟁의 한가운데에 서 있었던 것이다.

아침드라마

구현수·박민경 문산제일고등학교

W대.

사계절 중에 가장 나른한 계절을 뽑으라면 봄이라고 대부분 대답하겠지만, 올 가을은 일교차가 커서인지, 학교주변 단풍나무 길에 아무도 없다. 노랗고 빨간 단풍들은 저마다 몸의 빛깔을 뽐내며 봐주기를 바라고 있는데 나른하게도 안경에 비비크림, 머리를 올려 묶은 여학생들과 모자와 마스크를 쓴 남학생들은 저마다 교내 휴게실에서 한 잔의 커피로 술에 지친 속을 달래기 바쁘다.

그의 눈에만 무한한 학구열을 보이는 학생들에 뿌듯해 하는 오 교수의 오전 수업은 지루하기 짝이 없었다. 도저히 감기는 눈을 어찌할 수 없어 눈에다가 그림이라도 그리고 싶다. 왜 있지 않나, 어릴 적 만화에서 나왔던 빨래집게나 테이프로 고정이라도 시키고 싶은 기분. 수업 성실하고 과제도 칼제출로 유명한 건형도 사실 수업시작하고 10분도 안되어 눈이 감겼다는 건 오 교수의 수업이 어딘가 문제가 있는 것이다.

"자, 오늘은 여기까지."

끝난다. 끝난다. 끝났다!

오 교수가 느릿느릿하게 수업을 마치는 말을 끝내자, 혼자서 데스메탈에 심취해 오 교수의 이야기도 못 들은 채 구석에서 헤드뱅잉을 하는 한 놈 빼고 아침잠 자던 학생들은 무슨 일 있었냐는 듯 오 교수의 말이 끝나자마자 우르르 몰려 나갔다. 건형은 한숨을 쉬었다.

어차피 교양과목인 거 출석하는 데 의미가 있지만, 저렇게 막나가다가 학점에 기관총 달겠다. 그것도 쌍으로 FF, 가방을 싸 놓고 자는 건지 빛의 속도가 따로 없다. 생각해 보니 아르바이트할 때에 민영이가 들른다고 한 것 같은데.

"민영이 언제 오려나."

'딱딱' 누군가가 다가오는 것도 모르고 아무도 없는 강의실에 멍하니 앉아 있던 건형은 손톱으로 책상을 두드리는 누군가에 의해서야 눈치를 챘다. 늘씬한 키에, 흰 피부, 얇은 차림에 꼼꼼히 한 화장. 같은 동기들이 그렇게나 소개를 시켜달라던 아름이었다. 묘한 미소가 어쩐지 곤란한 부탁을 할 것만 같은데…….

"선배, 오늘 제가 밥 살게요."

역시. 대놓고 건형이 찌푸린 얼굴을 해 보이자, 아는지 모르는지 아름은 건형에게 얼굴을 들이밀었다. 부탁을 거절하기 힘들 것 같아서 건형은 퉁명스럽게 대답했다.

"좀 있으면 나 알바 있어."

코가 닿을 것 같은 거리에 — 과장이겠지만 — 속 부대끼는 화장품 냄새를 맡자 건형은 머리가 아파왔다. 무슨 냄새였냐면 마치 썩은 장미에 나프탈렌을 섞은 그런 냄새. 냄새는 물론이고, 더 이상 시간을 끌기엔 아름의 페이스에 말릴 것 같아서 그는 몸을 일으켰다. 꽤 빨리 일어났는데도 바로 팔짱을 껴 버린다. 낯짝이 꽤 두껍다. 개인적으로 만난 건 처음이지 싶은데.

"에이, 그럼 빨리 먹으면 되죠. 제가 사드린다니까요. 빨리 가요, 가요."

거절할 틈도 주지 않는 화술을 구사하는 게 한두 번 상대하는 게 아닌가.

나무 느낌이 나는 자재와 길이가 긴 조명. 자연주의를 지향한 듯한 가게 내부가 산뜻했지만, 그것도 마음이 편해야 눈에 잘 들어오는 것이다. 사실 화술을 제외하고서라도 민영과 고등학교 동창인 — 친구격인 — 아름의 부탁을 거절할 명분이 없었다. 그나저나 별로 만나지도 않은 것 같은데 팔짱을 낄 정도로 친했던가?

건형은 유쾌하지 않은 표정으로 아름을 따라 L음식점으로 들어섰다. 한쪽에 마련된 무대엔 점심이라서 연극 같은 건 하지 않는 모양이다. 아름과 함께라는 사실만 제외하면 민영과 둘이서 꼭 와보고 싶은 곳이다. 따뜻한 조명 아래 푹신한 방석에 엉덩이를 붙이고 한참을 주문표를 들여다보던 아름은 잘 정돈된 머리를 갑자기 사선으로 쓸어 넘겼다. 다분히 의도된 동작 같다. 잘 속아 넘어 갈만큼 익숙했지만 네이트판 같은 곳에 '남자 꼬시는 법'하며 올라올 법한? 군대를 다녀온 남자인데다가 친한 여자사람 친구가 입버릇처럼 말해줘서 아는 거지.

"스테이크 소스는…… 고르곤졸라 소스 주시고요, 선배도 같은 거? 그리고 오렌지주스 두 잔이요."

건형은 점심부터 과한 스테이크를 시키는 아름을 보고 몰래 혀를 찼다.

'점심부터 과한 메뉴를 시켜대면 알바만 힘든데.'

사실 아름과 앉아 정답게 식사를 마칠 생각은 없다. 일부러 건형은 시계를 바라보았다. '난 너랑 여기서 시간 버리기엔 바빠.' 좀 눈치 채라고 한 일인데 다행히도 거기에 기분이 나쁜 모양인지 항상 웃는 낯이었던 아름이 잠시 거칠게 머리를 쓸어 넘겼다.

"아아, 맘대로 해."

사실 아름도 건형을 밥이나 같이 먹자고 부른 건 아니지만, 대놓고 시큰둥하면 이쪽에서도 기분이 나쁘다 이거다. 일단 눈을 동그랗게 뜬다. 아름은 뜸들이듯 말을 이었다.

"선배, 민영이 말이에요. 두 분 안 좋은 일 있으세요?"

아름은 민영이란 이름이 나오자마자 자세를 고쳐 앉는 건형을 보고 쓴 침을 삼켰다.

"왜?"

아름은 건형이 집중할 줄 몰랐다는 듯 살짝 당황한 표정을 지었다. 반대로 건형은 다른 이유가 아니라 민영이 때문에 밥을 먹자고 한 건가하고 초조한 모양새였다. 자신이 욕먹는 건 별 상관없지만 민영이라면 좀 이야기가 다르다. 냉한 건형의 얼굴에 초조한 기색이 스쳤다. 그렇게나 끔찍히 아끼네. 둘이 결혼이라도 하겠단 거야? 그 생소한 모습에 더 놀리고 싶었으나 본론으로 넘어가 아름은 순순히 입을 뗐다.

"아, 아뇨, 제 영문과 친구가 민영이랑 동긴데 과 MT 갔었을 때, 남자들이랑 너무 붙어있었다고 하더라구요. 개도 민영이가 남자친구 있는 거 아는데, 좀 안 좋게 보였나 봐요."

물 컵 속 얼음을 휘젓는 건형은 표정을 관리할 수가 없었다. 민영은 그럴 사람이 아니란 걸 알지만, 친구라는 애의 눈에도 그렇게 보였다면 정말 무언가가 있나? 아름은 건형의 표정을 살피더니 이쯤에서 쐐기를 박아야겠다 싶어, 목소리를 살짝 높여. 은근하게 말을 비꼬았다. 그 모습은 마치 먹이를 노리는 보아뱀의 눈빛이었는데 별로 우아해 보이지는 않았다.

"어머, 모르셨어요? 민영이, 고등학교 때 좀 화려했죠. 그렇게 대단해 보이진 않지만……."

"야, 나, 가야겠다. 알바 늦었어."

말을 다 잇기도 전에 무슨 말이 나올지 두려운지 건형은 초조한 다리를 일으켰고 아름은 그런 건형을 보며 불쌍하다는 표정을 지었다.

"아 그래요? 아쉽다. 다음에 꼭 한 끼 해요."

물론 음식값은 버렸지만, 일이 순순히 진행되는 것 같아서 아름은 성공의 미소를 지었다.

친구도 아끼는 후배도 뭣도 아닌 여자애 말이 자꾸만 마음을 헤집고 다니는 게 맘에 안 든다. 민영과 사귀면서 단 한 번도 이상한 음해 공작에 휘말리지 않았는데, 그건 민영에 대한 소문이 남자에 관한 내용이 아니어서인지. 여하간 지금 심정은 누군가가 고요하던 최전방 마을에 수류탄 투척한 격이었다.

건형이 일하는 프로방스식 가구가 예쁜 카페에는 비싸서 손님이 생각보다 많지 않았다. L카페 아르바이트생들은 시간이 많았지만 지금처럼 멍하니 아무 일도 안한 적은 없는 건형이라 매니저가 오히려 눈치를 보았다.

"뭐지, 걘."

보다보다 못한 매니저가 한 소리 하려는 찰나, 카페 문이 열리고 종소리가 경쾌하게 울리고 익숙한 얼굴이 보인다. 손님치곤 꽤 큰 소리로, 건형을 불렀다.

"오빠, 나 왔어!"

건형은 점심에 있었던 일을 떨쳐버리고, 반가운 얼굴에 집중했다. 그리고 입가에 검지 손가락을 대며 '쉿' 하는 입모양을 했다. 그제야 민영이 놀라서 합죽이가 되자, 건형은 그 모습이 너무 귀여워서 같이 합죽이를 따라했다.

‘합.’

‘크흐 오빠 완전 귀여워.’

카운터가 제일 잘 보이는 테이블에 자리를 잡고 앉은 민영은 보일 듯 말 듯 미소를 지었다. 그 미소는 당연히 카운터의 키 큰 아르바이트생을 향하고 있었음은 당연하다.

“여기 주문이요!”

햇살이 민영인지 민영이 햇살인지, 건형이 눈을 살짝 찡그리며 웃었다.

“셀프세요, 손님!”

아까부터 꽤 지루해 음료하나 덜렁 시켜놓고 폰만 만지는 게 다였던 민영이 휴게실에서 나오는 건형을 보고 안쪽자리로 옮겼다. 좋아 죽겠다는 얼굴이 마치 주인을 보는 강아지를 닮아 꼬리라도 살랑살랑 흔드는 모습 같았다. 그렇지만 기대와는 달리 조용한 남자친구의 모습에 무언가 이상함을 느낀 민영은 서둘러 건형의 얼굴을 훑었다. 항상 기분 좋게 올라가 있던 입가가 오늘따라 냉정하다.

“왜 이렇게 얼굴이 어두워.”

건형의 어두운 표정에 걱정되는 듯, 민영은 건형의 머리를 넘겨주었다. 졸음이 올만큼 기분 좋았고 머리카락을 넘겨주는 여자친구의 모습은 당장이라도 안아주고 싶은 사랑스러운 모습이었지만 아까부터 계속 머리를 때리는 점심시간의 아름의 이야기에 망설이듯 입을 떼었다.

“민영아, 아, 아니다.”

이걸 말하면 과연 민영이 무어라 대답할까 미안하다며 헤어지자 하는 건 아닐까 역시 말하지 않는 게 좋겠다. 집중해서 듣다가 중간에 뚝 끊긴 대화에 전혀 건형답지 않은 태도를 느낀 민영은 약간 서운한 표정을 지었다. 맥이 빠진다. 무슨 일만 있으면 묻지 않아도 항상 이야기 해주던 건형이었는데, 이번은 아니었다.

“왜 무슨 일인데?”

눈을 크게 뜨며 얼굴을 가까이 들이밀 때에는 말할 때까지 묻겠다는 자세인 것을 말 안 해도 아는 건형은 한숨을 쉬고 식어버린 커피를 한 모금 마셨다. 말을 안 해도 안 말했다고 헤어지자 할 판이다. 결국 바로 말을 꺼냈다.

“너 아름이랑 싸웠냐.”

건형이 말을 꺼내자마자 의외라는 듯 펄쩍 뛰는 모양새가 제법 웃겼지만, 웃을 수는 없어서 또 다시 커피를 마셨다.

“어? 아니! 무슨 소리야.”

쩌렁쩌렁 울리는 목소리가 신경 쓰였던지 내뱉고 주위를 둘러본 민영은 작게 캐물었다. 그건 계속 말하라고 재촉하는 것이었다.

“아니, 오늘 개랑 점심을 먹었는데. 며칠 전부터 너한테 좀 안 좋은 소리를 하더라고. 후, 그리고 과 MT 때 네가 남자들이랑 꽤 친밀해 보였다고 하더라.”

　잠시 고민을 하던 민영은 테이블위에 손가락을 딱딱거렸다. 민영의 특유의 버릇이다. 아마 민영 역시 당황스럽고 혼란스러운 모양이다. 영화에서 본 듯한 그렇고 그런 소문들. 짧은 고민 끝에 민영은 음료 잔을 테이블위에 탁 소리나게 놓았다.

　"뭐야. 나 그때 아파서 오빠한테 문자 보내고 오빠랑 통화도 했었잖아. 나 그렇게 간 큰 애 아니야. 거기에 오빠 동기들도 있는데 어떻게 그래"

　살짝 차가운 얼굴이, '나 화낸다.'를 여실히 보여주고 있어서 건형은 반사적으로 고개를 끄덕끄덕 거렸다.

　"그러고 보니 그랬던 것도 같다. 아, 그랬지 참."

　스트로우를 살짝 저은 민영은 어벙한 표정을 지으며 고개를 끄덕끄덕 하고 있는 건형이 귀여워서 화내려던 것도 잊어버렸다. 화내지도 못하게 하면서 귀여운 척은.

　"어디서 뭘 듣고 와서 그래."

　민영은 오해가 풀려서 기쁘다는 듯 살짝 미소를 지었다. 하긴 민영이 어떤 사람인 줄은 자신이 더 잘 알지 않은가. 잠시라도 흔들린 마음을 먹었던 자신에게 잘못이 있다.

　"그래, 미안해. 이제 일어날게. 쉬는 시간 끝이야."

　손을 한 번 꼭 잡더니 등 돌려 직원실로 걸어 들어가는 건형을 지켜보다가, 민영은 차가운 얼음을 와드득 씹었다. 건형이 알면 감기 걸린다고 잔소리를 늘어 놨을 테지만 역시 그런 오

해를 할 만한 행동을 한 것인지 걱정이 되었다. 또 그런 일 가지고 저렇게 안 그러던 행동을 하는 사람이 아닌데. 민영의 머릿속엔 전혀 그런 일이 없었음에도 찜찜한 건 찜찜한 거였다.
"좀 이상하네."

동아리방은 언제나 춥다. 잘 안 쓰기도하지만 무엇보다 동아리방에 일일이 난방을 할만큼 동아리 대표는 파워가 세지 않기 때문에 민영은 수업 전에 그 추운 동아리방에 들어왔다. 서늘하고 텁텁한 동아리방 공기에 민영은 콜록거리며 과제 파일을 둔 테이블로 걸어갔다. 과제 파일을 두고 간 내가 잘못이지. 안쪽으로 걸어 들어가 캐비넷 쪽으로 다가가니 구석에서 동아리 대표 선배인 창민이 박스를 옮기는 게 보였다. 항상 친절하고 같이 대화하면 기분 좋은 건형의 친구로 올 해 동아리대표가 되었다. 민영은 음료수라도 얻어먹을 요량으로 다가가 잽싸게 박스를 받쳐 들었다.
"으악! 뭐야 깜짝 놀랐잖아. 고마워, 민영아."
민영은 박스를 들고 옮겨야 할 곳으로 걸어갔다. 그러다 능청스럽게 굴었다.
"아니에요. 선배. 에이 군대도 갔다 온 남자가 힘이 너무 약한 거 아니에요?"
창민은 그 말에 별 다른 말 않고 큰 박스를 여러 개 옮기고는 마지막 남은 작은 박스를 치웠다.

정리된 동아리실이 한결 화사해 보였다. 햇살도 전보단 더 들어오는 방이 마음에 드는지 한참 감상에 취해 있던 창민이 파일을 찾으러 테이블 쪽으로 몸을 돌린 민영에게 말을 건넨다.

"저기, 민영아 너 혹시 신방과에 아름이 알지? 걔랑 싸웠니?"

파일이고 나발이고, 머리 한 구석을 번개가 치고 지나갔다. 이틀 연속으로 아름과 싸웠냐고 묻는 주변 사람이 이상하긴 했지만, 이렇게 묻는 걸 보면 민영은 자신이 모르는 사이에 아름이 기분 나쁠 행동을 했나 싶었다. 민영은 어제 건형이 자신에게 아름과 무슨 일이 있냐고 심각하게 묻던 때를 상기하고, 날카롭게 되물었다.

"네?! 무슨!"

순간적으로 꽤 큰 소리가 났는지, 창민이 화들짝 놀란다.

"아 깜짝이야! 아니야."

뭔가 있다. 진지하게 무언가 있다. 직감적으로 느낀 민영은 테이블을 소리 나게 두드렸다. 한 번도 아니고 두 번이나 아름이 이야기가 나오다니.

"건형 오빠도 어제 그 소리하던데, 선배 무슨 일인지 솔직히 이야기해 주세요."

그 말투가 마치 가시 같아서 불쾌한 기분을 느낀 창민은 아무리 친구의 여자 친구라지만 꽤 건방지다고 생각했다. 차갑게 말을 이었다.

"사실, 오아름이 너 건형이 몰래 나이 많은 아저씨한테 용돈 받고 그런다고 떠드는 걸 들었어. 나한테도 그랬고."

별로 말해주고 싶지 않았어, 라고 덧붙이는 창민의 말이 아득해지는 것을 느끼기도 전에 반사적인 대답이 튀어나갔다. 저 말이 믿기지 않았다. 창민은 불퉁하게 말은 했지만 민영에게 상처가 갈까 싶어 말을 우물거렸다. 풀이해 보면 원조교제 하냐는 말이다.

"네? 뭐라구요?"

"너 원조교제한다고…… 민영아, 괜찮아?"

민영의 얼굴이 하얗게 질린 모양인지 창민이 뒤늦게 물어왔지만, 민영은 말없이 동아리방을 나섰다. 거세게 문이 닫혔다.

알바 아닌 때에 카페에 가는 건 드물어서 카페로 달리는 길이 잠시 새롭게 느껴졌다. 오전 수업이 바로 끝나고 민영의 카카오톡을 발견한 건형은 눈썹 휘날리게 뛰어왔지만 그를 반기는 건 그가 끔찍하게 싫어하는 눈물이었다. 눈앞에서 우는 민영을 바라보다가 눈물 젖은 머리를 넘겨주었다.

"박민영, 말을 해. 이유는 알고 널 달래자."

십 분을 넘게 소리 없이 우는 민영에게 꽤나 단호하게 말하는 수밖에 없었다. 아니면 한 시간을 넘게 울지 모르는 일이었다. 하지만 대답을 할 리가 있나, 아무런 대답 않고 눈물만 흘린다. 건형은 미쳐버릴 것 같은 기분에 휩싸였다. 평소에 잘 울지도 않던 사람이라 더 미칠 노릇일지도 모르지만. 죽을 맛이었다.

"박민영."

목소리가 꽤 거칠게 나간 것 같지만 신경 쓰기엔 이미 건형도 한계에 다다른 상태였다. 그게 악 효과인지 효과인지는 모르겠지만 민영이 잠시 움찔하더니 크게 울었다.

"야! 박건형! 너가 나한테 그게 할 소리야?"

아뿔싸, 악 효과였던 모양이다. 보기 드문 민영의 모습에 당황해 하며 급히 자세를 고쳐 앉았다. 평소 그 모습에 귀여워서 웬만한 화를 푸는 민영이지만, 오늘은 아닌 모양이었다. 도대체 만나기 전에 무슨 일이 있었기에 저러는 건지 의문이 들었다.

"너는 내가 학교에서 무슨 일이 있건 무얼 하건 관심 없잖아."

민영은 더 이상 말하고 싶지 않은지 테이블 위, 팔을 교차해 얼굴을 묻었다. 이 상황을 어떻게 타계해야 할까 싶던 건형은 그 모습을 지켜보다가 핸드폰을 켜 일단 민영의 친구에게 카카오톡을 했다.

'오늘 민영이 오전 수업 전에 어디 갔거나 그런 거 있었니?'

'동아리방에 파일 가지러 간다고 했는데, 수업을 안 들어왔어요.'

'아 그래. 그리고 민영이 나랑 있으니까 걱정 마.'

카카오톡을 간단히 끝낸 건형은 왼쪽 눈썹 위를 문질렀다. 대충 동아리방에서 있었던 일 같은데 거기서 누가 뒷담화를 하기라도 했나. 오전수업도 안 듣고, 그렇게 출석에 연연해하면서, 도대체 무슨 일이야. 곤란해 하던 사이에, 또 다시 카카오톡이 한 건 온다. 마침 창민에게 연락을 넣어볼까 하던 참인데 나이스 타이밍으로 카카오톡이 날아왔다.

'아까 민영이 동아리실 와서 오아름 이야기 해줬는데 충격 받은 것 같다. 민영이 괜찮냐?'

아름이 이야기라니. 이틀 연속으로 민영과 아름이 엮였다. 아마 그 문제일 것이다.

'무슨 이야기?'

'아, 못 들었어? 민영이 신방과 2년 애들 사이에서 원조교제 이야기가 떠도는 거…….'

'원조교제?'

원조교제라니. 말도 안 돼. 24시간 서로의 수업과 잠자는 시간을 제외한 매 순간을 끝임 없이 붙어 있는 건형과 민영이었다. 그런 민영이 원조교제를 할 리가 없었다.

'그게, 오아름이 먼저 말한 것 같더라.'

'알았어.'

역시, 그러면 그렇지 시답지 않은 이유로 민영이 이상한 게 아니었다. 몰라줘서 미안하기도 했지만 일단은 좋은 생각이 났다. 이대로 덮기에는 이미 화도 났고 덮을 수도 없으니까.

엎드려 있는 민영의 좁은 어깨를 바라보다가 건형은 민영의 옆자리로 가서 감싸 안았다. 그러니까 깜찍하게도 고개를 슬쩍 든다.

"왜?"

울어서 발개진 뺨을 감싸고 천천히 중얼거렸다.

"그러니까 우리 이렇게 하자."

식당에서는 죽어도 밥 안 사먹을 것처럼 버티더만 결국 비싼 네일아트 받으려고 저렴한 교내 식당밥을 먹고 있는 아름이 보였다. 오랜만에 건형과 같이 밥을 먹고 나오던 민영은 식기 반납하는 곳에서 짧은 원피스를 입은 아름을 보았다. 목표물을 발견한 저격수처럼 째려보던 민영은 이내 마음을 먹은 듯 가까이 가서 아름이 일부러 자신을 발견하도록 어기적거렸다.

"어? 선배?"

역시 그냥 지나가기엔 양반은 못 되는 것 같다. 친구인 민영보다도 건형에게 먼저 인사를 하자 재빠르게 그 타이밍에 민영은 말을 가로챘다.

"어! 아름! 배터리가 없는데 전화 한 통만 써도 돼?"

곱게 손질된 손에 쥐고 있는 유명브랜드의 로고가 그려진 핸드폰케이스를 가리키며 민영이 빠르게 묻자, "어, 어 그래." 라며 얼결에 대답해 버린 아름은 곧 이어 떨떠름한 표정을 지어보였다. 적당히 거절하란 무언의 압박이었지만 그걸 모를 리 없는 민영은 실없는 사람처럼 부드럽게 웃어 넘겼다.

"고마워! 여보세요?"

적당히 친구번호로 전화를 걸고 통화하는 척을 하며, 산책로로 나가는 입구 쪽으로 걸어갔다. 그러거나 말거나 아름은 건형과 이야기를 하기 바쁜 것 같다. 적당히 거리를 벌리고 안 보이는 곳에 위치를 잡자마자 민영은 한 번 스윽 식당 쪽을 쳐다보았다.

"선배, 무슨 일이세요? 호호."

잘은 안 들리지만 적당히 건형이 받아치고 있는 듯했다. 그렇게 벌레 씹은 표정 짓지 말라 했건만! 건형과 아름이 대화하고 있는 모습이 보인다. 처음엔 힐끗거리는 게 눈치를 보았지만 이제는 그러거나 말거나 아예 하하호호 이야길 나누는 모습이 보였다. 서둘러 아름의 핸드폰의 연락처의 그룹을 찾았다.

"친구, 가족, 동아리, 물고기. 여기 있다!"

기록을 안 남기느라 블루투스로 전송해 꽤 시간이 걸렸는데도 건형이 특유의 웃음 날리며 앙큼한 리액션을 해주는 바람에 아주 널널하게 일이 끝났다.

'전송되었습니다.'

민영은 폰을 쥔 반대 손으로 주먹을 꾹 쥐었다. 아직도 저쪽은 화기애애하다. 제가 시킨 건데도 울컥해서 차오르는 분노에 바보처럼 중얼중얼 거렸다.

"이젠 장난 없다."

학교에서의 아름과는 사뭇 다른 아름은 알이 커다란 안경에 편히 당고머리를 하고 후줄근한 트레이닝복 바지를 입고 있었는데, 아름을 좋아하며 따라다니는 선배가 보면 놀랄 것 같다. 전형적이 청년실업자였다. 물만 마시며 팔뚝 살을 빼는 운동을 한참 하고 있는데, 아름의 폰에 카카오톡이 울렸다. 웬일인지 건형이었다.

〔박건형〕

'아름아 이번주 주말에 시간있니?'

아름은 그 카카오톡을 보며 씩 웃었다. 자신이 원하는 남자, 건형에게서 시간이 있냐고 카카오톡이 왔기 때문이다. 아름은 미리보기로만 보고 폰을 내려놓았다. 그렇게 들이댔는데 수확이 없으면 그게 오아름인가.

"그럴 줄 알았다. 박건형. 민영아 미안해서 어떡하냐. 오 분 있다가 보내야지."

그 오 분이 오 년 마냥 계속 폰을 들여다 보던 중 숫자가 정확히 오 분 후를 나타내자 아름은 빠르게 답을 쳤다.

'네, 있어요.'

답을 보낸 지 얼마 안됐는데 아름의 답을 기다렸다는 듯이 답장이 바로 왔다. 그러면 당연히 이쪽 입장에선 편하다.

'영화 보러갈까?'

일종의 데이트 신청이었다. 아름은 소리는 내지 못하고 기쁘다는 표정으로 방방 날뛰었다.

소파에서 데굴데굴 구르다가 손거울을 보고 피부 상태를 점검했다.

"내가 거절 할 리가 있나."

아까처럼 시간 간격을 조금 둔 뒤 답을 보냈다.

'아, 좋죠.'

일부로 답을 흐렸다. 민영이 신경 쓰인다고 티를 팍팍 내며 보냈지만 건형은 아무렇지 않다는 듯 답을 보내왔다.

'그래 그러면 우리 요번 주 일요일 아홉 시에 CGV 앞에서 보자.'

'아침 아홉 시 말이에요?'

내심 심야영화이길 기대하며 답을 쳤다. 심야면 일이 잘 풀린다. 저녁이면 붓기도 빠질테고, 옷차림이 과감해져도 좋다.

'응. 늦지마.'

아름은 히죽거리며 웃었다. 누가 보면 이상할 정도로 히죽히죽 거렸다.

"어머, 우리래 우리. 늦지 말긴. 늦는 건 미인들의 특징이라던데 뭘 모르시나 보네. 하긴, 민영이 미인이 아니라 모를 수도 있겠다."

아름은 컵을 설거지통에 던져 넣고, 기지개를 죽 폈다. 건형과의 데이트가 그렇게도 기쁜지 시도 때도 없이 웃어댔다.

"운동이나 하자. 운동!"

평소에는 다리 주사나 맞으러 병원을 가겠지만 오랜만에 운동을 하러 밖으로 나가는 아름이었다.

CGV 앞.

건형은 약속 시간보다 조금 이르게 나와 아름을 기다리고 있었다. 약속 시간이 지났음에도 불구하고 그림자도 비추지 않는 아름에게 짜증이 밀려왔다. 여전히 아름은 나타나지 않았다. 유지하던 표정은 일그러진 표정으로 바뀌었다.

"늦지 말랬더니, 앤 왜 안와."

내가 분명히 늦지 말라고 했는데. 학습 능력이 떨어지나. 약속 시간에서 20분이나 지났을 때 멀리서 아름이 보인다.평소에 저런 옷 안 입던데, 항상 고수하던 야하고 짧은 옷들은 어디가고 웬 귀여운 컨셉이람.

"미안해요, 선배. 일찍 준비한다고 했는데."

얼마나 써먹었을지 모르는 가식적인 대사지만 일단은 넘어가기로 한 건형은 부드럽게 웃음을 지었다.

"됐어. 영화나 보자."

CGV까지 가는 짧은 길을 걸으며, 많이 추워졌다는 느낌이

들었다. 민영이도 꼭꼭 여미고 다녀야 할 텐데. 길가다 보이는 붕어빵 기계를 보다가 돌아오는 길에 하나 살까 말까 고민하고 있는데 불쑥 아름이 말을 걸어왔다.

"선배, 민영인 어떡하구요?"

별로 신경도 안 쓸 것 같은 부분을 물어볼 것 같진 않았는데, 뭐라 둘러댈 말도 없어서 건형은 곤란하다는 표정을 지었다.

"그건 걱정할 거 아니야."

더 이상 이 이야길 하고 싶지 않다는 느낌을 받은 건지 아름은 별말 없이 건형의 팔짱을 낀다. 어차피 말 안하면 좋은 건 자신이다. 독한 향수 냄새가 흘러나오는 바람에 살짝 밀어냈지만 아름은 눈치 채지 못한 것 같다.

"나름의 데이트잖아요."

집에 가자마자 민영을 끌어안고 싶다는 생각을 했다.

영화 상영 중.

분명히 자신의 크고 늘씬한 몸매를 살리기 위해 짧고 타이트한 옷들을 약속 시간 오 분전까지 늘어놓고 고민했지만, 데이트할 때에는 새로운 모습을 보여줘야 한다고 생각해, 유치한 캐릭터 티 따위도 입고, 화장도 연하게 했건만.

'아 시바. 열나 재미없어. 이게 재밌나.'

아름은 로맨틱코미디는 헛소리라며 부글거리는 속을 가라 앉히느라 바빴다.

"하하하, 저것 좀 봐."

그렇게 안 봤는데 취미가 이상한 것 같았다. 여태 공들였던 게 아까울 정도 이상해 보였다. 아름은 어둠 속에서 억울하게 웃었다.

"하하, 저게 뭐예요!"

정말 이상했다. 남들도 지루해 하며 살짝 졸리는 표정인데, 건형만은 재밌다는 듯 계속 웃어댔다.

'미친놈! 저게 재밌나봐! 정신 나간 거 아니야?'

물론 건형에게도 그 영화는 최악 중에 최악이었다. 번잡스럽고 너무 정신없었다. 하지만 아름이 과연 얼마나 대단한 각오를 하고 약속 시간에 늦은 건지 알아보기 위해 웃어봤다. 어두워도 얼굴에 짜증이 팍팍 드러나던데 계속 맞장구를 쳤다. 의외로 근성 있었다. 밖으로 나온 건형이 아름에게 말을 건넸다. 연인에게 고백하는 살짝 수줍은 미소를 지은 채였다. 아름은 처음으로 들어 본 건형의 진지한 목소리였다.

"아름아, 조금 있으면 네 생일이지?"

물론 민영에게 들은 거다. 아름은 정말 깜짝 놀랐다는 표정을 지었다.

"어! 어떻게 아셨어요? 와, 선배 감동이에요."

건형이 웃으며 아름의 팔목을 쥔다. 그러고는 나 잘했지? 하는 표정을 지은 건형은 다시 머뭇머뭇 말을 했다.

"저, 다음 주 주말에 내가 일하는 카페로 올래?"

아름이 손으로 입을 가리며, 눈을 동그랗게 떴다.

"선배, 고마워요. 꼭 갈게요. 그땐 꼭 일찍 올게요."

"그래, 그때 보자. 나 알바가 있어서 갈게."

'아 성공이다.'

일은 점점 가까워져 오고 있었다.

건형이 일하는 카페엔 민영이 앉아 전화기를 만지고 있었다. 건형은 아름과의 거짓 데이트 후라 민영이 무척 반가웠다. 민영은 그런 건형을 발견했는지 밝게 웃으며 손을 흔들었다.

"오빠, 다녀왔어? 이제 문자 보낸다?"

"응."

"대따 피곤해 보이긴 하다. 미안."

미안하지만 표정은 전혀 아닌 민영은 건형의 전화기와 제 것을 꺼내놓고 '물고기'들에게 다음 주 주말에 아름의 깜짝 생일 파티가 있으니, L카페로 와 달라고 문자를 보냈다.

"애도 참 웃기는 기집애야. 어장관리를 폴더로 따로 만들어 사용하니."

"온다고들 한데?"

"바로 답 오던데? 좋다고 간다더라. 뭐 사들고 가면 좋을

지까지 물어본다."

민영은 그 남자들에게 그 쪽이 최고의 선물이니, 그냥 와도 된다고 하며 정 무언가 사와야겠다 싶으면 아름이 평소 좋아한다던 꽃을 사와 달라고 답을 쳤다. 다 아름이 좋아하는 꽃을 똑같이 사오면 어떡하지? 슬프겠다. 민영은 자신만만한 목소리로 카페에서 소리쳤다.

"와라!"

창민은 주말에도 동아리방 정리 때문에 나와서 몇 시간째 노동중이다. 동아리방문이 빠끔 열리길래 누가 자신을 위해 음료라도 사들고 왔겠거니 했지만 그럴 생각은 민영을 보고 진즉에 접었다.

"건형이 여기 없어. 민영아, 그보다 저번 일은……."

사실 저번 일 탓에 마음에 걸리는 게 한두 가지가 아니라 조심스레 말을 걸자 너무 발랄하게 민영은 손을 내저으며 답했다.

"울 오빠 찾는 거 아니에요. 아름이 찾는 거예요."

"아름이 여기 동아리 아니잖아."

창민은 황당하다는 표정을 지었다. 왜 뜬금없이 여기서 아름을 찾는 걸까. 무슨 또 일이 있는 건가. 민영은 창민의 말을 듣고서 아쉬운 표정을 지어보였다.

"아, 그랬지."

뜨끔했다.

'무의식적으로 오빠가 아름이를 데리고 있을 거라 생각했다.'

"아름이는 왜 찾냐. 싸운 거 아니냐?"

창민은 둘이 또 싸웠냐며 걱정된다는 표정이었다.

"또, 그 소리. 아니에요."

민영 살짝 신난 듯 동아리방을 나섰고 창민은 의아한 듯 머리를 긁적였다.

학교에서 카페까진 멀지 않았지만 벌써부터 기대되는 쇼에 민영은 빠르게 뛰었다. 참 사랑하면 통하는 건지. 뛰는 걸 어디서 감시했나봐. 카카오톡이 날아왔다.

'민영아, 천천히 와. 오아름 아직이야.'

'다 왔어 앞이야.'

가게 앞에서부터 민영이 큰 야상을 눌러 모르는 사람인 척 두리번거리는 게 오히려 더 눈에 띈다. 그래도 그 모습이 귀여워 건형은 귀에 걸린 머리카락을 넘겨주었다.

"천천히 오지. 시작했을 때 맞춰 와도 되는데."

"사실 가만히 있을 수가 없더라고. 종업원 휴게실 어디 있어?"

"저쪽이야, 좀 이따가 부를게."

"응."

흐르듯 섹시한 머리, 관능적인 눈매, 광나는 피부에 꼼꼼한 마스카라까지 완벽하다. 아름은 어두컴컴한 카페로 들어서기 전 상태를 체크했다. 얇은 시스루 스커트가 좀 오버인가 싶었지만 예쁘긴 했다.

딸랑.

카페가 항상 넓어보였는데 조명 탓인지 꽉 찬 느낌이 들었다. 테이블이 치워진 중앙 쪽에 켜진 조명 아래 건형이 꽃다발을 들고 서 있다. 복학하고부터 사귀고 싶었던 남자였다. 역시 큰 키답게 니트와 청바지가 참 잘 어울렸다. 흡족해 하며 촛불로 그려진 길을 따라 건형에게로 갔다. 그러자 가지고 있던 마이크로 감미로운 노래를 부르는 건형.

"아주 로맨틱하게 말할 거야. 너도 나 같다면 잘 될거야. 두 눈을 감은 채 내게 기대. 매일 밤에 꿈에서 보는 그대."

세상에 물고기가 아니라 사랑에 빠져버릴 것 같다! 생각보다 감미로운 건형의 노랫소리에 아름은 흥분에 떨리는 목소리로 나지막히 건형을 불렀다.

"선배."

마치 세상에서 가장 행복한 여자가 된 것 같은 표정에 건형은 하마터면 비웃을 뻔 했지만, 쇼의 마지막을 위해 로맨틱한 상황에 심취한 아름에게 다가가 귓가에 얼굴을 가까이 대며 속삭였다. 귀와 입이 맞닿는 것처럼 보였다.

"아름아, 생일 축하해. 이건 선물이야."

그때 어두운 테이블 쪽에서 여러 가지의 목소리들이 튀어 나왔다. 쾅 하며 시끄러운 소리와 함께 의자가 넘어졌다.

"아름아! 그 남자 누구야."

제일 먼저 험상궂은 키가 큰 남자가 일어나 건형을 향해 외 치자, "아름씨! 그 남자, 아니 방금 소리친 남자는 누굽니 까?"하고 단정한 엘리트같이 정장을 차려입은 남자가 일어나 받아 외쳤다.

"야, 오아름. 뭐야 이게. 여기 남자들 다 누구야."

귀에 주렁주렁 피어싱을 매달은 샛노란 머리의 남자는 껄 렁하게 소리쳤고, "아, 아름아. 이게 무슨 일이야?"라고 안경 을 쓴 범생이 같던 남자는 더듬거리며 자리에서 일어섰다.

이곳저곳 사내들의 불만이 튀어나오자 순식간에 아수라장 이 된 카페에 탁하고 밝은 조명이 켜졌다. 아름이 좋아하는 백합꽃을 한 송이 가슴에 끼고 온 남자. 백합다발을 사온 남 자. 백합화환을 사온 남자. 아예 꽃병에 담아온 남자들. 아름 은 순식간에 자신을 중심으로 한 청문회가 열리자, 컥 하고 숨을 들이쉬는 소리를 냈다. 단막극의 클라이막스 같은 장면 이다. 뒤로 빠져 아름의 하얗게 질린 얼굴을 쳐다보다가 건형 은 써 놓았던 카카오톡을 전송했다.

'가자.'

직원실에서 문이 다각 열리는 소리를 캐치한 건영은 멍하 니 서 있는 아름의 어깨를 두드려 줄까 하다가 뒤쪽으로 자리를 피했다.

휴게실 뒷문으로 나와서 추운 날씨에 한참을 뛰다가, 어느 골목에서 달리기를 멈춘 둘은 맞잡은 손을 더 꼭 잡았다. 빨개진 서로의 얼굴에 침을 튀길 만큼 격렬하게 웃어대다가 건형이 민영의 어깨를 감싸고서야 연인처럼 웃었다.

"이제 만족해?"

건형이 차가운 민영의 손을 꼭 잡으며 짓궂게 묻자, 민영은 입을 비죽거린다.

"치, 그러니까 내가 나쁜 년이 된 것 같잖아. 그건 됐고, 아까 오빠 오아름한테 노래 불렀지? 여기서 불러."

겨우 그런 거에 신경을 쓰고 있다니, 오늘은 집에 가서 케이크를 잘라도 좋겠다며 건형은 쥐고 있던 만신창이가 된 꽃다발을 민영에게 건네며 목을 가다듬는 시늉을 한다.

"흠흠, 박민영이 해달라는데 해줘야지."

민영의 어깨에 목을 댄 건형 덕에 낮은 목소리가 어깨로부터 전해져서 기분이 묘해진 민영은 손을 뻗어 허리를 감싸 안았다. 그 덕에 맞물린 품에 짜부가 된 꽃을 보고 건형은 난감해 하며 노래를 부르기 시작했다.

"멍하니 또 웃다가 또 눈물이 고여 나를 돌아선 니가 보고 싶다."

누군가 지켜보고 있다

김소윤 은행고등학교

아침 5시 벌써 일어나 출근 준비를 하는 사람이 있다. "아빠 갔다 올게 뽀뽀!" "쪽!"

아침 7시 이번엔 어른이 아닌 학생들이 나온다. 피곤해 보이는 얼굴이지만 얼굴엔 웃음기가 가득하다.

낮 12시 여기저기서 사람들이 나온다. 편의점, 음식점, 짜장면 배달부들이 바삐 움직인다.

오후 3시 학생들이 하교를 한다. 저 멀리서 바바리맨이 여학생을 보고 옷을 펼친다. 여학생들은 대개 삼삼오오 짝을 지어 다니는 반면, 저 멀리 혼자 떨어져 걷는 아이가 있다.

오후 7시 트럭에서 한 아저씨가 내린다. 아저씨는 담배 한 개비를 물고 한숨을 연거푸 내쉰다. 담배의 꽁무니가 보일 때쯤 아저씨는 주머니 속 사진을 꺼내어 미소를 지으며 엉덩이를 털더니 트럭에 다시 올라타 떠난다.

오후 9시 한 건물에서 학생들이 우르르 나온다. 건물엔 어학원, 수학학원, 논술학원 밖에 없다. 학생들은 피곤에 찌든 모습으로 학원 차, 부모님의 차를 타고 떠난다.

오후 10시 연인이 두 손을 꼭 잡은 채 골목길로 나온다. 그들은 두리번두리번 거리더니 입을 맞춘다. 그들은 다시 손을 잡고 넓은 시내로 나갔다.

　오후 12시 한 아이가 집에서 얼마 떨어지지 않는 작은 건물에서 엄마를 기다리는 듯 서성이고 있다. 한 사람이 나타나고 주변을 두리번두리번 거리더니 아이를 빤히 본다. 이내 아이에게 다가가 아이를 붙잡고 무슨 말을 한다. 아이는 싫다는 듯이 고개를 도리도리 돌린다. 그 사람은 아이를 두고 편의점으로 들어가더니 초콜릿을 들고 나온다. 그리고 아이에게 초콜릿을 내밀며 또 다시 말을 건다. 아이는 싫다는 듯이 한 번 더 고개를 돌리지만 그 사람은 아이의 손목을 잡고 좁은 골목으로 데려간다. 아이는 큰 소리로 울지만 주변엔 아무도 없다. 끝내 둘은 어둠속으로 사라졌다. 가만히 바라볼 수밖에 없던 나는 또 한심하다는 생각만 한다. 언제까지 바라만 봐야 할까? 바라만 보는 목격자가 아닌 직접 도와주고 싶은데……. 세상에 좋은 일만 있길 바라는 건 내 욕심일까? 나는 불쌍한 CCTV.

행복

민경미 용인고등학교

아이들에게 가장 인기가 많은 것은 바로 갈색 빛이 나는 달콤한 초콜릿이었다.

초콜릿은 사탕이나 젤리보다 비쌌지만 한 조각만 가지고 있어도 그날만큼은 아이들 사이에서 대장 노릇을 할 수 있었다. 그래서 아이들은 초콜릿을 사기 위해 용돈을 모을 가치가 있다고 생각했다.

그날도 아이들은 초콜릿 가게 앞에 모여 누가 초콜릿을 사 가나 지켜보고 있었다. 그때였다 한 아이가 소리쳤다.

"봄버가 초콜릿을 샀어!"

그 소리에 모두의 시선이 네모난 초콜릿을 들고 얼굴엔 의기양양한 미소를 띤 봄버를 향했다. 봄버는 일부러 천천히 종이 포장지를 찢었다. 그 사이로 금빛이 보였고 그마저도 벗겨내자 포장에 싸여있을 때와는 비교되지 않을 정도로 달달한 향이 나는 초콜릿이 모습을 드러냈다.

"우와!"

"한입, 아니 한 조각만."

"내가 이 손목시계 빌려줄게!"

모두들 초콜릿의 달달한 맛을 상상하며 여기저기서 손을 내밀었다. 초콜릿의 포장을 모두 벗겨낸 봄버는 갈색 판 초콜릿을 머리 위로 번쩍 들고는 크게 외쳤다.

"이게 먹고 싶으면 모두 내 뒤를 따라와."

"내가 제일 먼저 따라갈게!"

"그다음은 나야!"

자리다툼을 하며 줄서기를 한 아이들이 공터를 향해 걷는 봄버를 따라갔다. 한바탕 소란이 가시자 벽에 기대 서 있던 소녀 한명이 조용히 모습을 드러냈다. 소녀는 낡은 베이지색 원피스에 줄무늬 반 스타킹을 신고 옆구리에 분홍색 상자를 끼고 있었다. 그리고 소녀의 빨간 머리는 솜사탕처럼 풍성한 곱슬이었다. 소녀는 봄버가 버리고 간 초콜릿 금박지를 주워 들었다. 그리고 옆에 끼고 있던 상자를 조금 열어 그 안에 집어넣은 뒤, 귀 옆에 상자를 대고 두 번 흔들었다.

'사그랑 사그랑.'

초콜릿 가게 맞은편 보도블럭에 앉아 있던 하버스는 그 모습을 모두 지켜보고 있었다.

항상 반복되는 일이었다. 아이들은 초콜릿을 산 아이의 뒤를 따라갔고 조용히 벽에 기대어 있던 저 소녀는 금박지를 주워 상자에 담은 뒤 몇 번 흔들어 본 후에 골목 안으로 사라졌다. 일 년 전 자신이 운영하던 작은 초콜릿 가게가 문을 닫은 뒤부터 하버스는 이렇게 초콜릿 가게가 보이는 대로변 보도블럭에 앉아 술을 마시곤 했다. 처음에는 소녀가 눈에 띄지 않았지만 이내 누군가 초콜릿을 사서 나올 때마다 조용히 나타나는 소녀의 존재를 알게 되었다.

"실례합니다만 지금이 몇 시 입니까?"

갈색 코트를 입은 신사가 하버스에게 정중히 시간을 물었다. 자신의 손목에 걸려있던 고풍스러운 은시계를 흘깃 본 하버스는 대답했다.

"3시 20분이오."

"감사합니다. 시계 씨."

인사를 하며 쓰고 있던 모자를 들었다 놓은 남자는 다시 갈 길을 갔다. 저 남자는 하버스를 시계 씨라고 불렀다. 남루한 모습과 다르게 고풍스런 은시계를 찬 그는 항상 이렇게 보도블럭에 앉아 시간을 물어보는 이들에게 시간을 말해주었기 때문이다. 가끔 멈추기도 하는 마을 시계탑보다 하버스의 은시계가 더 정확했다.

은시계는 초콜릿 가계를 열었을 때부터 차고 다니던 것이었다. 가게 문을 열 때와 닫을 때 항상 이 은시계를 보고 정확히 시간을 맞췄다. 초콜릿 가게의 문을 완전히 닫았을 때 즈음 남은 재산은 겨우 변두리의 단칸방에 세 들 정도만 남았지만 시계를 팔 수는 없었다. 하버스의 어렸을 적부터 꿈이었던 초콜릿 가게를 열 당시 아내가 준 선물이었기 때문이다. 맑은

유리를 들여다보면 초침과 분침사이로 '하버스 초콜릿'이라
는 글자가 새겨져 있었는데 이것이 아내가 준 마지막 선물이
었다. 암에 걸린 채로 아이를 가졌던 아내는 태어나지 못한
아이와 함께 죽고 말았다. 하버스에게 남은 것은 초콜릿 가게
와 은시계 그리고 빚더미뿐이었다. 혼자서 지켜오던 초콜릿
가게는 결국 문을 닫게 되었고 '하버스 초콜릿'이라는 간판대
신 '봉봉'이라는 유명 초콜릿 체인점의 간판이 걸리게 되었
다. 그 후로 매일 이렇게 먼발치서 그 모습을 지켜보게 된 것
이다. 똑같이 반복되는 자신의 모습처럼, 반복하는 소녀의 모
습에 호기심이 생긴 하버스는 이제 가게가 아니라 소녀를 관
찰하고 있었다.

'저 상자 안에 금박지 말고 다른 특별한 것이 숨겨져 있는
걸까?'

커지는 궁금증에 어느 날 하버스는 길 건너편으로 가보기
로 했다. 점심 시간이 지나자 아이들이 초콜릿 가게 앞으로
몰려들었고 하버스는 횡단보도를 건너갔다. 항상 소녀가 기
대어 있는 벽에 먼저 자리를 잡고 앉았다. 얼마쯤 지나자 빨
간 머리의 소녀가 옆구리에 분홍 상자를 낀 채 나타났다. 항
상 자신이 서 있었던 자리에 앉아 있는 하버스를 보고 조금
망설이던 소녀는 하버스가 앉아 있는 자리에서 한발자국 옆
으로 가 섰다.

'와아.' 하는 소리와 함께 누군가 금박지를 버렸고 모두 그

뒤를 따라갔다. 소녀는 하버스의 예상대로 금박지를 주은 뒤 그것을 상자 안에 넣었다.

'사그랑 사그랑.'

귀 뒤에 가까이 댄 상자를 흔들자 금박지 소리가 났다.

"너는 초콜릿에 관심 없니?"

하버스는 분홍 상자를 다시 옆구리에 낀 채 돌아선 소녀에게 말을 걸었다.

"관심 없어."

소녀는 말을 마치자마자 골목 사이로 뛰어 들어갔다. 가까이서 본 소녀는 열한 살 정도 되어보였다. 하버스는 소녀가 뛰어간 골목을 바라보며 앉아 있을 때 도로 반대편에서 갈색 코트 사나이가 나타났다. 항상 하버스가 앉아있던 자리를 두리번거리던 그는 당황한 표정으로 시계탑을 쳐다본 뒤 뛰어 갔다.

"내 이름은 하버스다."

어쩌라는 표정으로 하버스를 보던 소녀가 마지못해 입을 열었다.

"내 이름은 벨다야."

처음 말을 섞은 날 이후로 며칠째 초콜릿 가게에 모습을 보이지 않던 소녀가 나타났다. 여전히 자신이 서 있었던 자리에 앉아 있는 하버스를 보고 인상을 찌푸린 소녀는 그때처럼 한

발자국 옆에 서 있었다. 곧 금박지를 줍고 가려했지만 하버스
는 그 전에 소녀에게 말을 걸었다. 이름을 말한 뒤 다시 돌아
서려던 벨다가 고개를 돌려서 하버스에게 말했다.

"미안하지만 거긴 내 자리야."

"미안하지만 이제는 내 자리다."

하버스의 다소 뻔뻔한 말에 화가 났는지 벨다가 발을 한 번
크게 굴렀다. 상자 속에서 그에 맞춰 사그랑거리는 소리가 났
다.

"좋아! 마음대로 해."

벨다는 분홍 상자를 흔들며 골목으로 들어가 버렸다. 벨다
와 하버스는 그렇게 몇 번을 더 만나게 되었다.

하버스는 샌드위치 두 개를 싸가지고 초콜릿 가게 옆에 자
리를 잡고 앉았다. 아이들은 먹을 것을 좋아한다는 것을 떠올
렸기 때문이다.

"샌드위치 좀 먹겠니? 두 개를 싸왔는데 나에겐 너무 많아
서 말이다."

벨다는 하버스의 옆에 놓인 샌드위치 두 개를 물끄러미 바
라보다 한 손을 내밀고 말했다.

"가져가서 저녁으로 먹지 그래요?"

하버스는 샌드위치를 건네주며 말했다.

"하루에 두 끼를 샌드위치로 먹으면 케첩 때문에 속이 쓰려

서 안 돼."

샌드위치를 가져간 첫날에는 벨다가 나타나지 않았다. 하지만 둘째 날 부터는 항상 비슷한 시각에 나타났고 이렇게 자신이 건넨 샌드위치를 조심스레 받아먹었다. 하버스의 생각이 맞았는지 벨다는 그 후로 질문을 하면 전보다 길게 대답해 주었다.

"오늘 날씨가 마치 카푸치노 거품 같지 않니?"

"안개가 그렇게 보이긴 하지만 카푸치노처럼 낭만적이고 달콤한 날씨는 아니죠."

벨다가 자신의 질문에 모두 대답해주기 시작하자 하버스는 처음부터 궁금했던 것을 물어보기로 했다.

"그 상자 안에는 초콜릿 금박지가 들어있는 것 맞지?"

"맞아요."

"그리고 그 상자를 흔들며 소리를 듣고?"

"단순히 소리를 듣는 게 아니예요."

"그럼?"

벨다는 말을 하지 않았다. 사실 분홍 상자의 비밀을 알려줄까 말까 고민하던 것이었지만 하버스는 벨다가 말하고 싶지 않아 하는 줄 알고 말을 돌렸다.

"차라리 사탕 봉지를 모으지 그러니? 초콜릿은 비싸서 이 앞이 아니면 구하기가 힘들잖아."

"사탕 껍질 따위는 모으지 않아요. 그 요란한 소리를 들어야 한다면 차라리 나뭇잎을 밟고 놀겠어!"

소리를 지르듯이 대답한 벨다가 결심한 듯 하버스의 귀에 대고 조그맣게 말을 했다.

"난 행복을 모아요."

"행복?"

"초콜릿 금박을 벗길 때 설렘과 행복이 여기 그대로 담겨 있죠. 난 그걸 모아요. 제일 행복한 순간을!"

벨다는 분홍색 상자를 꼭 끌어안았다. 조금만 움직여도 '사그랑' 소리가 나는 것이 꽤 많이 들어있는 듯 했다.

"내 초콜릿 금박 소리 좀 들려줄까요?"

'사그랑 사그랑'

벨다가 분홍 종이박스를 조심스레 흔들자 얇은 금속이 서로 긁히는 소리가 났다. 벨다의 말대로 조금 행복해진 것 같기도 했다.

"여기까지. 더 듣고 싶으면 초콜릿을 사와서 그 갈색 판은 아저씨가 먹고 금박은 날 줘!"

"그냥 내가 초콜릿을 사서 그 금박지를 흔들면 되는 것 아니니?"

"무슨 소리! 행복 하나랑 여러 개가 함께 모여 있는 소리가 같은 줄 알아요?"

벨다는 옆구리에 상자를 꼭 끼고는 골목으로 들어가 버렸다.

　하버스는 아내의 무덤에 들렀다. 오늘이 그녀의 기일이었기 때문이다. 그녀의 무덤 옆에는 그들의 아이 무덤도 있었다. 가져온 꽃을 비석 옆에 두고 흙바닥에 앉은 하버스는 눈을 감고 자신의 아내에게 말을 하기 시작했다.

　"여보 요즘 점심을 함께하는 친구가 생겼어. 나이는 아직 물어보지 않았지만 아마 열한 살 즈음 되었을 거야. 수가 살아있었다면 서로 좋은 친구가 되었을 텐데. 음, 나이 차이가 너무 많은가?"

　작은 무덤의 비석을 쓰다듬으며 하버스는 계속해서 말을 이었다.

　"그 아이는 초콜릿 금박지를 모으는데 그것에 행복이 묻어 있대. 정말 기발하지? 아! 요즘은 시간을 알려주는 일을 그만뒀어. 뭐 처음부터 내가 시작한 것도 아니었지만. 시계탑을 보고도 허둥지둥 하는 사람들 모습이 우스워 애초에 그 시계탑을 믿지 않을 거면서 왜 한 번씩 쳐다보고 뛰어 가는 건지."

　하버스는 자신의 손목에 채워진 은시계를 바라보았다. 말썽 없이 째깍 째깍 소리를 내며 돌아가고 있었다.

　"이제 그만 가봐야겠어. 집에 가서 점심을 이인분이나 준비해야하거든."

　하버스는 자리에서 일어나 바지에 묻은 흙을 털었다.

　"다녀올게."

　작별인사를 한 하버스가 공동묘지를 빠져나갔다. 네 정거

장쯤 걸어가면 집이 나오기 때문에 꼭 버스를 타야 할 필요도 없었고 두 배로 드는 식비 때문에 정부 지원금이 빠듯해져서 차비는 일부러 챙겨오지 않았다. 그렇게 집을 향해 걷고 있는데 앞에 익숙한 뒷모습이 보였다. 벨다였다. 벨다는 커다란 수레를 끌고 있었는데 그 안에는 온갖 종이와 고철이 가득했다.

"벨다?"

자신의 이름이 들리자 벨다는 양 옆을 살피다 뒤를 돌아봤다. 둘은 서로 눈이 마주쳤다. 벨다의 표정이 무슨 일로 불렀냐고 물어보는 것 같았다.

"뭘 하고 있는 거니?"

하버스가 멈춰선 벨다의 옆으로 다가갔다.

"고물상 베인 아저씨의 행복을 대신 모아주고 있어요."

"대신 모아준다고? 왜 그런 일을 하는 거니?"

"그렇게 하면 베인 아저씨가 돈을 주거든요."

"용돈을 이런 식으로 버는 거니?"

"가끔 사탕도 줘요."

"너 같은 아이한테 이런 일은 힘들 것 같은데?"

벨다는 어깨를 으쓱한 채 다시 수레를 끌었다. 베인 고물상은 집과 완전히 반대 방향이었지만 하버스는 뒤에서 함께 수레를 밀었다.

"이제 다 왔구나."

"도와줘서 고마워요. 아저씨."

　고물상의 낡은 철 대문은 굳게 닫혀 있었다. 벨다는 문고리를 잡고 대문에 세 번 부딪혔다.

　'쾅쾅쾅.'

　"벨다예요!"

　곧이어 턱수염이 덥수룩한 고물상의 주인 베인이 문을 열었다.

　"들어와."

　벨다가 수레를 끌고 안으로 들어가자마자 문이 닫혔다. 그냥 돌아갈까 하던 하버스는 벨다가 나오기를 기다렸다. 저 수레가 벨다의 것이라면 그것을 끌고 또다시 집까지 걸어가야 했기 때문이다. 한참을 기다렸지만 벨다는 나오지 않았다. 할 수 없이 하버스는 혼자 왔던 길을 되돌아 가야했다.

　하버스와 벨다는 초콜릿 가게 앞에 앉아 호박 파이를 먹고 있었다.

　"아까 고물상 앞에서 널 한참 기다리다 돌아갔단다."

　"베인 아저씨는 어른들이 싫대요. 그래서 아저씨가 돌아가는 걸 보고 나서 날 보내줬어요."

　"어른들이 싫은데 왜 널 보내주지 않은 거지?"

　"내가 돌아갈 때 문을 열면 그 틈으로 다른 어른들이 들어올 수도 있으니까요."

　"정말 웃기는군."

"진짜 웃기는 건 저 아저씨예요."

벨다는 호박 파이를 들지 않은 손으로 길 건너편을 가리켰다. 그곳에는 갈색 코트를 입은 남자가 천천히 걸어오고 있었다.

"저렇게 걸어오다가 갑자기 뛰어간다니까요."

벨다의 말대로 남자는 어딘가를 보더니 갑자기 뛰기 시작했다.

"언제부터 저랬지?"

"몰라요 그냥 어느 순간부터 눈에 띄었어요."

"내가 널 발견한 것과 같구나."

"아저씨도 내가 어느 순간부터 보였어요?"

"그래. 난 원래 저 반대편에서 이 초콜릿 가게를 보고 있었단다."

"왜요?"

"이 가게는 원래 내 가게였었거든."

벨다는 앉은 채로 고개를 들어 '봉봉' 의 간판을 보았다.

"내가 여기 왔을 때부터 저 간판이 걸려있었는데요?"

"내 가게는 일 년 전에 문을 닫았으니까."

하버스는 두입 먹은 호박 파이를 그대로 손에 쥔 채 말을 이었다.

"우리 집은 가난해서 초콜릿을 일 년에 한번 먹어보기도 힘들었단다. 그래서 아이들이 마음껏 초콜릿을 사먹을 수 있는 가게를 만드는 게 내 꿈이었지. 아내와 함께 열심히 모은 돈으로 가게를 열고, 빠듯했지만 항상 최고의 재료로만 초콜릿을 만들었어. 가게가 자리를 잡고 난 뒤에는 건강에 좋은 초콜릿이라고 꽤 유명했었는데……."

하버스는 옛 생각이 떠올라 눈을 감았다.

"그런데 왜 가게를 닫았어요?"

"아내가 병에 걸렸었어. 그때 병원비로 너무 많은 돈을 내야했지."

"걸렸었다면. 지금은 다 나으신 건가요? 아니면……."

"안타깝게도, 아내는 그때 임신 중이었는데, 수가 태어났다면 지금의 너처럼 아주 예뻤을 거다."

하버스는 벨다의 머리를 쓰다듬었다.

"아줌마의 머리카락은 무슨 색이었어요?"

"건강하고 부드러운 갈색이었단다."

"그럼 수는 나처럼 빨간 머리는 아니었겠네요. 아마 반짝거리는 갈색 머리였을 거예요."

"그래, 그렇겠구나."

하버스는 들고 있던 호박파이를 베어 물었다.

벨다와의 점심이 계속되던 어느 날 벨다가 자신의 집으로 하버스를 초대했다.

"대접할 건 없으니까 그 비스킷과 빵을 가져가서 먹어요."

오늘은 항상 끼고 다니던 분홍 상자가 없어 두 손이 자유로운 벨다가 그 손들로 하버스의 팔을 잡고 끌었다. 벨다가 항상 들어가는 골목을 빠져나와서도 한참을 걸어야 했다. 단풍나무가 잔뜩 심어진 낮은 언덕을 얼마쯤 올라가던 도중 벨다가 걸음을 멈췄다.

"잠깐! 집을 보기 전에 눈을 감고 알록달록 하다고 생각해야 해요. 마녀의 모자 같은 지붕하고 튼튼한 울타리도요! 이걸 먹은 다음에요."

벨다는 베인에게 받은 사탕 하나를 하버스에게 주었다. 그리고 하버스가 포장 종이를 풀어 사탕을 입에 넣자 그의 눈을 가린 후 곧 자신도 눈을 감았다. 얼마 후 벨다는 하버스의 눈을 가렸던 손을 풀었다. 둘의 눈앞에 정말 알록달록한 집이 보였다. 커다란 마녀 모자를 겹겹이 쌓아놓은 것처럼 생긴 지붕은 층마다 색깔이 달랐는데 구부러진 꼭대기에는 노란 종이 달려 있었다. 처마에는 촛불이 들어있는 유리등이 빛을 내고 아담한 나무 문 옆에는 문 크기의 반만 한 창문이 달려 있었다. 집 주위를 두른 울타리도 훌륭했다.

"예쁜 집이구나."

둘은 그 알록달록한 집으로 들어갔다. 겉과 같이 아담한 실내였다. 벨다는 하버스를 자신의 방으로 안내했다. 방안에는 나무 책상과 침대가 있었는데 벨다는 책상 서랍 두 번째 칸을 열어 자신의 분홍 상자를 꺼냈다.

"항상 거기에 두니?"

　고개를 끄덕인 벨다가 잔뜩 미소를 지은 채 하버스에게 상
자를 내밀었다.
　"전부 채웠어요!"
　조심스레 열린 상자 안은 온갖 종류의 초콜릿 금박지로 가
득했다.
　"오늘은 행복을 느끼는 날이라서 아저씨를 초대했어요."
　행복을 느끼는 날이 무엇이냐고 물어볼 틈도 없이 벨다가
상자를 크게 흔들었다. 뚜껑이 날아갔지만 벨다는 신경도 쓰
지 않았고 이전에는 듣지 못했던 맑은 웃음소리까지 냈다. 마
치 하늘에서 내리는 것처럼 온갖 종류의 초콜릿 금박지가 '사
그랑' 소리를 내며 휘날렸다. 달콤한 초콜릿 냄새와 함께.

　하버스는 아이의 웃음소리와 달콤한 초콜릿 냄새로 가득찬
공간에 아름답게 내리는 초콜릿 금박지들을 보다 눈을 감았
다. 아내와 함께 초콜릿 가게를 운영하던 때의 추억이 떠올랐
다. 아내의 웃음소리와 볼록 나온 배에 귀를 가져다 대는 자
신의 모습이 보였다. 하버스는 행복을 느끼고 있었다. 벨다의
웃음소리가 잦아드는 것도 모른 채 하버스는 계속 눈을 감고
있었다. 벨다는 작은 침대에 풀썩 앉아 하버스에게 물었다.
　"아저씨는 언제를 떠올렸어요?"
　벨다의 목소리를 듣고 현재로 돌아온 하버스는 조심스레
눈을 떴다. 눈앞에는 아내 대신 붉은 머리의 소녀가 침대위에

앉아 있었다.

"난 3년 전이 떠오르더구나."

바닥은 온통 초콜릿 금박지 투성이었다.

"저 금박지들은 이제 어떻게 하지?"

"쓰레기통에 버려야 해요."

침대위에 앉아있던 벨다는 일어나서 금박지들을 하나하나 줍기 시작했다. 어느새 떨어져 있던 금박지를 모두 주은 벨다는 옆에 있던 쓰레기통 뚜껑을 열고 그것들을 그 안에 모두 넣었다.

"다시 상자 안에 넣으면 힘써서 새로 모으지 않아도 될 텐데 왜 모두 버리는 거니?"

"행복은 그렇게 쉽게 손에 넣을 수 있는 것이 아니에요. 초콜릿 금박지에 묻어있는 행복은 일회용이죠. 그것도 아주 많이 모아야 잠깐 느낄 수 있고요 금박지에 묻어있는 행복이 달아나기 전에 상자 안에 모아두었다가 오늘 같은 날 딱 한번 그걸 느끼는 거예요. 다른 사람의 행복은 내 곁에 오래 머무르지 않거든요."

"그렇다면 쓰레기통에 버려진 금박지도 많을 텐데 굳이 다른 사람이 초콜릿 사가기를 기다리는 이유가 뭐니?"

"쓰레기통에 버려진 건 안돼요! 그건 행복이라기보다는 불행이라고요. 초콜릿을 품었을 때 행복지수가 이만큼이라면 텅 비고 구겨진 채로 버려진 금박지의 행복은 0이에요. 특히 돌돌 뭉쳐진 채로 버려진 것은 마이너스죠."

벨다는 검지와 엄지로 퍼센트에 따라 거리를 좁히더니 그 틈으로 하버스를 바라보았다.

"그런데 나 배고파요, 우리 아저씨가 가져온 음식 먹는 게 어때요?"

작은 탁자에 앉아 벨다와 빵과 비스킷을 나눠먹던 하버스는 한 가지 이상한 점을 느꼈다. 이집에는 벨다를 돌봐주는 어른이 없었던 것이다.

"부모님은 어디 가셨니?"

"부모님은 집에 계시죠."

벨다의 말에 하버스는 주위를 둘러보았지만 아까 잠시 들어갔던 벨다의 방과 화장실 그리고 거실이 이 집의 전부였다.

"여기 어디 계신 것 같지는 않은데."

흰 빵을 입에 가득 밀어 넣으며 벨다가 말했다.

"진짜 집은 여기가 아니에요. 부모님은 다른 곳에 계신데 나도 곧 돌아 갈 거예요."

"그럼 지금 여기서 너 혼자 지내는 거니?"

'똑똑똑.'

그때 누군가 문을 두드렸다.

"벨다! 안에 있니? 스멜다 선생님이야."

"쉿!"

벨다가 입에 검지를 가져다 대며 몸을 숙였다. 얼떨결에 벨다를 따라 몸을 숙인 하버스가 물었다.

"누군데 그러니?"

"날 납치해온 사람."

"납치라고?"

둘은 어느새 탁자아래 몸을 숙이고 있었다. 하버스의 말에 고개를 끄덕거린 벨다는 입에 빵을 문채로 가만히 밖의 소리에 귀를 기울였다.

"안에 없니? 있는 것 다 알아. 선생님 내일 다시 올 거야! 어휴 문 앞에 음식 놓아 둘 테니 챙겨먹으렴."

몇 번 더 문을 두드리던 여자는 대꾸 없는 벨다를 기다리다 곧 돌아갔다. 탁자 위로 머리를 올려 창문 밖을 살펴보던 벨다가 조용히 말했다.

"갔나봐요."

"납치라니! 그게 정말이라면 내가 경찰에 신고해주마."

"신고할 필요 없어요. 내가 저 여자 집에 있을 때 몰래 몇 번 해봤지만 경찰은 내 말을 들어주지도 않았거든요."

"어린 아이 말이라고 해서 믿어주지 않은 모양인가 보구나. 내가 지금 당장 가서 경찰에게 말 해야겠다!"

"무슨 일로 오셨습니까?"

푸른색 제복을 입은 경찰이 하버스에게 물었다.

“유괴범을 신고하러 왔습니다.”

“예? 유괴범이요! 드디어 나도 큰 임무를……. 아니, 이게 아니라. 좀 더 자세히 설명해 주시겠습니까?”

“내 꼬마 친구가 말하기를 자기는 납치되었고 경찰에 몇 번 신고를 했지만 어린아이라는 이유로 자신의 말은 한 번도 들어주지 않았다는군요. 그 아이는 지금 유괴범으로부터 도망치긴 했지만 범인이 계속해서 집으로 찾아오는 모양이에요.”

하버스의 말을 들은 젊은 경찰은 들고 있던 펜으로 머리를 톡톡 치며 잠시 생각했다.

“잠깐, 몇 번이고 경찰에 신고를 했다는 말씀이시죠? 게다가 납치에 도망……. 혹시 그 꼬마친구는 벨다를 말씀하시는 겁니까?”

“맞습니다!”

유괴라는 말에 눈을 빛내던 경찰은 실망한 듯 한숨을 내쉬었다.

“그건 유괴가 아닙니다. 내가 이럴 줄 알았어. 내 주제에 큰 임무는 무슨.”

“유괴가 아니라니? 그걸 어떻게 확신하는 겁니까! 벨다의 말은 들어보지도 않고.”

“그 아이는 유괴가 아니라 버림받은 겁니다.”

“버림받았다니?”

“그 아이는 여덟 살 때 보호소 앞에 버려졌어요. 그 뒤로 자기가 납치된 거라고 굳게 믿고 있고요."

"벨다의 집 앞에 찾아오던 여자는……."

"그건 아마 보호소에서 아이들을 가르치는 스멜다 선생님일 겁니다. 벨다가 보호소를 뛰쳐나간 뒤로 하루에 한 번씩 찾아간다는 소식을 들었어요."

"그 보호소가 어딘지 알려주실 수 있겠습니까?"

"물론이죠. 이 마을에 보호소는 단 한 곳뿐이에요."

경찰은 책상에 한손을 짚고 다른 쪽 손으로 벽면을 가리켰다. 그곳에는 커다란 지도가 하나 걸려있었다.

"저기 파란색 마카로 동그라미 쳐진 곳이요. 맥컬린 소년소녀 보호소."

"어서 오세요. 커피한잔 드릴까요?"

분홍색 카디건을 입은 여자가 소파에 앉기를 권했다. 여자의 목에 걸린 이름표에는 '미술치료 상담가 스멜다'라고 적혀있었다. 미술치료가 답게 상담실 안에는 아이들의 그림이 가득 걸려있었다.

"괜찮습니다."

하버스가 소파에 앉자 상담실의 문을 닫고 온 스멜다가 그 반대편에 앉았다.

"무슨일로 오셨죠?"

"벨다 때문입니다."

"벨다요?"

스멜다는 하버스의 입에서 그 이름이 나온 것이 무척이나 놀라웠다. 맥컬린 보호소에서 지내는 동안 벨다는 자신보다 어린 아이들 외에는 관심을 가지지 않았기 때문에 벨다가 밖으로 나간 뒤에 다른 사람들과 친분을 쌓았을 것이라는 생각을 하지 않고 있었다.

"그 아이에 대해 물어보고 싶은 것이 있어서 이렇게 찾아왔습니다."

"죄송하지만 벨다와 어떤 관계시죠? 가족이 아니면 개인적인 이야기는 해드릴 수 없어요."

"그 아이와 나는 친구예요."

"친구라고요?"

스멜다는 하버스의 모습을 다시 살펴보았다. 갈색 구두와 검정색 골덴 바지는 낡았지만 점잖아 보였고 머리카락은 손목에 찬 은시계와 같은 색이었다.

"친구라기엔 나이 차이가 너무 많아 보이는데요."

스멜다는 하버스가 오기 전부터 마시고 있던 식은 커피를 한 모금 들이켰다.

"우린 꽤 친하죠. 당신이 벨다의 집에 찾아왔을 때도 함께 탁자아래 숨었고요."

"벨다의 집에서요?"

하버스의 말에 놀랐는지 스멜다의 눈이 크게 떠졌다.

"벨다는 그 집에 아무도 데려간 적 없었어요! 심지어 나까지도. 조금 열린 현관문 사이로 그 안을 본 것이 다였죠. 혹시 강제로 그 집에 들어간 것은 아니겠죠?"

스멜다의 의심 섞인 눈초리에 하버스는 어깨를 한번 으쓱였다.

"벨다가 나에게 당신이 자신을 납치했다고 말하더군요."

"그래요. 벨다는 나를 세 번이나 경찰에 신고했었어요."

"하지만 경찰은 벨다가 납치가 아닌 버림을 받았다고 하더군요."

스멜다는 한숨을 쉬고 고개를 끄덕였다.

"벨다에 대해 꽤 자세히 알고 계시네요. 하지만 전 더 이상 알려드릴 수 없어요."

"아이 혼자 지내는 건 너무 위험해요."

"그건 저도 동감이에요 하지만 문을 열어주지 않으니 어떻게 해줄 도리가 없죠. 아무리 어린 아이라고 해도 이 나라의 법이 그 집 문을 강제로 열 수 있게 해주지는 않거든요."

"그 아이에게 도움을 주고 싶어요."

"마찬가지에요."

"벨다에 대해 좀 더 자세한 이야기를 해준다면 나도 그 쪽이 벨다에게 궁금해 하는 것을 알려주겠습니다."

"글쎄요."

하버스는 손을 들어 벽에 걸려있는 그림하나를 가리켰다.

하얀 종이 위에 황금색 크레파스가 네모나게 칠해져 있었다. 그리고 한 귀퉁이에는 검정 펜으로 '벨다'라고 적혀있었다. 하지만 다른 아이들과 다르게 제목 칸이 비어있었다.

"난 저 그림이 뭔지 알아요."

"그럼 벨다가 마음을 바꿀 수 있게 도와주세요."

"네 조만간 연락드리겠습니다."

맥컬린 보호소의 문을 닫고 나오며 하버스는 조금 전의 대화를 생각했다.

"벨다는 여덟 살 때 보호소 앞에 버려졌어요. 그 아이를 처음 발견한 맥신 선생님의 말에 따르면 누군가 문을 두드리는 소리에 나가보니 작은 소녀가 있었다고 하더군요. 뭐, 흔한 일이에요. 그 당시 벨다가 가지고 있던 것은 반쯤 먹은 초콜릿 아마 지금도 입고 있을 거예요. 베이지색 원피스 그리고 줄무늬 스타킹뿐이었죠."

"항상 그 옷을 입고 지냈다는 건가요?"

"아니오. 위생상 옷을 빨아야 했기 때문에 외부에서 기부된 옷을 입을 때도 있었어요. 하지만 그 옷이 마당에 널리면 그 앞에서 마르기를 기다렸죠. 부모님이 입혀줬던 옷이었던 게 분명해요. 낡아도 벗으려고 하지를 않으니 결국 크리스마스 때 내가 그 옷에 달린 상표를 보고 똑같은 걸로 사다줬죠. 전해주기가 쉽지 않았어요. 마당에 걸려있던 빨래와 바꿔치기

해야 했거든요."

"보호소는 어떻게 나간 겁니까?"

"벨다가 잘 어울리던 아이가 있었어요. 펜시라고 여섯 살 된 아이였는데, 아마 이곳에 오기 전 벨다에겐 동생이 있었던 것 같아요. 항상 자신보다 어린 아이들에게만 관심을 보였거든요. 그런데 어느 날 펜시가 입양 가게 된 거예요. 작별인사를 하고 다시는 돌아오지 않는 그 아이를 기다리면서 하루 종일 경찰에 전화하겠다고 난리를 피웠죠. 이건 납치야! 하고 소리 지르면서요. 그러곤 다섯 달 전에 보호소를 몰래 나가버렸죠."

"지금 살고 있는 집으로요?"

"네."

"낡긴 했지만 꽤 괜찮아 보이던데 누가 구해준거죠?"

"괜찮다고요? 그런 다 쓰러져가는 집이! 구해주긴 뭘 구해줘요. 어떤 거지가 살던 곳을 우연찮게 발견한 것뿐이죠."

"알록달록 하던데."

스멜다 선생은 하버스의 말에 미간을 찌푸렸다.

"판잣집일 뿐이에요. 아! 그런데 저 그림이 뭔지 아신다고 했죠?"

"네, 아마도 초콜릿 금박지를 그린 걸 겁니다."

"초콜릿?"

"그 아이가 들고 다니는 분홍색 상자를 아시나요?"

"물론이죠. 벨다가 이곳에 온 첫날 내가 선물해 준 거예요."

"벨다는 그 안에 남이 버리는 초콜릿 금박지를 모으고 있어
요. 그게 행복을 모으는 것이라고 하더군요."

"왜 하필이면 초콜릿 금박지일까요?"

스멜다 선생은 자신의 턱을 문지르며 말했다.

"초콜릿을 뜯을 때의 행복이 묻어 있다더군요. 자세한건 나
중에 벨다를 만나면 물어보도록 하겠습니다."

"하나 더 부탁할게요. 벨다 곁에서 그 아이가 뭘 하며 지내
는지 좀 알려주세요. 뭘 먹는지 뭘 하며 지내는지. 그 아이의
현재 상황과 상태에 대해서! 그 집에 들어갈 수 있는 건 당신
뿐이니까요."

하버스는 벨다의 부모를 찾을 방법이 없을까 해서 경찰서
에 들렀다. 저번에 맥컬린 보호소를 가르쳐준 경찰이 근무 중
이었다.

"무슨 일로 오셨습니까?"

"벨다의 부모님을 찾을 수 있을까요?"

"저번에 오셨던 분이군요."

"하버스입니다."

"프레드입니다."

하버스가 먼저 오른손을 내밀자 프레드도 손을 내밀었다.
짧은 악수를 마치자 프레드는 자신의 자리에 가서 앉았다.

"그건 좀 힘들겠어요. 아이를 버리는 부모들은 찾기가 무척 어렵거든요."

"조그만 단서라도 찾을 수 없을까요?"

하버스는 미리 준비해 온 도넛 상자를 꺼내 내밀었다.

"저희도 그 당시에 부모를 찾기 위해 조사를 해봤어요. 하지만 아무것도 찾을 수가 없었죠."

프레드가 대답을 하기위해 고개를 들자 하버스는 도넛상자를 열어 하나를 권했다.

"정말 아무런 단서도 나오지 않았다니까요. 그런데 거기 딸기잼 든 것도 있나요?"

하버스는 그 뒤로도 계속해서 간식을 만들어서 경찰서에 들렀다. 초콜릿을 만들던 때의 솜씨가 죽지 않았는지 프레드와 꽤 친해질 수 있었지만 당시 벨다의 부모에 대한 단서를 정말 찾지 못했는지 알아낸 것은 없었다. 하지만 앞으로 알아내는 것이 생기면 하버스에게 알려주겠다는 프레드의 약속을 받아 낼 수는 있었다.

"안녕 벨다. 오늘은 기분이 어때?"

하버스는 경찰서에 들렀다 집으로 돌아가는 중에 수레를 끌고 가는 벨다를 만났다. 스멜다에게 부탁을 받은 뒤로 하버스는 벨다를 만날 때 마다 기분을 물어보고 있었다. 스멜다가 말하기를 아이들의 기분을 아는 것이 정서를 파악하는데 큰 도움이 된다고 했기 때문이다.

"좋아요! 왜냐면 수레를 가득 채웠거든요. 수레가 가득 차면 베인 아저씨가 사탕을 줘요."

"꽤 무거워 보이는데 내가 고물상 앞까지 같이 밀어주마."

벨다가 고개를 끄덕이자 하버스는 뒤에서 수레를 밀기 시작했다. 베인의 고물상으로 가면서 벨다는 천진난만하게 하루 일과를 이야기해 주었는데 아직은 부모의 사랑을 받으며 지내야 할 아이가 돈을 벌기 위해 어른처럼 수레를 끄는 모습에 하버스는 가슴이 아팠다. 하버스는 꼭 벨다의 부모를 찾아주겠다고 결심했다.

"벨다."

벨다가 뒤를 돌아 하버스를 보았다.

"왜 하필이면 초콜릿 금박지를 모으는 거니? 사탕이나 인형 같은 것엔 의미가 없는 거야?"

"사탕이나 인형은 필요 없어요."

벨다는 그 뒤로 말이 없었다. 베인의 고물상에 도착하고 하버스는 또 혼자 집으로 돌아가야 했다. 벨다는 그날 초콜릿 가게 앞에 나타나지 않았다. 혼자 이인분의 점심을 먹던 하버스는 갈색 코트를 입은 남자가 자신의 손목을 쳐다보며 걸어가는 것을 보았다. 드디어 손목시계를 장만한 모양이었다.

벨다가 초콜릿 금박지를 모으는 이유를 하버스에게 들려준 것은 그 다음날이었다. 하버스가 점심 시간에 맞춰 '봉봉' 앞으로 갔을 때 벨다는 옆구리에 분홍 상자를 낀 채 가게 벽에 기대어 서 있었다.

"안녕 벨다."

"안녕 아저씨."

벽에 등을 기댄 채 바닥에 앉은 하버스는 가지고 온 점심을 풀어놓았다.

"우리 이제 점심은 공원 벤치에 가서 먹어야겠구나. 바닥이 점점 차가워지고 있어."

하버스가 샌드위치를 내밀자 그것을 받아 든 벨다가 하버스 옆에 같이 쪼그려 앉았다.

"납치를 당했을 때 나는 엄마가 사준 초콜릿을 먹고 있었어요. 납치범들이 내가 초콜릿에 푹 빠진 틈을 타서 엄마와 나를 떼어놓은 게 분명해요!"

하버스는 샌드위치를 꼭 쥐고 말을 하는 벨다를 가만히 바라보았다.

"여러 밤이 지났는데 그들은 날 집에 돌려보내주지 않았어요. 경찰도 내 말을 믿지 않았고요. 엄마 아빠랑 벨라를 생각하면서 초콜릿을 조금씩 아껴먹었는데 얼마 안가서 금방 없어져 버렸어요. 그 뒤로 나는 초콜릿을 안 먹어요. 왜냐면 그건 결국 없어져 버리니까요. 그때 내가 먹고 있던 초콜릿 맛도 기억이 안 나죠. 하지만 이건 그대로 있어요."

　벨다는 분홍색 상자의 뚜껑을 열었다. 금박지 몇 장이 담겨 있었는데 벨다가 하버스에게 보여주려 했던 것은 뚜껑의 안쪽이었다. 뚜껑 안쪽에는 구깃구깃한 주름이 잡힌 초콜릿 금박지가 하나 붙어있었다. 네 귀퉁이를 테이프로 붙여놓은 그것은 꽤 오래된 것 같았다.

“엄마가 사주신 거니?”

벨다는 고개를 끄덕였다.

“나에게 남은 건 이것뿐이에요. 이건 며칠이 지나도 계속 반짝거리고 없어지지도 않았어요. 볼 때마다 우리 가족이 떠올라요. 이게 닳아버리면 안되니까 대신 다른 초콜릿 금박지를 흔들어 보는 거예요. 그러다 보면 우리 가족도 생각나고, 이걸 흔들었을 때와 같은 소리가 나는 초콜릿 금박지를 찾게 된다면 분명 그 주위에 우리 가족이 있을 거예요! 왜냐면 내가 기억하기로 우리 가족은 이 초콜릿만 먹었었거든요. 아주 가끔이지만.”

　하버스는 뚜껑에 붙은 초콜릿 금박지를 만져보았다. 안타깝게도 이것은 단종 된 초콜릿이었다. 금박지에 새겨진 시계 모양, 바로 ‘하버스 초콜릿’에서 팔던 것이었기 때문이다. 벨다의 부모는 아마 맥컬린 보호소로 벨다를 데려가기 전에 마지막 선물로 ‘하버스 초콜릿’에서 초콜릿을 사주었을 것이다. 그렇다면 자신도 분명 벨다의 부모를 보았다는 것인데 그 얼굴을 기억해 내는 것은 거의 불가능한 일이라 하버스는 너무

나도 답답했다. 자신을 버린 부모를 찾기 위해 애쓰는 벨다가 안쓰러웠다.

"그런데 요즘은 불안해요. 혹시 너무 오래돼서 부모님이 나를 잊었으면 어떡하죠?"

벨다가 자신이 먹던 샌드위치를 내려놓으며 물었다.

"벨다."

하버스는 벨다의 손을 잡아주며 말했다.

"모든 불안은 과대평가 되었단다. 저기 저 갈색 코트 입은 남자가 보이니? 네가 저번에 말했던 걸다가 뛰어가는 남자 말이다."

"보여요."

"저 남자는 항상 나에게 시간을 물어보곤 했어. 내가 이곳으로 자리를 옮기자 시계탑을 보고 불안해했지 그건 가끔씩 고장이 났으니까. 하지만 그건 멀쩡할 때가 더 많았어 시계탑의 시간이 맞는데도 약속시간에 늦을까봐 뛰기 시작한 거야. 결국 손목시계를 하나 장만했단다."

남자의 손목에 걸린 시계가 햇빛에 반사되어 반짝거렸다.

"시계탑을 믿지 못하겠다면 진작 저렇게 해결했으면 될 것을 저 남자는 아마도 시계 씨가 돌아오겠지, 오늘은 다행히 늦지 않았으니 내일도 괜찮겠지 그런데 아니면 어떡하지? 혹시 모르니까, 하면서 불안해했을 거다. '혹시나'가 불안을 키운 거야. 그 '혹시나'가 또 '혹시나'가 되고 모든 불안은 그렇게 과대평가 된단다. 벨다 너의 부모님은 내가 꼭 찾아주마.”
　하버스는 처음으로 벨다를 꼭 안아주었다.

　그날 저녁 하버스는 통장을 펼쳐 국가에서 들어오는 생활비가 얼마나 남았는지 확인했다. 점심을 먹고 스멜다를 찾아가 벨다의 상태를 말해주자 스멜다는 벨다에게 초콜릿 금박지에 대한 관심을 다른 곳으로 돌려달라고 말했다. 가족에 대한 기대가 너무 크면 나중에 진실을 알았을 때 더 큰 충격을 받을 수 있기 때문이라고 했다. 하지만 하버스는 벨다에게 가족들의 얼굴이 잘 떠오를 수 있기를 바랐다. 그래서 벨다에게 초콜릿을 만들어 주기로 했다. 왜냐하면 자신이 꼭 벨다의 가족을 찾아주기로 결심했기 때문이다. 벨다와 점심을 함께 한 뒤로 지출이 늘었지만 그동안 식비 외엔 별로 쓴 곳이 없어서 초콜릿을 만들 여유는 있었다. 다음날 점심을 먹고 나서 하버스는 1년 전 그만 두었던 초콜릿을 만들기 위해 대형 식료품 매장을 찾았다.

　카카오 매스와 우유 등 재료를 산 뒤 집으로 돌아가는 길이었다.
　신발가게 앞에 사복을 입은 프레드가 보였다. 제복차림이 아니라 어색했지만 젊은 나이에 맞는 옷이 멋스러웠다.
　“프레드!”

“하버스 씨?”

자신에게 인사하는 하버스에게 프레드가 당황스럽다는 얼굴로 입에 검지를 가져다 댔다. 곧 하버스의 옆으로 달려온 프레드가 조용히 입을 열었다.

“지금 근무 중이에요.”

“그런데 왜 귓속말을 하는 거죠?”

“왜냐면 그들 모르게 해야 하니까요.”

“그들?”

“이건 비밀인데.”

프레드는 주위를 둘러본 뒤 좀 전보다 더 작게 하버스에게 말했다.

“최근 이 주위에서 마약거래가 이루어진다는 소식이 들어왔어요. 그래서 수상한 사람이 없나 관찰하는 중이죠.”

프레드는 그런 자신이 뿌듯한지 약간 우쭐한 표정이었다.

“멋지네요.”

칭찬해 달라는 듯 한 프레드의 표정에 하버스가 응해주자 비밀이라는 말이 무색하게 프레드는 또 다시 입을 열었다.

“사실 우리 경찰서에서 얼마 뒤 그들이 아주 큰 거래를 준비하고 있다는 걸 알아냈죠.”

“내일도 여기서 근무를 할 건가요?”

프레드는 고개를 끄덕였다.

“그런데 그건 뭐죠?”

"초콜릿을 만들 겁니다."

"하버스 씨 제과 솜씨가 꽤 좋으시던데."

"일 년 전까지 초콜릿 가게를 했었습니다. 다른 제과도 함께 팔았었죠."

"오, 그랬군요. 제가 이 지역에 발령 받은 지 반 년밖에 지나지 않아서 몰랐습니다. 그 초콜릿도 분명 맛이 좋을 겁니다."

"나중에 경찰서로 좀 들고 가겠습니다. 그럼."

하버스는 프레드에게 가볍게 인사한 뒤 다시 집으로 향했다.

"기대하고 있겠습니다. 하버스 씨!"

하버스는 혹시나 중간에 만들다가 빼먹는 과정이 생길까봐 예전에 적어두었던 레시피를 찾았다. 초콜릿 가게를 닫을 때 집으로 가져온 물건들을 정리해 두지 않았기 때문에 레시피를 찾는데만 꼬박 삼일이 걸렸다. 레시피가 아내 사진이 들어간 액자 뒤에 숨겨져 있었기 때문이었다. 하버스는 그 어느 때보다도 신경 써서 초콜릿을 만들었다. 마지막 과정으로 초콜릿을 굳히기 위해 시원한 창가 옆에 두고 하버스는 잠이 들었다. 아침에 눈을 뜨자마자 확인해 본 초콜릿은 성공적이었다. 예전에 팔던 맛 그대로였다. 예쁘게 포장한 뒤 서둘러 점심으로 잼 바른 샌드위치를 만들었다. 초콜릿을 만드는데 너무 신경을 써서 늦잠을 자버렸기 때문이다.

"이걸 먹으면 엄마가 준 초콜릿 맛을 기억해 낼 수 있다고요?"

"그래. 이 초콜릿에 내 모든 정성을 쏟았으니까."

벨다는 하버스가 만든 초콜릿을 보고 고민했다. 초콜릿을 먹지 않기로 결심했지만 그렇다고 하버스의 정성을 무시할 수도 없었다.

"그럼 딱 하나만 먹어볼게요."

벨다는 동그란 초콜릿을 하나 집어 들었다. 심호흡을 한 뒤 눈을 감고 소원을 빌었다.

'아저씨의 말대로 그 때 그 초콜릿 맛이 기억나게 해주세요. 우리 엄마 아빠 그리고 벨라의 얼굴도요!'

벨다는 초콜릿을 입안에 넣고 씹었다. 달콤하고 진한 맛이 입안 가득히 퍼졌다. 사르르 녹고 있었다. 벨다는 감았던 눈을 번쩍 떴다.

"초콜릿이 이렇게 행복한 맛을 낼 수 있는지 몰랐어요! 아저씨의 초콜릿이라면 분명 금박지에도 엄청난 행복이 담겨있었을 거예요."

"지금까지 들어본 칭찬 중에 제일 기분이 좋구나."

"하나 더 먹어봐도 돼요? 가족들의 얼굴이 막 떠오르려고 해요!"

"이것 모두 나 너에게 주는 선물이니 마음대로 하렴."

벨다는 환하게 웃으며 초콜릿 하나를 입에 넣었다. 벨다가 초콜릿을 세 개째 먹고 나서 남은 것들을 초콜릿 상자 안에 넣었다.

"더 먹지 않고?"

"나중에 먹을래요."

"또 먹고 싶으면 내가 다시 만들어다 주마."

"음, 좋아요!"

벨다는 상자를 열어 하나를 입에 넣고 다시 상자를 닫았다.

"하지만 내일은 그럴 수 없으니까 참아야겠어요."

"그럴 수 없다니?"

"내일은 아저씨 혼자 점심을 먹어야 해요. 왜냐하면 베인 아저씨가 자기 일을 좀 도와달라고 했거든요."

"일을 도와달라고?"

"내일은 고물을 모으지 말고 고물상에 와서 기다리다가 거기 있는 걸 강 쪽으로 옮겨 달랬어요."

"내가 도와줄까?"

"혼자만 오랬어요. 베인 아저씨는 어른들을 싫어하잖아요."

벨다가 어깨를 으쓱했다.

"아! 초콜릿 답례로 이걸 줄게요."

벨다는 베인에게 받은 사탕을 내밀었다.

"고맙다."

하버스는 벨다의 머리를 쓰다듬은 뒤 그것을 주머니에 넣었다.

벨다와 점심을 먹고 나서 신발가게 앞을 지나갔지만 프레드는 보이지 않았다. 그사이 잠복 근무지를 바꾼 듯 했다. 그래서 하버스는 저녁에 경찰서로 찾아갔다. 프레드는 긴장된 얼굴로 자신의 책상에 앉아있었다.

"프레드."

"아, 하버스 씨."

자리에서 일어난 프레드가 곧 다시 앉았다. 뭔가 안절부절못하는 듯 보여서 하버스는 초콜릿을 내밀며 물어봤다.

"무슨 일이 있나요?"

"이게 그 초콜릿인가요?"

동시에 질문한 것이 민망한지 프레드가 머리를 긁적이다 대답했다.

"그게 저, 이건 비밀인데. 초콜릿도 받았으니까 특별히 얘기해 드릴게요."

프레드가 하버스에게 손짓했다. 귀를 가까이 대라는 의미였다. 하버스가 귀를 가까이 가져가자 프레드가 조심스럽게 입을 열었다.

"오늘이 그날입니다. 그들이 마약 거래를 하는!"

"그래서 그렇게 긴장하고 있었군요."

"예? 제가 그래보였나요? 하긴 긴장이 안 될 수가 없죠. 이 날을 위해 마약에 대한 특별 교육도 다시 받았다고요. 하하하."

"그럼 이만 가보겠습니다. 중요한 일을 앞두고 제가 방해가 될 수 있으니까요. 벨다에 대한 건 다음에 물어보도록 하겠습니다."

"초콜릿 좀 같이 드시고 가시죠?"

프레드는 포장된 초콜릿을 들어보였다.

"괜찮습니다. 제가 선물로 드린 건데요. 그리고 저는."

하버스는 바지에서 벨다가 준 사탕을 꺼냈다.

"벨다가 준 사탕이 있습니다."

하버스가 사탕을 싼 종이를 풀었다. 그것을 보고있던 프레드가 조심스럽게 자신의 서랍에서 무언가를 꺼냈다.

"하버스 씨."

"예?"

프레드가 사탕을 입에 넣으려는 하버스의 손목을 잡고 수갑을 채웠다.

"당신을 마약 소지죄로 체포하겠습니다."

"그 마약 어디서 났죠?"

"마약이라니요. 이건 그냥 벨다가 준 사탕일 뿐인데."

"하버스 씨 그건 사탕이 아니에요. 불순물이 많이 섞이긴 했지만 마약이 분명합니다."

어두운 취조실 안에서 프레드는 꽤 무서운 눈빛으로 하버스를 심문하고 있었다.

"벨다가 왜 나에게 마약을 줬겠어요?"

"혹시 벨다가 그 것을 어디서 구했는지 말해줬나요?"

하버스는 벨다가 수레를 끌던 때를 생각해냈다.

"고물상의 베인이에요! 고물을 모아다 주고 돈과 함께 가끔 이 사탕을 받는다고 했어요."

"역시나!"

프레드가 옆에 있던 형사에게 가서 다급하게 뭐라고 말하기 시작했다. 프레드의 말을 들은 형사는 하버스를 한번 쳐다보고는 어딘가로 전화를 걸기 시작했다.

"지금 뭐가 어떻게 된 겁니까?!"

"잘 들어요. 지금 우리가 잡으려고 대기하고 있는 마약 거래 범이 바로 베인이었어요. 아까 까지는 용의자였지만! 상대가 누군지는 아직 모르고요. 그놈들이 워낙 철저한 탓에 거래 시간과 대충 점 찍어둔 장소 세 곳 밖에 알아내지 못했는데. 지금 하버스 씨가 해준 말이 사실이라면……. 이건 제 추측인데 벨다가 위험해요. 벨다에게 뭐 다른 정보 들은 거 없어요?"

"벨다가 위험하다니 그건 또 무슨 소립니까?"

"이럴 시간 없어요!"

"그러니까! 왜 벨다가 위험한지 얘기 해보라는 거 아닙니까!"

자신의 머리를 마구 헤집은 프레드가 책상을 쾅 내리쳤다.

"후, 그러니까 베인은 평소 고물을 모아다 주던 벨다에게 마약을 운반하게 시켰을 거예요. 어린아이라 다른 사람들 눈에 잘 띄지도 않고 또 평소대로 고물을 모으러 가는 줄 알 테니까. 하지만 고물 안엔 마약이 잔뜩 들어있겠죠.”

“뭐라고요?”

“그러니까 벨다가 위험해요. 그들이 일을 마치면 아마 벨다를 죽여 버릴 거예요.”

“당장 벨다에게 가봐야겠어요.”

“하버스 씨 앉아요. 지금 당신도 체포된 상태라고요.”

“당장 이거 풀어! 그 아이를 찾아야 해.”

“앉으라니까요! 벨다에게 뭐 들은 것이 있으면 그거나 더 말해 봐요. 경찰이 알아서 그 아이를 찾아 줄 테니까.”

그때 문을 열고 수염을 기른 남자가 들어왔다.

“청장님.”

프레드가 자리에서 벌떡 일어났다. 프레드에게 손을 들어 간단하게 인사한 청장은 하버스 쪽으로 몸을 돌렸다.

“당신이 범인으로 고물상의 베인을 지목한 사람입니까?”

“전 결백하니까 풀어주세요! 어서 벨다를 찾아야 해요.”

“프레드 열쇠를 주게.”

“예? 하지만.”

“지금은 이 분이 우리보다 더 많은 정보를 알아낼 수 있어. 범인의 이름까지 알아내지 않았나. 그리고 시간이 얼마 없으니 맡길 수밖에.”

청장이 프레드에게 손을 내밀었다. 머뭇거리던 프레드는

어쩔 수 없이 자신의 허리에 달려있던 수갑 열쇠를 놓아줄 수
밖에 없었다.

"풀어드리겠습니다. 단 일이 해결 될 때 까지 형사 한 명과
함께 다니시고 그 후에는 다시 한 번 조사를 받으셔야 할 겁
니다."

"그렇게 하겠습니다."

"프레드."

청장이 프레드를 보고 고개를 끄덕이자 프레드도 할 수 없
이 고개를 끄덕였다. 하버스와 함께 다니겠다는 뜻이었다.

"지금 당장 벨다의 집으로 가겠어요."

"이럴 수가."

다시 와 본 벨다의 집은 처참했다. 울타리는 대부분 썩은 나
무판자였고 지붕은 군데군데 깨져 있었다. 스멜다의 말대로
그저 다 쓰러져 가는 판잣집일 뿐이었다.

"그땐 분명히."

하버스는 벨다가 자신을 집으로 초대한 날 베인의 사탕을
입에 넣어줬다는 것을 기억해냈다. 아마도 벨다는 베인이 준
마약을 먹고 자신의 환상대로 이 집에서 혼자 버텨왔던 것이
다. 자신을 버린 가족을 만나기 위해서.

"벨다는 이곳에 없어요. 벌써 베인이 다른 곳으로 빼돌린
거예요. 정말 벨다에게 뭐 들은 거 없어요?"

하버스는 벨다가 자신에게 했던 말들을 천천히 생각해 보기 시작했다.

"오, 맙소사. 강이에요! 벨다가 강으로 갈 거라고 했어요. 그놈들은 거래를 마치면 그대로 벨다를 강으로 던져버릴 속셈이에요!"

"뭐라고요? 그걸 이제야 말하면 어떡해요! 강이라면 부둣가일거예요. 시간이 별로 없어요. 어서가요!"

경찰차를 타고 부둣가 근처로 갔을 때 형사 여섯이 이미 그곳에서 잠복 중이었다. 부둣가가 예상 장소 중 하나였기 때문이다. 프레드가 경찰서에 들러 이 사실을 알렸기 때문에 다른 곳에서 대기하던 두 팀도 이곳으로 오는 중이었다. 기둥 뒤에 몸을 숨긴 하버스는 주위를 관찰했다. 벨다는 없었다. 얼마 후 멀리서 배 한척이 들어오기 시작했다. 최소한의 불만 밝힌 것이 수상했다. 곳곳에 숨어있는 형사들이 총을 장전했다. 배가 제 모습을 거의 드러냈을 때 어둠속에서 누군가 수레를 끌며 나타났다. 벨다였다!

"벨다!"

하버스는 무의식적으로 큰소리를 낼 뻔 한 것을 겨우 참았다. 하지만 몸은 금방이라도 벨다를 향해 달려가려고 준비 중이었다.

"기다려요 하버스 씨! 다른 팀들이 도착하기 전까지는 너무 위험해요. 우리가 총을 가지고 있는 것처럼 저쪽도 마찬가지

일거라고요."

하버스는 기다릴 수 없었다. 배는 거의 접안하기 직전이었고 그렇게 되면 너무 늦는 것이었다. 놈들은 마약을 건네받자마자 벨다를 바다로 던져버릴 것이 뻔했다. 하버스는 어둠에 기도한 채 벨다를 향해 달렸다.

"하버스 씨!"

프레드가 소리를 죽여 하버스를 불렀지만 하버스는 아랑곳하지 않았다. 벨다는 수레를 끌고 천천히 배 가까이 다가가고 있었다.

"벨다!"

"아저씨?"

하버스는 수레손잡이를 잡고 있던 벨다를 번쩍 안아 올렸다.

"여긴 어떻게 왔어요?"

"이곳은 너무 위험해. 어서 몸을 피하자꾸나."

그때 배에서 돈 가방을 들고 내린 남자가 둘을 향해 손전등을 비췄다.

"어린아이가 나온다고 했는데. 어이! 거기 너 뭐야?"

"벨다 도망쳐!"

품에 있던 벨다를 내려놓고 하버스가 소리쳤다.

"어서! 저쪽에 있는 기둥 쪽으로 곧장 달려가!"

배 위에서 형사들이 없다는 것을 확인했는지 검은 정장을 입은 남자들이 쏟아져 나왔다.

"잡아!"

남자들 중 누군가 하버스를 가리키며 소리쳤다.

"아저씨!"

하버스에게 떠밀린 벨다가 형사들이 있는 기둥을 향해 뛰며 하버스를 돌아보았다. 하버스는 벨다를 안심시키기 위해서 가라는 손짓을 해 보였다. 모든 상황을 멀리서 지켜보던 프레드는 손톱을 물어뜯으며 욕을 내뱉었다.

"젠장! 기다리라니까 사람 말을 뭐로 듣는 거야!"

그때 '타앙, 탕' 하고 총성이 한적한 부둣가를 흔들었다.

"왜 이렇게 지원이 늦는 거야!"

어쩔 수 없이 프레드는 형사들에게 출동 신호를 보냈다. 동시에 기둥 뒤로 뛰어 들어온 벨다를 형사 중에 한 명이 안아 들었다.

"경찰이다. 꼼짝 마!"

곧이어 형사들과 마약 거래 범들 사이의 격렬한 싸움이 이어졌다. 계속해서 총소리가 울렸고 비명소리가 들렸다. 그때 경찰차 다섯 대가 사이렌을 울리며 부둣가로 들어왔다. 사이렌 소리를 듣고 자신들이 불리하다는 것을 느낀 범인들이 수레에 있던 고철들을 닥치는 대로 배에 싣기 시작했다.

"안돼요! 내 상자."

벨다가 형사의 품에서 빠져나와 수레 쪽으로 가려고 했다. 범인들을 겨우 따돌리고 기둥 쪽으로 뛰어오던 하버스가 그런 벨다를 막아섰다.

"왜 그러니 벨다? 저긴 너무 위험해."

하버스가 거친 숨을 몰아쉬며 벨다의 눈높이를 맞춰 무릎을 꿇고 앉았다.

"내 상자가 저기 있어요! 엄마가 준 선물이 저기 있다니까요!"

하버스가 주위를 둘러보았다. 아수라장이었지만 경찰차에서 많은 경찰들이 쏟아져 나왔고 이제는 거의 범인들을 잡아내고 있었다.

"내가 가져오마."

하버스는 벨다의 어깨를 한번 꽉 쥐었다가 곧바로 수레를 향해 달렸다. 다른 남자들이 경찰과 싸울 동안 몇 명이 계속해서 마약을 배에 싣고 있었다. 고철들 사이로 찌그러진 벨다의 상자가 보였다. 하버스가 몸싸움을 피해 상자를 손에 넣었을 때 정장을 입은 남자가 그에게 총을 겨누었다.

"다녀올게요. 어머니."

벨다는 현관문을 닫으며 자신의 양어머니에게 인사했다. 기차표를 전날 미리 끊어 두었기 때문에 표를 사기위해 줄을 서지 않아도 됐다. 좌석에 앉은 벨다는 가지고 온 물을 조금 마셨다. 곧이어 기차가 출발하고 창가에 기댄 벨다가 눈을 감았다.

얕은 잠에 들었다가 다시 눈을 떴을 때 창밖으로 웨인 강이 보였다. 10년 전 저 부둣가에서 하버스 아저씨는 총을 맞고 쓰러졌다. 바보 같은 상자 때문이었다. 자신을 버린 엄마가 준 초콜릿 금박지 하나 때문에 아저씨를 위험에 빠트렸다는 죄책감이 항상 벨다를 짓눌렀다. 그 일이 있고 경찰서에서 진술을 마친 벨다를 스멜다 선생님이 찾아와서 보호소로 데려 갔다. 스멜다 선생님이 몇 번 병문안을 갈 것을 제안 했지만 그 때마다 거절했다. 아저씨가 눈앞에서 자신을 원망할까봐 너무나도 두려웠기 때문이다. 얼마 후 한 목사 부부가 보호소 를 찾아와 벨다를 만나고 갔다. 벨다는 그들이 자신의 진짜 부모이기를 기대했지만 스멜다 선생님이 목사 부부의 입양 제의와 함께 들려준 이야기는 충격적이었다. 자신은 납치를 당한 것이 아니라 버림받은 것뿐이었다.

기차에서 내린 벨다는 신문 가판대 옆에 꽂혀있는 지도를 하나 꺼냈다.

10년 만에 다시 찾은 곳이라 지도가 없으면 꽤나 헤맬 것이 분명했기 때문이었다. 스멜다 선생님의 이야기를 듣고 하루 를 꼬박 운 다음날 벨다는 그 목사부부에게 입양 가기로 결정 했다. 그리고 이곳을 떠날 때까지 하버스 아저씨를 한 번도 찾아가지 않았다. 역을 나와서 보니 새로운 건물들이 많이 들 어서 있었다. 지도를 펼친 벨다는 제일 먼저 찾아갈 곳을 손으로 집었다. 여전히 이 도시에 하나밖에 없는 맥컬린 소년소녀 보호소를 말이다.

'똑똑똑'

미술치료 사무실의 문을 두드리자 안쪽에서 "들어오세요." 하고 대답이 들렸다. 벨다는 문을 열고 안으로 들어갔다.

"안녕하세요. 스멜다 선생님."

"누구시죠?"

책상에 앉아 아이들의 그림을 보던 스멜다 선생님이 안경을 추켜올리며 고개를 들었다.

"어머나! 벨다?"

"맞아요."

"이게 얼마만이야."

스멜다 선생님이 자리에서 일어나 벨다를 꼭 안았다.

"10년만일 거예요."

"잘 지냈니?"

"네."

벨다의 손을 잡고 소파로 안내한 스멜다 선생님이 커피를 두잔 타서 탁자에 내려놓았다.

"그래, 뭘 하면서 지냈니?"

"그냥 이것저것. 신앙 공부를 할까 생각중이에요."

"그래, 부모님께서 그쪽에 계셨었지."

스멜다 선생님과 얘기 하던 벨다는 커피를 한 모금 마시고 벽에 걸린 그림들을 둘러보았다.

그리고 오른쪽 벽에 걸린 자신의 그림을 발견했다.

"저게 아직도 있었네요?"

"아, 저 그림 벨다 네가 그린 거였지? 저게 도대체 뭘 그린 건지 도통 알 수가 없었는데. 하버스 씨가 알려주었단다."

"하버스 아저씨가요?"

"초콜릿 금박지를 그린 거라던데 맞니?"

"맞아요."

"그래, 하버스 씨는 찾아뵀고?"

"아니오, 아직……. 사실 어디 계시는지 잘 모르겠어요. 그 뒤로 한 번도 찾아가지 않았었잖아요."

"그랬었지 참, 오늘 온 건 그분을 뵈러 온 거니?"

벨다는 잔을 들어 커피를 한 모금 더 마셨다. 스멜다 선생님이 벽에 걸린 날짜가 표시되는 시계를 보고 말했다.

"아마 지금은 마을 공동묘지에 계실거야."

벨다는 누군가 커다란 망치로 자신의 머리를 후려 친 기분이었다. 그대로 자리에서 벌떡 일어났다. 손끝이 떨려왔다.

"저! 이만 가볼게요."

"어머 벌써? 하긴 오랜만에 와서 가볼 곳도 많을 테니까. 내가 너무 오래 붙잡은 건 아닌가 모르겠다."

"즐거웠어요. 선생님 나중에 또 찾아뵐게요."

상담실의 문을 닫자마자 벨다는 벽에 기대 죽 미끄러졌다. 스멜다 선생님은 분명 아저씨가 죽었다고 했다.

"결국 내가 너무 늦은 거야……."

벨다는 겨우 정신을 차리고 일어났다. 다리가 후들거렸지만 똑바로 걸으려 노력하면서 보호소를 나왔다. 여기서부터는 지도를 보지 않아도 갈 수 있었다. 이 도시 어디에서나 잘 보이는 산에 있는 집이었기 때문이다.

예전에 살던 집은 사실 다 쓰러져 가던 판잣집이었다.

"그런데 이건."

하지만 지금 벨다의 눈앞에 보이는 것은 베인이 준 사탕을 먹고 환각 상태일 때 보았던 그 집과 흡사했다. 꼼꼼하게 쳐진 훌륭한 울타리에 알록달록한 지붕까지. '들어가지 마시오.'라는 팻말이 걸려있었지만 문은 열려 있었다. 조심스럽게 문을 열고 그 안으로 들어갔다. 자그마한 탁자와 의자 몇 걸음 가자 바로 닿는 방문. 현관문을 열 때보다 벨다는 가슴이 설레었다. 문고리를 잡아 돌렸다. 싱글 침대와 나무로 된 책상. 상자를 들고 나가지 않을 때 항상 서랍의 두 번째 칸에 그것을 넣어 두었었다. 떨리는 손으로 서랍 고리를 잡아 당겼다.

"아저씨……."

벨다는 하버스와 항상 점심을 함께하던 초콜릿 가게로 뛰었다. 옆구리엔 분홍색 상자가 들려있었다. 벨다가 뛸 때마다

‘사그랑’ 거리는 소리가 멈추지 않았다.

10년 만에 다시 온 그 자리에 아저씨는 없었다. 가게 벽에 주저앉은 벨다는 상자를 끌어안고 눈물을 흘렸다. 껴안고 있던 상자를 무릎위에 올려놓고 열어보았다. 안에는 초콜릿 금박지들이 가득했다. 10년 전 자신이 꽉 채웠다고 얘기 했던 때보다 더 가득했다. 뚜껑을 뒤집어 보니 자신이 붙여놓았던 그대로 금박지가 붙어있었다.

“누가 이런 걸, 이따위 것 때문에!”

벨다는 들고 있던 상자를 바닥에 던져버렸다. 안에 들어있던 초콜릿 금박지들이 그 주위에 흩날렸다.

“벨다?”

벨다는 천천히 고개를 들어 팔랑이는 금박지들 사이로 자신을 부른 사람을 쳐다보았다.

“아저씨…….”

벨다는 손을 들어 입을 막았다. 말 대신 울음이 터져 나와 목에서는 ‘끅끅’ 거리는 소리가 났다.

“이제 새로 모아야겠구나.”

하버스가 천천히 가게 문 앞으로 다가간 뒤 ‘정기 휴일 - 급한 용무가 있는 분은 마을 공동묘지로 와 주세요.’라고 적힌 패를 뒤집었다.

“그래도 예전처럼 오래 걸리지는 않을 거다. ‘하버스 초콜릿'에서 나온 금박지 들은 모두 따로 모아두었으니까 말이다."

주머니에서 꺼낸 열쇠로 초콜릿 가게의 문을 딴 하버스는 손으로 벨다를 안내하며 문을 활짝 열었다. 벨다는 들고 있던 가방에서 동그란 초콜릿 세 개를 꺼내 내밀었다. 자신이 만든 것이었다.

"아저씨의 행복을 가져왔어요. 초콜릿에 싸여있으니 동그랗게 뭉친 금박도 꽤 나쁘지 않은 행복이네요."

허물

민지영 호평고등학교

　남자는 먼지가 허여멀건 하게 쌓인 캔버스를 보며 여러 생각들에 잠겨 있었다. 머릿속으로 오늘의 일정을 떠올려 보고 몇 시간 후에 있을 회의들을 생각하며, 저 그림은 언제 완성될 수 있을까 하는 의문과 착잡함이 남자를 더욱 피곤하게 만들었다. 그러나 그는 언제나 그렇듯이, 곧 그런 쓸데없는 의문은 접어두고 넥타이를 빼내어 목에 감았다. 자신의 개인적인 일들까지 따로 챙길 만큼 그는 여유 있는 사람이 아니었다. 때로는 그림을 그리고, 시를 쓰고, 쓸데없는 것들에 깊은 고찰들도 가질 수 있었으면 — 같은 투정들도 문득문득 들었지만, 그의 그런 작은 바람들보다 더욱 중요했던 것은 현실의 생활고를 조금이라도 면하는 것이었다. 남자는 출근 준비를 마치고, 이제는 습관이 되어버린 빠른 걸음으로 집을 나섰다.

　점심시간이었지만 그는 음식이 내키지 않았다. 그도 그럴 것이, 오늘 남자의 오전회의는 퍽 엉망이었다. 고요 속에서 남자만이 지끈거리는 머리를 의자에 기댄 채 눈을 감았다. 오늘 회의를 만약 성공적으로 끝마쳤더라면……. 그것은 승진도 기대해 볼만 한 그런 것이었다. 이 묵직하게 눌러앉은 자괴감을 어쩌면 좋을까. 그는 머릿속에 떠오르는 모든 것들을 버리려고 애썼지만 그럴수록 헝클어진 감정들은 더욱 삐져나왔다. 결국 남자는 자리에서 벌떡 일어나 마치 뭔가에 쫓기듯, 회사를 박차고 나가 버렸다.

점심시간이 끝나기까지 약 40분 전. 그는 어디로든, 어디로든 달리고 싶었다. 숨이 벅차 아무 생각도 기어 나오지 못하도록. 남자는 목적지 하나 없이, 인적이 드문 길을 따라 달리고 또 달렸다. 도로도, 표지판도, 그 무엇도 남자의 시야에 들어오지 않았다. 그렇게 얼마의 시간 동안 뛰었을까, 그는 가슴을 움켜잡으며 멈춰 섰다. 거세게 요동치는 심장은 금방이라도 목구멍을 타고 솟아오를 것 같다. 남자는 이 메스꺼움 속에서 문득, 이곳은 어디인가 하는 물음이 떠올라 숨을 고르고 고개를 위로 젖혔다. 그리고 그는 곧 당황스러웠다. 기분 나쁜 날씨…… 기괴한 나무…… 웅장한 숲. 그는 고개를 돌려 주변을 둘러보았지만, 이곳이 어디인지는 조금의 짐작도 할 수 없었다. 남자는 황급히 손목을 보았다. 점심시간이 끝나기까지 이제 15분 전. 서둘러 다시 회사로 돌아가야만 했다. 하지만 그는 좀처럼 발걸음을 내딛을 수 없었다. 그의 사방은 오직 낯선 초록만이 자욱하게 깔려 있었다. 남자는 혹여 주변에 사람이 있을까, 허공에다 소리도 질러 보았지만, 그때마다 돌아오는 대답은 몇몇 새들의 지저귐과, 자신의 메아리뿐이었다. 이제 남자에게 중요한 것은 제시간 안에 회사로 돌아가는 것이 아닌, 어떻게든 이 숲을 나가야 한다는 것이었다. 그러나 이 모든 것과 단절된 듯한 공간에서, 어디서부터 어떻게 해야 할지 그는 막막하기만 했다. 가끔마다 울리는 새의 소리는 남자로 하여금 더욱 애달프게 만들었다. 저 새가 나를 이곳에서 끌어올려 준다면…….

한참을 그런 터무니없는 상상에 빠져 있던 남자는 다시 정신을 차리고 앞을 바라보았다. 그리고 순간, 그는 깜짝 놀라지 않을 수 없었다. 숲 깊은 곳에서 파란 두 빛이 남자를 응시하고 있었기 때문이다. 그의 놀란 마음을 추스를 시간도 없이, 그것은 바스락거리며 남자 가까이로 다가오는 듯싶더니 어느 순간 멈춰 섰다. 파란 눈의 뱀. 그것의 색은 흡사 동화 같은 느낌이어서, 지금 이 현실과는 무언가 이질감마저 느껴지게 했다. 뱀은 남자를 한참동안 바라보다가 천천히 몸을 돌렸다. 그에게 있어서 뱀의 그 몸짓은, 자신을 따라오라는 일종의 신호처럼 받아들여졌다. 막막한 초록 속에서, 그는 구원을 받는 듯한 기분이었다. 남자는 아무 의심 없이, 묵묵히 그것을 따라 걸음을 옮겼다.

한참이 지나서야 뱀은 한 나무 앞에서 움직임을 멈췄다. 나무의 끝이 보이지 않는 크기와 기묘함은 남자에게 은근한 경외감까지 일으켰다. 한참을 그 어마어마한 크기에 정신이 팔려 있다 보니, 어느 순간 뱀은 보이지 않았다. 그러나 남자는 이해할 수 없었다. 아직까지, 그에게 이것은 '거대한 크기의 썩은 나무'라는 것 말고는, 다른 의미를 줄 수 없었다. 그는 그 뱀이 왜 자신을 이곳으로 오게 했는지 이해할 수 없었는데, 이상하게도 이해하려하면 할수록 정신이 몽롱해져갔다. 그렇게 조금씩…… 조금씩…….

어느덧 정신을 차려보니, 남자는 의자에 기댄 채 누워 있었다. 그는 몸을 후딱 일으키고 주변을 살폈지만, 이곳은 그저 회사 안이었다. 남자는 혼란 속에서 급하게 손목을 걷었다. 아직 아까의 점심시간 그대로였다. 숲과 뱀, 나무… 단지 잠깐의 꿈이었던 것일까. 하지만 그렇게 넘겨버리기엔 너무나도 생생한 꿈이었다고, 그는 생각했다.

그가 평소 같았으면 일이 끝난 후 바로 집으로 향했겠지만, 오늘만큼은 달랐다. 낮에 꾸었던 꿈은 하루 종일 남자의 머릿속을 휘저었다. 꿈속에서의 아주 가느다란 기억으로, 그는 숲을 찾아갔다.

그 숲은 정말 존재하고 있었다. 오히려 지금까지 이 거대한 곳을 몰랐었던 스스로가 이상하게 느껴질 정도였다. 어두운 밤에 손전등 하나로 부분적으로 비춰지는 나무는 꿈에서 봤던 나무의 모습보다 더욱 으스스했다. 남자는 파란 눈의 뱀을 떠올리며, 어떻게 해야 이것을 알 수 있을지 곰곰이 생각했다. 그는 우선, 나무 자체를 살펴보기로 했다. 거대한 나무둘레를 돌면서, 아직 자신도 알지 못하는 무엇인가를 찾아내는 일은 꽤나 많은 시간이 들었다. 한 반 둘레 정도 돌았을까, 그는 나무 기둥 조금 윗부분, 성인 남자 한 명은 거뜬히 들어가고도 남을 크기의 구멍 하나가 있는 것을 발견했다. 그의 키보다 높은 곳에 있어 지금 당장 그곳에 들어가진 못하겠지만, 사다리 같은 기구가 있다면 충분히 시도해 볼 만 하였다. 하지만 늦은 밤 깊은 숲, 나무를 오르는 것에 도움을 줄 만한 것들은 어디에도 없었다. 남자는 잠시 머뭇거리다가, 들고 있던 손전등을 넥타이로 묶어 머리에 고정시킨 후, 외투를 벗고 소매를 걷어 올렸다. 드문드문 파여 있는 나무기둥과 삐죽 뻗은 가지들을 의지하며, 그는 조금씩 오르기 시작했다. 거친 나무껍질은 남자의 손바닥을 파고들었으나, 지금 남자에게는 나무껍질에 쓸리는 고통보다, 저 멀리, 머리 위 의문의 구멍에 대한 호기심과 어떠한 흥분감이 그를 더욱 끌어올렸다.

그렇게 한참을 꾸역꾸역 올랐을까, 마침내 남자는 구멍 입구에 다다랐다. 이마에선 땀이 비 오듯 흘러내리고, 이미 셔츠는 푹 젖은 지 오래였다. 자꾸만 눈앞을 가리는 땀을 겨우 닦아내고 그는 구멍 아래를 내려다보았다. 머리에 묶인 손전등은 나무 기둥 속의 사다리, 소파, 무수한 책들을 비추었다. 그 포근한 광경 속에서, 남자는 적잖이 당혹감을 느꼈다.

혹시 이것도 꿈인 걸까. 기괴하리만큼 거대한 나무통 속에는, 그의 현실과는 다른 또 하나의 세계가 존재하고 있었다. 그는 나무 안에 고정되어 있는 사다리를 타고 내려갔다. 소파 옆에 있는 램프를 켜니 나무속은 한층 더 아늑한 느낌이 되었다. 아까의 숲속에서 보았던 기이한 겉모습과는 완전히 딴판

인 모양에, 그는 한동안 이 공간을 멍하니 바라볼 수밖에 없
었다.

그 후 남자는 땀에 전 옷들을 벗어던지고 소파에 누웠다. 그
것에 대해 껄끄러움 따위는 하나 없었다. 왜냐하면, 그는 지
금 이 상황을 꿈이노라 확신하던 까닭이었다. 그는 편안한 마
음으로 눈을 감았다.

어느 순간 눈을 떠보니, 남자가 누워 있는 소파는 어젯밤,
꿈이라고만 여겼었던 그것이었다. 그는 놀란 마음에 헐레벌
떡 일어나 자신이 들어왔던 구멍 쪽으로 고개를 쳐들었다. 밖
은 어제 들어올 당시와 같은 밤이었는데, 남자는 스스로가 잠
을 과하게 자버린 탓이라고 여겼다. 지금 남자에겐, 이 이질
적인 곳이 실제 존재한다는 것에 대한 놀라움보다는 무단결
근이라는 걱정이 앞을 가로막았다. 이미 회사 영업시간은 한
참 지났지만, 서둘러 옷을 챙기고 시계를 보았다. 새벽 한 시
십오 분……. 시계를 바라보던 그 순간, 남자는 초침이 돌아
가지 않는 것을 발견했다. 처음 잠깐은 의아했지만 그는 곧
시계의 고장이라는 생각에 짜증이 치솟았다. 지금 상황에서
시계까지 이게 무슨 꼴인지. 그는 마지막으로 외투를 걸치고
사다리를 올랐다.

남자는 사다리를 다 오르고 나서야 한 가지 문제를 깨닫게
되었다. 나무를 오를 때는 힘들게라도 기어 올라가면 그만이
었지만, 내려가는 일은 그렇지가 않았다. 그러나 다시 현실의

문제로 돌아온 그에게, 그것을 고민할 여유는 없었다. 구멍에서부터 바닥까지 그리 짧은 높이는 아니었지만, 저 손질되지 않은 무성한 풀 위에 잘만 떨어진다면 어느 정도 괜찮을 듯싶었다. 그렇게 그는 허공 위를 한걸음씩 내딛기 시작했다.

이마와 팔꿈치가 좀 까진 것만 빼면, 남자는 딱히 커다란 부상 없이 잘 내려왔다. 빨리 집으로 돌아가 결근사유서를 만들어야 했기 때문에 그의 걸음은 점점 더 초조해져만 갔다. 그는 습관적으로 손목을 올리면서 그와 동시에, 그것은 망가진 시계라는 것이 떠올랐다. 그러나 우연히 바라본 시계의 초침은 다시 잘만 돌아가고 있었다. 이 전에 남자는 멈춰 있던 시계를 분명 보았다. 조금 이상한 일이었지만, 지금으로선 시계의 고장이라고 밖에 달리 생각할 도리가 없었다.

지금 그에게, 집으로 가는 길은 마치 끝없는 은하수와도 같았다.

남자의 걱정과는 달리, 아무도 그에게 꾸중하지 않았다. 오직 그의 양복 안주머니 속 결근 사유서만이 무안할 뿐이다. 이 평화로운 상황 속에서 적응하지 못하던 남자의 건너편으로부터 팀장이 걸어오고 있다. 그가 가까워올수록 남자의 심장은 더욱 거세게 일렁였다. 마침내 팀장은 그의 앞에서 걸음을 멈췄다.

"자네는 언제나 일찍 출근하는군. 아주 좋은 자세야."

어젯밤부터 남자가 줄곧 상상했던 것과는 전혀 다른 단어

들이 들려오는 까닭에, 남자는 퍽 당황스러웠다.

남자는 우물거리며 물었다.

"저…… 어제 일은……."

"아, 어제 일은 너무 신경 쓰지 말게. 누구나 가끔은 실수도 하고 그런 거지. 다음 주 회의 때는 잘해보게나."

사람 좋은 웃음을 보이며 지나가는 팀장을 그는 한참동안 바라보기만 했다.

그러다 어느 순간 정신이 든 남자는, 지나가는 여직원을 무례하게 붙잡고 오늘이 며칠인지를 물었다. 그녀는 조금 불쾌한 듯한 표정으로 15일이라고 답했다. 그는 한동안 이해할 수 없었다. 그리고 한참이 지난 후에야 그는 깨달았다. 어젯밤 그 거대한 나무기둥 속에서 자고 있던 동안의 시간은 어디에도 존재한 적 없었다. 그는 이마와 팔꿈치에 난 상처를 더듬어 보았다. 나무에서 떨어져 생긴 상처.

근무시간, 아빠와 놀이동산에 가기로 약속한 어린아이 같이 부푼 마음으로, 남자는 점심시간이 오기를 기다렸다.

그는 집으로 달려가 서둘러 캔버스와 붓, 물감, 시간이 없어 읽지 못했던 책들, 밧줄과 장갑을 챙겨 나왔다. 남자는 언젠가 회사를 박차고 나와 숲속으로 달렸던 꿈과 같이, 달리고 또 달렸다. 숨이 멎을 듯이 벅찼지만 괴롭지 않았다. 자신의 형상화된 환상으로 갈 수 있다는 사실이 그에게 어떠한 벅차오름을 안겨 주었다. 남자는 그 경이로운 나무 앞에 도착해,

숨을 고르는 것도 잊은 채 서둘러 장갑을 끼고 짐을 등에 멨다. 그는 밧줄 끝을 고리모양으로 묶어 힘껏 던져 올려, 몇 번의 실패 끝에 밧줄은 단단해 보이는 나뭇가지 하나에 걸렸다. 그것을 팽팽하게 당겨본 후, 그는 줄을 의지하며 나무를 오르기 시작했다. 밧줄을 오르는 지금이 맨몸으로 올랐었던 때보다 훨씬 편하다는 것을 남자는 실감했다.

그리고 곧 그는 구멍 속으로 사라지듯 들어갔다.

그 후 남자는 회사가 끝나자마자 자신만의 아지트로 황급히 향하곤 했다. 그러나 그는 며칠이 지나서야 그럴 필요가 없다는 것을 깨달았다. 그곳에서는 회사일도, 시간에 쫓길 일도, 허기짐도, 배변욕도 그 무엇도 상관없었다. 그는 자신이 원하는 만큼, 무엇이든 할 수 있었다. 남자가 제일 먼저 손을 댄 것은 중간 크기의 캔버스였다. 그동안 일상 속에서, 그에게 그나마 위로를 주었던 것은 그림을 그리는 시간이었다. 새하얀 캔버스 위에는 그 자신이 갈구했던 모든 것들을 창조해 낼 수 있었기 때문이다. 그가 들고 온 것은 미완성 상태의 나비그림이었다. 그것은 그 작은 곤충의 자유를 부러워하며 그리던 남자 그 자신의 모습을 회상하게 했다.

그렇게 완성하지 못했었던 그림도 마무리 짓고, 평소 읽고 싶었던 책들도 모조리 읽었다. 소파에 늘어져 하염없이 지난 날들을 돌이켜 보기도, 앞으로의 삶을 계획해 보기도 하고, 또 어느 때는 끝없는 우울 속에서 허덕이기도 했다. 그는 가끔 그곳을 나갈 때도 있었는데, 새로운 캔버스와 새로운 책, 새로운 장난감을 찾아 가져오기 위해서였다.

그러나 어느새, 남자가 현실로 내려가는 횟수는 점차 줄어들었다.

그리고 얼마나 지났을까, 일종의 권태가 그를 짓누르기 시작했다.

이 제약 없는 자유 속에서, 그는 나태하고 무기력해져만 갔다. 나가기만 하면 언제든 다시 사회생활을 시작할 수 있다는 안도감과 시간에 구애받지 않는다는 여유로움이 까닭이었다. 나무가 그 자신을 집어 삼키고 있다는 사실도 깨닫지 못한 채, 그는 어리석게도 좀처럼 이곳을 나갈 생각이 들지 않았다. 나태는 그의 모든 것을 지배했다. 그러다 어느 순간 그는 느낄 수 있었다. 그 게으름 속에서의 한심스러움과, 또 은근한 즐거움을. 그는 문득 눈을 옆으로 굴렸는데, 우연적으로 그의 시선이 멈춘 곳은 긴 거울이었다. 그리고 자신의 모습을 본 그는 경악스러움을 금치 못했다. 당장 이 모습을 벗어나야 겠다고 생각하는 그였지만 이미 나태에 길들여진 몸뚱이는 좀처럼 움직이지 않았다.

그 칠흑같이 까만 눈에는, 죽었는지 살았는지도 모를, 가만히 널브러져 있는 그 모습이 흡사 하나의 허물처럼 보였다.

추녀와 미남 미녀와 야수

박혜주·이승용 이포고등학교

기원전 500년경에 아시아의 어느 한 곳에 순결국과 음탕국이 있었어요.

순결국에는 아주 음침하게 생긴 성이 있었고요, 그곳에는 아주아주 예쁘다고 소문난 공주가 살고 있었어요. 그러나 예쁜 공주의 모습을 본 사람은 아무도 없었어요.

음탕국이라는 옆 나라에는 허세남이라는 왕자가 있었는데요, 잘생겼지만 대대손손 조상의 바람기를 물려받아 아주 음탕한 기질을 가지고 있었답니다. 그 허세남 왕자의 하루는 아침이면 성 밖으로 나가 술을 마시는 것으로 시작하여 여자들과 한바탕 놀다 들어오는 것으로 끝났어요. 그 모습을 못마땅하게 여긴 왕비는 고심 끝에 허세남 왕자에게 조건을 걸었어요. 왕국에서 계속 살아가고 싶다면 세상에서 제일 아름답다고 소문난 순결국 공주의 마음을 얻어 결혼을 하라고 말이지요. 왕자는 말했어요.

"그 정도야 껌이죠, 금방 갔다 오겠습니다."

허세남 왕자는 하인 두 명과 함께 순결국으로 향하던 중 어느 마을 술집에 들렸답니다. 제 버릇 개 못준다는 속담은 이를 두고 한 말이지요. 제법 규모가 큰 술집이어서 그런지 그곳에는 예쁜 여자들도 많았고, 그럴싸하게 행세하는 양반집 도령들도 많아서 다함께 어울려 놀기에는 더없이 안성맞춤인 곳이었어요.

그런데 아침에 일어나 보니 하인 두 명이 사라져 버린 것이었어요. 이는 왕비가 왕자 모르게 하인들에게 내린 명령 때문이었는데요, 길을 가던 중 왕자가 또 평소에 하던 짓을 버리지 못하면 왕자를 버려두고 즉기 돌아오라는 것이었지요. 그 사실을 모르는 왕자는 절망에 빠진 상태에서 혼자 순결국으로 가야 했어요. 순결국 공주의 아름다운 모습을 상상하는 것이 그나마 위로가 되었다면 되었겠지요.

왕자는 생각했어요,

"세상에서 제일 아름답다니 정말 기대되는군, 스읍~, 나의 선수기술로 공주를 단숨에 매혹시켜야지."

그때 갑자기 장대비가 쏟아져 내렸어요, 왕자는 당황해서 순결국 국경을 지나 계속 달렸지요. 너무도 지친 왕자는 궁전 가까이에 있는 강변에 쓰러지고 말았어요. 의식이 흐려지는 중에도 그는 빗줄기가 자신의 얼굴을 세차게 때려대는 것을 느낄 수 있었답니다.

왕자가 눈을 떴어요. 넓고 깨끗한 방 안의 낯선 풍경이 눈에 들어왔어요. 몸을 일으키다 자신이 깨끗한 침대위에 있다는 것을 알게 되었지요. 어리둥절하여 주위를 둘러보니 난로 옆

의자에 앉아있던 젊은 여자가 일어나서 자기에게 다가오는 것이 보였어요. 앞치마를 두르고 머리띠를 단정히 매고 있는 것을 보니 하인인 듯싶었어요.

"누구시죠?"

왕자는 물었어요.

"그러는 당신은 누구시죠?"

여자가 왕자의 질문에는 답하지 않고 오히려 왕자에게 물었어요. 왕자는 순간 자신도 모르게 거짓말을 하였지요.

"난 음탕국의 허세남 왕자를 모시는 비서랍니다. 왕자님과 여행을 하다 길을 잃어버려 여기까지 오게 되었소. 여긴 대체 어디요?"

잠시 아무말이 없이 그를 쳐다보던 여성이 입을 열었어요.

"여긴 순결국의 궁전에 있는 병원입니다. 비에 젖어 의식을 잃어 쓰러져 있던 댁을 공주님께서 발견하셔서 이리로 보내셨죠."

공주가 불어난 강물을 보려고 강가로 산책을 나간 길이었다고 하는군요. 왕자가 다시 물었어요.

"혹시 그 공주가 세상에서 가장 아름답기로 소문난 순결국 공주요?"

여자는 입을 열지 않았어요.

"아, 미안하오. 얘기하고 싶지 않으면 하지 않아도 되오."

왕자는 어색하게 웃으며 말했다. 왕자는 속으로 '내 추측이 맞다면 저 여자가 말한 공주가 틀림없이 순결국의 공주야. 공주, 조금만 기다리시오. 내가 곧 공주의 마음을 훔치리다. 크크크'

어쩐지 간호사 같은 느낌을 주던 여자가 물었어요.

"배는 안고프신지요?"

왕자는

"아, 괜찮소. 하나도 안 고프오"

왕자가 말했지요. 하지만 그 순간 배에서 '꼬르륵' 소리가 또렷하게 울리자 여자와 왕자가 동시에 웃었어요.

"미안하지만, 음식을 좀 주실 수 있소?"

여자가 곧 준비하겠노라고 상냥하게 대꾸하고는 나갔습니다.

잠시 후 더 젊은 여자가 와서 왕자를 식당으로 안내했어요. 화려한 샹들리에에는 색깔 있는 양초가 꽂혀 있었고요, 격조 있는 풍경화들이 벽에 붙어 있었어요. 식탁 위 한 면은 온통 꽃으로 장식이 되어 있었으며, 그가 앉은 자리 앞에는 먹음직한 음식들이 잔뜩 차려져 있었어요. 왕자는 체면을 차릴 틈도 없이 정신없이 음식을 먹어 치웠답니다.

포만감을 느끼자 겨우 정신을 차리게 된 왕자는 시녀에게 물었지요.

"아! 공주에게 감사 인사를 드리고 싶소, 괜찮은지 여쭤봐 주었으면 하오."

　왕자는 공주의 얼굴이 너무 궁금하였고, 일이 이처럼 일사천리로 진행이 되어 기뻤어요.

"공주님께서 지금 오셔도 된다고 말씀하셨습니다."

왕자가 의젓하게 말했어요.

"그럼 길을 안내해 주시오."

　시녀가 방문을 '똑똑똑' 노크했어요. 그러자 안에서 '들어오거라' 하는 소리가 났습니다. 위엄과 귀여움이 동시에 묻어나는 목소리였어요. 천하의 바람둥이 왕자도 갑자기 긴장이 되어 심장이 쿵쾅쿵쾅 뛰기 시작하였어요. 방문이 열렸어요. 그러나 공주는 가면으로 얼굴을 가리고 있어서 얼굴을 볼 수는 없었지요. 목소리가 외모와 비례한다면 공주의 얼굴은 도대체 얼마나 예쁠까요?

"안녕하십니까, 공주님. 저는 이웃나라인 음탕국의 왕자를 모시는 비서입니다. 길을 잃고 빗속에 쓰러져 있는 저를 구해 주셔서 몸 둘 바를 모르겠습니다. 정말 감사합니다."

그러자 공주가 말을 하였지요.

"왜 거짓말을 하시는 겁니까? 나는 예전에 한 파티에서 당신을 보았습니다. 저는 당신은 음탕국의 하나뿐인 허세남 왕자로 알고 있습니다."

왕자는 당황하였지만, 다시 이성을 찾아 침착하게 말하였지요.

"아, 미안하오. 사실 난 지금 나의 친어머니를 찾으러 부모님 몰래 성을 나온 것이요, 만에 하나 이 사실이 부모님 귀에 들어갈까 하여, 거짓말을 하였소. 미안합니다. 설마 우리 부모님에게 내이야기를 하지 않으셨지요?"

이 이야기를 들은 공주는 미안한마음이들었지요.공주는 말했어요.

"걱정 마세요, 아직 사신을 안 보냈습니다."

잠시의 침묵이 흘렀어요.

"저, 미안하지만, 내가 아직 몸이 허하여 기력을 회복할 때까지 여기서 신세를 져도 되겠소?"

마침 때를 맞춰 재채기가 나면서 왕자는 코맹맹이 소리를 냈어요.공주가 말했지요.

"그럼요, 편하게 생각하시고, 완쾌된 후 떠나십시오."

또, 왕자가 말했어요.

"근데 실례지만, 공주는 왜 얼굴을 가리고 있는 것이요?"

공주가 말했어요.

"그것은 왜 물으십니까?"

왕자가 대답했어요.

"나의 은인이신 공주의 얼굴을 보고 감사의 말을 하고 싶어 그럽니다. 무슨 사연이라도 있는 것입니까?"

공주가 대답했어요.

"사실 전 밖에서 떠도는 소문과는 너무 다르게 생겼어요.

그래서 소문으로만 저를 접하신 분들이 저의 모습을 보고 충격을 받는답니다. 그 후로 저는 가면을 쓰고 있습니다."

왕자가 대답했어요.

"한번만 벗어 주면 안 되오?"

공주는 말했어요.

"죄송하지만 전 저를 진심으로 사랑하는 분에게 저의 모습을 보여주기로 결심하여 보여줄 수가 없습니다."

왕자가 기다렸다는 듯이 바로 말했어요.

"그래요? 그럼 이제부터 당신을 진심으로 사랑할 테니 나의 진심을 받아 주시오."

왕자는 공주의 마음을 훔칠 생각으로 감기가 다 나은 후에도 다리를 다친 척 하며, 꾀병을 부렸어요. 순결공주에게 꽃을 갖다 주기도 하고, 자신의 외로움을 진솔함을 담아 털어놓기도 했지요. 그러자 점차 공주도 왕자에게 마음을 열었지요. 둘은 그렇게 왕국에서 몰래 사랑을 맺었어요. 왕자는 이제 곧 자신의 음탕왕국으로 떠날 때가 되었다고 생각했어요.

어느 날. 늦은 저녁을 함께한 공주와 왕자는 식사를 하고 차를 마시던 중이었어요. 공주가 자신의 얼굴을 보여 주겠다고 말을 했지요.

"당신에게 나의 모습을 보여주려고 해요. 정말 나의 모습을 보고 나를 떠나지 않으실 거죠?"

공주는 애원하듯 왕자에게 말했어요. 왕자가 대답했어요.

"나는 당신의 겉모습에는 신경쓰지 않아요, 오직 보이지 않는 당신의 그 아름다운 속마음을 원하고 있지요."

왕자의 말은 믿음직스럽게 들렸어요. 공주는 드디어 가면을 벗었습니다. 왕자는 크게 실망하고 말았지요, 소문은 물론이고 자신이 상상하던 공주의 얼굴과도 너무 빗나갔기 때문이지요.

공주의 눈은 제비처럼 조그마한 게 쪽 찢어져 양끝이 올라갔고, 피부는 황소개구리마냥 울긋불긋하고 땀샘이 훤히 드러나 보였어요. 그러나 왕자는 대답했지요.

"오! 당신의 머릿결과 얼굴에서 빛이 나는군요. 당신의 마음이 맑아서 그럴 것이오. 당신은 여전히 아릅답소."

공주는 너무 부끄러웠어요. 그러나 마음 한편으로 안도의 숨을 내쉬었답니다. 그렇게 하룻밤이 지나고 공주는 아침 일찍 산책을 가기 위해 왕자의 침소에 들렀어요. 그러나 이게 웬일인가요. 침실은 텅 비어 있고, 다만 탁자위에는 편지 한 장이 놓여 있었어요.

'미안하오 공주, 먼저 당신에게 거짓말을 한 것이 너무 미안하오. 하지만 나의 마음은 진심이었소. 내가 피치 못할 상황으로 여기를 떠나나, 나의 진심은 잊지 말아주오. 감사하고 사랑하오, 공주.'

공주는 시름시름 앓아눕고 말았어요. 그리고 혼자 계속 생각을 했어요, 왕자가 자신에게 한 거짓말이 무엇일까 하고요.

왕자는 음탕국으로 돌아가 왕과 왕비에게 그동안의 일을 설명하면서 공주의 얼굴을 그리며, 이런 여자와는 결혼을 못하겠다고 주장했어요. 그들도 종이에 그려진 공주의 초상을 보자. 왕자의 마음에 공감하여 이 일은 없던 일로 하기로 했지요.

공주는 첩자를 보내 이런 내막을 모두 알아냈습니다. 하지만 그녀는 왕자를 포기할 수 없었어요. 사랑하는 마음과 상처받은 자존심을 보상하고픈 갈등이 그녀를 괴롭혔습니다. 그녀는 유명한 마법사를 찾아가 일 년 동안 자신을 변화시키는 시술과 다이어트를 하여 완전히 새로운 사람으로 변하였어요. 독기를 품은 공주는 음탕국으로 찾아갔어요.

완전히 변한 공주는 누가 봐도 몰라볼 지경이었어요. 드디어 왕자와 공주가 만났어요. 예상대로 왕자는 기절할 듯이 놀라고 말았어요.

"아니 이게 누구요? 정말 그대가 순결국의 공주가 맞으시오?"

왕자는 기쁨을 감추지 못하고, 공주에게 키스를 하였어요. 곧 왕자와 공주는 결혼을 하였지요.

하지만 결혼생활이 그렇게 행복하고 평탄하지는 않았으니 문제지요. 공주는 왕자가 자신보다 더 예쁜 여자를 좋아하게 될까 겁이나 마법의 중독에 걸리고 말았지요. 이상한 약초 냄새가 공주의 몸과 침실에 배어 있었어요. 왕자는 그런 공주에게 질렸어요.

왕자는 공주를 버리고 멀리멀리 떠나버렸습니다. 다른 나라의 공주와 재혼을 했다는 소문만이 들려왔지요. 순결국으로 되돌아온 공주는 왕자를 그리워하다 상사병에 걸려 왕자가 자신을 떠난 지 8개월 만에 저승의 사람이 되고 말아요.

한편 왕자는 다른 나라의 공주와 살다보니, 자신에게는 순결국의 공주가 얼마나 소중한 존재인지를 깨닫게 되었습니다. 새로 만난 공주는 이기적이고 제멋대로인 데다가 그다지 왕자를 사랑하지도 않았던 것입니다. 왕자는 다시 순결국으로 돌아왔어요.

하지만 이미 늦은 것인가요. 순결국 공주의 침소에 공주는 없고, 공주의 흔적만이 남아있었어요. 뒤늦은 후회와 슬픔을 술로 달래며 왕자는 자신을 위로했어요. 하지만, 술에만 빠져 사는 왕자가 잊지 않은 것이 하나 있었지요. 매일매일 공주의 묘에 찾아가 꽃한송이를 바치는 일이었지요. 이처럼 왕자는 살아생전 공주에게 해주지 못했던 일을 하며, 잘 먹지도 않고 외모를 꾸미지도 않았습니다.

추운 눈보라가 치던 겨울날 공주의 묘를 찾아갔던 왕자는 다시 돌아오지 않았습니다. 그 어디에서도 왕자를 찾을 수는 없었다고 하네요.

앨리스의 땅굴

심채리 용인고등학교

그 땅굴은 티베트 자치구 작은 마을에서 동네 어린이들에 의해 처음 발견되었다. 땅굴에 관한 첫 기록은 작년 5월 17일 쓰인 티베트족 소녀 야난의 일기로, 현재 중국 시짱 박물관이 비공개 소장하고 있다. 그 본문은 이렇다.

17일 날씨 맑음. 나는 오늘 하루 종일 룬과 놀았다. 아침에 나갔다가 저녁에 집에 와서 너무 많이 놀았다고 엄마한테 혼났는데, 그래도 재미있는 하루였다. 왜냐 하면 우리가 자주 노는 고목나무 옆 평원에서 룬이 이상한 구멍을 찾아냈기 때문이다. 평소와 똑같은 땅바닥에 내 품 정도 크기의 굴이 밑으로 곧게 뚫려 있는데, 엄청 깊은 것 같다. 룬이 한쪽 다리를 다 집어넣었는데도 발끝이 땅에 닿지 않았다. 그래서 주먹 만한 돌을 주워 구멍에 던져 넣어 봤는데, 돌이 바람 가르는 소리만 색색 나고 바닥에 부딪히는 소리는 안 났다. 우리는 배가 고파질 때까지 계속해서 굴에 던져 넣을 수 있는 모든 것들을 가져다가 던지고, 굴 가까이 귀를 기울이고를 반복했다. 뭘 던지든 몇 번을 던지든 바닥에 떨어지는 소리는 들리지 않았지만 아무튼 우리는 신기하고 즐거웠다. 내일은 룬이 허리에다 밧줄을 감고 직접 굴에 들어가 보기로 했다. 바닥까지 들어가려면 아주 아주 긴 밧줄이 필요할 것이다. 자기 전에 창고를 뒤져 봐야겠다.

야난의 친구 룬이 땅굴로 들어가기 전 허리에 줄을 감기로 한 것은 몹시 다행스러운 판단이었다. 그 밧줄이 아니었다면 야난은 영영 사랑하는 친구의 얼굴을 볼 수 없었을 것이다.

이 일기에 드러난 역사적인 발견은 먼저 아이들 사이의 네트워크에서 빠르게 퍼져 나갔다. 비디오 게임은커녕 변변한 TV 채널 몇 개가 없는 티베트 아이들에게, 사람 키보다도 깊은 땅굴은 대단한 흥밋거리였다. 아이들 사이에 화제가 되자 당연한 수순으로 아이들의 부모에게 알려졌다. 부모들도 처음에는, 구멍의 존재에 대해 신나서 조잘거리는 아이의 엉덩짝을 톡톡 두들기며 대수롭지 않게만 생각했다. 누군가 한 사람이 근 일주일동안 마을에서 일어난 일련의 실종사건과 그 땅굴을 연관지어 말하기 전까지는.

어린애 눈에 깊어봤자 얼마나 깊겠어, 하고 대강 넘겼던 사람들 대부분이 머리를 땅에 박고 반성했다. 어린이가 발견했기 때문에 뭐든 어린 크기일 것이라는 지레짐작이 얼마나 얄팍한 편견이었던가. 도대체 끝을 알 수 없을 깊이야 처음부터 그랬지만, 구멍은 묘하게도 아이들의 키가 자라듯 하루하루 확대돼 직경이 10미터를 넘겼다. 구멍은 이제 다 큰 어른들이 보기에도 소름끼치게 깊고 어두웠다. 까딱 발이라도 헛디뎌 떨어진다면 되돌아오지 못하고 그대로 저 어둠에 집어삼켜질 것 같아 보였다. 그 앞에 서서 다섯 건의 연쇄 행방불명을 곱씹자니, 저기라면 사람 다섯 명쯤이야 족히 빠지고도 남지 싶었다.

마을은 겁에 질렸다. 조상들의 저주가 내린 거라는 소문은 근거 없이도 잘만 떠돌았다. 폐쇄적인 티베트 지역의 소문이었는데도 들릴 귀에는 들려 왔던 모양이었다. 한번 떨어지면 두 번 다시 건져 올려질 수 없는 구멍의 존재에 가장 재빠른 관심을 보인 무리는 바로 범죄자 족속이었다.

구멍은 범죄 증거를 인멸할 완벽하고도 새로운 방법이었다. 일단 던져 넣기만 하면 어떤 누구의 추적도 영원히 따돌리게 되고, 그 후로는 시대가 모든 것을 잊을 때까지 얌전히 기다리기만 하면 온전한 새 삶을 살 수가 있었다. 얼마 지나지 않아 세계 각지에서 티베트로 관광객이 몰려들었다. 물론 9할 이상이 관광객을 빙자한 강력범죄자들이었다.

바깥세상과 소통이 단절되어 있었던 티베트의 작은 시골 마을에는 음산한 활기가 돌기 시작했다. 뒷세계에는 이미 체계적인 시스템을 갖춘 브로커가 등장하고 있다는 끔찍한 신보까지 들려왔다. 하지만 모든 게 들리는 풍문일 뿐, 콕 집어 목격자를 남기지는 않았다. 어떤 별난 주민도 섣불리 나서서 이런 풍기를 고발하지 못한 채로 마을에는 흉흉한 바람만 불었다.

핏자국을 숨겨줄 암흑, 아무도 들춰볼 수 없는 비밀을 품은 이 미지의 사태에 범죄 세계 다음으로 반응을 보인 것은, 아이러니하게도 종교계였다. 땅굴이 여행객들에 의해 세상에 알려지자, 매스컴이 미처 진실을 규명하기도 전에 크리스트교와 이슬람교가 앞장서 땅굴에 대한 종교적 해석을 내놓았다. 성서별로, 종파별로 수를 헤아릴 수 없이 다양한 내용의 해석이 나왔지만 결국 큰 맥락은 하나였다. 해석들은 두 가지 공통점을 가지고 있었다. 첫째, 구멍은 창조신의 계시이며, 인류 멸망의 도화선이라는 것. 그리고 둘째, 구멍은 신세계로 가는 차원 이동의 대문이라는 것이었다. 종파마다 가진 관점의 차이는 구멍을 통해 도달할 신세계가 낙원이냐 혹은 나락이냐 하는 데에 달려 있었다.

두 눈으로 똑똑히 볼 수 있는 구체적인 형태의 재앙이 나타남으로써 종교는 지난 한 세기를 통틀어 최고로 무르익었다. 범지구적으로 신도 수가 크게 늘고, 신앙은 견고해졌다. 티베트 자치구를 제외한 거의 모든 지역, 특히 유럽과 아메리카 대륙의 치안이 신앙의 영향으로 눈에 띄게 개선되었다는 통계 수치는 반길 만한 소식이었다. 문제는 날로 늘어가는 극성 사이비 신도들에게 있었다.

땅굴의 종교적 해석에 성서보다 더 큰 비중을 둔 사이비교는 종파로부터 갈라져 나와 저희들끼리 융합과 분열을 되풀이하며 세력을 키웠다. 아예 근원이 된 종교로부터 독립해 제

3의 종교를 세우기도 했다. '땅굴 신봉자'라고 불리는 그들은 티베트의 땅굴이 타락한 현세를 벗어나 낙원으로 통하는 길이라고 주장했는데, 단지 거기에 그치지 않았다. 그들은 마치 성서에 묘사된 '노아의 방주' 때와 같이 피할 수 없는 대재앙이 가까운 시일 내에 인류를 멸할 것이며, 그 시일이란 곧 숭고한 믿음을 가진 자와, 무슨 종류든지 세상을 이롭게 할 재능을 가진 자가 하나도 빠짐없이 낙원으로 뛰어드는 날이 될 것이라고 떠벌렸다.

낙원으로. 즉 땅굴로 뛰어들란 소리였다. 신봉자들은 전도라는 이름으로 비신봉자들을 선동하고 자살을 유도했다. 직접 제 한 몸을 땅굴로 내던지는 신도들도 물론 있었다. 연이은 국제 범죄 연루 분쟁과 광신도들의 자살 등, 꺼림칙한 사건들만 줄줄이 보고 들은 티베트 주민들의 원성은 점점 드높아지고, 드디어 땅굴의 위험성을 지각한 티베트 시짱 자치행정부가 공식 입장을 발표했다.

행정부는 종교적인 문제에는 관여하지 않으며 중립의 위치를 지킬 것을 표명했지만, 땅굴에 뛰어드는 신봉자들의 행위는 투신자살로 간주하여 종교적 의사로서 인정할 수 없으며, 지역의 평화 조성에 장해가 되므로 적극 방지하겠다고 단언했다. 또한 '중범죄 수입국'이라는 오명을 씻기 위해 출·입국자들의 신원을 엄격히 다루며, 결정적으로 땅굴 테두리에 11미터 가량 되는 벽을 세워 통행을 제한하기로 결단했다.

정부는 세간이 즐겨 칭한 구멍의 별명 '앨리스의 땅굴'을 이 지형의 공식 명칭으로 조심스럽게 지정하고, 일주일 만에 땅굴 둘레로 두텁고 높은 벽을 쌓아 올렸다. 그리고 그 벽과 땅굴, 통행인들을 감시할 새로운 공무원 직위를 책정했다. 행정 제도상 '앨리스의 땅굴 관리 감독자'라고 등재되어 있었지만, 아직도 호시탐탐 증거 인멸의 기회를 노리는 무단 투기자들은 이들을 '와처(watcher, 감시인)'라고 불렀다.

와처라는 이름은 앨리스의 땅굴과 함께 시사용어처럼 널리 퍼졌다. 한낱 15급짜리 공무원이 시사적 이슈까지 된 데에는 그만한 이유가 있었다. 와처들은 땅굴의 운명적인 행보 한 걸음 한 걸음을 지척에서 지켜보았다.

나는 와처다. 땅굴의 시작부터 그것과 함께해 온 최초 기수의 감독자이며, 가장 긴 시간동안 땅굴을 들여다 본 유일한 자다.

와처가 되는 특설 공무원 채용 시험은 여타 15급 공무원 시험보다는 확연히 낮은 경쟁률을 보였다. 사무원 직책이긴 해도 실질적으로는 잡역 같은 업무를 맡으니 선호도가 떨어질 만도 하리라. 와처는 단지 사무실에 앉아 땅굴에 관한 문서를 결재하고, 출입구에 딸린 시건장치를 관리하는 일만을 하는 게 아니었다. 땅굴 주변에 얼기설기 설치된 9개의 CCTV를 24시간 감시했다. 시시때때로 부스럭부스럭 접근하는 무단 투기자들과 땅굴 신봉자들 때문에, 눈이 빠질 것처럼 아프거나 졸음이 밀려와도 근무 시간에는 절대로 눈을 뗄 수가 없다. 매번 달라지는 침입법이 박수를 보내주고 싶을 만큼 창의적이라서, 정신을 바짝 차리고 조기에 대응하지 않으면 내 근무 중에 불법 침입을 용납한 대가로 시말서를 쓰느라 골머리를 앓아야 하니까.

불순한 목적을 가진 사람이나 정부에서 파견한 땅굴 연구원을 빼고는 아무도 다가오려고 하지 않는 땅굴에서 청소를 도맡는 것도 우리였다. 빗자루에 쓰레기봉투 하나씩 들고서 벽 바깥쪽 풀밭을 청소할 때에는 평범하기 짝이 없는데, 일단 벽에 달린 문을 열고 굴을 내려다보면 아주 기괴한 장관이 펼쳐지는 것이다. 연구원들의 요구로 지하 깊숙한 데까지 설치된 계단을 타고 내려가면서 빗자루질을 하고 있자면, 한 턱 계단을 내려설 때마다 어둠으로 어둠으로 입장하는 기분이 들었다. 처음에는 다리가 후들거려 바닥도 쓰는 둥 마는 둥 하고서 도망치듯이 뛰쳐나왔지만, 시간이 지나면서 그것도 익숙해져 저 멀리 암흑으로 아득하게 떨어지는 먼지 뭉치를 보아도 그러려니 하게 되었다.

그밖에 연구원들의 잔심부름이나 티타임을 챙기는 것, 연구 보고서를 상부에 보내면서 네트워크 보안을 확인하는 것도 우리의 업무였다. 열 명이 조금 넘는 인원으로 그 모든 일을 해내려면 게으름 피울 시간이 없었다. 게다가 우리 중 티베트 현지인은 두 명뿐이고 나머지는 외지에서 일자리를 찾아 들어온 처지라 모두들 숙직실에서 살다시피 했다. 우리에겐 말이 숙직실이지 기숙사나 다름없는 공간이었다.

자고 일어나면 하루 일과가 끝나 다시 잠자리에 들 때까지 주구장창 일하면서도 우리는 불평하지 않았다. 우리는 누구보다 잘 알고 있었다. 현재의 와처가 하는 사소한 업무들이 미래에 얼마나 큰 영향을 끼칠 것인지, 이 일이 얼마나 중요하며 자부심 가질 일인지. 나는 자부심보다 성실함의 영향이 더 커서 단지 주어진 일을 묵묵히 하는 것이었지만 늙은 와처 쓰웨이는 달랐다.

쓰웨이는 자신이 나라를 위해 일하는 공무원이라는 자부심으로 일을 했다. 비록 와처가 온갖 귀찮은 일을 떠맡은 말단의 직위였어도 그에게 14급이니 15급이니 하는 숫자는 문제가 되지 않았다. 우리들 중 둘 밖에 없는 티베트 출신의 중늙은이인 쓰웨이는 이 일을 하기 전부터 주민으로서 지켜본 땅굴의 첫 등장을 기억하고 있었다. 지금에 비하면 작고 썰렁했지만 사람들에게 주는 공포감의 크기는 훨씬 컸던 그 구멍의 신고식을. 아마도 그래서 우리보다 땅굴을 더 깊게 보고, 오래 쓰다듬을 수 있었던 듯했다.

오늘도 그는 제일 먼저 일어나 매무새를 가다듬고 사무실에 앉아 있었다. 내가 들어서자 새벽을 꼴딱 새워 CCTV 화면을 감시한 와처 두 명이 인사를 하고 지나갔다. 오늘 아침 감시반은 나와 나의 룸메이트 칭 리안이었다. 칭에게 아침잠은 쥐약이라 내가 숙직실을 나올 때까지 그는 계속 비몽사몽이었다. 칭이 정해진 출근 시간에 매일 같이 지각한다지만, 우리 사무실엔 상사가 없으니 지각을 해도 잘릴 일이 없었다. 상사는 아니지만 우리 인생의 선배인 쓰웨이가 쓴 잔소리를 늘어놓긴 했다.

"칭은 언제쯤 제 시각에 맞춰 올 생각이라던?"

"밤마다 잠들기 전에는 이제 절대 지각하지 않겠다며 벼르고 별러요. 쓰웨이가 무섭다고요."

"내가 그놈 꿈속까지 찾아가 불호령을 쳐야 하나."

정면을 향해 서자 현란하게 눈을 때리는 모니터 불빛 때문에 째는 듯한 두통이 일었다. 나는 기계의 냉각기가 작동함을 확인하고 잠시 화면에서 등을 돌렸다. 쓰웨이는 소파에 앉아 오늘자 신문을 펼치고 있었다. 다른 사람은 마주할 일 없이 이 건물 안에서만 생활하는데도 쓰웨이는 바깥 일에 관심이 많았다. 특히 앨리스의 땅굴을 헤드라인으로 내건 기사가 있으면 세 번쯤 되풀이해서 읽었다. 내가 잠결에 목이 따가워져서 녹차를 우려내는 동안 신문을 뒤적이던 쓰웨이는 뭔가를 발견하고 탐탁잖은 듯이 코를 찡그렸다.

"뭐 읽을 만한 기사라도 났나요?"

"읽을 만하기는, 또 쓰잘머리 없는 소리들이지."

보아하니 시짱자치구에 대한 헛소문이 기사화된 모양이었

다. 중앙정부가 시짱 자치행정부를 폐지하고, 자치구를 정부가 직속 관할하는 직할시로 바꾸어 운영하려는 모략을 세우고 있다는 악성 루머였다. 쓰웨이는 기사 몇 줄을 읽다가 코웃음을 치고 신문을 덮어 버렸다. 그가 고개를 들자 나와 눈이 마주쳤다. 나는 넉넉히 우려낸 찻물을 따르면서 그에게 한 잔을 권했다.

"차 드세요, 쓰웨이. 피곤해 보여요."

"겐, 침입자야."

쓰웨이는 벌떡 일어나서 내 등 뒤에 있을 CCTV 화면을 가리켰다. 나는 홱 돌아서서 빠르게 눈을 굴렸다. 여섯 번째 모니터에 수상한 남자가 어슬렁거린다 싶었을 때에는 이미 늦었다. 두 번째 모니터에 비친 진짜 무단 침입자가 잠금장치를 뜯어내고 있었다. 망보기 겸 교란 담당 하나, 행동파 하나, 둘이 이인조인 듯했다.

더 생각할 것도 없이 사무실 문을 뻥 걸어차고 계단을 뛰어 내려갔다. 사무실은 3층이고 입구는 1층, 침입자는 벌써 자물쇠를 떼어내고 있다. 저들의 목적은 오직 증거물 폐기이다. 입구 문을 따고 몇 미터만 걸어 들어와 있는 힘껏 물건을 던지기만 하면 게임은 끝난다. 한번 던지면 건질 수도, 붙잡을 수도 없고, 증거가 사라지면 법은 저들을 무단침입죄 이상의 벌로 처단하지 못한다. 서둘러야 한다.

난간을 아슬아슬 붙들고 층계참은 되는대로 건너뛰었다.

내가 1층에 도착하자마자 입구 문도 벌컥 열린다. 침입자가 나를 발견하고 잠깐 머뭇거리더니 팔을 크게 휘둘러 짐 꾸러미를 구멍으로 내던졌다. 침입자가 당황하는 바람에 각도 조절에 실패했는지 짐 꾸러미는 약간 구석으로 치우쳐 날아가고, 나와 침입자는 손에 땀을 쥔다. 꾸러미가 픽 밑으로 떨어지더니 끝내 간당간당 땅굴 계단에 걸려 버린다.

툭, 소리가 나고서도 나와 침입자는 한동안 움직이지 못했다. 내가 먼저 무거운 발을 떼고 꾸러미를 향해 달렸다. 침입자는 뒤따라 필사적으로 달렸지만 내가 약간 더 빨랐다. 야구 선수처럼 몸을 내던져 꾸러미를 잡은 나는 즉시 그것을 배에다 품고 몸을 웅크렸다. 침입자가 내 팔이며 뒤통수, 등허리를 무차별적으로 두들겨 팼지만 조금만 버티면 된다는 각오로 신음을 참았다.

10여 초간 퍽퍽거리며 나를 구타하는 소리 사이로 이를 악물고 기다렸다. 드디어 저기 머리 위쪽에서 질질 끌리는 슬리퍼 소리가 들렸을 때, 나는 웅크렸던 몸을 폄과 동시에 전방을 향해 꾸러미를 힘차게 날려 보냈다.

침입자는 벙벙해져서 나를 미친 놈 보듯이 흘겼다. 그리고 꾸러미의 추락하는 모습을 확인하기 위해 고개를 돌린 침입자는 뜻밖에도 자신의 귀중한 쓰레기가 한 와처의 손에 들려 있음을 확인하게 됐다. 자고 일어난 모습 그대로 출근한 내 룸메이트 칭 리안이 거기에 있었다.

"놓칠 뻔했잖아, 겐. 또 운이 좋아서 계단에 걸렸네."

능청스럽게도 칭이 말했다. 까치집을 지은 그의 머리털을 보건대 그는 나한테 그렇게 말할 처지가 아니었다.

"네가 출근만 제때 했어도 여유롭게 잡았을 걸."

나는 그렇게 대꾸하고 여전히 꺼벙하게 서 있는 침입자의 손목을 붙잡았다. 한쪽에 수갑을 채웠더니, 차가운 감촉에 정신이 번득 들었는지 내 손을 팍 뿌리치고 나를 세게 밀쳤다. 내가 약간 비틀거리는 사이 탈출을 시도하는 침입자의 뒷목덜미를 낚아채 넘어뜨리는데, 넘어지고 나서도 하도 버둥거리는 탓에 잠깐 그 옷깃을 놓친다. 남자는 자기 버둥거림의 반동으로 계단 쪽으로 밀려난다. 그의 몸이 계단 없는 허공으로 기우뚱 기울었다. 내버려두면 구멍으로 떨어지고 말 것이다.

급하게 기어가 방금 그의 손에 채워 두었던 수갑을 붙잡았다. 그리고 나도 몰랐던 근력을 발휘해 남자를 잡아당겼다. 악악 기를 쓰는 사이 칭이 와서 힘을 합쳐 남자를 계단 위로 끌어 올렸다. 우리 셋은 아침부터 땀이 송골송골 맺혀 숨을 몰아쉰다. 칭이 침입자를 째려보며 쏘아붙였다.

"죽으려고 안간힘을 쓰는구나. 투기하러 왔지, 투신하러 왔어?"

칭은 옷에 묻은 먼지 얼룩을 털어내며 일어섰다. 침입자는 죽음의 문턱을 왔다 갔다 한 후유증으로 벌벌 떤다. 우리는 남자를 데리고 사무실로 올라갔다. 경찰서도 아닌 이곳에 수

갑과 간이 유치장을 내어준 건 땅굴의 특성을 배려한 정부의 처사였다. 정확히는 땅굴에 매혹되어 접근하는 인간들의 특성이다. 유치장 철창 안에 침입자를 밀어 넣고 가두었다. 아까 침입자에게 두드려 맞은 팔뚝이 욱신욱신 아파서 조심스럽게 주무른다. 그리고 다시 사무실 모니터를 올려다봤다가 등골이 오싹해졌다.

맨 처음 여섯 번째 모니터에 포착됐던 수상한 남자가 어느 틈엔가 땅굴 안에 들어와 있었다. 땅굴 계단을 조금 내려가던 그는 곧 난간을 타고 넘어갔다. 구멍 속 징그러운 어둠을 빤히 내려다보던 남자는, 마치 하늘을 날 사람처럼 희망차게 발을 굴러 몸을 날렸다. 날다람쥐처럼 사지를 쭉 편 자세로 그는 수직하강했다. 떨어지고, 떨어지고, 한없이 떨어지다가 마침내 어둠의 그림자에 가려 보이지 않는다.

저이는 불법 투기 이인조가 아니라 땅굴 신봉자였구나. 쓰웨이가 옆에서 중얼거렸다. 나는 마른침을 삼키고 조용히 고개를 끄덕일 수밖에 없었다.

침전된 공기의 흐름을 깨뜨리면서 들어온 사람은 연구원 펑이었다. 사무실 옆방 연구실에서 밤늦도록 데이터 분석을 하다 깜빡 졸음에 빠진 그는 아침부터 시끄러운 소동에 잠이 깼다. 콧잔등에 비뚜름히 얹힌 안경을 고쳐 쓸 생각이 없어 보이는 펑은 자연스러운 동작으로 내가 우린 녹차를 따라 마셨다. 그가 잠긴 목소리로 아침 인사를 건넨다.

"좋은 아침."

"아침에 침입자가 있었어요. 소란스러워서 깨셨죠?"

"응. 원래 일어날 시간이니까 상관없어. 침입자는?"

칭이 손을 들어 유치장 쪽으로 펼쳐 보였다. 보시다시피 잡
았죠. 그게 우리의 본업인데도 칭은 어쩐지 의기양양한 표정
이다.

"어제도 연구하다가 주무셨군요?"

"그래. 기하학적으로 분석하고 있었는데, 이 땅굴 알면 알
수록 신비로워."

펑은 여기 앨리스의 땅굴로 발령받아 온 첫 주에 내가 우려
낸 녹차를 맛본 이래로, 땅굴에 관해 우리가 궁금해 하는 모
든 이야기를 들려주었다. 예컨대 이 땅굴이 끝없는 구멍이라
는 것도 펑이 알려준 사실이었다. 땅굴이 상상 이상으로 깊다
는 정도로만 인식하고 있던 나는 펑의 이야기를 듣고 깜짝 놀
랐다. 과학자들이 빛, 음파 등 갖은 현대 과학기술을 총동원
해서 깊이를 재 보았을 때, 그 수치가 오차를 감안하여 내핵
을 꿰뚫는 수준이었다. 측정기술의 한계를 만난 상황으로 사
실상 잴 수 없는 깊이, 끝이 없다고 보면 된다고 펑은 말했다.

어떻게 이런 구멍이 날 수 있느냐고 물었을 때에도 여러 가
지 설명을 해주었다. 판 구조이론과 맨틀의 유동성이 맞아 떨
어져, 어쩌고저쩌고, 외핵이 액체라는 통설이 과연 믿을 법한
근거가 있는지, 어쩌고저쩌고 자세히 풀이까지 해줬지만 우

리는 그 자리에서 듣고 그 자리에서 홀랑 까먹었다. 어쨌든 결론 하나는 기억이 난다. '과학자들도 입증하지 못했다.'는 것이 명료한 결론이었다.

또 사회적으로는 땅굴 공포증이라는 정신 질환도 생겼다고 했다. 이 병은 공황 장애의 일종으로 판명 났는데, 환자들은 상대적으로 높은 곳에서 낮은 곳을 바라보았을 때 극심한 불안감을 느꼈고, 단순한 고소공포증과 다른 점은 땅에 난 구멍을 보고 공포에 질린다는 것이었다.

"어제 밤새 위성사진 찍어다가 연구했는데, 내 컴퓨터가 계산을 열여섯 번이나 잘못한 게 아니라면 이 땅굴은 완벽한 원기둥이야. 제일 윗면, 그러니까 지표면에 난 구멍은 완벽한 원형이고, 그 밑으로 난 땅굴은 지표면에 완벽한 수직으로 뚫려 있어."

"와, 신기하네요."

"신기한 정도가 아니라 비현실적이지. 나는 이제 땅굴이 완벽한 원기둥이 될 수 있었던 이유를 과학적으로 해명해야 하는데, 아……. 잠은 다 잤다."

평은 그렇게 말해 놓고 늘어지게 하품을 하더니 소파 위에 드러누워서 이내 코를 골며 잠들었다. 칭은 코골이를 듣더니 잠이 덜 깬 우리를 위한 배경 음악이라고 키득거렸다. 나는 그 시시한 농담에 웃지 않고 화면만 뚫어지게 살펴보았다. 칭도 귀로는 무슨 소리를 듣든, 입으로는 무슨 말을 하든 눈은 모니터 화면을 주시하며 날카롭게 경계하고 있었다. 그게 우리가 그들에게 와처라고 불리는 이유였다.

우리의 보금자리인 땅굴 건물로 쓰레기를 가득 실은 트럭이 들어오기 시작한 건 한참 뒤의 일이었다. 자치행정부에서 터무니없는 공문이 내려왔다. 쓰레기 실린 8톤 트럭이 진입할 터인데 그에게 입구를 열어주라는 내용이었다. 아무래도 의심스러워 정부 기관에 직접 연락해서 확인해 보았지만 공문은 진짜였다. 의아했지만 우리에게는 의아해할 자격이 없었다. 이유도 모른 채 트럭에게 문을 열어줘야 했고, 트럭은 등에 싣고 온 수 톤짜리 쓰레기를 땅굴에 우르르 털어 버리고선 떠나갔다.

나는 트럭이 남기고 간 타이어 자국을 망연히 바라보고 섰다. 앨리스의 땅굴에 쓰레기를 털어 넣고 가다니, 충격을 받은 머릿속이 뒤죽박죽이었다. 그동안 와처들이 지켜 온, 연구원들이 연구해 온 땅굴을 커다란 쓰레기통으로 전락시킨 셈이었다. 내가 넋을 놓고 입구 앞에 서 있자 누군가 나를 치고 지나갔다. 연구원 중 한 사람인 페이가 웬 커다란 박스에 짐을 싸들고서 나르고 있었다. 요 앞에 주차된 자가용에 자신의 짐을 실은 페이는 그대로 차를 타고 시동을 걸었다. 부웅, 번개처럼 차가 출발해 앞선 트럭의 타이어 자국 위로 달려갔다.

멍청하게 보고만 있던 나는 또다시 누군가와 부딪혔다. 이번엔 연구원 펑이었다. 펑도 박스 한 칸에 정리한 짐을 들고 차에 실었다. 나는 급하게 입을 떼었다.

"펑, 어디 가는 거예요?"

"나는 할 일을 끝냈어. 그래서 가는 거야, 겐."

"할 일이요?"

펑은 태평하게 고개를 주억거렸다. 펑의 할 일이 뭐였는데요? 땅굴을 연구하는 거였잖아요? 내가 대답을 재촉하자 그는 아무렇지도 않은 투로 내게 폭탄 같은 발언을 던졌다.

"땅굴을 연구하다 그게 끝이 없는 구멍인 걸 밝혀내니 여기 자치행정부가 우리 연구원들에게 검증을 의뢰했어. 이 땅굴을 쓰레기 매립지로 사용할 수 있을지, 쓰레기를 매립할 때 지구 내부에서 문제를 일으킬 위험성은 어느 정도인지, 알아봐 달라는 거였지."

많은 실험 끝에 땅굴이 쓰레기 매립지로서 적합하며, 매우 안전하다는 보장을 할 수 있게 되었다고 펑은 말했다. 땅굴에서는 원래 유독 가스 등 유해한 물질이 발생하지 않았고, 쓰레기를 땅굴로 털어 넣으면 이론상으로 내핵까지 내려갈 수도 있는데, 내핵까지가 아니더라도 충분히 깊게 내려간 쓰레기는 고온에서 연소하여 가스가 된다고 했다. 가스가 확산되면서 다시 위로 올라오다가 온도가 낮아 냉각되어 액화하고, 액화된 가스가 밑으로 내려갔다가 기화하고 하는 과정의 반복으로, 가스가 지표면으로 올라올 일은 없다고 연구원들은 예측했다.

안전성이 보장되자 정부는 그 즉시 땅굴을 매립지로서 활용하기로 결정하고, 임무를 마친 연구원들에게 훈장을 내렸다. 와처들은 그대로 땅굴에 남아 이후의 전개를 지켜보았다. 우리는 모두 떨떠름해졌다. 한때는 그토록 경외시하던, 누군가는 신성시하던 것이 한 순간에 쓰레기 먹어 치우는 구멍으로 전락해 정부에게 예쁨을 받게 됐다.

비유적인 표현이라기보다 직설적으로 정부는 땅굴을 예뻐했다. 세계적으로 쓰레기 처리 문제가 심각한 고민거리였던 시대였다. 환경오염과 매립지 선정 고민을 한꺼번에 해결할 수 있는 신개념 쓰레기 처리장이, 하고 많은 지역 중에 티베트에 나타난 것은 단지 우연의 산물이 아니라고 자치행정부는 생각했다. 이 축복은 자신들이 시짱자치구를 너무나 잘 다스린 까닭으로 신께서 내리신 거라고 여기어, 시짱 지역의 경제 발전을 더욱 촉구하려는 의미에서 외국에 쓰레기 매립권을 팔기로 결정했다.

중합중국과 미국, 유럽에서는 엄청난 돈을 주고 땅굴에 쓰레기를 버리고 갔다. 시짱 자치행정부는 수 조가 되는 돈을 고스란히 벌어들였고 중국의 중앙정부는 땅굴을 탐내기 시작했다. 처음에는 돈벌이가 되는 땅굴의 소유권만을 주장하던 중앙정부는 시짱 정부의 완강한 거부에 전략을 바꾸어, 시짱자치구 전체를 중앙정부 직속으로 병합하려는 시도를 벌였다.

이때쯤 각종 땅굴 음모론이 들끓었다. 애초에 끝이 없는 땅굴은 존재할 수 없다며, 쓰레기 매립을 주민들의 반발 없이 진행하려는 정부의 자작극이라는 설도 있었고, 티베트 사람들은 중앙정부가 시짱자치구 병합 전쟁을 벌이는 데에 필요한 구실을 얻기 위해 조작한 거라고 믿었다. 늙은 와처 쓰웨이는 그렇게 자랑스러워하던 공무원 일을 파업하고 만날 병합 반대 시위에 참여했다. 그러나 여론의 반발이 심하든지 관계없이, 종내 시짱 정부 고위 인사들의 동의로 병합은 마무리되었다.

시짱자치구는 시짱 직할시로 바뀌었고 자치행정부는 사라졌다. 모종의 뒷거래로 병합에 순순히 동의했다던 고위 인사들은 중앙정부에서 새 보금자리를 찾은 모양이었지만, 나를 포함한 내 동기 와처들은 보금자리를 잃었다. 행정 조직이 싸그리 개편되면서 대대적인 인사 이동이 있었고 우리는 아주 쉽게 대체되는 저급 노동력에 불과했으므로 어쩔 도리가 없었다.

나는 옛 와처 자리에서 물러났지만 앨리스의 땅굴은 지금도 그 자리 그대로다. 음모론자 누군가는 세상에 그런 땅굴 같은 건 없다고 주장하지만, 나는 그것의 실재를 똑똑히 목격한 증인이다. 우리가 사는 지금 이곳에 과학으로는 설명할 수 없는 어떤 힘이 커다란 구멍을 내놨다. 그 구멍이 몇몇 범죄자를 물증으로부터 영원히 해방시켰고, 죽음과 멸망을 암시

하여 종교의 힘을 강하게 만들었고, 또 어떤 이들의 정신을 홀려 한 입에 삼켜 버렸으며, 한편으로는 처치 곤란한 쓰레기들을 처리해 주었다. 공무원 직책을 신설하게 하고, 중국의 국제수지를 대폭 흑자로 돌렸으며, 소수민족의 자치구 하나를 사라지게 했다. 믿을 수 없겠지만 나는 보았다. 땅굴 하나로부터 비롯된 것들이었다.

심현숙 문산여자고등학교

사랑에 대해 아무것도 모를 때 혼자 누군가에게 오랫동안 혹시나 들킬까 봐 마음 졸이던 날이 있었다. 정녕 그게 짝사랑인지도 모르고 그저 다가갈까 말까 하는 혼자 고민을 하다가 망설이곤 했다. 그렇게 나는 내 사랑을 그 사람이 찍힌 단 한 장의 사진으로 앨범에다가 가둬버린다.

나는 눈이 내리는 그 길로 뽀드득뽀드득 한 발 한 발 내밀면서 조심스럽게 길을 걷다가 눈이 펑펑 내리자 가던 길을 멈추고 카페에 들어가 눈이 멈추기를 몇 시간째 기다렸다.

기다리면서 내가 하는 일이라곤 주문한 커피와 밖에 있는 풍경을 보는 것 그게 다였다. 눈이 내리는 계절은 혼자인 나를 더 아프게 했다. 곳곳마다 짝 적어도 동성끼리 다니는 풍경이 이 겨울에는 어울리고 낭만적인 분위기인데 내가 그곳에 있으니 외톨이처럼 칙칙하다는 생각마저 들었다. 심지어 대학교도 이미 겨울 방학이었고 갈 때가 집 말고는 갈 곳이 없었다. 더욱더 빨리 눈이 그쳐서 집으로 도망치고 싶었다.

이번에도 내 뜻대로 대는 건 하나도 없었다. 눈은 아까보다 더 심하게 오는 듯했고 언제 끝나질지 모르는 눈 때문에 나는 휴대전화기로 오늘 날씨를 찾아보았다.

"2012년의 마지막 날인 오늘도 매서운 추위가 이어졌습니다. 전국에 눈 예보가 있어서 다들 조심해야 할 것 같습니다……."

보자마자 휴대전화기를 내 손에서 떨어져 나갔다. 몇 번씩이나 눈이 그칠 거로 생각하고 검색을 해봤지만 그런 기적은 일어나지 않았다.

어쩔 수 없이 나는 카페에서 그만 일어나 더 늦기 전에 집에 가야겠다는 생각을 했다. 일어서고 카페 문을 박차고 나오는데 그만 들어오려는 사람하고 부딪혀버렸다.

'아……. 죄송합니다.' 하고 카페에 나오려는데 내 팔을 잡고 내게 말을 건넨다. 그러고선 내 얼굴을 유심히 보더니 한마디 한다.

'너 오랜만이다! 추운데 들어가자!'

익숙한 음성 누군가하고 고개를 들었다. 앨범에 갇힌 단 한 장인 사진의 주인공이었다.

나는 그의 이끌림의 거부할 수 없었다. 아니 오히려 붙잡아줘서 고마웠다. 이런 기분을 느껴볼 수 있다는 것에 대해 그 누가 되든 감사하다고 속으로 쾌재를 불렀다.

이번에는 혼자가 아닌 그 사람과의 단둘이 있는 테이블에 자리를 잡고 앉았다. 이렇게 마주 보는 것이 신기했다. 예전에는 눈도 못 쳐다 볼 만큼 부끄럽고 떨리기만 해서 그의 얼굴을 제대로 본 적이 별로 없었다. 그런데 앨범에 가뒀기 때문일까? 내 마음이 예전과 달라져서 그런 건지 그 사람을 보는 것이 자연스러웠다. 그 사람은 싱글벙글 웃으며 자신이 있었던 일들을 하나하나 이야기해준다. 우리가 이렇게까지 친했나 싶을 정도로 당황했지만, 곧 안정을 찾고 그의 말벗이 되어주었다.

대학을 다니면서 그에게 잘 보이려고 애쓴 주변 여자아이들을 보면서 그 아이들을 마냥 부러워하기에 그쳤다. 나 자신이 달라지면서까지 그 남자를 좋아하지 않았던 것 같은데 왜 그때는 그 남자가 아니면 안 되고 혼자 나무에 붙은 매미처럼 지켜만 보았는지 그 남자가 앞에 있음에도 그때 일이 떠올라서 그 남자의 이야기가 집중되지 않았다.

"탁탁!"

그 남자가 나지막이 테이블을 치면서 날 쳐다보았다. 내가 집중 안 한 걸 알았나 보다. 혼자 뜨끔했지만 어쩔 수 없었다. 듣지 않은 걸 들은 것처럼 반응을 보일 수도 없었고 무엇보다 어색한 게 드러날까 봐 그 사람 눈치도 어지간히 신경 쓰였다.

그렇게 우리는 아니 그 사람만의 이야기를 마치고 휴대전화기 번호를 교환하기까지 하며 우린 그 카페를 나올 수 있었다. 나는 그 자리를 일어설 때 몸이 떨리고 손발이 떨리기까지 하면서 다시 의자에 주저앉았는데 그 창피함이란 쥐구멍에 들어가 머리를 들이박고 싶은 심정이었다.

다시 눈길 속으로 나는 한 발 한 발 조심스럽게 내딛고 대중

교통편을 이용해 집으로 무사히 귀가했다. 카페에서의 대화를 마치고 집에 돌아와서도 후들후들 거리는 것은 사라지지 않고 온몸이 부들부들 떨리기 시작했다. 그날 나는 꿈속에서도 그 남자의 이야기를 제대로 듣지 않았다는 이유만으로 밤새 귀신에게 괴롭힘을 당하듯이 시달려야만 했다.

그 일은 다시 내게 현실이 아닌 추억으로 돌아왔다. 내가 사랑이라는 시련을 끝내 경험하지 못해서 그런지 아니면 사랑이 뭔지 잘 몰라서 그런지 사랑이라는 것에 대해 확 와 닿지 않았다. 내가 사랑이라고 믿었던 일들이 사랑이 아니라 그저 일상생활의 한 부분이라고 보이자 나는 실망만 했지 별다른 미동조차 보이지 않았다.

그 일이 있었던 후 나는 사랑을 주제로 공부하기 시작했다. 그게 책을 통해서든 주변인의 경험담이든 심지어 소개팅을 나가기까지 하는 등등 사랑에 대해서 알고자 했다. 어떨 때 나도 다른 여자처럼 사랑을 느끼는지 그게 너무나도 궁금했다. 사랑이 뭔지 와 닿지 않다가 그렇게 시간이 흘러 겨울 방학이 끝이 났다.

결국은 사랑도 못 찾고 이대로 독신으로 살까 봐 두렵기도 했다. 연애를 못한다고 남들이 손가락질할까 봐 두려웠다. 나보다 어린아이들은 사귀기도 하는데 대학생이 되도록 연애 한 번 못해보고 짝사랑만 계속해온 나 자신이 야속하기까지 했다.

그렇게 수업을 마치고 혼자 걸어가면서 불만을 이야기하고 있었다. 그 이야기 주제는 주로 신세 한탄이 대부분이었다. 중얼중얼 눈은 아래로 내려다보면서 길을 걷다가 눈이 위로 향하는 순간 내 눈을 사로잡는 한 남자가 보인다. 그 남자의 차림새를 보아하니 검은색 정장이 강렬해서 내리는 눈이 너무나도 하얗게 보였다. 덩치는 큰 키에 보통 평범한 체격이었다. 그 사람이 내 앞으로 향해서 걸어오는데 난 그 자리에서 한걸음도 떼지 못하고 그를 응시했다. 나만이 그를 바라볼 뿐 다들 풍경처럼 내 주위를 지나갔다. 그 역시도 나를 향해 지나갔다. 밖에 온도가 그렇게 따뜻했었나? 착각이 느껴질 정도로 뜨거웠다. 사람체온인 36.5°C라는데 그 사람이 나에게까지 그 온기를 주고 지나가는 착각을 했다. 순간 그가 쌀쌀해하지 않을까 걱정을 했다.

그렇게 혼자 망상에 빠지느라 허우적거리면서 힘겹게 집으로 돌아갔다. 그리곤 오늘 있었던 일을 상상해보았다. 짜릿하다, 놀랍다, 만나보고 싶다, 전화라도 물어라도 볼걸…….

하며 내 방에서 혼자 북 치고 장구 치는 쇼를 벌이고 있었다. 아마 누가 내 모습을 보면 이상한 눈초리로 바라보면서 쯧쯧거릴지도 모른다. 그래도 오늘 처음 느껴보는 감정에 대해서 설레고 또 설레고 결국 새벽 동안 그 방정맞은 반응과 쇼를 벌이고 나서야 나도 모르게 새근새근 자고 있었다.

다음 날, 눈을 뜨고 일어났을 때 TV를 틀면서 아침 일기예보를 듣는데 밤새 눈이 내려서 도로가 얼었다고 차 조심하라는 소식을 아나운서가 전해주고 있었다. 나는 비몽사몽으로 화장실에 가서 세수와 양치를 하며 학교생활을 하기 위해 또 다시 준비하고 있었다.

어제 일은 어제 일로 묻어버리고 말았다. 더는 어제가 아니라 오늘이 왔기 때문이었다.

단순했다. 늘 내게 설레는 사랑만이 존재하지 않는다는 깨달음을 나는 아침을 통해서 알게 된다. 혼자 좋아하고 혼자 망상하는 그 시간이 내게는 가장 최고의 시간이자 최악의 시간이라는 것을 나는 몇 년째 알지 못하고 있었다. 지금도 여전히 나는 사랑에 대해서 모른다.

모든 준비를 마치고 현관문을 열기 직전 나는 다짐한다.

'오늘도 설레는 일을 경험하기 위해 나간다!'

이렇게라도 다짐을 하지 않으면 막상 연애한다고 할 때 혹은 사랑을 알게 될 때 떨게 될까 봐 미리 예방차원으로 방지하는 나만의 방법이었다.

다짐과 함께 현관문을 쾅 닫고 점점 집 안에 들어온 빛은 현관문 밖에 있는 날 향해져 다가온다. 오늘도 사랑을 배우기 위해 같은 일상을 반복하고 상대방이 없는 짝사랑을 여전히 하는 나 자신을 경험하기 위해 오늘도 나는 길을 나선다.

꼭 이루어지지 않아도 상상에서든 현실에서든 내 사랑을 찾으려고 한다.

도시 '칼'

양승호 능동고등학교

꿈이 참 생생하다. 내가 누구인지 여기는 어디인지, 도대체 이 모든 게 무엇인지. 악몽을 꾸는 것 같다. 아니 사실 현실, 이건 악몽보다 더한 일이다. 몸에 식은땀이 흐른다. 벽 틈 사이로 빛이 들어오는 걸 보니 아침은 지난 듯싶다. 이제 일어나 내가 누구인지 알 수 있는 목적지에 가야 한다. 거리가 멀지 않았다. 곧 도착할 거 같다. 하지만 목적지에 가기 전에 뭐라도 먹어야겠다. 이틀을 아무것도 먹지 못해서 힘이 없다. 여기 오기 전에 보아 두었던 식료품점에 들러야겠다. 밖에 나오니 눈이 너무 부시다. 아침이 아니라 이미 점심쯤 된 거 같다. 어제 고친 시계는 또 고장이 난 모양인지 아직 아홉시를 가리키고 있다. 가다가 괜찮은 시계가 있으면 바꿔야겠다. 이 시계도 세계가 이 모양 이 꼴이 나기 전엔 값어치가 대단한 물건이었다. 지금 상황에 멋있고 비싼 게 무슨 소용일까 싶어 부질없다. 이런저런 생각을 하며 걷는 사이 벌써 식료품점에 다 왔다. 깨진 창문 사이로 자세히 보니 이곳은 별다른 게 없을 듯싶다. 직감적으로 들어가기 싫다. 하지만 통조림이라도 하나 건지기 위해 지금은 이것저것 따질 때가 아니다. 역시 이런 재수 없는 느낌은 딱 들어맞는다. 어린아이의 시체가 입구에서부터 있다. 여기저기 파여 있다. 좀비들이 떼로 달려든 것 같다. 시체 옆에 바로 캔이 굴러다니고 있다. 두어 개 집어서 주머니에 넣었다. 하나는 지금 당장 먹고 나머지는 나중에 먹어야겠다. 뚜껑을 따자 역한 냄새가 올라온다. 저쪽으로 집어던졌다. 헛걸음이다. 배가 고프다. 얼른 다른 곳으로 가야겠다. 빠져나가려고 보니 좀비들이 드문드문 보인다. 저들이 아마 아이를 먹었겠지 하는 생각이 들었다. 팔팔해 보인다. 지금은 힘도 없으니 그냥 옆으로 지나가야겠다.

노랗다. 하늘이 노랗다. 어지럽다. 저기 보이는 창고에서 잠시 쉬었다가 가야겠다. 창고치고는 안락하다. 의자도 있고 옆에는 술도 몇 병 보인다. 잠시 앉아 있으니 어지럼증이 가라앉는 것 같다. 어쩌면 술을 마셔서 일지도 모른다. 옛 생각이 난다. 아버지의 모습, 어머니의 모습, 친구들의 모습, 동료들의 모습. 나의 꿈도 생각난다. 내 이름을 딴 도시, 나를 위한 도시라니 중얼거리다가 씩 웃는다. 밖을 보니 어두워지기 시작한다. 언제 이렇게 시간이 갔는지 오늘은 여기서 자고 내일은 반드시 배를 채워야겠다고 다짐한다.

또 악몽이다. 도무지 익숙해지지 않는다. 빨리 일어나 나가야겠다. 남은 술도 챙긴다. 밖에 나와서는 되도록 저 걸어 다니는 좀비들이 없는 곳으로 가야겠다. 귀찮아지기 싫다. 드디어 먹을 것이 있어 보이는 곳을 찾았다. 게다가 사방이 막혀 있다. 입구가 하나뿐이라 저기만 막으면 된다. 아무도 식사를 방해하지 못할 것이다. 통조림 몇 개를 발견했다. 오랜만에 배를 채울 생각에 기쁘다. 순간 발자국 소리가 들린다. 이상이다. 발걸음이 빠르다. 속도로 보아 좀비는 아니다. 하지만 좀비보다 더한 몰골, 바싹 마른 사내들이다. 이들도 먹을 것을 찾는 것 같다. 제대로 된 무기도 없다. 나에게 전혀 위협적이진 않지만 나를 발견하는 건 곤란하다. 이런, 나를 보고 힘겹게 미소를 짓는다. 몸에 힘이 풀린다. 정말 오랜만에 보는 것 같다. 다른 사람이 나를 보며 웃는 것을.

총 세 명이다. 그들에게 내가 주운 음식을 건넸다. 급하게 먹는다. 얼마나 굶었는지 알지도 못하겠다. 그들에게 말을 걸었다. 몇 마디 말이지만 어색하다. 하지만 인간의 음성이 반갑다. 그들은 나에게 할 말이 많은 것 같다. 친구 이야기, 자신들의 고향 이야기 등 그러나 전혀 웃지를 못한다. 모든 이야기의 끝은 좋을 수가 없기 때문이다. 둘은 고향 친구라고 한다. 한 명은 음식을 찾다가 도중에 만난 사람이라고 한다. 난 여기가 어딘지 물어봤다. 그들도 고개를 젓는다. 그들의 목적지는 평소 보고 싶었던 높고 유명한 건물들이 있는 곳이라고 했다. 태평스러우면서도 특이했다. 마음을 아예 비우고 시간을 사는 것 같다. 식사가 끝났다. 나는 서둘러 나갈 채비를 했다. 그들도 갑자기 서둘렀다. 같이 가고 싶어 하는 눈치였다. 나는 흔쾌히 수락했다. 어차피 목적이다. 목적지까지는 얼마 남지 않았다.

그곳이 가까워질수록 발걸음이 빨라진다. 점점 가까워질수록 이상한 느낌이 난다. 이건 좋은 느낌도 아니고 절망적인 느낌도 아니다. 주택이다. 드디어 도착했다. 나를 휘감는 느낌은 안으로 들어갈수록 더 강해졌지만 다른 선택이 없다. 모든 방을 뒤졌다. 나를 알 수 있는 게 아무것도 없었다. 허무하다. 아무것도 없다니. 그저 쉬고 싶다. 돌아보니 이미 모두 거실 소파에 널브러져 있다. 나는 눕고 싶다는 생각만 강해졌다. 침대에 누웠다. 베개가 딱딱하다. 황급히 안에 손을 넣어 보았다. 지갑이 있다. 열어보니 내 사진이 있다. 옆에는 여자가 같이 웃고 있다. 연인인가 아님 아내인가 모르겠다. 운전면허증과 명함도 있다. '칼'이 내 이름인 듯싶다. 그것 외엔 아무것도 알 수 없다. 나는 일단 그 지갑을 그대로 챙겼다.

아침이다. 빛이 쏟아진다. 거실로 나갔다. 아무도 없다. 아침 일찍 나간 것 같다. 나도 나갈 준비를 해야겠다. 이제 나도 목적이 없다. 이곳에 왔지만 얻은 것이라고는 내 이름뿐이다. 나도 그들처럼 태평하고 편하게 살 수 있게 된 것 같다. 아무런 생각도 기분도 들지 않는다. 그저 마음이 편안할 뿐이다. 홀가분하게 집을 나왔다. 이름 없는 도시를 방황할 차례이다. 아니 이참에 내가 이름을 지어 주어야겠다.

이제 이 도시는 '칼'이다.

크리스마스에 당한 사기

오예준 장안고등학교

내가 그를 처음 만났던 것은 몇 년 전 크리스마스 이브 때의 일이다. 그때 나는 내 웹툰에 대한 악플을 보고는 무척이나 상심해 있었다. 가끔 시간 날 때마다 그린 습작으로 연재하는 만화이기는 했으나 꽤 정성들여 그렸기 때문에 더욱 실망이 컸다. 하여튼 그래서 누군가 빌미를 주기만 하면 굶주린 사자처럼 순식간에 달려들어 내 기분이 풀릴 때까지 온갖 잔소리를 다해줄 생각으로 벼르고 있었는데 누군가가 나를 밀쳤고 덕분에 나는 비틀거리며 균형을 잃게 되었다. 나는 인내심이 폭발하는 것을 느꼈다. 호의를 가지고 나에게 위로하는 사람의 말조차도 꼬투리 잡아 시비를 걸고 싶은 마음이었는데 나를 밀치기까지 하다니. 나는 짜증이 치밀어 올랐고 나를 밀친 사람에게 화를 내려고 하였다.

"당신 뭐하는……."

"죄송한데 저쪽 분 좀 도와주세요!"

그 사람은 나의 말을 끊고는 자기가 할 말만 하고는 후다닥 사라져 버렸다. 나는 더욱 화가 나 인상까지 찌푸리며 나를 치고 간 사람이 가리켰던 방향을 바라보았다. 그 순간 나는 움찔하였다. 거기엔 학생들이 둘러앉아 한 사람을 둘러싸고 집단으로 구타하고 있었기 때문이다. 나는 잠시 망설였다. 내가 지향하는 가치관은 어떤 사람이 곤경에 빠지면 나의 능력이 허락해 주는 한에서 최대한 할 수 있는 모든 것으로 도와주는 것이지만, 이런 시나리오라면 저 맞고 있는 사람을 도와줬다간 잠시 뒤에 나도 저 사람처럼 다른 학생들에게 둘러싸이게 될 것만 같았다. 그렇다면 그냥 못 본 척하고 지나가는 것은 어떨까. 있을 수 없는 일이다. 나는 여자지만 지는 방법을 모르고 자랄 정도로 승부욕과 자존심이 셌다. 다 큰 어른이 고작 학생들이 무서워서 도망간다는 건 적어도 나에게 있어서는 있을 수 없는 말이었다. 그러면 어떻게 해야 할까. 힘에서도 밀리고 머릿수에서도 밀린다면. 잠시 뒤에 나는 승리를 거머쥔 자가 지을 수 있는 가장 거만한 미소를 짓게 되었다.

나는 즉시 핸드백에서 핸드폰을 꺼내들었다.

"여보세요? 거기 경찰서죠? 네, 여기에 학생들이 어떤 사람을 집단으로 때리고 있는데 여기가 어디냐면……."

일부러 과장되게 큰 소리로 말해서 학생들이 듣도록 했다. 원래 목소리가 컸던 데다 더 크게 말했는데 이 거리에서 듣지 못할 리가 없었다. 학생들 중 어떤 녀석은 침을 뱉고 눈치를 살피다가 결국 우르르 몰려가버렸다. 웃음이 절로 나왔다. 그깟 이 정도에 겁먹고 도망치는 꼴이라니. 나는 맞고 있던 사람에게 다가갔다. 그 사람은 다가가는 인기척이 들리자 소리가 나는 방향을 바라보았다.

"뭐야, 당신! 쓸데없는 짓이나 하고."

나는 어이가 없었다. 기껏 학생들에게 둘러싸여 맞던 사람을 구해줬더니. 긴장이 풀리자 다시 짜증이 났다.

"참 내 어이가 없어서. 도와줬으면 고맙다는 말은 하지 못할망정 이러기인가요."

"저 아세요? 알아요? 알지도 못하면서."

"그건……."

내가 그의 말에 대꾸할 마땅한 말을 찾지 못하는 동안 그는 일어나서 옷에 묻은 먼지를 훌훌 털더니 아무 일도 없었다는 듯이 가버리려고 했다.

"이봐요! 최소한 도움을 받았으면 그에 합당한 보상 정도는 해주셔야 되는 거 아닌가요?"

그러자 그의 무심했던 눈빛이 갑자기 차가워졌다.

"그런 걸 바라고 도와준 거였나요? 대가나 보상을 위해서?"

나는 또다시 입을 열지 못했다. 그가 계속해서 말했다.

"네. 생명의 은인이신데 그 정도 못해드릴 이유가 없죠. 번호 알려주세요. 나중에 식사나 대접해 드릴 테니까."

남자와 헤어진 길에 나는 마치 경기에서 진 권투선수 같은 심정이었다. 말로 수차례 얻어맞은 느낌이란 정말 더러웠으나 그의 말에 반박하지 못했다는 무력감이 나를 더욱 비참하게 했다.

"미쳤지, 미쳤어. 쪽팔려 죽겠어."

나는 집에 오는 길에 고개를 들 수가 없었다. 너무나 분했고 또 부끄러웠기 때문일 것이다. 다음 날, 크리스마스 당일에 모르는 번호로 전화가 왔다. 나는 직감적으로 그 남자의 전화라고 확신했다. 그리고 그 예감은 빗나가지 않았다.

"바쁘세요?"

한 마디 자신을 소개하는 말도 없었지만 나는 이 목소리의 주인이 그 사람의 것임을 알 수 있었다. 나에게 망신을 준 사람의 목소리를 어찌 잊을 수 있을까.

"아니요, 지금 퇴근하려던 참이었어요."

남자와의 대면이 부끄러워 남자가 식사를 대접하려고 하면 똑 부러지게 거절하리라 마음 단단히 잡고 있었건만 입은 제 천성을 이기지 못하고 주인의 의지를 배반하고 말았다.

"그럼 혹시 청호건물 옆에 있는 푸른채라고 하는 식당 아세요?"

"네, 알고 있어요. 그 식당으로 가면 되나요?"

"아니요. 그 식당에 달려 있는 까만콩이라는 카페로 오세요."

물론 커피 한 잔이라도 감사히 받아야 하겠지만 식사 대접을 기대하고 있던 내가 뭐라고 하려고 입을 여는 순간 통화가 끊기고 말았다. 덕분에 처음 만났던 날 터졌던 인내심이 또 터지고야 말았다. 그 때문에 나는 쓸데없는 복수심에 불타서 저번에 있었던 일에 대한 변론과 남자를 조롱할 만한 말들을 생각하면서 남자가 말한 장소로 찾아갔다. 남자가 소개한 카페는 지하에 위치하고 있었는데 일반 카페에 비해서 비교적 넓이가 꽤 넓었고 고전적인 양식으로 디자인되어 있었다. 남자는 아직 도착하지 않은 듯 했다. 나는 먼저 마실 거리를 주문하고 남자를 기다리기로 했다.

"바닐라 라떼 한 잔이랑 베이글 두 개 주세요."

그 말을 마치기 무섭게 직원이 능숙한 솜씨로 커피를 타기 시작했고 나는 사람들의 눈에 잘 띄지 않지만 카페 전체를 볼 수 있는 구석 자리를 택해서 앉았다. 카페는 인테리어에서 풍기는 분위기 때문인지 일상적이지만 기품 있어 보였고 손님들 역시 그런 문화를 즐기는 사람들처럼 보였다. 나는 곧 카페를 관찰하는 것에 싫증을 느끼고 요즘 유행하는 음악을 듣기로 하였다. 한두 곡쯤 들었을까 한 직원이 왼손으로 쟁반을 받치고 내가 앉아 있는 자리로 다가왔다. 그리고는 소리 없이 테이블 위에 그릇을 내려놓고는 내 맞은편 자리에 앉았다. 이건 또 무슨 일인가 하면서 맞은편의 직원을 보았는데 역시나 예상은 틀리는 법이 없었다. 그 직원은 그때 내가 만났던 그 남자였다.

남자는 나를 바라보지도 않고 심심한 인사를 건넸다.

"안녕하세요."

"여기서 일하시나 봐요?"

“제가 하는 일들 중 하나입니다.”

나는 부끄러움을 모르는 사람처럼 행동하기로 했다.

“전 식사 대접을 받는 줄 알았는데요?”

“그렇게 하려고 했습니다만 제가 오늘 여기 있어서 부득이하게 이쪽으로 모시게 되었습니다.”

나는 마땅히 할 말이 떠오르지 않아 이 의미 없는 대화를 계속하기로 하였다.

“그럼 어제는 다른 일을 하셨나요?”

“아니요. 어제도 카페에 있었습니다.”

“그럼 그저께는요?”

“그저께에도 마찬가지로 여기 있었습니다.”

나는 고개를 갸우뚱하며 계속 물었다.

“그럼 내일도 여기 이 카페에 계실 건가요?”

“아니요.”

“그럼 내일은 무슨 일을 하시죠?”

남자가 귀찮다는 듯한 표정을 지어보이고는 대답했다.

“모릅니다.”

“……”

나는 이 의미 없는 대화를 이을 방법이 없음을 깨달았다. 그래서 처음 이 남자와 만난 날 남자는 왜 그런 꼴을 당하고 있었는지 물어보기로 했다.

“저번에 저희가 처음 만났던 그날……”

"그 얘기는 하지 않으셨으면 좋겠네요."

남자의 말 끊기로 인해 어색한 공기는 떠나갈 줄을 몰랐다.

나는 어떻게든 남자와의 대화를 잇기 위해서 내가 지금 무슨 일을 하고 있으며 가족은 어떻고 친구들 중에 이런 애도 있고 등등 할 필요 없는 말들을 막 꺼내기 시작했다. 하지만 남자는 입을 열지 않았다. 그러다가 내가 웹툰을 그린다는 말을 하자 갑자기 그는 내 말에 관심을 보이기 시작했다.

"당신이 만화작가 일을 하신다구요?"

"작가……, 라기보다는 작가 지망생 정도로 보시는 게 맞는 것 같네요."

남자가 차와 식빵을 권하면서 계속해서 물었다.

"어느 쪽이 더 마음에 드시나요."

남자가 목적어를 생략해 버린 채로 질문하자 나는 뭐라고 대답해야 할지 갈피를 잡을 수 없었다. 남자가 자신의 말을 보충했다.

"출판사 직원과 작가 지망생. 두 개 중에 어느 개 나은 것 같습니까?"

나는 식어가는 커피를 한 모금, 베이글을 한 입 베어 물고는 대답했다.

"저는 그런 생각을 해본 적이 없는데요."

남자는 집요했다.

"굳이 고른다면 어떤 게 더 나을 것 같습니까?"

먹는 것을 멈추고 그를 쳐다보면서 내가 말했다.

"고르지 않겠다면?"

남자는 입을 열지 않았다. 연한 미소를 얼굴에 드리울 뿐이었다. 남자는 나를 쳐다보다가 주문을 받기 위해서 잠시 카운터로 돌아갔다. 조금 뒤 돌아온 남자는 의자에 앉아 어떤 생각에 빠진 것처럼 보였다. 그는 조용히 다물고 있던 입을 열고 질문을 하기 시작했다.

"힘들지 않나요? 일과 취미를 병행하면."

"힘들죠. 하지만 제가 좋아서 하는 일을 마치는 보람을 느낄 수가 있으니까 하는 거죠."

"그 만화. 그리 좋은 평가를 받고 있지는 못하던데."

나는 왠지 내가 숨겨 놓은 비밀을 들킨 것만 같았다.

"네. 그래서 흔들리는 중이에요."

"무엇이?"

남자가 바게트 빵을 권하면서 물었고

"이렇게 일과 취미를 같이 하는 것을요."

라고 내가 빵을 입에 집어넣으면서 대답했다.

"보람을 느낀다면서요?"

"보람을 느끼기는 하지만 제가 공들여 그린 만화에 대한 혹평들이나 쉴 새 없이 쏟아지는 업무를 견디고 나면 정말 내가 하고 있는 게 옳은 건지. 또는 계속 이렇게 살아갈 수 있을지 자신이 없어지거든요."

말을 마치고 나서 들여다 본 남자의 얼굴에는 더 이상 귀찮다거나 하는 감정은 남아 있지 않았다.

남자가 말했다.

"제가 이 카페를 처음 열었을 때 주위 사람들 반응 어땠는지 아세요? 다들 제가 미친 줄 알았대요. 어릴 적에 꿈을 설계할 땐 다들 멋지다고 해주었는데."

남자는 무언가 부자연스럽게 하하 웃음소리를 내고는 다시 말을 이었다.

"그 꿈을 좇아서 이루려고 하니까 말리더라고요. 하지만 상관없었어요. 내가 바라는 것을 시도해봤다는 경험만으로도 나는 충분히 행복할 것 같았으니까."

나는 이제야 남자가 하려는 말의 의도를 파악할 수 있었다.

"이 카페에 대해서 어떻게 생각하시나요? 손님들도 꽤 많이 찾아오고 또 정기적으로 들러주는 단골도 있고. 또 고급스럽지는 않지만 그런대로 봐줄 만은 하지 않아요?"

남자는 자랑스러운 표정으로 계속해서 말을 이었다.

"나는 성공했다고 생각해요. 내 꿈을 이뤘고 그 꿈이 지속될 수 있는 여건이 마련되어 있으니까. 저처럼 당신도 똑같아요. 하고 싶은 일을 하세요. 그리고 자신을 좀 더 믿어줘요. 미래는 고민만 한다고 나아지는 것이 아니니까."

나는 그가 늘어놓는 뻔하기 그지없는 일장 연설을 들으면서 나를 위안해 주는 사람이 있다는 사실에 자신감을 얻었다.

　그날 그는 대접한다고 했지 사준다는 말은 하지 않았다며 내게 먹인 음식들의 값을 청구했다. 그에게 항의하기는 했지만 나는 그의 언변을 이길 수 있는 사람이 아니었다. 그리고 그날이 처음이자 마지막으로 그 카페에 가본 날이 되었다. 시간이 흘러서 나는 결국 만화작가의 길을 포기하게 되었다. 세상엔 노력해도 안 되는 일이란 게 있는 법이니까.

화이트 크리스마스

이경민 세경고등학교

12월 1일 오후 7시, 12월 첫날을 맞이하여 빨리 집에 가던 중 공원 하나를 지나가게 되는데 공원에 으슥한 곳에서 뭔가 비릿한 냄새가 나의 코를 자극했다. 무언가 하고 가 보는데 얼핏 봐서는 사람인 것 같았다. 가까이 가서 봤는데 하반신이 없음을 발견한 나는 전신을 떨면서 그 사람의 내장과 피가 섞여 밖으로 나와 있는 것을 보고는 갑작스레 비위가 상하며 토를 하기 시작했다.

나는 빨리 경찰에 신고를 하고 정신을 차렸을 때 서에서 목격을 진술하고 있었다. 나는 이 사건이 크리스마스 연쇄살인이라는 큰 사건이 되리라고는 상상도 하지 못 했다. 이상한 일이 있은 후 상황을 정리해 보았다. 피해자는 그 근처 경찰서에 근무하던 30대 중, 후반에 형사였다. 사망시간은 5시 30분 경 내가 발견하기 전 1시간 반 정도 전이었다. 형사라는 직업이 항상 위험에서 살지만 내 눈 앞에서 죽은 시체를 보니 조금 충격이었다.

휴가를 낼 생각으로 기분 좋게 집에 가던 중이었는데 기분을 영 망쳤다. 헝클어진 머리를 보며 욕실로 들어가 보니 욕조 속이 피와 내장으로 가득 차 있었다. 그리고 어제 그 형사

"

에게 꽂혀 있던 나이프를 발견했다. 순간 두려움이 나를 집어삼켰다. 어제까지만 해도 샤워를 하고 잠에 들었는데 그렇다면 내가 자고 있는 도중에 문을 따고 집에 들어와 욕조에 저것들을 넣어 놓고 간 건가. 이건 범인이 나에 대해 건네는 경고인가? 위협인가? 일단 나는 진정하고 경찰에 신고하기로 했다. 손이 부르르 떨려 제대로 112를 누르기 힘들었다.

잠시 후 집에 초인종이 울렸다. 나는 급히 체인을 걸고 인터폰으로 확인했다. 그런데 앞에 누구도 없고 드륵드륵 하는 소리가 들렸다. 두려움을 이겨내고 문을 열었을 때 문고리에 무언가 쇠꼬챙이로 들쑤시는 사람을 발견했다. 그 사람은 희미한 미소를 내면서 연장을 챙겼다. 나는 빨리 문을 닫고 문을 잠갔다. 그런데 문이 고장 난 건지 영 잠기지가 않았다. 나는 급한 대로 핸드폰을 들고 밀폐된 공간으로 들어가려 했다. 어차피 현관문은 곧 있으면 뚫릴 거라는 걸 알고 있었기에 가장 숨기 좋은 보일러실로 들어갔다. 급한 대로 경찰에 전화를 하는데 배터리가 3퍼센트 남은 긴박한 상황이었다. 전화가 연결되고 말을 하려던 순간 현관문에서 철컥 하는 소리가 들려왔다.

살롱 드 마지씨엥 2 — 숨겨진 이야기

이수용 대진고등학교

'도둑고양이'의 일과는 단순하다. 낮이든 밤이든 언제든지 먹잇감만 있으면 기회를 노리고 접근해서 훔쳐낸다. 그리고 훔친 음식을 나눠먹든 뺏어먹든 어떻게든지 섭취한다. 이건 나의 일과와 마찬가지이기도 하다. 여긴 나 외의 고양이들도 많이 서식하는 구역이지만 난 유독 인간들에겐 눈엣가시다. 특히 검은색 천을 몸에 두른 빨간 손의 피 냄새 나는 인간이나, 이상하게 반짝이고 날카로운 무기를 든 비린내 풍기는 인간은 날 못 잡아먹어서 안달이 나있다. 물론 내가 많이 훔쳐가기 때문이란 건 잘 안다. 하지만 이 '도둑 고양이'의 일과를 바꿀 생각은 없다. 이유는 그저 이게 더 많이 먹이를 구할 수 있으니까.

"야옹, 넌 왜 굳이 그렇게 힘들게 몸을 쓰냥? 가만히 앉아만 있으면 인간들이 먹이를 던져주는데."

게으르게 앉아서 먹이를 구걸 할 수도 있지만, 그건 아주 착한 인간이 먹이를 가지고 있어야 되는 일이지 하루하루 계속되는 일도 아니다. 게다가 내 꼴은 인간이 관심을 가지기 좋은 꼴이 되지 못한다. 그래도 난 계속 먹이가 필요하고, 그러기 위해서는 가만히 앉아 되지 않는 교태를 부리는 것보다 내

발로 뛰는 게 훨씬 나은 일이다.

"이 망할 도둑 고양이새끼! 또 우리 집 고등어를 노려? 네 놈 때문에 손님도 끊겼어! 어쩔 거야?!"

퍽! 퍽!

비린내 풍기는 인간이다. 지금 들고 있는 게 반짝이고 날카로운 무기가 아니라 다행이라고 생각하지만, 먹이를 놓지 않으면 공격은 계속 되겠지.

"야 입에 문 거 안 놔? 이 괭이 새끼!"

"캬아아아아아아앙!"

"어어, 이것 좀 봐라. 어디서 소리를……. 으악!"

먹이를 포기하고, 여길 빠져나가야 했다.

"캬아아!"

"야! 놔! 놓으라고! 조그만 게 턱 힘은 왜 이렇게 세?"

난 입에 먹이 대신 인간의 두꺼운 앞발을 있는 힘껏 세게 물었다. 인간은 나를 때리려고 앞발을 세차게 흔들었다. 그 덕에 나도 통증과 함께 어지러움이 몰려와 결국 입에서 힘을 빼게 되었다.

쿵!

"아 이 끈질긴 놈! 겨우 떨어졌네."

지금, 도망칠 기회다!

"엇? 저놈이! 야! 거기 서!"

힘을 내서 뛰고 있지만 다리가 불편해서 제대로 달릴 수 없었다. 앞발도 내딛을 때마다 아파서 그대로 쓰러질 것 같았지만, 비린내 나는 인간이 쫓아올까봐 있는 힘을 다해 뛰었다. 아픔이 절정에 다다르자 결국 근처 어두운 곳에 숨어들어 갈 수밖에 없었다. 하아, 어느 정도 괜찮아지면 다시 먹이를 구하러 나가야겠다.

끼-이-익.

어?

"흐음……"

인간이다. 뭐야. 왜 그렇게 보는 거지?

"너 얼마 안가 죽겠구나."

뭐? 도대체 이 인간은 뭐지? 저 하얀 절벽에서 나왔어.

"난 절벽이 아니라 '문'에서 나온 거야. 봐, 이게 문이야."

문? 인간은 '문'이라고 부르는 하얀 절벽을 앞발 손톱으로 가리키며 말했다. 잠깐, 인간들은 우리 인간의 말을 못 알아듣는다. 물론 고양이들도 인간의 말을 못 알아듣는다. 그런데 이 인간은 어떻게 알아듣는 거지?

'문'이라는 곳에서 나온 인간은 나를 내려다보고 있었다. 이 인간에게선 피 냄새 나는 인간이랑 비린내 나는 인간 그리고 그 밖에 다른 인간 냄새와는 다른 특이한 냄새가 났다. 뭐라고 정의 할 수 없는 알 수 없는 냄새였다.

"잠깐만 기다려!"

인간은 다시 '문'이라는 곳으로 들어가더니 금방 은색 깡통과 하얀색 돌을 들고 나왔다. 그리고 내 앞에 인간이 큰 깡통을 놓고 하얀 돌을 깨더니 그 안에서 하얀 물이 흘러 나왔다.

낯선 물의 냄새에 코를 가져다 대자 "의심하지 말고 먹어도 돼."라고 했다.

의심?

"믿지 못하는 걸 '의심'이라고 해."

믿지 못하는 걸? 그러면 난 이 하얀 물보다 인간이 내 말을 알아듣는다는 걸 더 믿지 못하겠는걸.

"냐아아앙."

넌 인간이 아니야?

"글쎄, 아마도? 그런데 안 먹을 거야?"

'의심'이란 걸 가진 채 난 하얀 물에 혀를 대니 쌉싸름한 맛이 전해져 왔다. 나는 허겁지겁 물을 먹기 시작했다.

"많이 먹어. 죽기 전에 이런 것도 먹어 봐야지."

내가 왜 죽는데?

"'인간의 감'이라고 해야 하나. 아무튼 넌 오래 가지 못할 거야."

이 인간, 아까부터 계속하는 이 고양이 똥오줌 같은 소리만 하는지 순간 얼굴을 있는 대로 할퀴어 주고 싶었지만, 인간의 표정은 왠지 모르게 '진짜'라고 말하고 있는 거 같았다.

죽는다고? 내가?

"두렵니?"

인간은 '죽음'이 두렵지 않아?

"두렵지. 인간은 누구나 '죽음'을 두려워하고 있어. 고양이
들은 아니야?"

난 아니야. 다른 고양이들은 모르지만, 난 그딴 거 무섭지
않아.

내 반응에 인간은 입 꼬리를 올렸다.

"그럼 너는 죽음보다 무서운 게 있니?"

사실 난 나 하나가 굶어 죽든 맞아 죽든 별로 신경 쓰지 않
는 지경에 이르러 있기 때문에 '죽음'이란 이름 자체가 두려
운 것은 아니다. 그저 내가 두려워하는 것은 내가 '도둑고양
이 일과'를 버리지 않는 이유와 같은 것으로 나에겐 골칫덩어
리들이지만, 너무나도 소중한 것들이 있다. 내가 사라지면 그
것들은 어떻게 될까. 다른 집 고양이들처럼 운 좋게 좋은 인
간이 거둬 가 다른 고양이 부럽지 않게 해주는 건 바란 적도
없고, 나처럼 떠돌아다니며 먹이를 구하러 다니게 되어도 불
평할 생각은 없다. 다만, 굶게 된다는 것. 추위에 떨게 되는
것. 차가움과 굶주림에 괴로워만 하다 가는 것. 이게 내가 나
의 죽음보다 더 두려워하는 것이다. 이제 먹이를 먹기 시작한
지 얼마 되지 않았는데 죽음 때문에 그렇게 되었을 때…….
그것만큼 섬뜩한 일이 있을까.

인간의 질문에 난 반응하지 않았다. 인간은 내가 반응할 때

까지 지켜 볼 것처럼 내게서 눈을 때지 않았다.

"좋아."

뭐가 좋은데?

"너에게 특별한 선물을 줄게."

선물?

"'남한테 주는 물건'이야. 이거!"

인간은 앞발로 내게 나뭇잎 가루가 든 천을 보여 주었다. 그리고 먹다 남은 하얀 물에다가 나뭇잎 가루를 붓기 시작했다.

이게 뭔데?

인간은 아무 말 없이 부운 가루와 하얀 물을 저었다.

"먹어."

아까 먹었어.

"그래도 먹어둬. 그리고 이것도 가져가고."

인간은 나뭇잎 가루가 든 천을 네모난 돌 속에 넣고, 하얀 종이 속에 넣어서 내게 건넸다.

"이 차는 '위시 플래버'라고 소원을 이루어 주는 차야. 우리 가게 best 상품 중 하나지."

베스트? 상품?

"그런 게 있어. 자, 넌 첫 번째로 이 차를 마셨으니까 소원을 빌 자격이 있어. 네가 소원을 빌면 두 번째로 이 차를 먹은 사람이 너의 소원을 이루어줄 거야."

…… 진짜?

"응. 공짜로 주는 거니까 대신 너의 소원을 이루어 준 두 번째는 네가 찾아야 돼. 이걸 너의 소원을 들어 줄만 한 사람에게 줘. 그럼, 안녕. 꼭 소원을 이루길 바라."

인간은 마지막 말을 남기고 다시 '문'으로 들어갔다. 혼자 남겨진 나는 가루가 타진 하얀 물을 다시 허겁지겁 먹으면서 두 가지를 생각했다.
'나의 소원'과 '나에게 먹이를 준 착한 인간'.
하얀 물을 남김없이 다 핥아먹고 난 다시 아픈 다리를 견디며 어둠 밖으로 나갔다.

개구리 알람 시계

이하영 포곡고등학교

　나는 반복되는 일상의 지루함을 텔레비전을 통해 달래고 있었다. 어느 날 나는 저녁을 먹고 소파에 누워 텔레비전에서 하는 마술쇼를 보다 잠이 들었다. 일찍 잠이 들어서인지 눈이 저절로 떠졌다. 시계를 보니 이른 새벽이었다. 다시 자기 위해 침실로 갔다. 침대 옆에 초콜릿과 '거룩하고 즐겁고 활기차게 살라. 믿음과 열심에는 피곤과 짜증이 없다.'라는 글씨가 적힌 카드가 있었다. 초콜릿이 아주 맛있게 보여 한 개를 까먹었다. 그 맛은 평소에 먹던 초콜릿과는 다른 초콜릿 이였다. 아주 달콤하고 목으로 넘길 때의 느낌은 아주 부드러운 게 일품이었다. 초콜릿을 먹어서 그런지 기분 좋게 잠이 들었다. 꿈속에서 파리를 너무나도 자유롭게 즐겼다. 사진이나 텔레비전으로 보던 에펠탑과 건물 하나하나가 아름다웠다. 크로와상 굽는 가게에 지나가면 달콤 향이 발을 잡을 정도로 달콤했다. 크로와상에 맛은 겉은 바삭하면서 안은 촉촉하고 쫀득쫀득했다. 잡으면 촉감이 느껴지고 먹으면 맛이 느껴져 꿈속이라면 거짓말 같을 정도였다. 꿈이라는 생각도 하지도 못한 채 너무나도 즐겁고 행복하게 여행을 맘껏 즐기고 있는데 어느 순간부터 내 귀를 거슬리게 하는 소리가 계속 들려왔다.

째깍째깍 점점 시간이 지날수록 더 크게 들려오는 소리에 짜증이나 귀를 꽉 막고 눈을 감았다 떴다. 환청이라도 들린 것처럼 째깍째깍 소리는 더 이상 들리지 않았다. 그러나 항상 나를 깨워주던 개구리 알람 시계가 내 눈앞에 나타났다. 놀란 반면 왠지 모르게 반가웠다. 개구리 알람 시계와 나는 멍하니 서로를 쳐다보고 있었다. 개구리 알람 시계는 나에게 "행복하셨나요?"라고 물었다. 나는 활짝 웃으며 고개를 끄덕였다. 개구리 알람 시계도 나와 같이 웃으며 손가락으로 자신의 배에서 또각또각 움직이는 바늘들을 가리켰다. 6시 15분이었다. 일어날 시간이었다. 하지만 나는 지금 내가 꿈속이라는 것을 모를 정도로 행복했고 모든 게 느껴질 정도였기 때문에 어리둥절했다. 갑자기 머리가 깨질 것처럼 어지러웠다. 시끌벅적한 소리는커녕 모기 소리조차 들리지 않았다.

　눈을 떠보니 캄캄한 방 안이었다. 즐겁고 행복한 여행이 꿈속에서의 여행이라는 것에 허탈한 웃음만 나왔다. 그래도 꿈속이었지만 행복함은 그대로 머물러 있는지 기분 좋았다. 반복되고 지루한 일상생활을 할 수 있을 정도로 힘이 났다. 그날 밤의 꿈은 나에게 많은 변화를 주었다. 사람들은 나에게 '무슨 좋은 일 있으세요?'라고 매번 똑같은 질문을 했다. 그럴 때마다 나는 "잠을 푹 자서 그런가."라고 하며 그날 밤의 꿈을 생각하며 웃었다. 그날 밤의 꿈도 추억이 되는지 잊어가면서 예전과 다를 게 없는 삶을 자동적으로 지내는 내가 기계가 되어 가고 있는 것 같다고 느낄 때쯤에 초콜릿과 '내가 아직 살아 있는 동안에는 나로 하여금 헛되이 살지 않게 하라.' 라고 적힌 카드가 침대 위에 올라와 있었다. 나는 초콜릿과 카드를 보며 의문점이 생겼다. 초콜릿과 카드는 나에게 위로의 선물, 꿈과 마술 같은 선물, 산타클로스와 같은 신비한 존재와 같다. 그런 초콜릿과 카드는 누가 갖다 놓은 것이며 자다가 일어나면 흔적도 없이 사라지는 건지 의문이 들었다. 초콜릿을 먹은 순간 의문점을 생각할 겨를도 없이 맛에 심취했다. 달콤하고 씁쓸한 맛의 조합이 환상적인 초콜릿을 입 안에서 천천히 녹여 먹었다. 그때와 같이 기분 좋게 잠이 들었다.

눈을 떠보니 내 눈에 보이는 것은 파란 것이 전부였다. 주위를 둘러보니 자유롭게 바다 속에서 헤엄을 치고 있는 물고기들이 있었다. 물고기들 따라 이곳저곳 구경하며 돌아다니던 중에 깊은 바다 속으로 들어가는데 자그마한 집에 있었다. 주위를 둘러보다가 노크를 했다. 아무런 대답이 없었다. 돌아가려고 하는데 문이 열렸다. 열린 문 안으로 들어갔는데 몸이 뜨지 않고 걷기가 가능했다. 들어가자 보이는 건 앞마당처럼 푸른 잔디였다. 계속 걸어도 집은커녕 아무것도 보이지 않고 푸른 잔디만 보일 뿐이었다. 계속 걷던 중에 꽃 한 송이 보였다. 무언가 이끌린 것처럼 그 꽃이 있는 곳으로 갔다. 그 꽃을 가까이서 봤을 땐 한 마디로 할 수 없을 만큼 아주 매혹적인 꽃이었다. 나는 그 꽃을 클레오파트라보다 더 한 매력을 가진 꽃이라고 말 할 수 있을 정도로 충분한 꽃이라고 생각했다. 한참 꽃을 멍하니 쳐다보고 있었다. 꽃을 보는 것만으로도 뭔가 모를 위로가 된 듯했다. 뒤에 누군가가 있는 느낌이 들었다. 하지만 나는 꽃에 눈을 뗄 수가 없었다. 눈에 뭔가 들어간 느낌이 들어 눈을 잠시 감았다 떴더니 다시 물속이었다. 물고기들은 내 몸을 감싸더니 어디론가 데려갔다. 물이 얕아서 저절로 발을 땅에 딛게 되었다. 일어나서 주위를 둘러보니 경치가 환상적이었다. 그 경치를 굳이 설명하자면 구름 위와 비슷했다. 구름 위에서 초자연을 한눈에 보는 것과 같았다. 경치구경도 잠시 개구리 알람 시계가 또 나타났다. 개구리 알람시계는 나에게 "즐거웠나요?"라고 물었다. 나는 활짝 웃으며 끄덕였다. 개구리 알림시계는 그때와 다름없이 배에 있는 바늘들을 가리켰다. 또 그때처럼 머리가 아파왔다.

주위를 둘러보니 역시나 캄캄한 방 안 이었다. 몸은 움직이지 않고 눈을 이리저리 굴리며 꿈속에서 일어난 일들을 생각하고 있었다. 행복함에 잠긴 것도 잠시 알람소리가 내 행복함을 방해라도 하고 싶은 것처럼 시끄럽게 막 울어 댄다. 꿈속에서도 그렇고 지금도 그렇고 저 개구리 알람 시계가 상당히 거슬렸다. 하지만 머릿속에서는 어젯밤 꿈이라기엔 너무 생생한 꿈이 계속 생각이 났다. 꿈이 이렇게 생생하게 생각나는 것도 벌써 2번째이다. 하루 종일 너무나도 생생한 꿈과 초콜릿, 카드, 개구리 알람 시계가 머릿속에서 맴돌았다. 집으로 돌아가던 도중에 시계 가게에 들러서 새로운 알람 시계를 구입했다. 아무래도 개구리 알람 시계가 자꾸 나타나서 내 행복을 방해하는 것 같아 짜증이 나서 큰맘 먹고 어릴 때부터 내 아침을 책임지던 엄마 같은 개구리 알람 시계를 버리기로 한 것이었다. 집에 와서 새로 구입한 시계를 시간을 맞춘 뒤에 침대 옆에 놓았다. 개구리 알림 시계를 차마 버리진 못하고 서랍 속에 넣어두었다. 난 초콜릿과 카드를 기다리며 매일 부푼 마음으로 집에 왔지만 실망하기 일쑤였다. 그런데 하루 종일 아주 심하게 배배 꼬인 하루였다. 그래서인지 더욱 더 혼자 있고 싶어서 친구들과의 약속을 취소하고 어깨가 축 늘어진 채 집에 와서 자동적으로 침실로 갔다. 초콜릿과 카드가 있었다. 나는 너무 기뻤다. '이번엔 어떤 일들이 일어날까?'라는 궁금증이 생겼다. 카드에는 '노력이 적으면 얻는 것도 적다. 인간의 재산은 그의 노고에 달렸다.'라고 쓰여 있었다. 하지만 오늘은 너무 힘든 하루여서 인지 초콜릿을 빨리 먹고 꿈속의 여행을 더 오래 느끼고 싶었다. 이제는 수면제를 먹은 듯 자연스레 잠이 들었다.

　너무나도 하얗다. 한 발자국 걷는 순간 사각사각 소리가 났다. 눈이었다. 나는 아이처럼 사각사각 소리에 맞춰 뛰어 놀다가 넘어졌다. 너무 푹신푹신했다. 뛰어 놀 때는 차가운 눈이었는데 넘어졌을 때는 포근하고 따뜻한 침대였다. 하얗고 하얀 이곳에서 무엇이 있을지 궁금했다. 나는 다시 사각사각

소리에 맞춰 걷기 시작했다. 정처 없이 걷고 있는데 저기 끝에서 조금씩 빨간 빛을 내며 올라오고 해였다. 해를 보자마자 자연스레 눈을 감고 손이 모아졌다. 이런 곳에서 나의 기도는 욕심이 가득 찬 기도였다. 꿋꿋이 욕심이 가득한 기도를 마치고 눈을 떴을 때는 빨간 해가 머리 위로 올라가 있었다. 욕심이 가득 찬 기도가 이루어지길 바라며 한 발자국 걷는 순간 하얀 눈인지 폭신한 침대인지 어떠한 보석처럼 빛나고 있었다. 갑자기 너무나 아름답게 반짝이는 이것은 무엇인지 보석인지 궁금하여 쭈그려 앉아 두 손 가득 잡았다. 가까이서 보면 눈이 부셔서 실눈 뜨고 봐야 했다. 가져가고 싶은 욕심에 주머니에 넣었다. 주머니에 넣자마자 녹아 없어졌다. 나는 이 빛나는 황홀함에 정신이 없었다. 너무 아름다운 반짝이는 이름 모를 이것이 갖고 싶지만 마음대로 갖지 못하는 것이 안타까워 그 위에 누워 행복함에 젖어 있을 때 위에서 아주 조금씩 입 주위로 떨어져 나도 모르게 혀로 입 주위를 닦았다. 입에 닿으면 천천히 녹아 혀 바닥을 싸악 감싸는 것이 부드러움에 매료되어 맛을 느낄 겨를도 없었다. 꿈 중에서 최고를 뽑으라면 지금 꿈이라고 말할 수 있는 정도로 제일 만족스러웠다. 하지만 오늘도 여김 없이 개구리 알람 시계는 행복에 취해 있는 나를 찾아와 "만족하셨나요?"라고 물었다. 개구리 알람 시계가 이렇게 얄밉고 장롱 속에 박아 두지 말고 그냥 버릴 걸 후회하고 있었다. 개구리 알람 시계는 나에게 다시 물었다. 나는 계속 골똘히 생각했다. 개구리 알림시계는 배에 있는 바늘들을 가리키면서 다시 한 번 물었다. 나는 고개를 숙이며 "아……니오."라고 했다. 개구리 알람 시계는 눈살을 찌푸리면서 다시 한 번 물었다. 나는 고개를 숙인 채 천천히 고개를 옆으로 흔들었다. 개구리 알람 시계는 화났는지 그냥 뒤돌아서 간다. 나는 기뻤다. 이 순간을 즐기기 위해 웃으며 뒤를 돌았는데 아까와는 전혀 달랐다. 온통 개구리 알람 시계 였다. 난 갑자기 너무 머리가 아파왔다. 그 자리에서 머리를 움켜지고 주저앉았다.

눈을 떠보니 여김 없이 캄캄한 방 안이었다. 다른 때와는 다르게 매우 불쾌했다. 나는 침대에서 얼른 일어서서 개구리 알람 시계를 찾았다. 개구리 알람 시계가 얼마나 미워 보이던지 쓰레기통에 버린 것도 화가 안 풀리는지 봉투를 꽁꽁 싸매서 집 앞에 던져 버리고 손을 탁탁 털면서 집으로 들어갔다. 꿈 생각하면 설레고 행복했는데 이번 꿈을 생각하면 화가 난다. 이번 꿈은 예전 꿈과는 다르게 나에게 많은 변화를 주었다. 사람들은 나에게 '무슨 고민 있어?', '안 좋은 일 있어?'라고 말한다. 그럴 때마다 나는 '아닌데'라고 하며 살짝 웃었다. 한 동안 초콜릿과 카드는 볼 수 없었다. 꿈에 대한 환상과 욕심, 기대는 날이 갈수록 심해졌다. 하지만 초콜릿과 카드는 전혀 찾아볼 수 없었다. 그래서 여러 종류의 초콜릿도 먹어보고 잠 도 일찍 자봤지만 꿈은 꾸지 못했다, 이렇게 많은 시간을 허비했으면 포기할 만도 한데 오기가 생겨서인지 마약중독자처럼 눈이 퀭해져 미치기 일보 직전이었다. 집에 터덜터덜 들어와서 소파에 쓰러지다시피 앉았다. 소파 앞에 있는 탁자에는 많은 초콜릿들과 포장지들이 널려 있었다. 나는 치울 생각도 하지 않고 아무 생각 없이 소파에 누워 손에 잡히는 초콜릿을 먹었다. 너무 맛있어서 하나 더 먹으려고 손을 다시 뻗었지만 아무것도 잡히지 않아서 소파에 일어나 탁자에 있는 빈 초콜릿과 포장지뿐 이었다. 나는 '에이 뭐야 되는 게 하나도 없네.'라고 생각하는 찰나에 탁자에 떨어질 듯 말 듯한 카드가 있었다. 나는 자동적으로 카드를 빨리 잡아 꽈악 잡았다. 미세하게 내 몸이 떨렸다. 얼른 카드를 꺼내봤다. '나약한 태도는 성격도 나약하게 만든다.'라고 쓰여 있었다. 얼마만의 초콜릿과 카드인지 기쁨이 더 이상의 생각이 없었다. 편히 자기 위해 얼른 침대로 자리를 옮겼다. 역시 달콤하게 빨리 잠이 들었다.

　푸른 산길이 끝없이 보였다. 나는 천천히 그 길을 걸었다. 고요하지만 고요하지 않은 그 길들을 천천히 걸어도 아무것도 나오지 않았다. 그러나 나는 뭔가 특별함이 이 숲 깊은 곳에 숨겨져 있을 거라는 생각에 열심히 걷고 또 걸었다. 저기 끝에 뭔가 보였다, 기쁜 마음에 뛰어 올라갔다. 그곳엔 2명 정도 앉을 수 있는 작은 나무의자가 있었다. 허무했다. 내가 힘들게 찾은 것이 두 명이 앉을 정도로 작은 나무의자라는 것에 실망했다. 나는 의자에 털썩 쓰러지다시피 앉았다. 앉자마자 보이는 광경들은 다른 꿈과 달랐다. 다른 꿈속에서는 초자연적인 아름다움을 봤지만 지금 내가 보고 있는 광경은 네온사인이 가득한 서울 한복판이었다. 바쁘게 움직이며 빵빵 소리를 내는 자동차들, 이곳으로 오라고 유혹하는 네온사인들, 넥타이가 거의 풀어져 비틀거리는 사람들, 또 많은 사람들이 내 눈에 다 보였다. 나는 산에서 내려왔다. 집으로 가려고 지하철을 탔다. 지하철 안에는 술 취한 사람, 스마트폰 하는 사람, 신문 보는 사람, 자는 사람 등 이렇게 많은 사람들이 있어서 밖은 추웠지만 그 안에는 너무나도 따뜻했다. 하지만 그 사람들의 시선은 차가웠다. 누가 무슨 짓을 해도 사람들은 잠시 쳐다만 보다 모른 척했다. 나는 그런 수많은 시선들이 너무 차갑게 느껴졌다. 버스로 갈아탔다. 버스도 물론 똑같았다. 임산부나 노약자, 몸이 불편한 분들이 자기 옆에 떡하니 서 있어도 눈길 하나 주지 않고 모른 척 스마트폰을 만지며 외면하는 사람들이 새삼 차가워 보였다. 체온은 따뜻하지만 눈길 하나하나가 차가운 사람들 사이에 있어서 그런지 기운이 쭉 빠졌다. 멍하니 걷다 보니 집에 도착했다. 힘없이 현관에 신발을 벗는데 맛있는 냄새가 났다. 보글보글 김치찌개와 생선, 계란말이가 식탁에 차려져 있었다. 그리고 밥을 푸시고 있는 엄마가 보였다. 엄마가 많이 말라 보였다. 사회생활을 오래하다 보니 오랜만에 보는 엄마가 너무 초라해 보였다. 나는 화가 났다. 엄마를 보자마자 화를 냈다. 예전에는 내가 이렇게 화를 내면 더 화를 내던 우리 엄만데 화를 내는 나를 보며 걱정스런 표정으로 무슨 일 있냐고 물어보는 엄마의 말에 나는 코끝이 찡해졌다. 나는 아니라고 큰소리를 빵빵 치며 식탁에 앉았다. 엄마도 내 옆에 앉았다. 나는 입 안에 밥을 꾸역꾸역 집어넣었다. 엄마는 또 내 걱정을 하며 물을 갖다 주고 반찬을 올려주셨다. 나는 "엄마나 먹어! 내가 알아서 먹을게!"라고 큰소리를 쳤다. 그래도 엄마는 계속해서 생선을 발라주시며 밥 위에 얹어주셨다. 나는 또 코가 찡해져 꾸역꾸역 집어넣었다. 간신히 밥을 다 먹고 엄마랑 텔레비전을 보는데 내가 보고 싶은 것만 봤다. 몸이 으슬으슬해지니깐 엄마는 어느새 이불을 들고 내 몸에 감싸주었다. 나는 따뜻함에 잠깐 잠이 들었다 깨니깐 엄마는 내가 춥지 않게 이불을 계속 덮어주시다가 나를 뒤에서 감싸 앉았다. 눈물이 그렁그렁 맺혔다. 엄마는 뒤에서 나를 안은 채로 머리를 쓰다듬고 계셨다, 나는 눈물이 하염없이 흘렀다. 주체할 수 없는 눈물을 어찌할 바 모르고 있었는데 개구리 알람 시계가 나타났다. 나에게 눈물을 닦아주며 "위로가 되셨나요?"라고 했다. 나는 예전 꿈과는 전혀 다른 느낌의 행복함을 가지고 눈에서 눈물이 계속 나고 있지만 입은 활짝 웃으며 고개를 끄덕였다. 그러고 나는 나지막하게 "고마워……."라고 하며 활짝 웃었다. 그러자 개구리 알람 시계는 나에게 "어릴 때 웃는 모습이랑 똑같다."라고 말했다. 나는 눈물이 눈에 가득 차서 앞에 보이지 않았다. 눈물이 점차 사라지더니 캄캄한 방이었다.

　아직 꿈속의 여운이 가시지 않았는지 계속해서 눈물이 쏟아졌다. 베개가 다 젖어 베개를 짜면 물이 나올 정도로 울고 난 뒤에 나는 침대에서 벌떡 일어나 맨발로 밖으로 나가 쓰레기봉투를 뒤져 개구리 알람 시계를 찾았다. 어릴 적부터 지금까지 함께한 개구리 알람 시계가 나에게 무엇을 알려주고 싶었는지 알았다. 나는 집으로 들어가 개구리 알람 시계를 싹싹 닦으면서 개구리 알람 시계에게 "미안해…… 고마워……." 라고 계속해서 중얼거렸다. 눈물이 또 흐르려고 눈앞에 뿌옇게 될 때 개구리 알람 시계가 웃고 있는 듯 했다. 그래서 너무 놀라 눈물을 닦아보니 잘못 본 것 이었다. 나는 개구리 알람 시계를 보며 활짝 웃었다.

나룻배

이현수 용인고등학교

"어서오십시오!"

까만 갓을 쓰고 밝은 색의 깔끔한 도포를 입은 선비에게 내 주인은 연신 얼굴을 싱글거리며 웃음을 짓고 있습니다. 선비는 그런 내 주인에게 '어흠!' 하는 헛기침을 두어 번 하고는 내 위에 그 흙 묻은 신으로 발을 딛으며 내 위에 있는 자리에 엉덩이를 내밉니다.

"강 건너로 모시면 됩지요?"

내 주인의 물음에 선비는 고개를 끄덕입니다. 나의 주인은 노를 저으며 천천히 이동하기 시작합니다.

그렇습니다. 나는 나룻배입니다. 나는 이 한강에서 십여 년을 나의 주인과 함께 한 전문가입니다. 물론 배는 사람이 될 수 없으니 전문가라고 하기엔 조금 무리가 있을지도 모르겠지만 난 알고 있습니다. 나의 주인이 나를 굉장히 소중하게 여기고 있다는 것을 말입니다. 난 낡기는 했지만 나의 주인인 그와 이렇게 함께 일한다는 게 굉장히 즐겁습니다. 나는 낡은 나룻배입니다. 나의 낡은 몸이 육지와 멀어집니다. 드디어 나의 주인과 함께 일 할 시간입니다.

"날이 참 좋습니다요."

나의 주인은 손님들에게 이것저것 이야기를 하곤 합니다. 하지만 고놈의 신분이 무엇인지 나의 주인은 대부분의 손님들에게 무시를 당합니다. 가끔 굉장히 허름한 '천민'이란 사람들이 오면 나의 주인에게 신세 한탄을 하곤 합니다. 그러면 나의 주인은 그 이야기를 모두 들어 주지요. 역시 이 선비는 굳은 얼굴로 고개를 몇 번 끄덕이다가 듣는 둥 마는 둥 하더니 이내 귀찮다는 얼굴로 고개를 돌려버립니다. 나의 주인은 멋쩍은지 '허허.' 하고 짧은 웃음소리를 내고는 노를 젓는데 집중합니다.

나는 이틈에 그의 얼굴을 잠시 지켜보았습니다. 걷어 올린 팔뚝엔 노를 젓다가 생긴 근육들과 뜨거운 여름 햇살에 익어버린 구릿빛 피부 위로 더운 열기를 이기지 못한 그의 더운 땀이 흘러내리고 있습니다. 바지는 무릎까지 걷어 올라가 있고요. 이번엔 얼굴을 보았습니다. 수염이 산적처럼 이리저리 솟아있고 부리부리한 눈매가 그를 정말 산적같이 보이게 합니다. 하지만 나는 압니다. 그는 누구보다 여린 사내라는 것을요. 아아. 이를 어쩌면 좋을 까요. 그의 머리에 상투가 있습니다. 이미 혼을 해버렸다는 뜻일까요? 누구인지는 모르겠지만 아마 그 여인은 정말 행복한 여인네 일 것 같습니다.

"이제부터는 길이 조금 험해집니다요. 물이 튈 수도 있으니 양해 부탁드리겠습니다요."

그를 지켜보는 사이에 이 강에서 가장 험한 곳에 들어서 버렸습니다. 얼마 전 일어났던 홍수 때문인지 상류의 커다란 바위들이 아래로 더 내려와 노련한 젊은 배들도 쉽게 피해갈 수 없는 위험한 길을 만들어 버렸답니다.

길이 험하지만 물이 뛸 수도 있다는 짧은 말만 한 그에게 나를 믿는다는 신뢰가 느껴집니다. 그의 믿음에 보답하기 위해서라도 난 이 바위들을 빠져 나가야 합니다. 그것이 나를 향한 그의 믿음에 보답하는 유일한 길이니까요.

"영차!"

짧은 기합소리와 함께 나의 주인은 현란하게 노를 젓습니다. 나는 물속의 바위를 바라보며 바위들을 피하기 위해 열심히 몸을 요리조리 비틉니다. 위에서 선비가 나의 몸채를 잡는 것이 느껴집니다. 그 사이에 바위를 하나 지나쳤습니다. 이제 두 번째 바위가 보입니다. 위에서 선비가 나의 주인에게 똑바로 못하냐며 소리를 칩니다. 내가 그런 것인데 어째서 그에게 소리를 치는 것일까요. 이럴 땐 내가 말을 못한다는 사실이 참 억울하고 분합니다. 그 사이에 두 번째 바위를 지납니다. 이럴 수가! 두 번째 바위 옆, 보이지 않는 곳에 세 번째 바위가 숨어 있었습니다. 그것을 보지 못한 나는 세 번째 바위에 몸을 부딪치고 맙니다. 이것은 나같이 낡은 배가 견디기에는 너무도 강한 충격입니다.

"무, 물이 샌다!"

결국 나에게 구멍이 난 모양이네요. 선비가 날 잡았던 손을 놓고 다급히 구멍을 막는 손길이 느껴집니다. 나의 주인도 이런 일은 처음이라 많이 당황한 것 같아 보입니다. 노를 급하게 젓는 것이 느껴집니다.

어머나, 눈앞이 흐려집니다. 갈수록 정신을 차릴 수 없습니다. 나의 주인의 다급한 목소리가 들려옵니다. 나도 최대한 있는 힘을 다해 속도를 냅니다. 흐릿한 시야로 조금씩 강 건너가 보입니다. 정신을 차리기 힘든데 강 너머는 멀기만 합니다. 나의 주인에게 너무 미안합니다. 하지만 내가 정신을 잃는다 해도 그가 목숨을 잃을 일은 없을 겁니다. 그는 반평생을 물에서 살아서 헤엄을 잘 칩니다.

짝!

정신을 차린 나에게 처음 들린 소리는 나의 주인이 어린 선비에게 뺨을 맞는 소리입니다. 어째서 나의 주인이 자신보다 어리디 어린 선비에게 뺨을 맞고 있는 것일까요? 애써 흐린 눈의 초점을 맞추며 나의 주인과 어린 선비의 목소리가 들리는 곳을 바라보았습니다. 아니나 다를까 나의 주인에게 어린 선비는 고함을 치며 화를 내고 있었습니다.

"이 천한 것이 나를 죽일 뻔 하였구나!"

"죄송합니다. 제가 잘못 했습니다요……."

"듣기 싫다! 내가 감히 뉘인 줄 아느냐!"

"아이고! 목숨만은 살려 주십시오, 나으리!"

내가 육지에 있는 것을 보아하니 그들은 무사히 뭍에 도착한 것 같은데 어째서 선비가 그에게 화를 내고 있는지 그것이 궁금합니다. 오히려 살려줘서 감사하다고 해야 할 판에 화라니요. 보아하니 그리 많이 젖은 것 같지도 않고 바짓단과 소매만 조금 젖은 것이 그가 무사히 나를 타고 강 건너에 도착을 한 것일 텐데 말이죠. 사람은 정말 알 길이 없습니다.

어린 선비는 한참을 나의 주인에게 자신이 누군지 아느냐고, 이러고도 네놈이 무사할 것 같으냐고 외쳐대더니 나의 주인이 무릎을 꿇어 한 번만 용서를 해 달라고 자비를 베풀어 달라고 비는 모습을 보고 흡족해 하더니 이번만 용서해준다고 하곤 배 삯도 없이 그냥 그 자리를 떠나 버렸습니다. 나의 주인은 멀어져가는 어린 선비의 뒷모습을 보다가 그가 깨알만큼 작게 보이게 되었을 때 즈음 꿇었던 무릎을 펴고 일어나 나에게 다가 옵니다. 어린 선비에게 맞은 그 부분을 빼고는 다친 곳 하나 없어 보입니다. 참으로 다행스럽습니다.

"에휴……."

그가 한숨을 쉽니다. 선비에게 맞은 곳이 아파서 그러는 것인지 걱정이 됩니다.

"어린 녀석이 꼴에 양반이라며 설쳐대니 우습구나."

그러게요. 어린놈이 말입니다. 나는 그의 말에 동의를 합니다.

"네 녀석도 이제 수명이 다한 것 같아. 내가 이 일을 처음
시작하면서 만든 녀석이라 고친다고 나무를 덧대기도 참 많
이 덧대었지. 지금에서야 네 놈보다 더 손에 잘 맞는 배를 만
날 수 있을까 걱정이다……."

나의 주인이 나의 몸채를 쓰다듬습니다. 이런 말을 들으니
어쩐지 기분이 좋으면서도 불길함이 감돌기 시작합니다.

"나도 처자식이 있고, 그네들을 먹여 살려야 하는 한 가장
이다. 너와 좀 더 같이 일했으면 좋으련만 그러기엔 네가 너
무 지친 것 같구나."

나의 주인이 나의 몸채에서 손을 뗍니다. 그러고는 뒤 한번
돌아보지 않고 떠나갑니다. 일부러 걸음을 천천히 하는 것인
지 한참이 지나도 그의 뒷모습이 사라지지 않습니다.

헤어질 것처럼 말을 했지만 언제든지 오실 줄만은 알아요.

만일 당신이 아니 오시면 나는 바람을 쐬고 눈비를 맞으며
밤에서 낮까지 당신을 기다리고 있겠습니다. 나는 당신을 기
다리며 날마다 날아다 낡아갈 것입니다.

나는 나룻배입니다. 하지만 당신이 언제든지 오실 줄만은
알아요.

나는 나룻배입니다.

당신이 언제든지 오실 줄만은 알아요…….

음악의 기원

최단비 창현고등학교

잔잔한 음악이 공간 가득 흐르고 있었다. 악사들의 손을 따라 흘러내리는 운율들은 무대 밑에 관중들에게 닿아 퍼졌다. 조용한 분위기였고 누구하나 방해 하지 않았고 오롯이 이 시간만큼은 음을 위해 존재하는 듯 했다. 나는 그런 분위기에 긴장해서 크게 숨을 들이쉬었다가 내쉬었다. 그리고는 서서히 바이올린의 활을 들어올렸다. 긴장하지 말자. 그냥 흉내만 내면 되는 거잖아. 그렇게 생각하고 활을 바이올린에 대고 쓸어내렸다.

그와 동시에 끼이익-삐이익- 하는 소음이 장내를 가득 매웠다. 사람들은 모두 약속이라도 한 듯이 나를 바라보았다. 파악이 되지 않은 듯한 동그랗게 뜬 눈동자, 새파랗게 질린 얼굴. 그 모든 것이 내 머릿속에서 뒤죽박죽 얽혀서 낸 결과는 처참했다. 큰일 났다. 그 것을 깨닫는 순간 무엇인가를 해야만 한다는 것도 잊은 채 손의 힘이 풀려버렸다. 두 번째 실수였다. 탕, 하고 바이올린이 떨어졌다. 눈이 뱅글뱅글 도는 듯 했다. 상황을 정리할 방법도 없었고 도망칠 방법도 없었다. 모두가 나만을 바라보고 있어, 내 실수를 모두가 알아버렸어.

비명이라도 꽥 질러버리고 싶은 기분이 들었다. 그러다 문득 사실은 내가 그냥 꿈을 꾸고 있는 것이 아닌지 하는 생각이 들었다. 그런 상념이 이어지고 있을 때였다. 황급히 무대 위로 올라온 선생님의 안내가 이어졌다. 급한 마무리. 막이 닫히고 내 곁에서 함께 연주하던 친구들은 나를 일제히 싸늘한 눈으로 쳐다보았다. 그리고는 아무 말도 하지 않았다. 그 무언의 압박감에 숨이 컥컥 막혀서 도망치고 싶어졌다. 그냥 고개를 푹 숙이고 뱅글뱅글 도는 눈을 감아버렸다. 그냥 모를 수 있었으면 좋겠다. 그럴 수 있다면 아무렇지 않게 웃으면서 '미안, 실수해버렸네.'라고 이야기할 수 있을지도 모르겠다. 나는 힘없이 떨어진 바이올린을 주어 들었다. 그러고 잠시 있자 땀을 뻘뻘 흘리며 방금 전에 안내를 했던 선생님이 나타나셨다. 그러고는 나를 지목하며 말하셨다.

"일단 오늘은 일찍 귀가하라고 한다, 그리고 카라엘라? 너는 내일 교장 선생님께서 보자고 하신다."

나는 예상대로의 흐름에 눈을 감았다. 이대로는 조금 위험했다. 음악에 재능이 없다는 것은 예전부터 잘 알고 있었다. 그럼에도 음악이라는 것이 너무 좋아서 부족한 실기 대신에 더욱 공부를 해서 겨우 들어온 곳이 이 곳이었다. 학생들도 선생님들도 재능 없는 나를 안 좋게 생각했었다. 그런데 이런 큰일을 벌였으니……. 입술을 깨물었다. 오늘부로 학교를 나가야할지도 모르겠다는 생각까지 이르자 눈앞이 캄캄해졌다. 오늘 있었던 것은 학교의 자존심이 걸린 이벤트 중 하나였다. 학교의 수준을 만인에게 보여주는 그런, 그런 것을 내가 망쳤다. 쉽게 넘어갈 일이 아니었다. 그럼에도 일단 나를 빤히 바라보고 있는 눈앞에 선생님께 작게 고개를 끄덕임으로써 대답을 표했다. 그러면서도 바이올린을 꼭 쥐었다. 이렇게 무엇인가라도 잡지 않으면 내 스스로가 무너질 것 같다는 생각이 들었기 때문이었다. 아직 까지도 방금 전에 충격이 가시지 않은 상태에서 또 다른 충격이 밀고 들어왔다. 이 충격이 온전히 전달되기 까지는 시간이 걸릴 테지만 당장으로도 나는 숨이 컥컥 막혀왔기 때문에 그때에 견뎌낼 수 있을 것이니 없을 것이니 하고 쉽사리 이야기할 수 없었다. 머리가 지끈지끈 아파왔다. 후 하고 한숨을 길게 내 쉰 후에 바이올린 케이스에 바이올린을 넣었다. 활의 조임을 풀어서 활도 넣었다. 그리고는 지퍼로 잠갔다. 다시 열어보고 싶은 생각이 들지 않았다. 어쩐지 이대로 다시는 열지 못할 것 같다는 불안감이 치고 올라왔다. 하지만 애써 고개를 저었다. 어쨌든 적어도 확실한 건 지금으로썬 케이스를 열었다간 스스로 감당할 수 없을 것 같다는 사실이었다. 나는 비밀이라도 감추듯이 꼭꼭 잠갔다. 그리고 고개를 들었을 때는 주위엔 아무도 없었다. 모두 그 사이에 빠져 나간 것 같았다. 나도 더 이상 앉아 있을 순 없다고 생각하고 일어섰다. 다리가 후들후들 떨렸다. 생각해보면 난 지금에서야 공연의 두근거림이 와 닿은 것일지도 모르겠다고 생각했다. 그런 생각을 하니 괜히 웃음이 핏 하고 새어나왔다. 그럴 때가 아닌 건 아는데, 이렇게라도 웃지 않으면 답답해서 어쩌나. 나는 밖으로 나와서는 학교로 돌아가는 길을 향했다. 좋건 싫건 간에 기숙사로 돌아가야 하기 때문이었다. 사실은 기숙사에 돌아갈 자신이 없는데, 돌아가면 정리해야 할지도 모르잖아…… 하는 것이 자꾸만 발걸음을 늦추었다. 그런 생각이 발목을 잡고 놓지 않는 것은 아닌지 하고 생각했다. 질퍽질퍽한 사상들이 발목을 휘감고 그대로 콘크리트 안으로 쑥 하고 들어가서 사라져 버리는 자신을 생각하고 웃었다. 그렇게 되면 오늘 일에 대한 책임은 묻지 않고 그대로 사라지려나? 나는 퇴학당하지 않은 채로, 영원히 학교의 학생으로 기억되겠지. 물론 엉망진창의 말괄량이로 기억되겠지만……. 그런 실없는 생각을 하고 있을 때 늘 다녔던 길에 보지 못했던 건물이 하나 들어와 있었다.

"……어라? 여기에 악기상이 있었던가."

나는 눈을 깜빡이며 가게를 쳐다보았다. 어쩐지 주변 건물들과는 조금 이질적으로 옛 동화에서 나올 법한 느낌의 가게였다. 실제로 가게의 이름은 '신데렐라'였다. 신데렐라라니, 뭐야. 음악과는 관계도 없는데. 건물은 하늘하늘한 색깔이었다. 유리구두가 떠오르는 그런 느낌이었다. 들어가면 나도 홀

룡한 공주님이 될 수 있을까, 하는 바보 같은 생각을 하며 가게 안에 들어섰다. 새삼 살 악기도 없는데……. 유리문을 슬쩍 미니 딸랑딸랑하고 문에 달려 있던 방울이 울렸다. 둥근 안경을 쓴 할아버지가 힐끗 쳐다보더니 다시 신문으로 시선을 옮겨서 신문을 펄럭였다. 나는 가게를 이리저리 둘러보았다. 뭐야, 가게는 새로 지은 것 같더니 악기들엔 먼지가 잔뜩 쌓였어. 사실 신데렐라는 공주님이 된 유리 구두를 신고 드레스를 입은 신데렐라가 아니라 잿투성이의 신데렐라였던 모양이라는 생각을 하며 실소를 흘렸다. 그러다가 바이올린에 눈이 갔다. 바이올린도 먼지에 쌓여서 쿨럭쿨럭 하고 기침을 뱉고 있었지만 왠지 시선이 떨어지지 않아서 천천히 다가섰다. 그리고는 원래 내가 들고 있던 바이올린 케이스를 잠시 바닥에 내려놓은 뒤 진열된 바이올린을 들어 목에 괴고 활을 들고는 바이올린을 연주했다. 아니 내 딴엔 연주였는데 뱉어내는 음색은 하나같이 삑 삑 하는 소음뿐이었다. 스스로도 왠지 민망해져서 바이올린을 원래 자리에 내려놓았다. 주인 할아버지는 내가 연주를 하자 신문에서 눈을 거두고는 잠시 쳐다보았다. 그러다가 내가 내려다 놓으니 얼핏 웃는 표정을 짓는 듯했다. 그러나 희미해서 착각이리라 생각했다. 할아버지는 신문을 접어서 내려놓더니 나를 향해 처음으로 말을 걸었다.

"그거 살 건가?"

말을 걸었다고 하기에도 애매한 이야기였지만. 나는 할아버지의 말에 잠시 생각해 보았다. 살 생각은 없었지만 어떻게 말로 표현해야 할지 잘 떠오르지 않아서 눈을 이리저리 굴리다가 궁리 끝에 말은 하지 않는 것으로 결론 냈다. 그리고는 고개를 살짝 저었다. 할아버지는 '흐음' 하는 소리를 내더니 내게서 시선을 거두었다. 그렇다고 다시 신문을 펼치지는 않았다. 나는 카운터를 거쳐 문으로 나가는 도중 할아버지가 읽던 신문에 문득 시선이 갔다. 자세히는 몰랐지만 신문은 오늘 날짜로부터 10년이 지난 날짜가 써 있는 엉터리였다. 낡은 악기를 가지고 있는 사람답다고 나는 생각했다. 엉터리 신문이나 읽고 있고. 나는 고개를 휘휘 젓고는 문을 열고는 밖으로 나왔다. 마음이 조금은 진정된 것 같았다. 나는 아까보다는 조금 빠른 걸음으로 학교로 향했다. 내가 다니던 – 앞으로는 어찌 될지 잘 모르겠으나 – '음악학교' 말이다. 나는 자연스럽게 학교에 들어섰다. 그리고는 언제나처럼 잠시 동안 교문에서 서성거렸다. 여기서 가만히 있으면 성악이든, 악기든 누군가가 만드는 음악이 내 주변에까지 닿았다. 그런데 웬일인지 오늘은 들리지 않았다. 어쩌면 마지막이 될지도 모르기 때문에 나는 될 수 있다면 많은 음을 들어둘 생각이었다. 그런데 소리가 들리지 않으니 눈을 껌뻑껌뻑하는 것이 다였다. 설마 내게 음악을 들려주고 싶지 않아서 연주를 멈추지는 않았을 것 아닌가! 나는 예상치 못한 상황에 판단이 서지 않았다. 마치 아까의 일처럼. 마음이 불안해졌기 때문에 나는 정말로 음악이 필요해졌다. 그런데 음악이 없으니 나는 음악을 억지로라도 만들어 내야 했다. 그런 생각에 바이올린을 찾으니, 케이스가 없었다. 바이올린을 연주했을 때 내려놓으면서 가게에 두고 온 것이었다. 머릿속이 엉망진창으로 얽히기 시작했다. 그러니까⋯⋯. 음악이 없다. 내 주변에는. 깨닫는 순간 위기감마저 들 지경이었다. 음악에 전혀 재능이 없는 나는 사실은, 음악이 없으면 안정되지 못하였다. 그래서 놓을 수 없었던 건데, 지금은 주변에 음악이 없었다. 찾아야 했다, 내 악기를. 내 스스로 나를 안정시킬 수 있는 음을! 서둘러서 발걸음을 옮겼다. 무심하게 지나쳤던 거리를 다시 되돌아가는 것은 마치 비디오테이프를 되감기 하는 듯한 느낌마저 들 정도였다. 하지만 우습게도 그것이 아니라는 것을 깨달은 것은 본래 '신데렐라'가 있어야 할 자리에 이르러서였다. 내 기대와는 완전히 반대로 가게가 있어야 할 자리는 텅 빈 곳이었다. 마치 12시가 지나서 풀려버리는 마법과 같이. 나는 머리가 핑잉 돌았다. 정말 말도 안 되는 이야기였다. 마치 판타지 소설에서 벌어질 법한 이야기들이었으니까. 분명 내가 착각했음이 틀림없다. 나는 스스로에게 그리 중얼거리고는 내 앞을 지나가고 있던 한 아주머니의 등을 손으로 툭툭 쳤다. 아주머니는 몸을 홱 돌려서 나를 내려다보았다. 손에는 식료품이 가득했다. 무거운 모양인지 표정을 찡그리고는 아주머니는 내게 말했다.

“무슨 일이냐, 꼬마야.”

나는 아주머니의 퉁명스러운 반응에 우물쭈물하면서도 내 음을 찾아내는 것이 가장 중요하다고 생각했기 때문에 머뭇거리며 입을 뗐다.

“혹시 ‘신데렐라’가 어디에 있는지 알고 계세요? 제가 길을 잘 못 찾아서요…….”

말끝을 흐릿하게 흘리면서 불안함을 이기지 못하고 손을 만지작거렸다. 아주머니는 내 말에 그 찡그렸던 표정을 풀고 픗 웃더니 식료품을 오른손으로 옮기고 남은 왼손으로는 내 주황빛 도는 머리칼을 쓰다듬었다. 그리고는 천천히 말했다.

“신데렐라는 동화책 속에 있겠지. 서점이라면 저 쪽 골목에 있단다. 그리고 혹시나 네가 찾는 것이 현실의 신데렐라라면…….”

아주머니의 말을 급히 끊고 내가 끼어들듯이 말했다. 아니야, 아주머니는 확실히 착각하고 있었다. 어린아이들이 꿈과 현실을 구분 못해서 묻는 그런 게 아니란 말야.

“아니요, 제가 찾는 것은 악기상인데요!”

내 말에 아주머니는 당황한 듯이 두 눈을 꿈뻑꿈뻑거렸다.

예전에 어느 시골에선가 보았던 소가 두 눈을 감았다 떴을 때에 모습이 생각되었다. 아주머니는 같은 표정으로 나를 쳐다보고 있었다. 그리고는 한동안 말이 없더니 인상을 찌푸렸다가 두 눈을 이리저리 굴렸다가를 반복했다. 나는 아주머니의 반응에 손에 차는 땀을 옷에 문질렀다. 무엇을 그리 망설이시는 거예요. 길을 잘못 들었다고, 저쪽 골목이라고 말씀해 주시면 되는데. 내가 그런 생각을 하는 동안 아주머니는 입을 뗐다.

"악기……상? 그게 뭐지?"

허? 아주머니의 반응에 입을 벌리고 그녀를 바라보자 그녀는 난감한 듯이 나를 쳐다보더니만 한 마디를 툭 뱉었다.

"요즘 애들 말은 잘 몰라서."

그리고는 내가 반응이 없자 이상하다는 듯이 바라보았다. 그리고는 다시 식료품을 들고 몸을 돌렸다. 아주머니가 멀리 멀리 걸어갈 때까지 나는 정신을 차릴 수 없었다. 악기상이 뭐냐니. 나는 예상치 못했던 반응에 사고회로가 정지한 듯 했다. 그래, 모를 수도 있을 거야. 납득이 되지 않지만 억지로 스스로를 납득시키고는 나는 다른 이를 찾아서 물어보기로 했다. 하지만 몇 번 그 행위를 반복했음에도 불구하고 어른들, 아이들 할 것 없이 반응은 같았다. 처음 듣는 듯한 표정으로 그게 무엇이냐고 되물었다. 물론 혹자는 '장난하지 말고

썩 꺼져'라는 둥의 험악한 반응을 보였지만. 이 일이 반복되
니까 점점 비현실적인 일인데 아주 의식 건너편에서 조그맣
게 말하던 '그것'이 현실이 되는 듯한 느낌이었다. 음악학교
의 사라진 소리, 존재하지 않는 악기상-심지어 악기라는 이름
조차 낯선 듯한 반응을 보였다, 사라져버린 가게. 모든 것이
얽혀져서 판타지 속으로 나를 이끌고 들어왔다. 이곳에는 음
악이라는 것은 없어, 하고 세상이 내게 중얼거리는 듯했다.
너무나 두려웠다. 음악이 없는 세상 같은 건. 하지만……. 고
개를 휘휘 저었다. 하지만 다시 내 머릿속에서는 단어 하나가
톡 튕겨 나오는 듯이 머리를 통통 튀어 다녔다. 하지만…….
나는 주먹을 꼭 쥐었다. 그리고는 스스로에게 중얼거렸다. 네
가 신데렐라가 된 거야. 열두 시가 되면 마법이 풀릴지도 모
르지만, 지금의 너는 주인공이 된 거야. 세상에 음악을 전파
할 의무를 가진! 나는 일종의 희열로 몸을 파르르 떨었다. 이
럴 때가 아니었다. 내가 가진 것을 서둘러 적어서 모두에게
알리고, 모두에게 나를 알려야해. 그런 생각에 나는 내가 되
돌아 온 속도보다도 더 빠르게 학교로 돌아갔다. 음악이 사라
진 세계라 학교는 무엇이 되어 있는지는 잘 모르겠지만 어쨌
든 내 학교라는 생각에 조금은 불안했지만 돌아섰다. 나는 아
까처럼 교문 앞에서 서성이지 않고 곧바로 기숙사로 향했다.
무엇이 달라졌는지를 눈으로 보지 않으면 와 닿지 않을 것 같
았다. 기숙사는 비교적 고요했다. 평소와는 다른 이질감에 그

럴 줄 알았으면서도 머뭇거리게 되었다. 잠시 머뭇거리던 나
는 '1200'이라고 쓰여 있는 내 방의 문을 열었다. 룸메이트는
이 전 세계에서 정말로 뛰어난 성악가였다. 예쁜 음을 내는.
그녀는 나를 멀뚱멀뚱 바라보다가 한숨을 폭 내쉬었다. 그녀
는 책상에 앉은 채였다. 책상 위에는 이런저런 책들이 널브러
져 있었다. 다른 학교와 다름없는 그런 교과서 같았다. 그러
더니 그녀는 느닷없이 내게 말했다.

"카라엘라, 너는 좋겠다."
나는 그녀의 말에 눈을 꿈뻑꿈뻑 거리고는 그녀를 바라보
았다. 납득이 되지 않았다. 그녀는 내가 닮고 싶은 이 중 하나
였다. 나는 그런 그녀에게서 그런 말을 들을 줄은 몰랐기 때
문에 그녀를 물끄러미 바라보았다. 그러자 그녀는 혼잣말하
듯 중얼거리기 시작했다.

"공부도 잘하고, 글도 잘 쓰고……. 그래서 선생님들한테
예쁨도 받잖아."
"뭐?"
나는 당황해서 나도 모르게 되물었다. 본능적인 질문이었
다. 전혀 예상하지 못했던 것에 대한 의문. 하지만 그녀는 내
의문을 풀어주기 보다는 속풀이를 하는 듯이 길게 한숨을 쉬
고는 중얼거렸다.

"……후우, 닮고 싶다, 정말."

　그녀는 그 말을 끝으로 다시 고개를 교과서에 쳐 박고 공부를 하는 것인지 낙서를 하는 것인지 손을 바쁘게 놀렸다. 나는 그런 그녀의 반응에 그녀를 힐끗힐끗 보고는 머뭇거리며 내 '메모장'을 찾았다. 내 메모장에는 신기하게도 내가 이전에 적어두었던 짤막짤막한 음악에 대한 상식들이 적혀있었다. 나는 그 메모장에 최대한 내가 아는 음악에 관한 것들을 적어 내려가기 시작했다. 발성법, 연주법, 이론, 악보까지. 무엇하나 정확히는 기억나지 않았지만 나름대로 기억나는 것들을 써내려가기 시작했다. 얼마나 정신없이 써 내려 갔는지는 모르겠지만 공책을 빼곡히 채우고도 모자라서 다른 공책을 찾아서 더 채워 넣기까지 했다. 공책을 두 권에서 세 권정도 다 쓰고 났을 때는 팔이 저릿저릿 아파왔지만 가득 채워진 공책을 보며 히쭉 웃었다. 물론 모자라다는 것은 스스로 알고 있었다. 하지만 이곳에는 나 외에 아무도 이것을 알고 있지 않다는 것을 알았다. 이 정도로만으로도 전해야한다. 나는 시간이 꽤 지났음을 확인하고 공책들을 챙겨서 내려갔다. 밖은 어둑어둑 했다. 그럼에도 조금 가벼운 마음으로 학교 본관으로 이동했다. 이걸 보여줄 사람을 찾아야 한다. 가장 내 이야기를 잘 들어줄 것 같은 사람 – 아이러니하게도 그건 나를 쫓고 싶어 했던 교장 선생님이었다. 그의 음악사랑은 엄청났으니까. 나는 3층에 있는 교장실로 머뭇거리며 이동했다. 그러고 보면 오늘 아침에 교장 선생님을 뵐 일을 만들었는데, 괜찮은 걸까 싶었지만 어쩔 수가 없어서 문을 똑똑 두드리고는 '들어와.'라는 교장 선생님의 말을 기다렸다. 교장 선생님은 조금 후에 '들어오세요.'라고 이야기 했다. 나는 천천히 문을 열고 교장실 안으로 들어섰다. 교장 선생님은 여태까지 내가 전혀 보지도 상상치도 못했던 인자하고 웃음 가득한 표정으로 나를 맞았다. 그리고는 반가운 듯이 말했다.

"카라엘라? 간만이구나. 무슨 일로 온 거지?"

간만이라고 인사할 만큼 가까운 관계가 아니었다는 것을 기억하는 – 오히려 적대적이었다면 모를까 – 나는 머뭇거리며 교장 선생님께 공책 세 권 정도를 내밀었다. 그리고는 천천히 물었다.

"저어 이것에 대해서 어떻게 생각하세요?"

내가 손을 바들바들 떨며 내미는 공책에 교장 선생님은 대수롭지 않게 공책을 받고서 작게 웃고는 편안한 말투로 말했다.

"안 풀리는 수학 문제가 있는가 보지? 어디 보자."

교장 선생님은 공책을 받아서 부드럽게 넘기었다. 한 페이지, 두 페이지. 편안해 보였던 선생님의 표정이 살짝 굳었다. 그리고 눈을 크게 떴다가 이리저리 눈을 굴렸다가하면서도 공책을 읽어 내려갔다. 그 반응에 조금 불안해졌다. 이곳에서 나는 우등생인 것 같았다. 그렇다면 그냥 그 것으로 족하는 것도 괜찮았을 텐데……. 괜한 짓을 했던 것일까. 그렇게 불안해하고 있을 때 그는 한 공책을 다 읽고 두 번째 공책을 읽고 있었다. 그리고는 그것도 빠르게 읽은 후에 세 번째 공책까지도 읽어 내려갔다. 그때까지 그는 아무 말도 없어서 나는 불안해하며 손을 덜덜 떨었다. 마지막 공책을 다 읽은 그가 공책을 덮고 심각한 표정으로 내게 물었다.

"……이런 것은 어디서 알게 되었지?"

나는 그의 아까와는 다른 가라앉은 목소리에 몸을 흠칫 떨었다. 생각해 보면 음악이 없었던 것이 아니라 음악이 금지되었던 걸지도 모르겠다는 생각이 그제야 미쳤다. 스스로의 행동이 가벼웠음을 깨닫고 자책하면서도 나는 덜덜 떨리는 목소리로 입을 뗐다. 마치 마법에 풀린 신데렐라가 된 것 같은 기분에 휩싸였다.

"저……, 스스로 생각해서요. 그게 잘못한 일이라면."

내 말이 채 끝나기도 전에 그는 내 두 어깨를 턱 잡으면서 흥분한 표정을 지었다. 그의 눈에 열기가 띄었고 얼굴이 살짝 상기되어 있었다. 나는 멍하니 그를 바라보았다. 그는 큰 소리로 외쳤다.

"이건 굉장한 발견이야! 신(新)학문이라고!"

……응? 적응이 안 된 것 같은 표정을 짓고 있자 교장 선생님은 내게 이 학문의 이름을 붙여달라고 빠른 목소리로 말했다. 나는 적응이 되지 않아서 눈을 이리저리 뱅글뱅글 돌렸다. 어질어질한 기분마저 들었다. 하지만 나는 이 학문의 이름을 '음악'이라고 설명하는 데까지 성공했다. 그는 알았다면서 내 어깨를 툭툭 쳤다. 해낼 줄 알았다면서, 역시 너는 이 학교의 자랑거리라면서.

그 일이 있은 지 얼마 되지 않아 교장 선생님은 제법 인맥이 넓었던 것인지 여기저기에 소문이 돌기 시작하더니 한 달 후에는 매스컴까지 내 공책과 이야기가 흘러들어갔다. TV, 라디오 할 것 없이 모두 천재소녀라며 떠들어댔다. 그 와중에 나는 그 공책을 바탕으로 책을 써보지 않겠냐는 한 유명한 출판사에 제안을 받아 책까지 냈다. 승승장구였고, 그야말로 내 인생에 있어 최고의 정점이었다. 학교에서는 나를 여전히 천재소녀, 학교의 자랑이라며 떠받들어 주었다. 나는 그런 말들에 제법 우쭐한 기분에 휩싸였다. 그런데 정말 아이러니한 건 이렇게 음악 덕에 자신이 승승장구 할 수 있는 것임인데도 내가 음악을 잘할 수 없었을 때는 그렇게나 음악을 찾았는데 막상 음악을 통해서 정점을 이루자 음악에 소홀해졌다는 사실이었다. 나는 그 사실을 인정하고 싶지 않아서 부정해 보았지만 그리 쉽지는 않았다. 그러면서도 나는 악기까지 만들어 내었다. 피아노 같은 큰 것은 만들 수 없었다. 간단한 타악기에서 시작해 실로폰, 플룻 같은 부는 악기 정도까지는 만들어낼 수 있었다. 그러자 대중은 더욱 내게 열광해서 나를 통해서 홍보를 하고 나를 부르고……. 돈을 생각할 수 없을 만큼 벌었고 명예라면 그에 비할 것이 없었다. 나는 우쭐한 기분에 휩싸였다. 그러다가 하루는 학교 복도를 지나가다가 달려오던 한 아이와 세게 부딪혔다.

"앗!"

아이는 나를 바라보더니 새파랗게 질린 얼굴로 귀신이라도 본 것처럼 말을 더듬더듬 거리면서 죄송하다고, 정말 죄송하다고. 감히 카라엘라님께 무례를 끼쳤다며 무릎까지 끓었다. 나는 그 광경에 충격을 받아서 멍하니 서있었는데 그러자 다른 주위에 있던 아이들은 그 아이를 손으로 지목하면서 외쳤다.

"우둔한 열등생 따위가!"

그러면서 아이를 비난하기 시작했다. 순식간에 벌어진 일에 말리지도 말릴 수도 없었다. 머리가 어질어질해지기 시작했다. 내가 바란 것은 이런 것이었나? 그랬나? 그 이전까지 내가 받던 취급은 저런 것이었는데……. 하지만 나는 애써 군중들 사이로 몸을 숙이고는 아이들에게 이야기했다.

"아파, 멍들지 않았으면 좋겠는데……."

그래, 아프니까 당연한 거야. 내 말에 아이들은 더욱 더 그 아이를 비난하고 괴롭혔다. 나는 죄책감도 들 만했지만 우습게도 나를 둘러싼 이 상황에 어찌 보면 희열을 느끼고 있었다. 말 한마디만 하면 누구든 어떻게 할 수 있다. 내가 이렇게나 훌륭해졌다. 하는 스스로에 대한 칭찬과 희열. 나는 그 희열에 몸을 맡긴 채 죄책감을 한편에 몰아넣어두었다. 그리고는 이 힘이 잠시가 되지 않도록 필사적으로 음악을 발전시키려고 노력했다. 하지만 쉬운 일은 아니었다. 기본적인 무엇인가가 조금 만들어지자 다른 이들이 개떼처럼 몰려들어서 발전 속도가 점점 빨라지고 있었다. 조금 지나버리면 내 자리는 없을 것이다. 나는 악기를 만들어 내야했다. 더 이상의 이론 지식은 가지고 있지 않았으니까. 나는 정말 엉터리 같이 만든 기존 악기의 변형들을 내놓기 시작했다. 자세히 배우지 않은 악기조차도. 하지만 군중들은 거기에 열광했다. 나를 굉장하다고 말했다.

"……굉장하다고?"

나는 사람들이 텔레비전에서 외치는 나에 관한 굉장한 찬양 같은 것을 보면서 쓴웃음을 지었다. 그리고 내가 만든 악기를 연주해 보았다. 소리가 시끄럽게 울려대었고 예쁜 기존의 음은 존재하지 않았다. 음이탈도 빈번했고 소리도 고르지 않았다. 듣고 싶지 않아서 그만두었다. 이것이 굉장하다고, 이런 게? 점점 나는 스스로에 대한 불신이 피어나고 있음을 본능적으로 깨달았다. 동시에 한 번 스스로에 대한 과신이라는 방어벽이 무너지자 죄책감이 그 틈을 타서 머리끝까지 찌르고 들어왔다. 몸을 파르르 떨었다. 나 무슨 짓을 한 거야? 스스로에 대한 혐오감에 몸을 떨었다. 이중적이야, 그렇게나 스스로가 열등한 입장에 있을 때는 이런 건 옳지 않다고 격렬히 비판해놓고서. 눈물이 뚝뚝 떨어지기 시작했다. 이런 걸 바란 게 아니었는데, 이런 게 아니었는데……. 화면이 바뀌면서 엉터리 음악이 지잉지잉 하고 울려댔다. 내가 연주하는 음을 가르치는 학원의 모습이 비추고 있었다. 이런 건 음악도 아니었고 이런 나는 재활용조차 할 수 없는 쓰레기 같았다. 돌아가고 싶었다. 돌아가고……. 나는 그제야 내가 마지막에 잃어버렸던 바이올린을 만들기 시작했다. 하루, 이틀, 삼일. 시간이 계속해서 흘렀지만 어찌 해야 할지에 대해서는 조금 막막했다. 하지만 그럼에도 열심히 만들어가고 있었다. 가장 나와 가까웠던 내 악기. 한 달이 지나고 매스컴에서도 이제는 조금 잠잠해져서 나를 신격화하고 있지는 않았다. 하지만 그럼에도 계속해서 내 자리가 크게 느껴졌다. 내 음들이 아직도 세계에는 흐르고 있었다. 귀를 틀어막고 싶었다. 이런 건 음이 아닌데……. 그 상태로 다시 두 달, 세 달…… 실패해 실패를 거듭해서 일 년이 지나자 나는 이제야 조금 내가 가지고 있던 것에 가깝게 바이올린을 만들어 낼 수 있었다.

"만약 돌아가게 된다면 그때는……. 현실에 투정부리지 말고 최선을 다하자."

그렇게 스스로에게 중얼거리며 나는 바이올린 활을 잡았다. 그리고 부드럽게 그어 내리기 시작했다. 물론 그랬지만 내겐 재능이 없었기 때문에 소리는 유리컵 깨질듯이 울려대었다. 하지만 상관없었다. 나는 음을 연주했다. 십 분, 이십 분, 삼십 분. 소리를 연주하면서 나는 점점 기억해낼 수 있었다. 내가 진짜로 찾아다녔던 것은, 그 음은……. 얼마나 연주했는지도 모르겠고 기억도 잘 나지 않았다. 어느 순간 나는 지쳐서 스스로를 놓았다. 눈앞이 깜깜해지고 의식이 흐려졌다.

"어이, 카라엘라! 어이, 멍청이!"

……흐린 의식 속에서 나는 급히 눈을 떴다. 주변에 아이들이 킥킥거리고 있었다. 선생님은 나를 아니꼬운 듯이 쳐다보고 있었다. 설마, 모두 꿈? 나는 두 눈을 깜빡거리며 주위를 둘러보았다. 내가 있던 곳에서 달라진 게 없었다. 하지만 정묘한 악기라든지 아이들의 태도 라든지를 봐서……. 꿈이었구나. 나는 안도의 한숨을 내쉬었다. 그러면서도 다시 백조에서 오리로 돌아온 것이 아쉽기도 했다. 하지만 쓴 입을 지우고 웃었다. 꿈에서 내가 스스로에게 중얼거렸던 말, 돌아오게 되면 최선을 다하자고 했던 말을 스스로에게 되뇌면서. 나는 아이들이 뒤로 넘겨준 악보를 받았다. 그리고 악보를 눈으로 보고 읽었다. 어라, 응? 사고 회로가 정지되었다. 손이 탁 풀

려서 악보를 떨어트리고 말았다. 그리고는 응축되어 있던 소리가 터져 나오듯이 큰 소리가 울렸다.

"꺄아아아아아아악!"

내가 지른 비명에 아이들은 모두 일제히 뭐야? 하는 표정으로 나를 아니꼽다는 듯이 바라보았다. 하지만 그런 것에 신경 쓸 여유가 전혀 없었다. 나는 손을 바들바들 떨면서 떨어진 악보를 바라보았다. 그럴 리가 없을 텐데, 모두 꿈이었을 텐데…….

악보에 적혀 있던 것은 내가 엉터리로 만들어 내었던, 그 음이었다.

티라노사우루스

최아영 효명고등학교

이상한 일이었다. 한 치의 오차도 없는, 오히려 흠이 있다는 게 이상하게 느껴질 정도로 완벽하기 그지없는 동물이 계속해서 죽어나갔다. 인생 최고의 작품이라 생각되던 것이 어찌된 일인지 눈을 뜨고 서너 시간만 지나면 픽픽 쓰러지는 것이었다.

'어느 부분이 잘못된 거지?'

손실러는 이제 거의 포기 직전의 표정으로 턱을 괴고 삐딱하게 앉아 그동안의 실험내용을 빼곡이 적은 실험일지를 내려다보았다. 체형, 장기의 이음새, 필수 구성요소의 여부, 호르몬과 기타 여하 항목들. 무엇 하나 빠지지 않는, 거의 완벽함에 가까운 내용들. 그럼에도 불구하고 동물이 죽어나가고 있으니 어딘가 분명 잘못 되었을 것이다. 다시 한 번 항목들을 훑어보며 손에 들고 있던 칼의 끝으로 일지를 톡톡, 간헐적으로 불안정하게 두드렸다.

- 동물 (V) 식물 ( )
  : 겉이 딱딱한 껍질로 둘러싸인 것. 성체의 크기는 약 2천 니테르루. 날카로운 이와 다리에 비해 상대적으로 앞다리가 짧은 것. 뇌가 작아 사고력이 없으며 동족도 먹는 것.
- 생활 환경 특이사항 : 없음 (흔제술과 동일)
- 사례 가능 금액 : 5경 쿨롱

몇 번을 읽었는지 짐작하기 어려울 정도로 손때가 덕지덕지 묻은 의뢰서를 다시 한 번 읽은 손실러는 속에서 우러나오는 깊은 한숨을 내뱉을 수 밖에 없었다. 따지고 보면 이 모든 일의 원인은 자신이었다. 최근 의뢰가 줄어 생활이 궁핍해지고 있었던 데다가 동식물 제조사로써 약 150년 간의 경력 동안 5경 쿨롱이라는 막대한 사례금을 만져본 일이 없었기에 사전 조사도 없이 덜컥 하겠노라고 한 자신의 성급함이 벌인 일이었다. 평소의 그였다면 약 일주일 간의 시간을 가져 실현이 가능한 생물인지 여부를 판단한 후 자신의 기호나 흥미에 맞춰서 신중하게 의뢰서를 골랐을 것이다. 이 의뢰는 불가능한 의뢰였는가? 그런 것만도 아니었다. 지금 자신의 뒤통수 바로 뒤쪽 책장에 죽 꽂혀있는 모든 제조서들과 과학서적들은 이 의뢰가 실현 가능하다고 아우성을 지르고 있었다. 그렇다고 이 의뢰에 구미가 당기지 않았던 것도 아니었다. 모든 동식물 제조사들 — 현재는 전 우주를 통틀어 자신 밖에 남지 않았지만 — 의 최종 목표는 가장 이상적인 생물을 만드는 것이다. 이번 의뢰는 그러한 자신의 목표에 딱 들어맞았다. 게다가 최근 공신력 있는 월간 생물학계 잡지인 《스트시라할》에서 5주 연속으로 다루고 있는 '뇌와 척수의 연결고리' 연구에 상응하는 의뢰였기에 더욱 관심을 가질 수 밖에 없었다. 결과적으로, 석연치 않은 부분이 있긴 했지만 이 의뢰에는 문제가 없었다. 그렇다면 정말, 무엇이 문제인 걸까?

"뚜, 뚜, 뚜, 뚜."

벌써 시아노박테리아들이 내뿜는 유독가스인 산소 밀도가 공기를 오염시킬 정도로 발산되고 있는 것인지 공기밀도측정계량기에서 위험 신호를 보내왔다. 최근 제조한 이것들은 우주 전쟁에 쓰인다며 유독가스를 스스로 만들 수 있도록 해달라는 부탁을 받았는데, 의뢰인이 전쟁 중 행방불명이 되는 바람에 하는 수 없이 혼제술에서 키우고 있는 중이었다. 그러고 보면 이들을 조립할 때도 꽤 애를 먹었더랬다. 워낙 크기도 작고 미세한 것에도 크게 반응했기 때문에 5분 간격으로 살균 처리를 해줘야 했다. …살균 처리? 가스흡입기로 유독가스를 빨아들이다가 문득 든 생각에 모든 몸의 움직임을 멈췄다. 혹시 제조나 조립 과정에서 원치 않은 바이러스라도 유입이 된 걸까. 여지껏 생각해 보지 못한 대답이 머릿속에 떠오르자 저도 모르게 작게 탄성을 지르며 가스흡입기를 등 뒤로 내다던졌다. 어떤 생명체이든 우주에서 살기 좋기로 소문난 흔제술이기는 했으나 미생물 하나가 접근하기 힘든 정도는 아니었다. 그러고 보니 예전에 온도가 없는 곳에서도 살 수 있는 바이러스를 발견했다는 논물을 본 것 같기도 하고……. 아리송하고 흐릿한 기억에 흐음, 칼끝으로 턱을 쓸며 기억해 보려 애썼지만 영 기억이 나지 않아 찾아봐야겠다고 생각하 며 자리에서 일어났다. 실험을 한답시고 오랫동안 앉아 있던 탓인지 목 뒤쪽부터 척추를 지나 꼬리뼈 끝까지 피로함이 흘 렀다. 끙, 앓는 소리를 내며 찌뿌둥한 몸을 돌려 검은 벽을 타 고 걸었다. 항상 실험에 필요한 서적은 바로 뒤의 손이 닿는 곳에 두는 탓에 서재로 가는 건 실로 오랜만이었다. 이윽고 흰 벽이 나타나자 손실러는 걸음을 멈추고 아무렇게나 쌓여 있는 책들 틈새로 이리저리 뒤적거리다가 책장에서 초록빛 먼지 낀 책 한 권을 발견하곤 반갑다는 듯이 꺼내들었다.

『초보를 위한 동식물 제조 유의사항 기본서』라. 얼마 만에 보는 책인지 감이 잡히지 않았다. 이왕 서재에 온 거, 옛 추억 이나 회상할 겸 한 번 읽어 볼까? 책은 먼지에 휩싸여 있어 얼핏 보면 흔제술 바깥을 떠도는 먼지 구름들을 손으로 쓸어 모은 것 같았지만, 표지와 책장에 낀 먼지들을 손끝으로 슥, 대충 훑어내니 제법 책 느낌이 났다. 끈끈하고 뜨끈한 끈적이 가 단단하게 굳은 채로 책장 사이에 붙어 있어 책장을 열 수 없었다. 아마 자신이 초보이던 시절에 만든 실패작인 '달의

팽이'의 흔적이 분명했다. 젠장, 끝까지 나를 괴롭히는 군. 손 실러는 속으로 욕지꺼리를 하며 귀 뒤에 꽂아둔 칼로 책이 상 하지 않게 조심히 그 물질을 떼어냈다. 갖은 고생 아닌 고생 들을 하며 겨우 펼친 책을 첫 장부터 좌르륵, 읽지도 않고 넘 기다가 빛바랜 작은 쪽지가 꽂혀 있는 페이지에서 손가락의 움직임을 멈추었다.

"용암. 매우 위험."

꽂혀 있는 쪽지를 중얼거리며 뚫어지게 쳐다보다가 책을 덮었다. 언젠가 스승님께 들은 기억이 있다. 흔제술에 가장 치명적이며, 심한 경우 흔제술을 없애버릴 수도 있는 물질이 있다는 것을. 어린 나는 그 말에 지레 겁을 먹곤 조심해야겠 다고 생각하며 떨리는 손으로 그 이름을 작은 쪽지에 적은 후 그것을 잊지 않겠다며 책갈피마냥 사용했었다. 그러다가 어 느 날 잃어버렸던 것으로 기억하는데, 아마 이 책을 보지 않 게 되어서였겠지. 때 아닌 추억을 회상하며 꺼내든 책을 다시 원래 자리에 꽂아두었다. 추억 회상이야 언제든지 할 수 있는 것이었지만, 의뢰는 적당한 시기를 놓치면 실험 자체가 중도 포기 되거나 완성 하더라도 절반 정도의 의뢰비를 받는 경우 가 허다했다. 걸음을 옮겨 지난 150년 간 자신에게 한 번만 읽어달라며 날아왔던, 혈기 왕성한 후배들의 논문들을 모아 둔 책장으로 갔다. 논문은 시시하다고 생각하며 잘 읽지 않았 기에, 어디선가 읽어본 논문이라고 기억이 난다면 이 중에 하나일 수밖에는 없었다. 근 십여 년 동안에는 한 부의 논문도 온 것이 없어 자신 역시 그 기간 동안 이 책장에 온 적이 없는지라 앞길을 막아설 정도로 책장 자체에 먼지가 수북했다. 청소업체를 불러야겠군. 더럽다 못해 마치 버려진 것과 같은 모양새를 하고 있는 책장을 눈을 가늘게 뜨고 훑어보며 생각했다. 손을 휘둘러 대충 그것들을 헤쳐내곤 먼지 때문에 침침한 시야에도 굴하지 않고 논문을 찾기 위해 손가락으로 하나하나 가리키며 논문을 찾아 헤매었다. 논문들을 보낸 이의 이름 순으로 정리해두었지만, 내용을 찾기 위한 것이었기에 하나씩 꺼내봐야만 했다.

— 티라노, '흔제술에 대해 –파괴를 중심으로'

흔제술? 파괴를 중심으로?

하나씩 논문 제목을 훑어보며 지나가는데 처음 보는 것 같은데다가 전혀 흥미롭지 않을 수 없는 제목의 논문에 순간적으로 숨이 턱, 막혀왔다. 이 흔제술에 대해서 아는 사람은 우주에서 극히 소수이다. 흔제술은 대대로 단 한 명만이 살아왔고, 예외의 경우는 제자나 후세를 들이는 경우 정도였다. 때문에 자신 역시 스승님 이외에 흔제술에 살았었다고 할 만한 인물을 만나본 적은 없었다. 따라서 흔제술에 대해 논문을 쓴다고 한다면 분명 자신이 잘 아는 인물이거나 선대의 인물이

어야 한다. 하지만 티라노……. 어딘가 낯익긴 하지만 처음 보는 것 같은 이름인데. 손실러는 애초에 찾으려 했던 미생물에 관한 논문은 까맣게 잊어버린 채 의문의 논문을 손에 붙들고 다시 실험실로 내려왔다.

─ 흔제술. ㄱ우주 ㄷ번째 별. 우주에 현존하는 생명체가 살기에 가장 이상적인 공간. 현 거주자는 손실러. 흔제술의 거주자는 한 명 내지 두 명이며 직업은 모두 동식물 제조사이다. 흔제술에 살기 위해서는 아주 어릴 적부터 흔제술 거주자의 제자가 되어서 동식물 제조사가 되는 길 밖에 존재하지 않는다.

불친절한 논문. 목차조차 없는 논문이라니. 쯧, 하고 혀를 차며 아무 것도 쓰여져 있지 않은 맨 앞장을 넘기니 흔제술에 대한 세 줄짜리 간단한 요약이 써 있었다. 말이 요약이지, 이 정도는 흔제술에 조금이라도 관심을 가지고 있는 사람이라면 누구나 알 내용이었다. 겨우 이거 가지고 논문을 쓴다? 10장도 채 되지 않을 정도로 얇은 논문이기에 크게 기대하지는 않았지만 첫 장부터 이렇게 나오니 코웃음이 절로 나왔다. 흔제술에 대해서 논문을 쓴다고 했을 때부터 이런 퀄리티일 것이라는 것쯤은 알아봤어야 했는데. 자신의 과오를 비웃으며 페이지를 넘겼다.

― 흔제술의 단점. 현존하는 별들 중 생명체가 살기에 가장 이 상적인 공간이라는 것은 사실이지만 모든 생명체가 살 수 있다는 뜻은 아니다. 흔제술의 첫 번째 거주자인 사우루스는 흔제술이 아 닌 다른 별의 동식물 제조사에 의해 조직된 생명체였다. 사우루스 는 맨 몸으로는 흔제술에서 살 수 없었기 때문에 온 몸을 우주먼지 와 종이로 둘러싸고 생활했다고 한다. 이와 같이 흔제술에는 모든 생명체가 살 수 있는 것은 아니다.

말도 안 돼. 처음 듣는 이야기인데. 손실러는 하마터면 들고 있던 논문을 떨어뜨릴 뻔했다. 흔제술에서 살아갈 수 없는 생 물이 존재한다는 것에 대해서는 어느 정도 인정한다. 이번에 그 자신이 만든 생물이 바로 그런 류의 생물이었으니까. 하지 만 흔제술을 처음으로 발견하고 거주했던 사우루스가 그랬었 다는 사실은 처음 듣는 이야기였다. 심지어는 자신의 스승인 렉터도 흔제술의 역사에 대해 알려줄 때 단지 사우루스라는 사람이 처음으로 살았던 사람이라는 것만을 일러줬을 뿐, 그 이상도 그 이하도 알려 주지 않았더랬다. 놀라움으로 인해 다 물어지지 않는 입을 간신히 다물며 덜덜 떠는 손길로 논문의 다음 장을 펼쳤다.

거기에는 아무 것도 쓰여져 있지 않았다.
그 다음페이지에도, 그 다음도, 맨 마지막 페이지까지도.

손실러는 화가 나는 것과 동시에 극심한 호기심에 시달렸
다. 흔제술에 산 지 백여 년이 넘었지만 단 한 번도 흔제술에
대해 깊이 생각해 본적이 없었다. 단지 자신이 흔제술에 살고
있다는 것, 그 자체로도 엄청난 자부심을 느꼈기에 그랬을 것
이다. 우주에 하나 뿐인 공간이며 그 주인도 하나 뿐인 공간.
이 사실만으로 자신에게는 남들과는 다른 우월함이 있었으니
까. 손실러는 논문을 덮었다. 논문의 겉표지는 아까와 같았
다. 파괴를 중심으로. 손가락으로 한 글자 한 글자 쓸어보며
속으로 되새겼다. 파괴. 흔제술을, 파괴. 생각만 했을 뿐인데
구역질이 나면서 머리가 복잡해지는 기분이었다. 이미 충분
히 어지럽혀져 있는 책상 위로 논문을 아무렇게나 던져놓곤
펼쳐져 있는 실험일지를 끄집어 당겨 자신의 앞에 두었다. 사
우루스가 논문에 쓰여있는 것과 같이 정말로 흔제술에서 살
수 없는 신체를 지니고 있었다면, 그의 신체에 대한 자료가
현재 자신이 맡고 있는 이 의뢰를 완벽하게 끝낼 수 있을 것
이다. 하지만 그걸 어디서 구하지? 사우루스라는 최초 거주
자가 실존인물인지 여부 여하도 정확하지 않은 지금의 시점
에서 그런 것을 구할 수 있을 리는 없다. 더불어 흔제술의 최
초 발견 당시 모습 또한 알 수 없다. 현재와 같을지, 아니면
굉장히 원시적인 모양새였을지는 그 누구도 모른다. 흔제술
은 단 한 명의 거주자만이 있으니까. 손실러는 닿을 듯 말 듯,
애매하게 정답에 가까워지는 기분에 마른 세수를 했다. 사우

루스는 몸을 다른 물체로 감싸서 살아갔다고 했다. 아마 이유는 흔제술이라는 완벽에 가까운 환경을 보존하기 위해서였겠지. 그렇다면 환경을 바꾸면 되는 걸까?

손실러는 문득 책상 밑에 놓여있는 큰 상자를 내려다보았다. 그 안에는 여태껏 죽어나간 새끼 생명체들의 시체가 오밀조밀 뭉쳐서 쌓여 있었다. 어쩌면 이것들은 흔제술이라는 환경이 맞지 않아서 죽었던 걸지도 모른다. 손실러는 상자에 머물고 있던 시선을 돌려 앉은 자리에서 흔제술을 죽 훑어보았다. 여기는 왜 이렇게 생긴 거지? 다소 바보 같이 들릴 수도 있는 질문을 제 자신에게 던지며 한참동안 말 없이 벽들을 쳐다보고 있었다. 그러고 보면 이번에 만든 생명체들은 만들고 나서 몇 시간이 지나도 똑바로 제 발로 서 있지를 못했다. 흔제술에서는 디디고 있는 곳이 바로 바닥이면서 천장이기도 한데, 유독 그들에게만은 그렇지 못했다. 아무래도 실험을 해봐야 겠군. 속으로 중얼거리면서 손실러는 앉은 곳에서 가장 가까운 벽을 기다랗고 뾰족한 손톱으로 천천히 긁어냈다. 혼자 살기에는 흔제술의 크기가 그리 작다고 느껴지지 않아 스승님이 죽고 나서 벽을 파보는 것은 처음이었다. 손톱으로 벽을 긁어내자 안쪽에는 마치 동굴과 같이 울퉁불퉁하면서도 꽤나 깊숙한 공간이 형성되었다. 여기다가 해보면 되겠지? 새로 형성된 벽 안쪽의 구멍도 역시 흔제술이었기에 마찬가지로 어느 곳이던 그곳이 바닥이며 천장이었다. 손실러는 다시 한 번 기다란 손톱을 사용해 일직선의 선을 수평으로 주욱, 쉼 없이 그었다. 그러자 구멍 안쪽은 절반으로 갈라지면서 그 사이로 틈새가 생겼다. 손가락으로 쳐보니 그 틈새는 더 이상 바닥이 되지는 못했다. 이제 손실러는 곧 조립 직전의 생명체 부품을 서랍에서 꺼내들었다. 만약 잘못되면 좀 미안하긴 하겠지만, 그래도 해보는 거야. 혹시나 하는 마음에 손실러는 빠른 속도로 생명체를 이리저리 조립하며 마지막으로 붉은 액체를 주입한 후에야 손놀림을 멈추곤 그것을 조심스럽게 구멍에 넣어두었다. 이제 가만히 지켜보기만 하면 되는 것이었으나 거기서 멈춰 있을 수는 없었다. 손실러는 장장 다섯 시간이라는 시간동안 구멍 안쪽에 대한 정밀한 검사들을 마친 후 일일이 실험일지에 적어내려갔다. 고작 한 번의 실험이었음에도 자신의 팔뚝만한 실험일지를 세 장 가량 소비했다. 그만큼 구멍 안쪽과 그 틈새에 대한 것은 흥미로웠다.

달이 비추는 밤

최유현 세경고등학교

나는 평소처럼 하늘을 올려다보았다. 하늘은 평소와 같이 구름이 달을 가리고 달은 다시 빛을 비추고 있었다.

"아 추워."

추운 날씨에 오래 있지 못하고 집으로 들어갔다. 집으로 들어서자 나의 고양이 나비가 나를 반겨 나비를 꼭 껴안았다.

"심심한데 나비랑 놀아줄까?"

"야옹."

나는 나비와 놀아주다가 잠이 든 것을 확인하고는 방으로 들어가 나또한 잠을 청했다.

휘잉…….

아침부터 찬바람이 불어 눈을 떴다. 평소 아침에 눈떠서 하는 나비의 밥을 주기위해 나비를 찾았다.

"나비야 밥 먹자."

다른 날 같으면 벌써 나와야 할 나비가 나오질 않았다. 나는 어디에 숨었나, 하면서 나비를 찾으러 돌아다니다가 아까 나의 잠을 깨웠던 찬바람의 행방을 알 수 있었다. 창문이 열려 있었으며 방충망은 뜯어져 있었던 것이다. '설마…….' 나비를 찾던 나의 발걸음은 멈추었고 생각하는 동안의 시간은 그리 오래 걸리지 않았다. '나비가 집을 나갔다.' 나는 나비를 찾기 위해서 옷을 대충 걸치고 밖으로 나섰다. 동네를 샅샅이 뒤지고 다녔지만 나비의 모습을 찾을 수 없었다.

"나비야! 나비야!"

나비를 잃어버린 마음에 힘든 것도 모르고 이리저리 한참을 다닌 지 두 시간 정도가 흘렀을까. 결국 나는 집으로 들어왔다. 내가 할 수 있는 일은 나비의 사진을 붙여 동네에 뿌리고 다니는 방법밖에 없었다.

고양이를 찾습니다.

이름: 나비

종류: 터키쉬 앙고라

특징: 기분이 안 좋으면 바로 표현을 하고 머리에 갈색 털이 있으며 많이 울지 않고 사람을 잘 따릅니다. 이름을 부르면 바로 달려오고 눈은 연한 하늘색과 갈색 눈동자의 오드아이입니다.

윤아는 새벽에 창밖으로 비추는 그림자에 흠칫하며 창문을 열었다. 그곳에는 옆집 남자가 키우는 고양이가 앉아 있었다.

윤아는 당황스러웠지만 호기심으로 고양이를 불러 보았다. "야옹아!" 고양이는 윤아의 소리에 그녀에게 다가왔다. 고양이가 다가오자 살짝 당황한 윤아는 웃음을 지으며 고양이를 안아주었고 안쓰러워 보이는 고양이를 위해서 집에 있던 우유를 조금 주었다. "먹여도 되는지 모르겠는데 우선 조금만 먹어봐." 고양이는 윤아가 준 우유를 맛있게 먹었고 다시 윤아의 품으로 들어갔다. 윤아는 고양이를 꼭 안아주었다가 곧 다시 내려주었다.

"우선 나는 자야하니깐 혼자서 놀고 있어."

내일도 알바를 가야하는 윤아는 다시 침대에 누워 잠을 자야했다. 햇살이 들어오고 있었다. 윤아는 햇살에 눈을 떴다. 주위를 살피며 고양이를 찾아보았으나 고양이는 보이지 않았다. '밖으로 나갔나?' 창을 보았으나 창문은 닫혀 있는 상태였다. 윤아는 우선 침대에서 일어났고 그제야 자신의 발밑에 고양이가 잠들어 있던 것을 알 수 있었다. 고양이의 자는 모습을 보는 윤아는 웃음이 절로 지어졌고 고양이를 살포시 쓰다듬어 주었다.

윤아는 씻기 위해서 화장실로 들어갔고 씻고 나오자 티비 앞에서 휴지를 가지고 노는 고양이에 웃음이 나왔다.

"야옹아 그거 가지고 노는 거 아니야."

그러자 고양이는 윤아를 빤히 쳐다보았다. 윤아는 그런 고양이가 너무 귀여워서 꼭 안아주었다. 고양이를 안고 오늘 입을 옷을 고르기 위해서 옷장으로 갔을 때 밖에서 들려오는 소리에 멈칫했다.

"나비야! 나비야!"

'옆집 남자다!' 아마 고양이를 찾으러 다니는 옆집 남자의 목소리에 윤아는 그 자리에 멈춰서 생각에 잠겼고 깊은 생각 후에 나온 결과는 하나였다. '고양이의 이름이 나비구나…….' 윤아는 다시 옷을 고르기 위해서 옷장 앞에서 옷을 고르고 있었다. 옆집 남자의 목소리는 점점 작아졌다.

'아마 고양이가 옆집에 있다는 생각은 못할 거야.' 윤아는 간편한 청바지에 긴팔티를 입고 고양이를 유심히 보았다. '고양이는 주인에게 가고 싶을까?'

"나비야 주인한테 가고 싶어?"

대답 없는 고양이에게 윤아는 질문했고 자신이 답을 만들었다.

"아니요, 예쁜 언니랑 살고 싶어요."

윤아는 새벽 사이 정이든 고양이를 다시 주인에게 돌려주기 싫었다. 만일 고양이가 다시 가고 싶어 해도 자신이 꼭 붙잡고 놓아줄 생각이 없었다.

"나비야 오늘부터 여기서 나랑 사는 거야."

고양이는 대답 없이 윤아를 쳐다보았다. 윤아는 시계를 한 번보고 아르바이트 갈 시간이 되자 혼자 있을 고양이가 걱정되었다. 창문을 열어주었다. 그때 창문 밖으로 보이는 나비의 사진과 '고양이를 찾습니다.' 종이 한 장을 보았다. 윤아는 급하게 다시 창문을 닫았고 떨리는 마음을 다잡았다. '괜찮아 이 고양이가 저 고양이라는 건 나만이 알고 있는 사실이야.' 윤아는 창문을 잠그고 집을 나서려 했다. 문 앞에 서자 고양이는 따라와서 윤아를 올려 보았다. 윤아는 고양이를 한번 꽉 안아주고는 "나가서 돈벌고 너 밥이랑 필요한 것 좀 사올게." 하고 말했다. 하지만 평소처럼 문을 열고 나갈 수 없었다. 마치 잘못을 저질렀던 아이가 엄마에게 다가가는 기분처럼 문을 열고 나가기는 힘이 들었다. 하지만 아르바이트에 늦지 않으려면 출발해야 했다. 큰 마음을 먹고 문을 힘차게 열자 아무것도 없는 집 앞에 한결 기분이 놓였다. 윤아는 평소와는 다르게 마음이 찜찜했지만 아무렇지도 않게 다른 알바생과 교체를 했다.

오늘도 손님들은 많지 않아서 윤아는 편하게 앉아 있었다. 딸랑. 손님 오는 소리가 들리자 윤아는 자리에서 일어났고 손님의 얼굴을 보자 미소를 멈추었다.

"혹시 이 고양이 못 보았나요?"

옆집 남자가 아직도 고양이를 찾기 위해 돌아다니고 있었던 건가?

"여기선 못 봤어요."

최대한 침착하게 대답했고 옆집 남자는 윤아에게 고개를 끄덕이고 나갔다. '휴. 무슨 고양이를 하루 종일 찾으러 다녀.' 윤아는 다시 평소대로 있다가 아르바이트 시간이 끝나자 바로 고양이 용품을 사기 위해 발걸음을 했다. 고양이 용품까지 쉽게 산 윤아는 집으로 가고 있었다. 집 앞에서 양손 가득한 고양이 용품들을 손에서 놓쳐버렸다.

나는 내가 할 수 있는 한에서 최대한 나비를 찾아 다녔다. 시내에 나가서 여러 가게들을 다니면서 나비를 보았냐고 물어보았다. 모두들 대답은 못 보았노라고 했다. 나는 어쩌면 나비를 못 찾을 수도 있겠다는 생각에 절망하며 하늘을 올려다보았다. 오늘따라 하늘은 맑고 깨끗했으며 구름 한 점 찾아보기 힘들었다. '하늘은 참 좋은데……' 나는 아쉬움을 가지고 집으로 돌아갔다. 집 앞에 서서 나비를 생각하다 문득 옆집에서 들려온 고양이의 소리에 생각에 잠겼다. '옆집에는 여자 혼자 사는 걸로 알고 있는데…… 언제부터 고양이를 키웠지? 저 고양이 울음소리가 나비하고 아주 흡사한데……' 내가 생각해도 어이없는 생각들을 하면서도 혹시나 하는 마음에 옆집 창문에 다가서 "나비야!" 나의 나비를 불렀다. 고양이의 소리가 가까워졌고 창문사이에 고양이 그림자가 비추었다. "나비야!" 한 번 더 나비를 불러 보았다. 고양이가 창문을 긁자 나는 거의 확신했다. '여기 고양이가 나비일수도 있다.' 거의 확신을 한 나는 옆집의 초인종을 눌렀지만 초인종이 망가져 있었다. 문을 두드렸다. "저기요 옆집에 사는 사람인데요. 잠깐 실례 좀 합니다." 그러나 안에서는 미동조차 없었고 돌아오는 건 문 앞에서의 나비 울음소리였다. "나비야, 잠깐만 기다려." 나는 옆집 여자가 돌아오기까지 집 앞에서 기다리기로 했다. 쭈그리고 앉아 주위를 두리번거리며 나비에게 말을 걸었다.

"나비야 지금 혼자야?"

"야옹."

"어쩌다가 이리 온 거야?"

"야옹."

"배 안고파?"

"……."

휴우. 나비가 대답이 없자 나는 다시 하늘을 올려다보았다. 꼭 지금의 나와 같이 텅텅 비어 있었다. 그러고는 주위를 두리번거리다 저기 멀리서 다가오는 한 여자를 보았다. '예쁜가?' 괜한 호기심에 여자를 빤히 쳐다보고 있었다. 여자는 한참을 걸어와 나와 가까워지자 양손에 가득 들고 있던 물품들을 떨어뜨렸다. '예쁘네…….' 여자의 얼굴을 확인한 나는 여자의 물건을 주워주기 위해 다가갔고 여자는 내게 눈을 보지 못하며 물건을 재빠르게 주워 담고 있었다.

"도와드릴까요?"

"아뇨."

최대한 신사적으로 물어본 나의 질문에 여자는 딱딱하게 대답했다. 괜히 머쓱해진 나는 멋쩍게 웃으며 뒤돌아 다시 옆집 앞에 쭈그리고 앉았다. '내가 이상했나? 그냥 앉아 있을 걸 괜히 참견했나? 이상한 사람으로 봤으면 어쩌지?' 여러 가지 생각들이 들었고 민망함을 감추기 위해서 핸드폰을 만지작거렸다. 여자는 물건들을 다 주운 듯 다시 이쪽으로 걸어오며

이 집을 유심히 쳐다보았다. 나는 여자에게 질문을 했다.

"혹시 이 집에 사세요?"

나의 질문에 여자는 당황한 듯 살짝 미소 지으며

"아…… 아니요."

나의 시선을 피하며 나를 지나쳐갔다. 나는 또 괜한 민망함에 핸드폰을 만지작거렸다. '아, 또 왜 괜히 말 걸어서…….' 여자가 지나간 후 한참을 기다려도 아무도 오지 않았다. 나는 나비에게 내일 온다고 말해주고 집으로 들어갔다. 집으로 들어서자 추위에 방치되었던 나의 몸이 녹아내렸다. 기분 좋게 침대에 누워 바로 잠이 들어버렸다.

이른 아침 평소보다 일찍 일어난 나는 바로 나비 생각을 했다. 재빨리 옷을 갈아입고 옆집으로 가 보았다. 똑똑똑. 나는 바로 문을 두드렸다. 어제와 같이 아무도 나오지 않았다. "나비야!" 나비 또한 대답이 없어서 불러보았다. 그제야 나비가 나에게 대답해 주었다. 나는 이른 아침이라 아직 자고 있을 수도 있다는 생각에 근처 편의점에서 밥을 먹고 오기로 했다. 편의점에 도착한 나는 라면과 김밥을 사서 먹으며 '옆집 여자는 어떻게 생겼지?' 생각에 빠졌다. 마지막으로 나오면서 나비에게 줄 소시지까지 잊지 않았다.

시간을 보니 어느덧 9시 정도였다. '이젠 가야지.' 이젠 나비를 데리고 올 수 있다는 기쁜 마음에 옆집으로 갔고 다시 한 번 문을 두드렸다. "누구세요?" 여자의 목소리가 들려오자 나는 "저 옆집에 사는 사람인데요. 잠시 실례 좀 할 게요."하고 정중히 부탁을 하였고 돌아온 대답에 어이가 없었다. "아……아……아무도 없어요." "네?" "집에 아무도 없다고요." "지금 대답하는 사람은요?" "아 지금 죄송한데 바쁜 일이 있어서 문을 못 열어요." '무슨 개그 하는 여자인가?' 나는 바로 문을 따고 들어가고 싶었으나 범죄에 해당하므로 그럴 수 없었다. "그럼 좀 기다릴게요." "그러시든가요. 근데 좀 오래 걸려요." 아주 끝을 보겠다는 마음으로 나는 집 앞을 지키고 서 있었다.

하지만 한참을 기다려도 여자는 나올 생각을 하지 않았다. 나는 너무 화가 나서 여자에게 소리치고 말았다. "이제 좀 나오세요!" "……." 내 소리에 여자는 대답이 없었고 나는 오늘 안에 나비를 꼭 데려오겠다는 마음에 문을 세게 두드리기 시작했다. 쾅! 쾅! 쾅! 하지만 안에서는 아무 대답도 하지 않았고 나는 화가나 소리를 질러버렸다. "도둑년아! 문 열어! 나비를 내놓으라고!" 나의 소리에 지나가던 몇몇 사람들이 쳐다보았으나 나는 굴하지 않고 계속 소리쳤다. "문 열라고!" 이 방법이 효과가 있었는지 여자는 문을 열어주었다. 여자의 얼굴을 본 나는 다시 한 번 화가 머리끝까지 올라왔다. "어제 그분 아니에요?" "마…… 맞아요." "여기에 안 사신다면서요!" "어제는 갑자기 너무 놀라서 그랬어요!" "하, 참나." "죄송해요. 고양이 돌려 드릴게요." 여자와 작은 실랑이 끝에 나비를 돌려준다는 여자의 말을 들었다. 화가 좀 삭혀졌다. 여자는 붉어진 얼굴로 나비를 데리고 나왔고 "나비야!" 나비를 받아서 안은 나는 여자에게 형식상 고개만 끄덕이고 뒤로 돌았다. "잠깐만요! 이거 제가 고양이 주려고 산 사료랑 간식 등인데 가져가셔서 고양이 주세요." "네, 감사합니다." 여자가 주는 용품들을 받은 나는 집으로 돌아왔고 '어제 떨어뜨린 것들이 이것들인가?' '나비를 진심으로 좋아했나봐. 이런 거 까지 사놓은 거 보면.' '너무 많이 심술 부렸나?' 여러 가지 생각들을 하면서 나비의 사료를 놓아주었다. 나비가 맛있게 먹는 것을 보자 기분이 좋아졌다. '내일 음료수라도 사가서 사과하고 인사해야지.' 오늘 하루 종일 나비와 놀아주면서 시간을 때웠다. 그리고 잠을 자기 전 창들을 꼼꼼히 살펴보았다. 나비를 안고서 침대에 누웠다. 야옹, 나비가 답답해서 나가려고 하였으나 나는 그런 나비가 더 귀여워서 더욱 꽉 안고 놓아주지 않고 잠이 들었다.

아침에 좀 늦게 일어난 나는 나비를 찾아보았다. 다행히 평소처럼 나를 반겨주었다. 나비의 밥을 챙겨주고 나 또한 아침을 대충 먹었다. 오늘은 음료라도 사들고 옆집에 가서 인사라도 해야겠다. 티비를 보면서 나비랑 대충 시간을 때우고 집밖으로 나섰다. 습관처럼 올려다본 하늘은 구름이 지나가고 있었으며 아름다웠다. 구름이 흘러가는 것을 한참 바라보던 나는 동네 마트에 들렀다. 음료수를 사서 나비를 안고 옆집으로 갔다. 똑똑똑. "계세요?" "네, 잠시만요." 철컥. 문이 열렸고 여자는 살짝 당황한 표정으로 나를 반겨주었다. "나비 일로 왔어요. 그래도 나비 맡아주셨는데 보답이라도 해야 될 것 같아서요."

"실례합니다." 여자를 따라 들어간 여자의 방은 생각보다 지저분했다. '여자가 사는 집은 전부 깨끗할 줄 알았는데.' "앉아계세요. 마실 거라도 내올게요." "네." 여자가 이동하자 나비도 여자를 따라서 갔다. 나는 그런 나비를 잡지 않고 보고만 있었다. 여자는 나비를 보고 방긋 웃어주었으며 손으로 음료를 따르며 발로 나비를 쓰다듬었다. 나는 순간 나비를 데리고 오려했으나 발로 만져지는 나비의 표정이 생각보다 좋아보여서 그냥 나뒀다. '저 여자는 어떻게 된 게 저렇게 털털할까?' "여기 커피요." "아 감사합니다." 나는 커피를 받아들었다. 한동안 우리는 말없이 커피만 마시고 있었다. "언제부터 여기에 사셨어요?" 여자가 먼저 질문을 던져서 침묵을 깼다. "저는 자취한지 이년 정도 됐어요." "아, 그렇군요." "……"

다시 조용해진 자리 탓에 이번에는 내가 먼저 질문을 해야겠다고 생각하고 질문을 했다. "그쪽은 언제부터 여기에 살았어요?" "저는 이사 온 지 육 개월 정도 밖에 안 돼요." "그러시군요. 그럼 모르는 거 있으시면 물어 보세요. 어느 정도는 알려드릴게요." "네, 감사합니다. 근데 고양이 모른 척하고 넘어가려 했던 건 죄송해요." "아니요, 덕분에 나비가 멀리 갈 수 없었다고 생각했어요." 우리는 서로에게 안 좋은 감정들을 씻어 버리고 있었다.

"저 혹시 나이가?" '오호라.' 내가 물어보고 싶었던 걸 여자가 먼저 물어봐 주었다. 나는 조금 더 가벼운 마음으로 대화하기로 했다. "전 스물네 살이요, 대학은 안 다니고 직장 알아보고 있어요. 그쪽은 나이가?" "저는 스물두 살이요. 저도 대학은 안다니고 있고 지금 알바하고 있어요." "어디쯤에서 알바하세요?" "저 사거리 쪽에 있는 편의점에서요." 나는 여자가 불편할까봐 편의점에서 봤었다는 이야기는 하지 않았다. 괜히 나비 찾으러 다닐 때 만났던 편의점이라고 한다면 다시 우리의 분위기는 조용해질 것 같았기 때문이다. "이름이 뭐예요?" "아 제 이름은 이윤아라고 해요." "아, 저는 박호일이에요." 우리는 이렇게 각자를 소개했다. 나는 이웃으로 산지 반 년인데 그동안 서로의 얼굴도 자세히 몰랐다는 것에 반성을 해야만 했다. 서로 이웃 간에 대화가 얼마나 없었으면 얼굴도 몰랐을까. "저 윤아 씨? 오늘은 이만 가볼게요." "네, 안녕히 가세요." 나는 조금 더 친해지고 싶은 마음에 윤아 씨라고 이름을 부르며 자리에서 나왔고 여자 또한 기분이 나빠 보이지는 않았다. 나비를 안고 바로 집으로 들어가자 시간이 꽤 흘러가 있었다. 옆집에서 윤아 씨와 차를 마시며 각자 알아가는 동안 시간이 많이 지난 듯 싶었다. 나비는 피곤한지 자기의 자리로 들어가서 누웠다. 나는 새로운 이웃친구가 생긴 기쁨에 여러 상상에 잠겼다.

따르릉. 전화소리에 눈을 떴다. 아까 상상을 하다가 나도 모르게 잠이 든 것 같았다. 시간을 보니 저녁 여덟 시쯤. 겨울이라 해가 일찍 져서 어둑어둑 했다. "여보세요?" "니 일자리는 구했냐?" 엄마의 전화에 나는 아직 일자리를 못 구한 것에 괜히 무안해졌다. 엄마에게 대충 얼버무리고 전화를 끊었다. "아니 아직요. 좋은 곳으로 가려고 계속 알아보고 있어요. 저 급하게 뭐 좀 하던 터라 그만 끊을게요." 기분이 찜찜해진 나는 기분전환 겸 밖으로 나갔다. 찬바람이 나를 반겨 주었다. 갈 곳이 마땅치 않자 사거리 쪽 편의점으로 갔다. '꿀꿀한데 술이나 한잔 해야지.' 편의점으로 가자 아직 아르바이트 시간인지 윤아 씨가 있었다. 나는 고개를 끄덕이며 인사를 했다. 술과 안주로 때울 과자들을 집어서 계산대에 얹었다. 윤아 씨는 물건들의 바코드를 찍으며 계산하고 있었다. 이번엔 내가 먼저 말을 걸었다. "언제쯤 끝나요?" "이제 곧 끝나요. 원래 여덟 시까지인데 아직 교대하는 사람이 안와서요." 그때 교대원이 들어왔다. 뛰어온 듯 그 사람은 숨을 들이켰다. "죄송해요 준비가 조금 늦어서." "괜찮아요." "만 이천 원입니다." 윤아 씨는 교대원에게 괜찮다고 얘기하고 나의 계산을 마쳤다. 돈을 내고 편의점에서 나왔을 때 나는 어차피 할 것도 없었고 추운 날씨에 혼자 술을 마시기도 심심해서 윤아 씨를 기다렸다. 곧 윤아 씨가 옷을 갈아입고 나왔다. "오늘 아침의 일도 서로 풀 겸 한잔 할래요?" "네?" 나의 갑작스런 질문에 윤아 씨는 당황한 듯 보였으나 곧이어 웃으며 대답해 주었다. "그래요. 어차피 들어가 봤자 혼자 심심한 걸요." "하하, 그럼 같이 한잔하고 들어갑시다." 우리는 근처 공터에 자리를 잡았고 술자리는 벌어졌다. 시간이 지나 술이 조금 들어가고 난 뒤에 윤아 씨가 말했다. "저보다 두 살 많으신데 말 놓으세요. 저도 불편해요." "네, 그럼 말 편하게 할 게요, 윤아야." "풋, 말 편하게 한다면서 무슨 이름만 편하게 불러요. 하하하." 털털한 성격의 윤아가 웃으며 말했고 나는 민망했다. 금방 분위기를 타고 나도 웃었다. "윤아 그쪽도 나한테 오빠라고 편하게 불러, 친하게 지내자." 서로가 서로를 인정하며 점점 술자리의 분위기는 좋아졌다. 우리는 서로의 이야기를 나누며 한 가지 공통점을 발견했다. "혼자 살아서 외롭지 않아?" "저 요즘 너무 심심 했어요. 집에 들어가서 밥 먹고 티비 좀 보다가 잠들고 아침에 밥 먹고 알바 갔다가 들어와서 또 티비 보다가 가끔 친구들 좀 만나고 집에 들어와서 또 잠자고 다음날 또 알바가고……." "나도 집에 있으니깐 심심했는데, 가끔 친구 만나도 집에 들어오면 다시 심심해지고 일자리 찾느라 스트레스도 받고 그래서 나비랑 같이 놀아주면서 심심함과 스트레스를 달래지." "그럼 이제 오빠랑 나랑 많이 놀아요. 이렇게 술도 마시고 밥도 가끔 같이 먹고." "그래 앞으로 친하게 지내자고 했잖아." 우리는 서로의 외로움을 나눠주며 술에 취해갔다. 취기가 서서히 올라오자 나는 하늘을 빤히 쳐다보았다. 밤이라서 그런지 구름이 하나도 없이 캄캄했다. "오늘 하늘 참 예쁘다." "하늘이요?" "응, 난 깨끗한 하늘을 좋아하거든." "전 구름이 좀 있는 날이 좋아요." "구름이 많으면 달이 가려지잖아." "저희 집 구조상 달이 밝으면 집에 달빛이 들어와서 잠이 잘 안와요." "아, 그렇구나. 나는 이상하게 아무리 밝아도 달이 참 좋더라고." 우리는 하늘을 올려다보며 한참을 있다가 찬바람에 각자 집으로 들어갔다. "잘 들어가고 나중에 봐." "오빠도요." 찰칵, 윤아가 들어가자 나도 집으로 서둘러 들어갔고 나비는 우리가 술을 마시고 있는 사이 피곤했는지 침대 위에서 잠이 들어 있었다. 그런 나비의 머리를 쓰다듬어주고는 씻지도 못한 채 잠이 들었다. 아침에 눈을 떴을 때 집의 상태는 가관이었다. 어제 밤부터 혼자 있던 나비가 나에게 심술을 부리느라 휴지를 엉망으로 만들어 놓은 것이다. 나비의 행동에 귀여워서 웃음이 나왔다. 나비를 혼내기 보다는 밥을 챙겨주고 즐거운 마음으로 집을 치웠다. 집을 치우고 나니 나비가 놀아 달라고 달려와서 나비와 놀아주었다.

　어느덧 시간은 훌쩍 지났고 나는 컴퓨터 앞에 앉아 일자리를 찾아보았다. 하지만 일자리는 찾기도 힘들고 아르바이트라도 하고 싶은데 아르바이트 또한 자리가 많지 않았다. '요즘 알바는 따지는 것도 많네.' 결국 오늘도 허탕으로 돌아가고 답답한 마음에 밖으로 나왔다. 나와도 딱히 갈 곳이 없던 나는 윤아가 일하는 편의점으로 자연스럽게 들어갔다. "어서 오세요." "네, 안녕하세요." 모르는 척 인사를 건넸고 윤아는 웃으며 대답했다. "어쩐 일이세요?" "라면이나 하나 먹으려고." "아 그럼 하나 가져오세요." 나는 라면을 두 개 들어서 계산대로 가져갔다. "두 개 드시려고요?" "아니 하나는 손님 없을 때 같이 먹자. 혼자 먹으려니 심심하네." 나는 윤아의 라면 값까지 계산하고 손님이 한적하자 라면을 먹었다. 라면을 먹으면서 대화를 나누었다. 우리는 어제부터 시작된 짧은 시간동안 서로를 오빠 동생으로 여기며 가까워졌다. 이렇게 윤아와 함께한 시간이 점점 흘러갔다. 우린 팔 개월 가까이를 친하게 지내왔다. 이제는 윤아도 우리 집에 자연스레 놀러와 나비와 놀아주기도 하였다. 윤아는 나의 일자리를 위해 같이 고생 해주었다. 나 또한 윤아가 많이 편해졌다. 가끔은 같이 있는 시간이 너무 좋았다. 그리고 행복했다.

나는 아침에 눈을 뜨고 언제나 나비의 아침을 챙겨주었다. 요즘 들어 빨리 일자리를 구해야 한다는 생각에 바로 컴퓨터 앞에 앉아서 일자리를 찾아보았다. 따르릉 따르릉. 고등학교 친구 연후에게 연락이 왔다. 나는 반가운 마음에 전화를 받았다. "호일아, 오랜만이다." "그래 나도 오랜만이다. 좀 연락 좀 하지 그랬냐." "그러게, 사는 게 바쁘다 보니." "뭐, 나도 마찬가지니깐. 그보다 어쩐 일이야?" "아 맞다. 너 일자리 구한다며?" "응, 지금 열심히 구하고 있지." "그럼 너 혹시 이리 와서 나랑 같이 일할 생각 없냐?" "내가?" "응, 너 예전부터 동물 좋아했잖아. 내가 동물보호소에서 일하다가 수의사에 관심을 좀 가져봐서, 같이 좀 해볼래?" "나야 좋지. 근데 좀 생각 할 시간을 줘. " "알았어. 나중에 연락 줘." 연후와의 통화가 끝나자 나는 심장이 뛰었다. 드디어 내가 할 수 있는 일을 찾았다는 것에 기분이 좋았다. 그 일이 내가 좋아하는 일이라는 것에 기분이 더욱 좋아졌다. 나에게는 기회이기 때문에 이 상황에선 무조건 연후의 손을 잡아야 했다. 나는 짧은 생각을 뒤로 한 뒤 연후에게 문자를 날렸다. '나 그일 같이 하고 싶어. 연락 해줘서 고맙고 어디서 일할 생각인데?' 문자를 보내놓고 나비를 꽉 안아주며 기쁨을 표현했다. '이 기쁜 소식을 윤아에게도 알리고 싶다.' 나는 곧바로 윤아의 집으로 갔다. 문을 두드리자 윤아가 바로 나왔다. "어쩐 일이에요?" "기쁜 소식이 있어서." 윤아는 웃으며 나를 반겨 주었다. 윤아가 주스를 따라 오는 동안 나는 미소가 얼굴에서 떠나지 않았다. 곧이어 윤아가 자리로 돌아왔고 나에게 주스를 내어 주었다. 윤아가 내어 준 주스를 마시자 윤아는 궁금한 듯 내게 물었다. "기쁜 소식이 뭔가요?" "아. 나 일자리 찾았어! 친구 놈이 수의사하는데 옆에서 도와달래. 난 동물 좋아하니깐 좋은 기회지." "진짜 축하해요. 안 그래도 항상 일자리 없다고 힘들어 하는 거 보기 안 좋았는데.” “고마워. 이제 나도 직장 있는 사람이니깐 오늘 술 살게. 나갈래?” “아니요, 내일 약속 있어서 내일 저녁에 꼭 사 주세요.” “알았어. 그럼 내일 나가야 하니깐 푹 쉬어.” 집으로 돌아온 나는 기분이 좋아서 잠을 설쳤고 새벽에 온 연후의 답장을 보며 잠이 들었다. ‘여기가 지방이어서 좀 멀 거야. 여기서 나랑 같이 지내면서 출퇴근 하자. 그리고 준비를 하면서 너에게서 많은 도움이 필요할 것 같아 미안하지만 최대한 빨리 올 수 있으면 좋겠다.’ 아침에 눈을 뜨고 나는 나비의 밥도 잊은 채 생각에 빠졌다. ‘내가 좋아하는 일이고 놓치기는 싫어. 하지만 그동안 정들고 감정이 생긴 윤아와도 떨어지긴 싫어. 어떻게 해야 할까?’ 야옹. 한참을 생각하다 나비의 울음소리에 정신이 들어 나비의 밥을 챙겨주었다. 어제와는 다르게 기분이 다운되었다. 그냥 오늘은 집에서 계속해서 텔레비전이나 보면서 나비와 뒹굴 거리고 낮잠을 자다가 일어나면서 어느덧 저녁이 되었다. 어제 윤아와 한 약속. 바로 그때 윤아에게 전화가 왔고 나는 망설이다 전화를 받았다. “오빠 지금 나와요. 어제 술 사준다고 했잖아요.” “알았어. 어디서 만날까?” “사거리 쪽에서 만나요.” 나는 옷을 챙겨 입고 나비를 쓰다듬어 준 다음 집에서 나왔다. 집을 나와서 본 하늘은 구름이 많이 있었지만 달을 가리지는 않았다. 그때 평소보다 차갑게 느껴지는 바람이 나의 귓불을 쓰다듬었다. 나는 귓불을 만지작거리며 서둘러 사거리로 나갔다. 이미 윤아는 나를 기다리고 있었다. 나를 보자 반갑게 손을 흔들었다. 나는 안 좋은 생각들은 잠시 접어두고 밝게 웃을 수 있었다.

"미안 조금 늦었어. 어디로 갈까?" 우리는 몇 걸음 걸으면서 눈에 띄는 식당 안에 들어가서 자리에 앉았다. 윤아는 메뉴판을 쳐다보더니 메뉴를 정했는지 입을 열었다. "감자탕 이인 분 시키고 소주 두 병 시켜서 부족하면 이차 가요." "여기 감자탕 이인 분 소주 두 병이요." 곧이어 밑반찬들과 술이 나왔다. 우리는 서로에게 술을 따라주고 밑반찬을 안주삼아 한 잔 들이켰다. "오빠가 사주니깐 좀 더 맛있는 거 같아요." 우리는 분위기 좋게 감자탕을 기다렸고 드디어 감자탕이 끓으면서 등장하였다. 와아, 나와 윤아는 배고팠던 터라 감탄을 하였다. 윤아는 허겁지겁 먹기 시작하였고 나는 그런 그녀를 쳐다보며 빈 술잔을 채워주고 있었다. "오빠는 안 먹어요?" "먹어야지요." 잔을 짠하고 다시 감자탕에 심취한 윤아는 한동안 말없이 먹고 마시기에 바빴다. "배 많이 고팠나봐?" "오랜만에 먹는 거여서요. 혼자서 감자탕 사먹기는 돈이 너무 아까워서." "그렇지 혼자 먹기엔 비싸고 외롭지." 이런저런 이야기를 나누며 술을 다 마셨다. 윤아는 취기가 올라온 듯 보였으나 나는 아직 하나도 취기가 올라오지 않았다. '오늘따라 되게 안 취하네.' 나는 윤아가 서서히 취 할쯤 나의 이야기를 털어 놓았다. "윤아야 나 이번에 일자리 잡은 거 있잖아."

“네.” “그 일자리가 동물 옆에서 간호하는 일 같은 건데.” “네, 말해줬잖아요.” “내가 동물들을 참으로 좋아하는데.” “네, 그것도 말해줬고 알고 있어요. 전부 오빠한테 좋은 거 아니에요?” “근데 걸리는 일이 하나 있어.” “뭔데요?” “내가 그 일을 한다면 지방 쪽으로 가야 할 거야.” “네…….” “그러면 집도 이사를 가야 하겠지?” “그렇죠…….” “하지만 우린 이제 서로를 의지하고 있잖아.” “네, 서로 의지하고 있어요.” “그럼 내가 가지 말아야 할까?” “…….” 윤아는 말이 없었다. 한참 서로의 술잔만을 바라보며 침묵을 지키던 중 윤아가 말했다. “가야하죠. 그 동안 일자리 구하려고 얼마나 노력했는데 가야죠. 거기다가 오빠가 좋아하는 일이잖아요. 그럼 꼭 가야죠.” 이번엔 내가 말을 할 수가 없었다. 윤아의 말이 서운하지만 모두 맞는 말이다. 내가 지금 이 자리를 차지하지 않는다면 나는 또 내가 원하는 일자리가 나올 때 까지 얼마나 더 있어야 할지 모르는 일이었다. “그럼 가야하는 거지?” “네. 가세요, 가는 게 옳아요.” “그럼 같이 갈까? 나는 네가 동생으로든 이웃으로든 여자로든 그동안 같이 있으면 재미있고 좋았어. 그래서 지금 나는 혼자 가기가 싫은 거야. 나와 같이 가줄래?” “…….” 윤아가 한참을 망설이다가 입을 열었다. “난……. 가기 싫어요, 서로만을 의지하며 낯선 곳에서 지내야 하는 게 너무 무서워요. 너무너무 미안한데, 정말 가기 싫어요……. 나는 못 가겠어요. 정말 미안해요.” 윤아는 나에게 사과를 하며 눈물을 보였고, 그 눈물을 본 나는 휴지를 건네주었다. "아니야. 미안 할게 뭐 있어. 하지만 우린 서로 헤어지고 의지할 사람을 만날 수 있을까?" "……." 한참 말없이 서로를 응시하다 윤아가 먼저 일어섰다. "저, 이만 가볼게요. 갑자기 너무 피곤해서 내일 다시 얘기해요. 미안해요." 윤아는 재빠르게 걸어 식당을 빠져 나갔고 나는 잔에 남아 있던 술을 마시고는 한숨을 내쉬었다. "그래, 우린 서로를 의지하고 있었을 뿐이야." 나는 나에게 세뇌시키듯 중얼 거리고 있었다. 자리에 앉아 계속 중얼거리다 계산을 하고 거리로 나왔다.

집으로 터덜터덜 걸어 들어가며 알 수 없는 눈물이 나왔다. 집 앞에 도착했을 때에는 문 앞에 스르르 주저앉았다. 지금 내가 할 수 있는 일은 이렇게 혼자서 실연을 당하고 있을 수밖에 없었다. 혼자서 당하는 실연은 생각보다 많이 슬펐고 상당한 배신감을 주었다. 하지만 윤아를 원망하지는 않았다. 원망할 수 없었고. 원망할 일 또한 없었다. 혼자 실연을 당하다 무심코 올려다본 하늘은 구름이 달을 가리고 있었다. 시간이 지나자 다시 달빛이 비쳤고 달빛에 의지하며 일어나 집으로 들어갔다. 집으로 들어서자 나비가 나에게 달려왔다. 나는 나비를 안아주고는 바로 내려놓고 침대에 누워 잠을 청했다.

아침에 눈을 뜨고 침대에서 나올 생각이 없는 나를 나비가 불러주었다. 나는 나비의 밥을 챙겨주고는 대충 집을 둘러보았다. 빨리 간다면 내일이라도 갈 수는 있겠지, 라고 생각하다가 대충 컵라면으로 아침을 때웠다. 할 일이 아무것도 없었기에 큰 물건부터 천천히 정리하기 시작했다. 물건을 정리하며 창밖을 보았다. 어느덧 해가 지고 공기가 차가워져 있었다. '빠르면 내일 아니면 모레 갈 수 있겠지.' 하루를 짐 정리하는데 쏟아 부은 나는 갑자기 출출해진 배를 감싸기 위해서 또 컵라면을 끓였다. 똑똑. 그때 노크소리가 들려왔다. 윤아가 집으로 들어왔다. 윤아는 싸놓은 짐을 보고는 표정이 어두워졌다. "언제 가는 거에요?" "최대한 빨리 내일 아니면 모레 가도록 해보려고." "…… 차는 있어요?" "응, 아는 사람한테 차 좀 빌려 달라고 했어." "아…… 그럼 오늘이 마지막 일수도 있네요?" "응……. 그렇지. 그렇게 생각하고 보니깐 오늘따라 참 반가워 보인다." "네, 저는 항상 오빠가 반가웠어요. 외로우면 찾아와서 놀 수 있고 지칠 때쯤 오빠가 와서 도와주고…… 참으로 반가웠어요." 윤아는 말을 하며 다시 눈물을 보였고, 나는 윤아의 눈물을 닦아주지 않았다. "그럼 식사 하세요. 갑자기 들려서 미안했어요." 윤아는 나에게 인사를 건네고 돌아갔고 나는 아무런 생각 없이 라면을 먹을 수 있었다. 마지막 같을 것 같았던 하루가 지나갔다. 바닥에 누워서 가만히 천장을 바라보다 잠이 들었다. 새벽에 눈을 뜬 나는 답답한 마음을 달래고자 집 앞으로 나와 앉았다. 찬바람을 맞으며 가슴이 뻥 뚫렸다. '내일이면 출발 해야겠지. 짐도 다 싸놨고 오래 있을 이유야 없으니까.' 해가 밝자, 나는 짐들을 옮기기 시작해서 문 앞쪽으로 이동시켰다. 이제는 차가 올 때까지 기다리면 되는 거였다. 한 가지 마음에 걸리는 건 윤아를 미치도록 만나고 싶다는 것이었다. 내가 지금 옆집 문 앞에 서 있다는 것이었다. 윤아를 만날까, 그냥 가야할까? 그래도 간다고 말은 해주어야 하는 게 아닐까? 한참 망설이다 눈을 질끈 감고 문을 두드렸다. "……." 시간이 지나도 아무소리도 들려오지 않았다. 똑똑똑, 똑똑똑, 다시 또 한 번 더 두르려 보아도 아무 대답이 없었다. 그때 차가 들어왔다. 나는 어쩔 수 없이 짐을 나르기 위해 돌아갔다. 얼마 되지 않는 짐을 아 저씨와 나르고 난 뒤 물을 한잔 들이키며 다시 옆집을 쳐다보 았다. "이제 곧 출발하자." 아저씨의 말에 급하게 옆집으로 뛰 어갔다. 쾅쾅. "윤아야, 문 좀 열어봐! 나 이제 가는데 마지막 얼굴이라고 보고 갈게." "……." 하지만 아직도 아무 소리도 들리지 않았다. 나는 걱정스러운 마음과 다급한 마음에 부동 산으로 뛰어가 키를 요청했다. 사정을 길게 설명한 뒤에야 주 인 아저씨 옆에서 문을 열 수 있었다. 집 안으로 들어서자 윤 아는 창문 밑에 주저앉아서 눈물을 쏟아내고 있었다. 놀란 주 인 아저씨는 무슨 일이냐고 물었다. 나는 말없이 윤아의 머리 를 쓰다듬어 주었다. 이젠 욕심 없이 뒤돌아 나가는 찰나 윤 아의 말에 눈물 한 방울을 바닥에 남기었다. "미안해요. 다음 에 꼭 다시 만나요. 고마웠어요." 집을 나서자 아저씨는 차에 올라타 있었고, 나는 바로 옆에 올라탔다. 그렇게 나와 나의 짐들을 실은 차는 집 앞을 떠나갔다. 오랜 시간 달린 후에야 충청북도 부근의 시내에 도착했다. 차에서 내리자 마중을 나와 있던 연후가 나를 반겨 주었다. 나는 연우와 이야기를 나누며 가져온 짐들을 정리하기 시작했다. 우선 나비의 용품들은 연후와의 상의 끝에 한쪽에 마련해 주었다. 나비 또한 마음에 들어 하는 듯했다. 이렇게 짐들은 정리를 끝내고 연후에게 이끌려 나의 방으로 들어왔다. "여기가 네가 쓸 방이고 바로 건너편 쪽이 우리가 일할 가게야." 나의 방은 생각보다 넓었고 깨끗했다. 내 방에 들어와 가져온 작은 짐들을 정리 해놓으니 시간이 훌쩍 지나 밤이 되었다. 오랜만에 만난 연후와 술 한 잔하고 바람이나 쐬며 동네를 한번 둘러보고 싶어 혼자 나왔다. 밖으로 나와 길을 걸어 다니며 나 혼자서도 적응 할 수 있도록 여러 가지 많은 것들을 봐두었다. 다시 집 입구로 돌아왔다. 입구 옆쪽 벤치에 앉아 하늘을 올려다보았다. 구름이 가득 껴서 달이 전혀 비추지 않는 밤이었다. 가만히 하늘을 올려다보고 있으니 아까의 윤아가 생각났다. '한번 안아주고 오는 건데.' 이미 늦은 후회를 하며 다시 하늘을 올려다보았다. 달빛이 비추지 않는 하늘을 별들이 밝게 비추고 있었다. '달을 대신해 빛을 비추는 별, 이제 나와 윤아도 달을 대신할 별들을 찾아야 하겠지. 나의 별들은 달만큼의 빛을 내지는 못할 거야, 아마도 영원히.' 나는 한참동안 하늘을 올려다보았다. 윤아를 떠올렸으나 추운 날씨 탓에 집으로 들어섰다.

집으로 들어가 윤아에게 문자를 했다. '난 지금 도착했어. 그
동안 많이 고마웠고, 우리 나중에 기회가 된다면 꼭 다시 한
번 만나자.'

노을빛 여행

채혜인 창현고등학교

프롤로그

하늘엔 비단처럼 고운 저녁노을이 수놓아져 있었다.

잠시 넋을 놓고 서 있다가 발걸음을 옮기려고 할 때, 낯선 아저씨가 날 뒤에서 불렀다.

"저기, 학생!"

"네?"

아저씨가 내 앞에 불쑥 내민 것은 보라색에 별 모양이 새겨진 시계였다. 시계가 예뻐서 바라보고 있자 아저씨가 싱긋 웃으셨다.

"이거 가져가. 공터에서 주웠어."

"괜찮아요."

"학생 시계 아니야?"

고개를 끄떡이고 걸음을 옮기자 무엇인가가 공중에서 움직이다가 저 앞에 떨어졌다. 달려가서 보니 아까 그 시계였다. 뒤를 돌아보았지만 아저씨는 이미 가고 없었다. '이상한 아저씨야…….' 혼자 중얼거리고 나서 주운 시계를 손목에 차고 집으로 들어갔다.

집에서는 엄마와 오빠가 평소처럼 차려놓은 저녁상을 텔레비전 앞에 두고 식사를 하고 있었다. 엄마께서는 텔레비전에 나오는 뉴스를 보다가 나와 오빠를 보셨다.

"우리은하와 안드로메다 은하가 충돌할 예정이래."

우리는 잠시 동안 할 말을 잃었다. 헛소문을 사실인 것처럼 보여주는 것이 분명하다. 그렇다고 엄마께서 심각하게 말씀하시는 것을 나무랄 수도 없는 노릇이다. 주워온 시계를 만지작거리고 있자 오빠는 이상한 눈으로 나를 쳐다보았다.

"그건 뭐야?"

오빠와는 달리 엄마는 놀라신 모양이셨다.

"미리내, 너 그거 어디에서 난 거니?"

"하늘에서 떨어진 거예요."

어떻게 설명해야 할지 몰라서 대충 얼버무린 건데 모두 얼굴을 찡그리고 있으니까 민망해졌다.

"미리내, 시계 좀 빼서 엄마에게 보여주겠니?"

엄마께서 뭔가를 알고 계신 것이 아닐까 생각이 들어서 시계를 빼서 엄마께 내밀었다.

"이 시계는……."

"엄마, 나도 시계 사 줘. 저 보라색 시계……."

시계에서 갑자기 노란 빛이 뿜어져 나왔다. 놀라서 눈을 질끈 감고 나서 뜨자 빛은 이미 사라진 후였다. 엄마와 오빠는 입을 벌린 상태로 굳어져 있었다. 말소리도 멈춰서 고요했다.

텔레비전의 화면도 정지해 있었다. 너무 놀라서 비명조차 지를 수가 없었다. "엄마, 왜 그러고 있어? 오빠도 왜 그래? 정신 좀 차려봐." 이들의 몸은 딱딱하게 굳어 있었다. 순간 온몸에 소름이 달아올랐다.

1

'시간이 멈춘 건가?' 나도 모르게 현관문을 열어젖히고 대문을 통과해서 막 달리기 시작했다. '이건 꿈이야. 내가 미친 거야. 환상을 보는 것이 분명해.' 달리다가 숨이 차서 걸음이 느려지자 주변의 사람들과 자동차들이 도로 한가운데에 모두 멈추어져 있는 것이 보였다. 몸에서 힘이 빠져나가는 것이 느껴졌다. '누가 좀 도와주었으면 좋겠어.' 그때, 누군가가 나의 어깨를 잡았다. 뒤를 돌아보니 낯선 남자아이가 서 있었다. 남자아이의 머리카락은 짧고 검은색이고 피부는 조금 하얀 편이었다. 얼굴은 티 없이 맑았지만 어른스러워 보였다.

"어딜 그렇게 뛰어가는 거야?"

남자아이의 말에 입을 굳게 다물 수밖에 없었다. 나도 내가 어디로 가는 건지 알 수가 없으니까.

"학교에 뭘 좀 두고 와서."

얼떨결에 학교 핑계를 대고 다시 뛰기 시작했다. 지금 같은 상황에서 낯선 사람에게 의지한다는 것은 너무 위험하고 불안한 모험일 뿐이다. 언덕 하나를 넘어서 간신히 학교 정문에 다다랐다. 평소에는 가깝다고 생각했던 학교였는데 지금은 너무나 멀게만 느껴졌다. '내가 왜 여기까지 왔지? 밖에 나오니까 더 혼란스러워. 집으로 돌아가야 하나?' 눈물이 흐르기 시작했다. 왜 하필 지금 이런 일이 생기는지 알 수가 없었다. 눈물로 인해 시야가 흐려지고 다리에 힘이 풀려서 비틀거렸다. 그때, 나의 몸이 공중으로 떠오르는 것이 느껴졌다. '누구 들어 올리는 거지?' 흐릿하게 사람의 형체가 보이는 것 같았다. 눈을 아예 감아 버리고 꿈일 거라고 생각하기로 다짐했다. 그렇게 해야 마음이 편할 테니까. 찰나의 순간일까, 한참 뒤일까. 눈을 뜨고 주위를 둘러보니 내가 내 방에 있는 침대에 누워 있었다. '역시 꿈이었나…….' 일어나서 방문을 여니까 길에서 만난 남자아이가 서 있었다.

"너…… 누구야?"

"백반이."

"……."

상황이 이해가 되지 않아서 혼란스러웠다. 그럼 이게 꿈이 아닌 건가? 좀 더 자세하게 물어봐야 할 필요가 있다.

"여기에…… 왜 들어왔어?"

"……."

자기가 왜 남의 집에 들어왔는지를 말하지 못하다니, 바보인 건지 뭔가 찔리는 것이 있는 건지는 잘 모르겠지만 어쨌든 우리 집에서 나가게 해야 한다.

"엄마, 오빠! 이상한 사람이……."

"시간이 멈추었어."

"응?"

"시간이 멈추었다고. 불러도 소용없어."

꿈이 아니다. 충격이 큰 나머지 양손으로 고개를 감쌌다. 거실에 가서 보니 엄마와 오빠가 멈춘 것 모두 그대로이다.

"아아."

입 속에서 신음소리가 흘러나왔다. 남자아이는 내 뒤에 그대로 서 있었다. 고개를 돌려서 그 아이를 보았다. 나랑 비슷한 고등학생으로 보이는데 주황색 티셔츠에 검은 바지를 입었고 눈이 너무 까맸다. 아까는 어른스러워 보였는데 지금은 그냥 차가운 아이처럼 보인다. 이 아이는 누구일까.

"도와주웠는데 너무 한 것 아냐? 갈게."

보내야 할까, 잡아야 할까? 미래는 항상 불안하다. 알 수가 없으니까. 그래, 혼자보다는 같이 있는 것이 더 나을 것이다.

"야, 가긴 어딜 가?"

"……?"

"나 많이 불안해."

"……."

"같이 가."

나도 모르게 그 아이와 눈을 마주치면서 가까이 다가갔다.

2

　그 아이와 나란히 걷고 있다. 그 아이는 내가 따라오든 말든, 말을 하든 말든 별로 신경을 쓰지 않는 눈치이다. 그 아이와 함께 걸으면서 기억 한 구석에 있는 아픈 기억을 떠올렸다. 초등학교에 다닐 때 친구와 같이 탔던 승강기가 멈춘 적이 있었다. 무서워서 떨고 있는데 그 친구가 갑자기 나에게 온갖 험담을 퍼붓기 시작했다. 그 중에는 몇 가지 오해도 있었다. 나는 그걸 해명하려고 애썼지만 친구는 내 말을 믿어주지 않았다. 우리를 제외하고 모든 것이 멈춘 느낌이었다. 아무도 도와주지 않았다. 나중에는 비상벨을 눌러서 경비 아저씨의 도움으로 빠져 나왔지만 승강기 안에서의 사건은 정말 끔찍하게 느껴졌다. 난 그걸 아빠께 말씀드렸고 아빠는 시간이 흐르면 괜찮아질 거라고 하셨다. 하지만 난 아빠의 말을 받아들일 수가 없었다. 똑같은 일이 반복될까 봐 두려워지자 계단으로만 다니게 되었다. 평일에 1층부터 10층까지 오르내리는 것이 너무 힘들어서 계단에 주저앉아 운 적도 있었다. 이런 내 모습이 힘들어 보이셨던지 엄마는 나를 포함한 가족에게 이사를 권유했고 식구들이 이를 받아들이고 마침 아빠께서 통장에 돈을 모아두신 것도 있어서 시골로 이사하게 되었다. 집도 아파트에서 단독주택으로 바뀌어서 승강기를 마주할 리가 없어지자 마음이 안정되었다. 그렇게 지내서 고등학교 1학년이 되었는데 시간이 멈춘 것이다. 그때는 승강기에 갇혀서 괴로웠는데 이젠 시간이 멈추었으니 이 세계 안에 갇혀 버린 거라고 생각하자 너무 괴로웠다. 승강기에 갇혀서 친구에게 험담을 들은 것은 오래 전의 일이었지만 자꾸 신경이 쓰였다. 그렇게 고개를 숙이고 걷자 남자아이가 먼저 말을 걸어왔다. "왜 그렇게 무서워하고 있어. 시간이 멈추어서 그래?" "응." 저 말투, 어디에서 들어본 것 같기도 하다. 그냥 착각일까? 남자아이를 아래위로 훑어보았지만 아는 사람이 아니었다. 남자아이를 따라 간 곳은 강이 있는 들판이었다. 들판 위에 털썩 주저앉은 후에 짐을 풀고 강을 바라보았다. 노을이 물든 그대로였다. 하늘을 보니까 주황색 저녁노을빛이 번져 있었다.

"노을이 예쁘다."

중얼거리는 그 아이의 목소리에 맞추어서 고개를 끄떡였다.

"아, 너 이름이 뭐라고 했지?"

"백반이."

"백반?"

"백반이!"

나의 웃음소리가 퍼져나갔다.

"하하. 외모랑 이름이랑 안 어울려. 그래도 예쁜 이름이다."

반이는 얼굴을 붉히고 고개를 돌렸다. 그 아이의 붉은 볼은 꼭 노을빛이 담긴 것 같았다.

"넌 이름이 뭔데?"

"난…… 한미리내."

"미리내?"

"응."

눈이 마주치자 심장이 두근거렸다. 눈빛이 자꾸 변한다. 익숙하다가도 금방 낯설어지는 그 눈빛. 변하지 않는 것이 있다면 그 까맣고 반짝거리는 눈동자가 나의 눈동자와 마주치고 있다는 것이다. 나무는 알록달록한 색의 나뭇잎으로 무성하게 되어 있었다. 그 나무들과 멀리 있는 풍경들을 보고 있을 때 뒤에서 낯선 그림자가 우리에게 다가오고 있음을 느꼈다. 반이는 내 손을 잡더니 눈빛으로 신호를 보냈다. 그 아이의 신호에 맞추어서 일어난 후에 무작정 달리기 시작했다. 하지만 얼마 가지 않아서 내 팔이 낯선 사람에게 붙잡혔다.

"시계 내놔!"

"싫어요."

그 사람은 내 팔을 붙잡은 채로 허름한 창고로 끌고 갔다. 창고 문이 열리고 내 몸은 그 창고 안으로 밀려들어갔다. 그 사람도 들어와서 문을 닫으려고 했다. 순간 이곳으로 오면서 생각했던 기억이 떠올랐다. 승강기에 친구와 같이 갇혀서 겪은 그 공포. 다시 갇히고 싶지 않다. 나를 험담했던 그 친구가 보인다.

"아아아아아악!"

미친 듯이 창고 문으로 가서 문을 열었다. 자꾸 쫓아오는 것 같아서 불안하다. '누구지? 누가 자꾸 쫓아오는 거지?' 뛰어가다가 멈춘 후에 뒤를 돌아보았다.

"백반이!"

"야, 너 얼굴 하얗게 질렸어. 괜찮아?"

"그 친구가 보였어."

"친구?"

반이가 내 앞에 서 있다. 낯선 사람은 내 비명소리에 놀랐는지 도망간 것 같았고 그 친구는 환상이었던 것 같다. 팔과 다리를 떨면서 그 아이에게 다가갔다. 그 아이는 아무 말 없이 날 안아주었다. 따뜻한 품 안에서 향기를 느꼈다. 풀 향기, 물 향기, 그리고 커피 향기. '커피?' 품에서 나와서 얼굴을 보았다. 다시 어른스러운 눈빛으로 돌아왔다.

"여긴 위험하니까 다른 곳에 가 있자."

"그래, 반이."

반이라고 부르고는 있지만 반이가 맞는지도 잘 모르겠다. 내가 아는 사람의 모습이 담겨있는 것 같기도 하다. 그 사람이 누구일까? 이런저런 생각에 머릿속이 복잡해졌다.

"뒷산으로 가자."

"왜?"

"거기에 우리 부모님 무덤이 있어."

그 아이의 말에 고개를 끄덕였다. 앞으로 뭐가 어떻게 될지도 알 수가 없으니 소중한 것을 보러 가는 것이 마음을 편안하게 할 것 같았다. 동네 뒷산은 꽃과 나무가 가득했다. 가다 보니 중간에 무덤이 나왔다. 잡초가 무성하지만 꽃이 주변에 피어 있어서 아름다웠다.

"여기가 너의 부모님 무덤이야?"

"응."

이 분들은 시간이 멈추어서 고요해질 거라고 생각한 적이 있었을까? 만약에 이들이 살아계실 때 시간이 멈춘다면 어떻게 행동하실까? 그 아이는 배낭에서 보온병과 초콜릿 케이크를 꺼내서 앞에 늘여놓았다. 내 배낭에는 약간의 과자, 빵, 초콜릿, 사탕 등이 들어 있었다. 망설이다가 배낭에 들은 음식들을 모두 꺼내서 그 아이가 꺼내놓은 것들 옆에 놓았다.

"같이 먹자."

"응, 근데 그 보온병에 든 건 뭐야?"

보온병을 열어보니 커피가 담아져 있었다.

"마실래?"

"괜찮아. 난 커피 별로 안 좋아해."

"왜?"

"커피는 쓰잖아. 난 달달한 게 좋아."

코코아를 보여주면서 웃자 그 아이도 따라 웃었다. 아, 저 미소도 어디서 본 적이 있는 것 같다. 어린아이처럼 천진난만한 그런 미소…….

"반이야."

"응?"

"너, 내가 아는 사람이랑 닮았어."

"누구?"

"그게……. 분명히 어디서 본 것 같은데 잘 기억이 안 나서 말이야. 휴… 기억났으면 좋겠다."

다시 한숨을 내쉬었다. 기억 속의 그 사람은 흐릿하다. 그나마 기억나는 것은 악수했을 때 본 그 사람의 손뿐이다. 나보다 크고 따뜻한 손이었는데…….

"별비가 되고 싶어."

"별비?"

반이가 별비가 되고 싶다고 하자 의아해졌다. 난데없이 별비라니. 그래도 말을 계속 들어주는 것이 도움이 될 것 같다는 생각이 들었다.

"별비가 돼서 스며들고 싶어. 존재하지만 존재하지 않는 것처럼. 특히 너의 마음속에."

내 마음속에 스며들고 싶단다. 순간 손이 오그라들고 얼굴이 화끈거렸다. 만난 지 얼마 되지도 않았는데 이런 말이나 하고 있는 걸 보니 정말 이상한 아이라는 생각까지 들었다.

“야, 잘못 말한 거지?”

“아니.”

“뭐라고?”

“아직도 모르겠어? 내가 누구인지?”

반이의 말에 고개를 갸우뚱거렸다. 모르는 것이 당연하다. 내가 아는 건 이 아이의 이름뿐인 걸. ‘가만…… 별비, 별비…… 별 성(星), 비 우(雨)…… 별비, 성우. 성우라면 성우 오빠?’ 성우 오빠는 내가 중학교 1학년 때 알고 지낸 이웃집 오빠였다. 얼마 있지 않아 이사를 가고 그 후로는 만나지 못했다. 성우 오빠를 만나게 된다면 대학교 1학년이 되었을 테니까 더 멋진 모습일 거야, 라고 속으로 생각한 적도 있었다. ‘설마, 아니겠지……. 저 사람이 성우 오빠라고? 분명히 다른데?’ 그 아이와 눈이 마주쳤다. 그 아이가 손을 내밀자 악수하자는 의미인 것 같아서 그 손을 잡고 악수했다.

“내가 성우 오빠야.”

“응?”

“유성우 오빠라고.”

사람이 저렇게 변할 수 있는 건가? 도저히 성우 오빠라고 믿기지가 않았다.

“정말 성우 오빠야?”

“정확히는 영혼만 나야. 육체와 또 다른 영혼은 반이 것이고.”

영혼이라고? 그리고 반이는 육체와 또 다른 영혼이라고? 머릿속이 혼란스러웠다. 이제 뭐라고 말해야 할지, 어떻게 행동해야 할지 알 수가 없었다. 코코아를 마시고 초콜릿 녹여 먹으면서 먼 산을 바라보았다. 성우 오빠도 내 옆에 앉은 채로 커피만 마시고 있었다.

3

세상이 고요했다. 오랜만에 느끼는 고요함과 혼란스러움이 공존하고 있었다.

"하나 더 말할 게 있어."

"뭔데?"

"반이는 원래 반딧불이야."

"반딧불이라고?"

내 눈이 동그랗게 커지는 것이 느껴졌다. 원래 반딧불이지만 지금은 사람의 모습이다. 반이의 영혼이 계속 유지가 되었다면 말이 통하지가 않았을까?

"오빠는 다 알고 있는 거지? 제대로 좀 설명해봐."

"알았어."

성우 오빠는 몇 번 심호흡을 하고 나서 다시 입을 열었다.

"난 얼마 전에 교통사고를 당했어. 응급실에 실려 갔지만 이미 심장은 멈춘 후였지. 육체는 썩어서 땅속에 묻히고 영혼만 남았어. 정확히 말하자면 유령이지."

"반이는 어떻게 된 거고 오빠는 왜 반이 영혼이랑 같이 있는 거야?"

"반이가 그러더라고. 자신은 원래 반딧불이었는데 '미르산'에 있는 보랏빛이 나는 호수로 간 적이 있었는데. 반딧불이에게는 그 장소가 금기의 장소래. 그 호수에 있는 물을 마시면 괴물로 변한다는 전설이 내려오고 있었나 봐."

갑자기 성우 오빠가 비틀거리더니 풀밭 위에 누웠다. 위에서 내려다보니까 눈빛이 달라져 있었다. 반이의 영혼이 성우 오빠의 영혼을 누르고 있는 것 같았다.

"반이야, 너니?"

"응. 이 형은 남의 몸에 들어와서 제멋대로라니까."

웃으면 안 되는 상황인데 웃음이 터지고 말았다.

"큭큭, 너 말하는 거 웃기다."

"넌 내가 무슨 말만 하면 웃고 있더라."

반이가 토라지고 나는 그 토라진 아이의 등을 두드렸다. 반이는 귀엽고 성우 오빠는 차분하다는 생각이 들었다.

"계속 이어서 말해줘."

"그 괴물로 변한다는 호숫물을 마셨어. 아무래도 상관없었어. 사실 별로 살고 싶지도 않았고."

"……."

"신기하게도 내가 사람의 모습으로 변했어. 그래서 주위를 돌아다니고 있는데 갑자기 주위가 이상하게 조용하더라고."

"시간이 멈추었지."

"맞아. 그런데 이상한 영혼이 나한테 무턱대고 들어왔어. 꼭 다시 만나고 싶은 사람이 있는데 시간이 다시 흐른다면 만날 수 없을 거라고 하면서. 영혼만 있으면서 힘은 어찌나 센지 나를 자꾸 괴롭혔지."

"아, 그래서 서로 영혼끼리 누르니까 눈빛이 자주 변했구나? 말투도 그렇고."

이 이상한 대화를 나누면서 편안한 것이 신기했다. 내가 아는 사람의 영혼이 들어 있어서일지도 모른다. 갑자기 호기심이 생겼다. 반딧불이에게 금기의 장소라는 미르산의 보라색 호수가 얼마나 아름다울지 궁금했다. '그러고 보니 이 시계도 보라색이네. 관련이 있는 걸까?' 그동안 정신이 없어서 차고 있는 시계에 별로 신경 쓰지 않았었다.

"반이, 그 호수가 어떤 곳인지 궁금해. 같이 가자."

"그래, 시간도 멈추었는데 좀 멀리 간다고 해서 문제 될 건 없겠지."

반이는 시간이 멈추었다는 사실에 두려워하지 않는 것 같았다. 그 아이가 나의 손을 잡았다. 손잡은 것에 이끌려서 뛰다가 몸이 공중으로 떠오르는 것을 느꼈다. 놀랍고 무서워서 눈을 질끈 감았다가 떴다. 발아래에는 건물들과 나무들이 있었고 하늘에는 여전히 노을빛이 번지고 있었다.

"공중에 떠 있다니……."

미소를 보이면서 반이와 잡은 내 손을 바라보았다. 그리고 반이의 눈동자를 바라보았다. 눈동자가 너무나도 밝게 빛나고 있어서 그 안에 별빛이 담겨져 있는 것 같았다. '그래, 반딧불이니까 나는 것이 행복한 일일 거야.' 한참을 날아가서 '미르산'에 있는 보라색 호수 앞에 도착했다. 보라색 호수는 상상했던 것보다 아름다웠다. 그 호수 근처로 다가가서 내 모습을 비추었다. 일그러진 모습이 비치는 호숫물을 떠서 마셨다. 무척 달콤한 맛이었다. 그 맛에 끌려서 자꾸 떠서 연거푸 그 호숫물을 마셨다. 반이와 성우 오빠의 영혼이 번갈아가면서 말리는 것에는 아랑곳하지 않았다. 호숫물을 마시다가 이상한 것을 느낀 나는 내 모습을 호수에 비추어보았다. 난…… 할머니의 모습을 하고 있었다. 손도 잔뜩 주름이 지고 머리카락은 하얗게 새어 있었다.

"이게…… 어떻게 된 일이지?"

내 목소리를 듣고 놀랄 수밖에 없었다. 목소리도 변해 있었다. 잔뜩 쉬어버린 내 목소리가 너무나 낯설었다.

"미리내, 사실 난 사람들을 싫어했어. 그들은 반딧불이가 사는 환경을 계속 훼손시키니까 존재하면 안 된다고 생각했어."

"……."

"근데 막상 사람의 모습을 하고 보니까 어느 정도는 어쩔 수 없이 훼손되는 것 같더라. 물론 너무 지나치게 자연을 훼손하면 안 되겠지만."

"맞아. 너 생각보다 똑똑하다."

"혹시 너…… 할머니를 싫어했니?"

"……어?"

내가 할머니를 싫어했다고? 그럴 리가. 그래, 이제야 내가 무엇을 잘못한 건지 알 것 같다. 초등학교 때 승강기에서 그 친구가 날 험담했던 것은 내가 그 친구의 할머니를 욕했기 때문이다. 그 할머니는 매우 못생긴데다가 지체 장애인이었다. 눈동자가 잘 보이지 않았고 말도 어눌하셨다. 처음에는 아이들이 놀리는 그 할머니가 불쌍하게 느껴졌다. 하지만 그 친구 집에 놀러가서 그 할머니를 보면 볼수록 답답했다. 사람이 한 말을 잘 이해하시는 것 같지도 않았고 항상 중얼거리시는 것이 신경을 건드렸다. 그 친구의 할머니께 말씀드려봤자 소용이 없을 것 같아서 그 친구를 비롯한 다른 친구들에게 그 할머니의 욕을 했다. 철이 너무 없었던 걸까. 당연히 그 친구도 할머니를 싫어할 거라고 생각했다. 하지만 엘리베이터가 멈추어서 갇혔을 때 그 친구가 하는 말을 들으니까 그게 아니었다. 모든 잘못은 너에게 있으며 다시 한 번 친구들 앞에서 우리 할머니 욕할 거면 가만두지 않을 거라고 한 것이다.

"미리내, 네가 다 잘못한 거야."

그 말은 아직도 가끔 내 머릿속을 맴돌았다. 악몽을 꾼 적도 있었다. 그 친구가 나를 낭떠러지로 미는 꿈이었다. 아무튼 난 이미 잘못을 했고 뉘우친다고 해도 시간은 그때로 되돌릴 수는 없는 노릇이다. '영화나 드라마 보면 과거로 이동 잘 하던데 지금은 그런 일 안 일어나나?' 눈물이 흘렀다. 시계는 어떻게 되든 나와 상관없이 느껴졌다. 이렇게 된 이상 될 대로 되라는 식으로 손목에 찬 시계를 풀은 후에 보라색 호수 안으로 던졌다. 시계는 점점 가라앉다가 갑자기 반짝 하고 빛을 냈다. 반이가 가까이 다가왔다. 아니, 눈빛을 보니 지금은 성우 오빠의 영혼이 반이의 몸을 지배하는 중이었다.

"일어나요, 미리내 할머니."

오빠가 날 일으켜 세운 후에 눈을 마주쳤는데 그 눈동자가 너무 슬퍼보였다.

"이제 시간이 원래대로 흐르기 시작할 거야."

"오빠가 그걸 어떻게 알아?"

"내가 너한테 그 시계를 줬으니까."

"그랬었어?"

"바보야, 그랬어."

오빠는 나의 볼에 입을 맞추었고 나도 오빠 볼에 입을 맞추었다.

"안녕, 미리내."

"잘 가, 성우 오빠."

성우 오빠의 눈에서 눈물 한 방울이 톡 하고 떨어졌다.

4

곧이어 그 아이의 눈에는 반이의 눈빛만이 반짝거렸다. 잘 보니 나도 원래도록 돌아와 있었다. 안도의 한숨을 쉬고 하늘을 보았다. 하늘에는 비구름이 노을빛을 가리고 있었다.
"서두르자. 비 올 것 같아."
"그래. 비 오면 피했다가 가자."
반이와 나는 손을 잡고 산을 내려갔다. 간간이 눈을 마주치기도 했다. 그 아이의 까만 눈동자가 비어 있는 것 같았다. 반이가 반딧불이로 돌아가게 될지는 잘 모르겠지만 지금 이 순간이라도 함께 한다는 사실이 중요한 것이니까 충분하게 느끼고 내 기분을 표현하기로 다짐했다.
"미리내."
"응?"
"그 보라색 호수, 넌 몇 번 떠서 마시기만 했잖아."
"맞아."
"사실 나는 호수 안으로 뛰어들었어."
반딧불이가 호수 속으로 뛰어드는 것을 상상해보았다. 자신의 온몸을 던져서 뛰어든다는 것이 용기 있는 행동이라고 생각해서인지는 몰라도 반이가 좀 달라보였다. 어쩌면 그 어른스러운 눈빛은 반이의 영혼이 성우 오빠의 영혼과 섞였던 것일지도 모른다.

"그럼 넌 변하지 않을까?"

"모르지."

"사라지지 마."

"그래."

"고마워. 말이라도 그렇게 해 줘서."

서로 눈을 마주치고 있을 때 빗방울들이 쏟아지기 시작했다. 비를 피하려고 하다가 비가 따뜻한 것이 느껴졌다. 피하지 않고 그대로 맞았다. 이 비는 모두의 눈물이 모인 따뜻한 비일 것이다. 촉촉하고 따뜻한 비를 맞으면서 산을 내려와서 걷고 또 걸었다. 그러다가 중간에 마을버스를 탔다. 마을버스의 맨 뒷자리에 앉으니까 그 아이도 내 옆에 앉았다. 다시 심장이 뛰고 머릿속이 요동치기 시작했다. 흔들거리는 버스 안에서 차창 너머로 풍경들을 보았다. 그동안은 비가 싫었는데 이젠 비가 좋아질 것 같은 예감이 들었다. 집에 도착하니까 엄마와 오빠가 뉴스를 보고 있었다.

"엄마, 오빠! 친구 데려왔어요."

"친구? 남자친구야?"

내 말에 엄마께서는 호들갑스럽게 반이를 반기셨다.

"반갑다. 이름이 뭐야?"

반이는 쑥스러운 듯 살짝 웃었다.

"백반이입니다."

나와 반이는 마주보면서 웃었고 엄마와 오빠는 의미심장한 눈빛으로 우리를 바라보았다.

에필로그

나중에 듣게 된 소식이지만 내 앞에 시계를 던진 낯선 아저씨는 유성우 오빠의 아빠였다고 한다. 내가 유성우 오빠에게 받은 보라색에 별 모양이 새겨진 시계를 잃어버리자 그 시계를 오빠에게 사 준 아저씨는 오빠가 잃어버린 것인 줄 알고 집에 가져왔다고 한다. 그런데 오빠가 나에게 준 시계이니까 지금은 자신의 것이 아니라고 하자 그 시계를 2년 동안 보관하고 있다가 사진으로만 확인했던 날 발견하자 아저씨는 그 시계를 자연스럽게 건네려고 공터에서 주웠다고 거짓말을 하셨다고 한다. 온전하게 보관해 주신 것은 고맙지만 거짓말을 하면서까지 돌려주시려고 한 건 특이하다는 생각이 들었다. 반이에게 들었는데 강가에서 만난 수상한 사람은 반이처럼 미르산의 보라색 호수에 뛰어들어서 사람의 형태를 가지게 되었다고 한다. 그리고 단순하게 시계가 탐나서 그랬던 것 같다고 했다. 세상엔 참 별일이 다 일어나는 것 같다. 이제는 시

간이 멈추는 일 없이 정상적으로 흐르고 있다. 왜 시간이 멈
추었는지는 정확하게 알 수는 없지만 블랙홀이나 다른 은하
가 우리 은하에 가까이 접근하면서 생기는 이상현상인 것으
로 추측할 뿐이다. 반이는 지금 다른 반딧불이들과 대화를 나
누고 있다. 반이는 요즘 말수도 줄어들고 슬픈 눈빛을 자주
보낸다. '그래, 이제 반이도 원래대로 돌아갈 때가 온 거겠지.
한 달 동안의 노을빛, 별빛 사랑을 할 수 있게 해 준 반이, 그
리고 반이와 만나게 해 준 성우 오빠. 잘 지내지? 고마워.' 꿈
에서 다시 이들을 만나기를 바라며 잠자리에 누웠다. 오늘 꿈
에서는 만날 수 있을 것만 같다.

가면을 쓴 인형 조정사와 클로리아
호두까기인형

한규연 이포고등학교

1889년 12월25일 크리스마스였다. 할머니가 잠자리에 누운 손녀딸 클라라에게 호두까기 인형 이야기를 해주고 있었다.

"할머니, 호두까기 인형은 어떻게 만들어졌어?"

손녀딸의 물음에 할머니는 뜸을 드리며 이야기를 하기 시작했다.

"그 때가 1810년 겨울 크리스마스 일주일 전이였지. 영국은 한참 인형극의 전성기였단다."

때는 1810년 12월 18일으로 거슬러 올라간다. 광장에는 임시로 설치해 놓은 인형극 극장들이 줄서 있다.

"크리스마스 시즌을 맞이하여 호두까기 인형, 공주와 바보, 개구리 왕자 등의 연극들이 있어요! 오늘 밤 7시!"

크리스마스 분위기가 나는 광장에는 구경나온 사람들과 인형극 광고하는 사람들의 목소리로 떠들썩했다. 때마침 클로리아는 역시 친구들과 함께 인형극을 보기위해 광장에 나왔다.

"우리 어떤 인형극 볼까? 나는 '공주와 바보'가 보고 싶어" 소녀의 친구 중 한명이 말했다. "나는 '호두까기 인형' 연극이 보고 싶어. 저 인형극을 하는 사람이 되게 미스터리한 가면을 쓰고 인형극을 한대. 궁금하지 않아?” 클로리아가 이야기 했다. 그 말은 들은 친구들은 모두 호두까기연극을 보러 그쪽으로 몰려갔다.

“어서오세요. 지금부터 호두까기 인형 연극을 시작하도록 하겠습니다.”

사람들의 박수와 함께 연극의 막이 올랐다.

“저기 진짜 저 사람 가면을 쓰고 연극을 하네? 특이하다. 잘 생긴 거 아닐까?”

클로리아의 친구인 헤리가 클로리아에게 소근거리며 이야기했다.

“그러게. 근데 나는 저 사람의 눈이 슬퍼 보여.”

그녀가 이야기하였다. 인형극이 막을 내리자 사람들은 박수를 보냈다.

“클로리아 우리도 이제 나가자.”

“잠깐만 너희들 먼저 나가있어. 나는 잠깐 궁금한 게 있어서 다녀올 데가 있어.”

클로리아는 혼자 무대로 다가갔다. 그러던 때에

“무슨 일이시죠? 연극은 끝났는데.”

연극을 했던 그 가면을 쓴 꼭두각시 조정사가 다가왔다.

“아니 저는 그냥 궁금해서… 방해가 됐다면 죄송해요..”

클로리아는 당황한 기색으로 극장을 나왔다.

"무언가 이상해. 느낌이 낯설지가 않아. 그저 동정일 뿐인가?"

클로리아는 왜 그런지 모르게 자신이 연극에 집중하지 못하고 그 사람에게 집중하는 것이 거슬렸고, 그 이유가 무엇인가 알고 싶기도 했다. 그 후로 하루도 빠짐없이 호두까기 인형극을 보러 간 것은 그 때문이다.

그녀는 항상 사람들이 다 나가고 난 뒤, 무대정리를 하는 가면을 쓴 연극조정사를 바라보다가 나왔다.

"어떻게 한 번도 웃는 얼굴을 볼 수 없는 거지? 궁금해..가면을 벗은 모습도, 웃는 모습도…."

그날도 어김없이 그녀는 혼자 중얼중얼하며 집으로 향하였다.

"다녀왔습니다."

"어서와! 여태 어디 있다가 들어오는 거야. 요번에 새로 당선된 젊은 시장 포폴로시장과 너와의 혼사 이야기가 오갔었단다."

클로리아는 썩 그리 내키지 않는다는 표정이었다.

"엄마 저는 결혼에는 관심 없어요. 어차피 어머니 아버지께서 맺어주는 사람이랑 결혼을 해야 하는 거니깐. 결혼 상대가 바보만 아니면 되요."

그녀는 또 중얼거리면서 방으로 들어갔다.

"아무래도 궁금해. 그 가면 조종사에 대해 알고 싶어. 그 슬퍼 보이는 눈을 잊을 수가 없어. 웃게 해주고 싶어.”

클로리아는 고민에 빠져있다 문득 좋은 생각이 난 듯 환하게 웃어보였다.

“그래 그 방법이 있지!! 내가 웃겨줘야겠어”

그녀는 친한 친구이자 시녀인 말티를 불렀다.

“말티! 나 좀 도와줘!”

“무슨 일이세요. 아가씨?”

“사실 말이야, 말티…”

클로리아는 그동안 자신이 가면조정사에게 다녀온 이야기를 빠짐없이 털어놓았다.

“아후! 속 시원해. 말티 이건 절대 비밀이야. 이 사실을 알면 부모님이 또 불쌍한 사람을 돕는다고 나를 나무라실 거야. 극장에 간 거까지 걸리면 난 적어도 일주일은 외출 금지 당할 거야.”

“당연하죠. 아가씨! 제가 누구겠어요! 그래, 제가 도와드릴 일은 무엇이죠?

“고마워 말티! 역시 말티야! 말티가 도와줘야 되는 건… 사실 나 그 사람을 웃게 만들고 싶거든.”

“네? 아가씨가요? 에이, 그렇게까지 그 사람을 웃게 하고 싶으신 이유가 뭐예요?”

“그건 나도 모르겠어. 그냥 그 사람을 한번 웃게 해주고 싶어.”

“아가씨도 너무 오지랖이 넓어서 탈이예요. 그건 일종의 동정 아닐까요?”

“나도 그렇게 생각했었어. 근데 이번에도 그냥… 와 줄 거지?”

“뭐, 저는 아가씨가 원하시는 일이니깐 도와드리기는 하죠.”

클로리아는 말티와 함께 가면조정사를 웃기기 위해 온갖 아이디어를 냈고 인형 연극의 마지막 날 그에게 보여주기로 했다.

“오늘도 웃지 않으시네요?”

가면조정사는 아무런 대꾸도 하지 않았다.

‘그렇다면 나도 반격이다.’ 그녀는 말티와 함께 준비한 코미디를 펼쳤고 마침내 가면을 쓴 조정사는 웃었다.

“와! 웃었다. 드디어 웃었어! 내가 당신을 웃기기 위해서 품격이 떨어지는 행동을 하며 얼마나 노력했는데, 드디어 웃어 주시는군요.“

클로리아는 웃으며 이야기했다. 하지만 그 가면조정사는 다시 묵묵부답이었다.

“저, 당신이랑 친하게 지내고 싶어요. 물론 당신이 싫다면 거절해도 되요.”

클로리아는 꿋꿋이 말했다. 그때

“그렇지만 나는 당신이 모르는, 아니 알면 날 피할 이유가 있어요. 저는 그것이 두려워요. 그리고 당신은 부잣집 아가씨고 나는 그저 연극을 하는 떠돌이 집시에 불과하니 나는 당신과 친구가 될 수 없어요."

가면을 쓴 연극 조정사는 대답했다.

"신분이 문제인 건가요? 저는 상관없어요. 그리고 저도 말 못할 상처도 많아요. 우린 충분히 서로 통할 수 있는 친구가 될 수 있어요."

"당신의 그 따뜻한 마음은 고마워요. 하지만 당신은 나의 모습을 보고 놀랄 거예요. 흉터는 저에겐 저주와 같은 거죠. 만약 가면을 벗은 저의 모습이 무섭다면 뛰어나가도 괜찮아요."

가면을 쓴 조정사는 말하면서 가면을 벗었다. 그의 얼굴의 반은 저주스러운 흉터로 덮여있었다. 소녀는 순간 속으로 얼마나 놀랐는지 모른다. 하지만 놀란 티를 내서는 안 되며, 오히려 무심하게 대해야한다는 생각이 앞섰다.

"그게 뭐가 문제가 된다는 거죠?"

그녀는 물었다.

"나의 모습을 보고도 놀랍지 않아요? 모든 사람들은 내가 저주를 받았다고 나를 괴물 보듯 대했어요. 정말 내가 무섭지 않나요?"

걱정에 떨며 그는 소녀에게 물었다.

"전혀 무섭지 않아요. 그럼 이제 우리 친구할 수 있는 거죠?”

“당신이 원한다면. 물론 내가 무섭게 느껴진다면 당신은 언제든지 나를 떠나도 되요.”

“그럴 일 전혀 없을 거예요.”

클로리아는 웃으며 이야기했다.

“아, 저 우리 친구이니까 이제 서로의 이름은 알아야겠죠?”

“제 이름은 프레스예요.”

“아 그렇군요. 저는 클로리아예요.”

“클. 로, 리, 아?”

“네! 이제 서로의 이름을 아니깐 더욱 친해진 것 같군요.”

그렇게 둘은 서로에 대해 알아갔고 고민까지 털어놓는 둘도 없는 친한 친구가 되었다.

그러나 불행은 이미 시작 되었다.

“클로리아! 너 요즘 대체 어디를 그렇게 돌아다니는 거니?”

클로리아의 엄마가 물었다.

“그냥 친구들도 만나고 그랬어요.”

“너가 지금 제정신이니? 이제 곧 결혼식 날짜를 잡게 될 텐데! 오늘 저녁 포폴로 시장이 우리 집으로 올꺼야! 너는 오늘 꼼짝 말고 집에 있어! 이쁘게 보여야 시장이 널 데리고 가지!”

클로리아의 엄마는 말하고는 문 닫고 나가버렸다.

"말티, 나 결혼하기 싫다. 도저히 맘에도 없는 사람이랑은
결혼 못하겠어."

"그래도 아가씨! 그건 안 되죠. 어쩔 수 없는 일이예요."

"정말 어쩔 수 없는 일인 걸까?"

"안녕하십니까? 백작, 그리고 백작부인, 저를 초대해 주셔
서 감사합니다."

포폴로 시장이 클로리아의 부모님께 정중하게 허리를 굽혀
인사했다.

"어서 와요, 포폴로 시장! 초대해 응해줘서 오히려 우리가
고맙죠. 우리 딸 클로리아도 많이 기다리고 있었어요."

클로리아의 부모님이 대답했다.

"아 그렇습니까? 그럼 클로리아양을 드디어 보게 되는 건
가요?"

능글맞은 웃음을 띤 채 포폴로시장은 대답했다.

"클로리아! 어서 내려와. 너의 남편이 될 분이신 포폴로 시
장님이 오셨단다."

계단을 내려오는 클로리아의 모습을 본 포폴로 시장은 한
눈에 반해버렸다.

"아니 저렇게 아름다운 여인이 이 세상에 존재하였었나?"
포폴로시장은 감탄하며 웃었다.

"안녕하세요. 저는 클라로스 백작의 여식 클로리아라고 합

니다.”

“안녕하시오, 클로리아양. 나는 포폴로 시장이오. 당신이 나의 부인이 될 사람이라니 믿기지 않소. 이렇게 아름다울 수가.”

“과찬이십니다.”

그렇게 클로리아와 포폴로 시장의 의례적인 인사는 끝이 났다. 저녁 만찬을 마치자 포폴로 시장은 기다렸다는 듯이 말했다.

“클로리아. 나는 하루 빨리 당신과 함께 살고 싶소. 그대도 나와 마음이 같다면 얼른 결혼 날짜를 잡고 결혼식을 올립시다.”

“저에게는 선택 권한이 없습니다. 그저 시장님과 저희 부모님께서 결정하시는 데로 따를 뿐입니다. 그럼 안녕히 가세요.”

그렇게 인사를 마치고 클로리아는 방으로 돌아왔다.

“말티. 저 사람 능글맞은 거 봤어? 생긴 건 또 어찌나 느끼한지…. 정말 이 결혼하기 싫다.”

“저도 봤어요. 머리부터 말끝까지 느끼한 버터가 잘잘 흘러넘치는 게 제가 보기에도 별로였어요.”

“내가 저 사람과 살 수 있을까?”

“그렇게 하도록 노력하셔야죠. 어쩌겠어요.”

“후…, 프레스는 지금 뭐하고 있을까?”

클로리아는 창문틀에 기대 달을 보며 프레스를 떠올렸다.

다음 날 포폴로 시장은 클로리아를 찾아와 데이트 신청을 하였고, 클로리아는 어쩔 수 없이 데이트에 응하게 되었다. 그들이 데이트 장소로 간 곳은 바로 프레스가 있는 극장이었다.

"클로리아!"

프레스가 웃으며 클로리아를 불렀다.

"뭐야 당신. 당신이 뭔데 나의 부인이 될 클로리아를 마음대로 부르는 거 야?"

포폴로가 프레스의 멱살을 잡으며 이야기 했다.

"뭐하는 짓이에요? 지금 보는 눈이 얼마나 많은데…. 당장 놔요."

"당신이 원한다면!"

포폴로 시장은 프레스의 멱살을 놓았다.

"소개가 늦었군요. 이 사람은 나의 절친한 친구 프레스예요."

클로리아가 프레스를 포폴로에게 소개하였다.

"내가 실수를 했군요. 그렇지만 저 작자는 클로리아 당신과는 친구가 될 수 없는 사람인 거 아닌가요?"

포폴로가 빈정거렸다.

"말씀이 지나치시군요. 삼가주셨으면 해요."

클로리아가 대답했다.

"아 프레스. 소개가 늦었네. 이 사람은 나와 결혼하게 될 포폴로 시장님이셔."

"안녕하세요. 프레스입니다. 곧 연극이 시작될 거니깐 들어
가시죠."

프레스는 클로리아의 남편이 될 포폴로를 보고 약간의 의
구심을 느꼈다. 물론 프레스는 남몰래 클로리아를 짝사랑하
였기 때문이기도 하였지만 무언가 찜찜함을 느꼈으나, 함부
로 말할 수 없기에 넘겨버렸다. 그렇게 연극은 시작의 막을
올렸고, 한 시간 후 막이 내렸다.

"생각 외로 꽤 괜찮았네요."

포폴로가 프레스에게 이야기했다.

"그렇게 봐주셔서 감사합니다."

"프레스, 우리는 이만 가 볼게요. 내가 나중에 다시 올게
요."

클로리아는 프레스에게 인사를 남긴 후 포폴로 시장과 극
장을 나갔다.

"어디서 많이 본 듯한 얼굴인데 기억이 안 나. 누구지?"

프레스는 혼자 골똘히 생각에 잠겼다. 한참이 지난 후

"알았다. 기억났어. 우리 부모님을 죽게 만들었던! 이 저주
스러운 흉터까지 남겨준!"

15년 전 프레스가 8살이 되던 해에 프레스의 부모는 살해
되었다. 범인도 잡지 못하고 수사는 미궁에 빠진 것으로 흐지
부지되고 말았던 사건이지만, 프레스는 알고 있었다. 장롱에

숨어 부모의 죽음을 눈으로 밖에 지켜볼 수 없었던 프레스. 그의 가문은 대대로 드라큘라를 봉인하는 직분을 맡았으므로 자연스레 드라큘라와는 대립적인 집안에 속했따. 하지만 어릴 적 프레스의 실수로 프레스의 가문 지하에 봉인되어 있던 드라큘라의 봉인이 풀리면서 저주가 시작되었다. 프레스의 엄마는 어떻게든 프레스 하나만은 살리겠다며 장롱에 숨긴 것이었다. 그러나 성과 같았던 집은 불이나고 프레스의 가문은 멸망하고 말았다. 그 때 얻게 된 프레스의 흉터! 드라큘라가 저주를 내린 집안이 바로 프레스의 집이었다. 그 어릴 적에 프레스가 장롱의 틈사이로 본 것은 바로 자신의 부모님의 피를 빨고 있던 포폴로의 모습이었다.

"그럴 순 없어. 기억이 흐릿했었는데..드디어 알아냈어..나와 나의 가문을 송두리째 앗아간 드라큘라! 그가 포폴로였다니…. 클로리아가 위험해.."

한 편 극장에서 나와 클로리아의 집으로 향하던 중 포폴로는 클로리아에게 정식으로 청혼을 했다.

"사랑하는 나의 여신 클로리아. 나는 당신을 사랑해요. 나와 결혼해 주겠소..?"

무릎 꿇고 정식으로 고백하는 포폴로의 미소 속엔 의미심장한 웃음이 함께 보였다.

"일어나세요. 보는 사람이 많습니다. 지금 여기는 광장입니

다. 어찌 시장님께서… 사람들 보는데, 얼른 일어나세요. 이
결혼은 제가 싫든 좋든 해야 하는 결혼이니 저의 승낙 없이도
하실 수 있으세요.”

단호하게 클로리아는 말하였다.

“알겠소. 사실 당신의 부모님과 이미 상의는 끝났소, 요번
주 금요일 빨리 식을 올리도록 하기로 하였소.”

“아니, 벌써! 금요일이라니요? 말도 안 되….”

“뭐 어떻소, 빠르면 좋은거 아닌가. 난 당신이 맘에 들었소,
나는 한번 맘에 든 건 절대로 놓치지 않소. 그럼 이만 난 돌아
가겠소.”

자신의 말만하고 포폴로는 돌아가 버린다.

“뭐 저런 사람이 다있어.”

클로리아는 기분이 상한 채 집으로 들어갔다.

한편 포폴로가 자신의 부모님을 죽이고 자신의 가문까지도
멸망시키고 자신의 얼굴에 저주를 새겨 놓은 것을 알게 된 프
레스는 충격에서 빠져나오기가 쉽지 않았다. 하지만 클로리
아를 구해야 한다는 생각으로 클로리아의 집을 찾아왔다.

“클로리아! 클로리아!”

프레스가 클로리아의 창문을 향해 소리치고있다.

“프레스 무슨 일이예요? 여기까지!”

깜짝 놀란 클로리아는 창문을 열고 대답했다.

“당신에게 전하고 싶은 말이 있소. 지금 당장 나와 줄 수 없

나요?"

"하지만 지금은 너무 늦었어요. 난 내려갈 수 없어요. 이만 돌아가요. 그리고 난 요번 금요일에 결혼해요. 이젠 프레스 당신과도 친구를 못하게 되었어요. 이만 잘 돌아가요. 프레스 내 친구여."

"안 되오. 꼭 오늘 전해야 하오.제발!"

클로리아는 창문을 닫았고, 프레스는 클로리아의 말에 충격을 받았다.

"벌써! 오늘이 수요일인데, 금요일이 결혼식이라니! 그게 무슨 말인가! 정녕 그녀를 구할 방법이 없단 말인가?"

프레스는 좌절한 채 자신의 극장으로 돌아갔고 다짐했다.

"어쩔 수 없어. 클로리아가 나를 만나주지 않는 이상 내가 포폴로를 처리 할 수밖에… 그녀를 구해야 돼!"

프레스는 이상한 끌림에 의해 극장의 지하로 내려갔고 그 곳에서 낡은 상자를 발견했다. 그 상자 안에는 프레스의 가문 의 가보인 에클로스라는 칼이 있었다. 그 칼은 드라큘라를 처 단할 수 있는 최후의, 그리고 유일한 칼이었다. 그 칼을 사용 할 때 목숨을 진정 건 사람만이 죽지 않을 수 있었다. 그런 상 식쯤은 프레스도 알고 있었다.

"내 가문의 가보인 에클로스의 칼이여, 응답하라! 내 목숨 을 걸고 드라큘라를 처단하리라."

금요일 빈첸시오 성당에서 곧 식이 시작되고 있었다.

"자 지금부터 포폴로 시장과 클로리아양의 결혼식을 시작하도록 하겠습니다. 하객여러분께서는 모두 자리하여 주시길 바랍니다."

사회자의 말이 끝난 후 식은 시작되었다. 그런데 주례사가 끝나갈 때쯤

"이 결혼을 반대합니다."

갑작스런 프레스의 등장에 성당에서 예식을 보고 있는 사람들은 눈이 휘둥그레졌다.

"뭐야 저 자식은! 당장 끌어내라!"

포폴로 시장은 경찰들에게 프레스를 끌어내라고 명하였다.

"포폴로! 내가 모를 것이라고 생각했나? 당신은 15년 전의 모습과 변함이 없군, 나로 인해 너의 봉인이 풀렸으니 나로 인해 너를 잠들게 하겠다. 우리 가문을 멸망하게 하고 사람의 피로 젊음을 사는 사악한 드라큘라! 죽어라!"

프레스는 에클로스의 칼을 꺼내 포폴로를 향해 뛰어갔다.

"흥! 드디어 알아냈군, 네가 그 멸망한 집안의 프레스? 그 가문은 어리석었지. 사람들을 위해 나를 봉인하고, 결국 그 대가로 멸망을 택한 멍청한 가문! 나의 결혼식을 망쳤으니 이 나라를 피로 물들게 해주마!"

포폴로는 본래의 드라큘라로 변했고, 모인 사람들은 그 광경을 보고 놀라지 않는 사람이 없었다.

그렇게 포폴로와 프레스의 싸움이 시작되었다. 그 결과는 프레스의 승리였으나, 그 역시 치명상을 입어 숨을 헐떡이고 있었다.

"사랑했소, 클로리아. 저주의 얼굴의 나를 진심으로 사랑해주는 친구였지만, 우린 여기까지인가 보오. 고마웠소. 당신은 정말 좋은 친구였소.."

프레스는 이 말을 남긴 후 숨을 거두웠다.

"죽지 말아요…프레스, 왜 진작 말을 하지 않았나요. 나도 사랑해요, 그러니 제발…!"

클로리아는 프레스를 품에 안고 절규에 가까운 울음을 흘리며 프레스의 곁으로 가야겠다는 생각으로 자결을 한다.

"아이고, 벌써 잠들었구나. 사실 너에게 읽어준 동화와 비슷하지. '호두까기 인형'도 헌신으로 이루어낸 사랑이지? 그러나 '호두까기인형'에서는 사랑이 이루어졌지만 현실에서는 그렇지 못했단다."

Overheat Runner

한영희 창현고등학교

하늘에 가득 낀 먹구름으로 세계는 어두웠다. 악취가 진동하는 쓰레기장, 하지만 그 버려진 폐기물들을 뒤지는 것은 까마귀도, 벌레도 아닌 사람이었다. 비위생적인 환경에서, 어린 나이의 소년은 아무렇지도 않게 맨손으로 쓰레기더미를 뒤졌다. 혹 포장이 뜯기지 않은 음식물, 아니, 포장이 뜯겨 너덜너덜해도 좋으니, 소년은 그렇게 중얼거리며 계속 쓰레기더미를 뒤졌다. 그렇게 한창을 뒤지더니, 소년은 뿌듯한 표정을 지으며 굽혔던 허리를 폈다. 책을 잡고 있어야 할 법한 어린 소년의 손엔 더러운 과자봉지가 들려있었다. 정체모를 구정물에 번들번들한 것을 소년은 너무나도 소중하게 껴안고 있었다.

"요한."

멀리서 들려오는 목소리, 소년이 고개를 돌렸다. 요한이 자신의 이름에 반응하자, 이름을 부른 이가 손짓하며 소년-요한을 불렀다. 쓰레기더미가 산을 이룬 곳의 꼭대기에 앉아 있는 소녀는 요한과 마찬가지로 나이가 어렸다. 발꿈치를 살짝 들고 발끝으로 걷는 것이 인상 깊은 소녀, 소녀는 가만히 웃으며 요한에게 외쳤다.

"이만 돌아가자, 벌써 많이 늦었어."

"알았어."

요한이 고개를 끄덕였다. 그리고 요한은 고개를 들어 하늘을 보았다. 비록 언제나 먹구름이 끼어 시간의 흐름을 알 수 없는 하늘이었지만, 서서히 반짝이기 시작하는 것이 구름사이에서도 자신을 과시하고 있었다. 요한의 갈색 눈에 화려한 불빛이 반사되었다. 그리고 요한은 눈을 깜빡, 깜빡, 눈꺼풀 안쪽에서도 계속되는 잔상을 느끼며 입을 열었다.

"가로리, G는 어떤 곳일까?"

"G?"

어느새 사뿐히 다가온 소녀가 고개를 들어 요한과 바라본 것을 또한 바라보았다. 매일같이 정확한 시간대에 빛나기 시작하는 것, 반짝이는 보석같이, 밤하늘의 별같이 빛나는……. 요한과 마찬가지로 한참 그것을 머릿속에 퍼낸 가로리는, 앳된 소녀의 웃음을 지으며 고개를 내렸다. 그리곤 골똘히 생각하는 시늉을 하더니,

"천국이 아닐까?"

라고 내뱉곤 제 딴에는 웃겼는지 까르르 웃음을 터트리며 고조된 감정을 보였다. 사뿐히 뛰어올랐다가 착지한 후, 가로리는 요한의 반응을 살폈다. 하지만 요한은 웃지 않았다. 오히려 요한은 가로리에게 되물었다.

"왜 천국이야?"

요한의 반응에 약간 당황스러웠는지, 가로리는 웃음을 줄였다. 하지만 아직도 재미있다는 듯 쿡쿡 웃으며 제 생각을 뱉어내기를,

"G는, 이 나라 엘러미어의 가장 꼭대기에 존재하는 건물이래. 우리가 사는 이곳처럼 사람들이 만든 공간이지만, 여기 개척지 더 해피는 물론이요, 평범한 세계 레타흐나 부자들의 나라 베네흐에도 비교할 수 없이 호화로운 곳이래."

그러니까 여기에 비하면 천국이지, 가로리는 그렇게 강조하며 수줍게 웃는 것으로 대답을 마무리했다. 가로리의 정리를 이해할 수 없는지 요한은 고개를 갸우뚱, 그런데 불현듯 누군가의 목소리가 끼어들었다.

"아니, G는 어린애들이 생각할 만한 곳이 아니야."

목소리의 근원에 가로리와 요한이 놀라 뒤를 돌아보자, 쓰레기 더미의 산 사이로 여자가 걸어 나왔다. 군데군데 찢어진 흰 가운을 입은 여자는 어린아이의 대화에 끼어든 것 치곤 꽤나 살벌한 표정으로 둘을 내려다보고 있었다. 거칠게 하나로 땋아 내린 갈색머리, 살벌한 눈빛을 담은 회색 눈, 요한은 한 번도 본 적이 없는 이 여자의 등장에 당황스러운 시선을 보냈다. 가로리 역시 어쩔 줄을 모르고 요한을 흘깃거렸다. 하지만 그 둘을 겁먹게 한 여자는 어딘가 메마른 시선을 무심하게 보내곤 발걸음을 돌려, 요한과 가로리에게서 멀어져갔다.

"G는, 미치광이 독재가의 연구소일 뿐이지……."

여자가 하는 말은 잘 들리지 않았다. 뚜벅거리는 묵직한 워커소리가 그림자를 흘리며 멀어져가고, 한참 뒤 여자의 모습이 더 이상 보이지 않게 되고 나서야 가로리와 요한은 저도 모르게 멈추고 있던 숨을 내쉬었다. 가로리가 첫말을 내뱉었다.

"저 여자, 별똥별이야."

별똥별? 요한이 어리둥절한 표정을 짓자, 가로리는 긴장으로 맺힌 식은땀을 훔쳐내며 세세한 설명에 들어갔다.

"왜, 여긴 햇빛도 잘 안 들어오는데 가끔 별똥별이 떨어지는 게 보이잖아? 그건, 별이 아니라 사람이 들어 있는 캡슐이래."

"사람이 왜 떨어져?"

"모르지. 하지만 대부분은, 사기 당해서 여기를 내려오거나, 무시무시한 죄를 지은 범죄자래, 범죄자."

범죄자, 가로리가 강조하는 말에 요한은 등골이 서늘해졌다. 그럼 자신들이 만난 여자가 범죄자일지도 모른다고? 하지만 요한은 자신이 겁먹은 모습을 보이면 안 되겠다는 생각이 들어서-가로리를 도리어 무섭게 할까봐, 라는 생각에서-짐짓 시큰둥하게 고개를 끄덕였다. 하지만 머릿속은 더 많은 생각으로 가득 차, 요한은 손을 연신 죄암질했다. 그에 따라 과자봉지가 바스락거렸다. 그러자 그걸 본 가로리가 화제 전환을 꾀하는 양 방긋 웃으며,

"과자, 하나 찾았네. 나는 빈손이야."

익살스레 부럽다는 어투였다. 덧붙이듯 가로리가 빈손을
펼쳐 허공을 쥐락펴락 했다.

"나눠줄까?"

그런 가로리에게 동정심을 품었는지, 안쓰러워하며 요한이
조심스레 과자봉지를 뜯으려고 했다. 하지만 정작 말을 꺼낸
가로리는 손사래를 치며 요한을 말리기를,

"아냐, 난 혼자 살잖아? 하지만 요한에게는 부모님이 있잖
아."

그러니까 요한이 가져가야해, 가로리의 말에 요한의 눈이
데굴데굴 굴러 시야를 떨어트렸다. 그에 가로리는 요한의 등
뒤로 다가가 어깨를 잡고 가볍게 앞으로 밀었다. 집에 가자,
가로리의 말이었다. 요한은 어색한 미소를 지으며 앞으로 나
아갔다. 그렇게 둘은 악취가 진동하는 쓰레기장을 걸어 나왔
다. 사뿐사뿐 발끝으로 뛰어다니며 조잘거리는 가로리에게
동조해주며 요한은 고개를 끄덕였고, 쓰레기장에서 조그마하
게 난 오솔길을 걸었다. 하지만 요한은 그다지 즐겁지 않은지
고개를 그저 끄덕끄덕 대꾸해주다가, 집에 거의 다다를 때쯤
에 조심스레 입을 달싹였다.

"가로리, 사실은 말이야."

"왜?"

가로리가 고개를 갸우뚱하며 묻자 요한은 자신감 없는 표
정으로 다시 입을 꾹 다물었다. 하지만 '뭔데 그래, 말해봐,'라

고 가로리가 재촉해보아도 요한은 과자봉지를 꼭 그러쥐며
아랫입술을 잘근잘근 물었다. 그걸 본 가로리는 더 묻지 않기
로 했는지, 유순하게 화제를 전환했다. 그리고 그렇게 요한은
집에 갈 때까지 입을 다물었다.

판잣집이 옹기종기 모인 곳, 개척지 더 해피의 마을. 요한은
때에 절어있는 과자 봉지를 품에 꼭 안으며 제 앞에 있는 문
을 조심스레 열었다. 남루하게 드문드문 벽지가 벗겨진 집 안
이 요한의 시야에 들어온다. 늘 그렇듯, 그래, 늘 그래왔듯.
요한은 대수롭지 않게 쓱 훑은 시야를 거두었다.

"저 왔어요."

요한의 목소리는 적막한 집안을 울렸다. 아니, 그에 응답하
듯 바람이 울었다. 삐거덕거리는 벽과 벽의 틈새를 비집고 들
어오는 바람, 요한은 그걸 발견하곤 다가서 옆에 있던 신문지
를 집어 틈새를 막았다. 익숙한 솜씨로 작업은 쉽게 끝낸 요
한은, 손을 가볍게 털어내곤 일어나 다시 과자봉지를 집었
다. 그리고 요한의 발걸음은 자그마한 방에 다다라, 침대에
누워 있는 노부부에게 멈췄다.

"아버지, 어머니."

요한이 조심스레 속삭이자 그의 어머니가 축 늘어져 있던
고개를 들었다. 그에 요한이 과자봉지를 내밀었다. 비록 때에
절어 더럽지만, 요한이 봉지를 뜯자 고소한 냄새가 터져 나왔
다. 드세요, 하고 요한이 말했다. 그러자 메마른 손길, 그리고

애정이 가득한 눈길로 요한을 쓸며 어머니는 갈라진 입술을
중얼거렸다.

"엄마, 아빠는 오늘 배고프지 않구나."

하지만 요한은 그 말을 못 들은 척, 과자를 집어 들어 제 어
머니의 입가에 조심스레 가져다드렸다. 그리고 자리를 옮겨
자신의 아버지에게도 그를 반복했다. 하지만 그가 과자로 여
윈 부모의 배를 채우려 할수록, 어머니의 눈가가 그렁그렁 젖
어들기를, 절반 정도 남은 과자봉지를 바라보며 어머니는 고
개를 저었다.

"잠깐 쉬고 싶으니, 밖에 나가서 놀지 않으련?"

과자도 들고 가렴, 어머니의 말에 요한은 고개를 끄덕였다.
요한은 순순히 밖으로 나갔다. 그리고 집의 뒤편으로 가 그
그늘에 기대듯 웅크려 앉았다. 요한은 이때서야 제 입에 과자
를 우겨넣었다. 굶주린 소년의 손놀림은 빨랐고, 눈가는 제
어머니와 같이 축축하게 젖어들었다. 그리곤 소리죽인 울음
을 터트리는 요한이었다. 소리를 내지 않으려 끅끅 숨을 들이
키는 소리, 이 모든 것이 자신의 탓인 것 마냥 느껴져 요한은
한참을 울어버렸다.

한참 울던 울음이 서서히 멎어들었다. 빨간 눈가를 쓱 비벼
닦으며 약간 남은 과자를 챙기고, 요한은 자리를 털고 일어났
다. 그런데, 숙였던 고개를 들어보니 요한의 앞엔 가로리가
서 있었다. 요한을 내려다보며 가로리는 수줍게 웃었다.

"엿들을 생각은 없었는데……."

말끝을 얼버무리며 웃어버리는 가로리였다. 요한이 놀란 눈으로 그녀를 바라보자 가로리는 시선을 이리저리 돌리다가,

"미안해."

라고 짧게 사과했다. 요한은 아무 말도 하지 않고 그냥 살짝 웃는 것으로 가로리의 사과를 받아들였다. 그리고 요한은 입을 열었다. 아까 하지 못 했던 이야기이리라.

"사실은 부모님이 아프셔."

"…그…건 나도 알고 있었잖아."

"단순히 영양실조가 아니야. 심각한가 봐……."

요한은 잠시 말을 끊었다. 잔뜩 긴장한 숨을 들이마시고, 목에 걸린 말을 억지로 토해냈다.

"하지만……, 레타흐의 병원이라면 치료가 가능할지도 몰라."

요한의 말에 가로리는 놀란 표정이었다. 그리곤 애써 상대방의 마음을 상하게 하지 않으려는 기색이 역력하게 말하기를,

"하지만 요한. 레타흐라면, 개척민은 못 가지 않아? 아니 내 말은……."

그러자 요한은

"알아, 개척지민은 인간 이하의 취급을 받아서 올라가지도 못 한다는 것쯤은. 하지만 레타흐라면 치료가 가능하지 않을

까, 하고 한 번 생각만 해본거야."

라며 도리어 가로리를 안심시키려는 듯 크게 웃어 보이는 것이었다. 요한이 웃는 모습을 보자 안심이 되어서, 가로리는 작게 숨을 내쉬었다. 그리고 다시금 밝게 웃으며 요한에게 손을 뻗었다. 그리고 요한을 일으켜 세웠다. 요한은 짧게 숨을 내쉬었다. 겉으로는 의연하게 웃어보였지만, 침대에 누워계신 부모님을 생각하니 마음이 아파, 오히려 다시 집으로 들어갈 용기가 나질 않았다. 요한은 그런 생각을 하며 중얼거렸다.

"아니면 내가, 위로 올라갈까? 나는 오버히트잖아."

요한은 제 두 손으로 가벼이 스스로의 얼굴을 감쌌다. 스스로를 위로하는 것 같은 작은 손길을 내주며 정신을 달래는 요한이었다. 그리고 요한의 들릴 듯 말 듯 했던 말을 들었는지, 가로리는 더욱 놀란 표정으로 요한의 앞에 쭈그려 앉아 말을 조잘거렸다.

"하지만 요한, 오버히트가 레타흐로 가서 달라지는 것은 없어. 오버히트는 단지 산업 폐기물에서 비롯된 돌연변이일 뿐이야. 오히려 마구마구 이용당할 거라고."

마치…… 처럼, 가로리가 말끝을 흐리며 걱정스레 내놓는 말이었다. 요한은 가만히 손가락을 벌려 그 사이로 가로리와 눈을 마주쳤다. 그리고 살며시 눈웃음을 지으며 대꾸했다.

"하지만 난, 할 수만 있다면 레타흐로 올라가서 부모님을 치료하고 싶어."

가로리는 순간 숨을 삼켰다. 자신과 마주치는 요한의 눈이, '너는 어때?' 라고 묻는 것만 같아서. 가로리는 가만히 시선을 돌려 그를 회피했다. 사실은 가로리도 레타흐로 올라가고 싶었다. 왜냐하면……. 그때, 지직, 지지직, 하는 거슬리는 소리가 요한의 귓가를 스쳤다. 갑작스레 들려온 잡음에 요한이 주위를 둘러보았고, 가로리도 그것을 들었는지 상념에 잠기다 말고 귓가를 손으로 만지작거렸다.

"방금 무슨 소리가 들리지 않았어?"

요한의 물음이었다. 가로리는 슬쩍 고개를 돌렸다. 잡음은 요란하게 둘의 귓가에 맴돌았고, 그 거슬리는 소음의 근원을 찾아 가로리는 고개를 두리번거렸다.

"아무래도, 광장 쪽에서 나는 것 같아."

"무슨 일이라도 생긴 걸까?"

가볼까? 가로리가 손을 내밀자 요한은 일어섰다. 그리고 둘은 광장으로 향했다.

요한이 알고 있는 평소의 광장이라면 상당히 삭막했다. 말로는 광장이라고 하지만 사실상 그저 '텅 빈 넓은 공간'에 불과했다. 척박한 개척지에선 각자의 먹고살기도 급급한 상황이었다. 그렇기에 대부분은 광장에 있을 시간도 없이 쓰레기 처리장에서 위쪽에서 내려오는 각종 산업 쓰레기에서 그나마 멀쩡한 먹거리를 찾으려 애쓰거나, 영양가도 없는 박한 인공적인 토지에서 작물을 길러보려 애쓰는 것에 모든 것을 할애

했다. 그러나 오늘은 좀 달랐다. 제법 많은 사람들이 광장에서 웅성이고 있었다. 여전히 귓가엔 잡음이 맴돌고, 사람들도 그 잡음을 따라 온 것인지 다들 두리번거리고 있었다. 요한은 주변을 둘러보았다. 어쩐지 익숙한 분위기의 사람들, 사람들이 몰려있던 탓인지 삭막했던 광장은 후끈한 열로 가득 찼다. 그때, 가로리가 요한에게 속삭였다.

"요한, 이 광장에 지금 오버히트들이 모여 있어. 방금 팔이 부딪혔는데, 체온이 높아. 원래 오버히트들은 일반인보다 체온이 높잖아."

가로리의 말에 요한은 주위를 둘러보았다. 초능력자들이 이렇게 많이 몰려있다고? 요한은 믿기지가 않았다. 의외로 많아도 너무 많았다. 이들이 모두 오버히트라면 개척지의 오염이 상당히 진행되었단 뜻인데, 요한은 미심쩍게 대꾸했다.

"오버히트들만? 우연 아닐까? 아니면 이 잡음이 오버히트들에게만 들리는 것일까?"

그리고 요한이 물음을 던질 쯤, 뚝 하는 묵직한 소리와 함께 잡음이 멈췄다. 사람들이 술렁이며 다시금 고개를 두리번거렸고, 요한도 갑작스레 멈춘 소리에 오히려 당황스러워하며 주위를 둘러보았다. 그런데, 갑자기 상공에서 빛이 번쩍, 하곤 다시 지지직거리는 잡음이 들려왔다. 사람들이 일제히 허공을 바라보자, 그곳엔 홀로그램으로 이루어진 전광판이 한 명의 사람을 비추고 있었다. 마르고 약삭빠른 분위기의 사내,

보라색 정장의 먼지를 손으로 털어내던 그는 고개를 들어 전광판 너머를 바라보듯 시선을 마주쳤다. 광장에 모였던 사람들은 다들 가지각색의 놀란 표정을 지었고, 전광판속의 사내는 태연하게 말을 시작했다.

"인공개척지의 척박한 환경에서 서식, 아니 거주하는 여러분들께 한 가지 말씀을 드리려고 이 메시지를 보냅니다. 저는 여러분의 위, 즉 레타흐를 가로질러 베네흐, 그 위에 군림하는 건물 G의 주인, 여러분의 지도자 길버트라고 합니다."

"길버트라고?"
사람들이 더욱이 놀란 표정으로 서로에게 수군거렸다. 가로리 또한 요한에게 속삭였다.
"길버트라면, 건물 G에 산다는 이 세계의 지배자?"
"그렇지."
요한은 고개를 끄덕였다. 전광판에 비춰지는 길버트는 계속 말을 이어나갔다.

"개척지의 힘든 삶에 지치지 않았나요? 레타흐와 베네흐의 삶을 동경하고 계시진 않습니까? 하지만 여러분들은 이곳에 올라올 수 없죠, 여러분들은 평생 동안 진흙탕을 굴러다닐 운명이니까요."

사람들이 하나둘 인상을 찌푸렸다. 다들 입을 달싹이며 무언가를 입 안에서 짓씹었지만, 차마 입 밖으로 내진 않았다. 요한 또한 마찬가지였다. 입 밖으로 길버트를 비난했다가는, 위대한 지도자인 길버트가 인공개척지에게 어떤 처벌을 내릴지 모르는 것이었다. 전광판 속 길버트는 이를 드러내며 씩 웃기를, 마치 개척지민들의 생각을 읽고 한껏 비웃는 것 같았다.

"하지만 여러분의 지도자인 제가, 한 가지 솔깃한 제안을 드리려고 합니다. 바로 레타흐와 베네흐의 시민권을 얻을 기회를 드리는 것이지요. 시민권을 얻고 싶지 않으십니까? 여러분의 가족과 친구들을 안락하게 해주고 싶지 않으십니까?"

길버트는 허공을 건드렸다. 그러자 허공에서 홀로그램으로 이루어진 모형이 나타나, 확대된 화면으로 그 모형이 부각되었다. 마치 베이글처럼 층층이 쌓인 땅덩어리, 그리고 그 위에는 크고 둥근 건물. 누군가가 외쳤다.
"저건, 엘러미어다!"
그 말에, 화면에서 벗어난 길버트가 끌끌 웃었다.

"예, 이건 바로 우리 세계 엘러미어의 모습을 딴 모형입니다. 지금부터 여러분에게 'G의 내기'에 대하여 설명하기 위해서 꺼낸 것이지요. 자아, 지금부터 여러분에게 하는 제안을 'G의 내기'라고 하겠습니다. 주위를 한 번 둘러보실까요? 여기 모인 사람들의 공통점을 아십니까? 여기 모인 사람은 모두 '오버히트'입니다."

"역시."

술렁이는 가운데 가로리가 주먹을 꼭 쥐며 요한과 전광판을 번갈아 바라보았다. 사람들은 그제야 서로를 유심히 보며 어리둥절했고, 가로리와 마찬가지로 몇 사람은 그리 생각했는지 그저 고개를 끄덕였다. 요한은 가로리에게 속삭였다.

"왜 하필 오버히트만?"

"오버히트여러분, 오버히트는 레타흐와 베네흐에서 내려오는 각종 폐기물로 인해 유전자 조작이 일어난 돌연변이입니다. 물론, 아주 유용한 돌연변이지요. 다른 돌연변이 괴물들을 처치할 강한 힘이 있으니까요. 그렇게 보자면 여러분은 일종의 신인류죠, 진흙탕 속에 다이아몬드! 하하!"

모형이 사라지고, 화면은 다시금 길버트의 모습을 비췄다. 길버트는 자신의 말이 스스로도 웃긴 것인지 끌끌 웃고 있었다.

"그런데 최근 레타흐와 베네흐에도 비슷한 문제가 발생하고 있답니다. 오버히트 문제가 아니라, 단순한 돌연변이 괴물들에 대한 문제 말입니다. 빠른 처리를 위해 레타흐와 베네흐에도 만들어 둔 처리시설이 그만, 급속도로 진행된 시설 부식으로 무용지물이 되었습니다. 그리고 거기에 생물이 유입되어 돌연변이들이 나타난 것이지요."

이거 참 문제입니다 많은 사람들이 죽고 다치고 있어요, 라는 말을 덧붙이는 길버트는 너무나도 덤덤한 표정이었다. 길버트는 화면 밖의 사람들과 일일이 눈을 마주치듯 허리를 숙여 시선을 훑었다.

"레타흐와 베네흐엔 강한 능력을 지닌 오버히트들이 필요합니다. 최대한 많은 돌연변이들을 무찌르고, 그 결과를 들고 '건물 G'로 와주시길 바랍니다. 빠르고 효율적으로 많은 돌연변이를 처리한 분들께는, 그의 가족과 친구에게까지 레타흐와 베네흐의 시민권을 드리도록 하겠습니다. 단, 최대한 빠르게 오세요. 시민권의 수는 한정되었으니까요. 자, 이게 바로 'G의 내기'입니다. 참으로 솔깃한 제안이지요? 참고로 저희는 아무것도 지원하지 않습니다. 파이팅!"

그럼, 안녕! 길버트를 담아내던 화면이 점점 일그러지더니, 영상은 끝났다. 사람들이 올려다보던 홀로그램은 너무나도 쉽게 사라졌다. 사람들은 아까의 영상이, 자신이 들은 것이 모두 꿈만 같아 한참을 빈 허공을 올려다보았고, 가로리와 요한도 멍하니 허공에 시선을 두었다. 요한이 멍하니 중얼거렸다.

"레타흐와 베네흐의 시민권……, 그것만 있으면 부모님이 치료를 받을 수 있어."

가로리 또한 깊은 생각에 잠겨 있는지 아무 말이 없었다. 멍하니 서있던 사람들이 하나 둘 자리를 떠나고, 하늘이 어두워져 저 높이 떠있는 건물 G의 불빛이 더욱 화려하게 빛날 때에서야, 가로리는 요한을 불렀다.

"집에 가자."

요한이 고개를 끄덕였고, 둘은 걸음을 옮겨 광장을 나섰다. 침묵이 둘을 감싸고 내려앉은 가운데, 입을 먼저 연 것은 가로리였다.

"요한, 나처럼 어린 애라도 참여할 수 있을까?"

"……G의 내기에?"

요한이 놀란 듯 되묻자, 가로리는 가만히 고개를 끄덕이며 짧은 이야기를 풀어놓았다.

"우리 부모님이 말씀해주셨는데, 나한테는 너랑 동갑인 여동생이 있었대. 나도 엄청 어리고 그 애가 갓난아기일 때 레타흐로 입양되었고."

"레타흐로 입양되었다고? 하지만 어떻게?"

"내 동생은 오버히트였거든. 능력발현이 일찍 된."

가로리는 눈을 깜빡였다. 아직도 어린 시절 보았던 작은 손이 기억나, 라고 중얼거리며 가로리가 빈손을 허공에 쥐락펴

락했다. 요한이 한 번도 들어본 적이 없는 소리에 어리둥절하
여 되묻자,

"네 동생이 오버히트라고? 그럼 입양된 이유가 돌연변이들
을 무찌르기 위해서야?"

"아마도? 명목상의 입양이란 것이겠지?"

짐짓 별 대수롭지 않게 대꾸하며 가로리는 가볍게 뛰어오
르고 착지했다. 그리고 하늘을 바라보자, 가로리의 눈에 밝게
빛나는 건물 G가 보였다. 그 인공적이고 차가운 불빛은 너무
나도 환해서, 가로리는 눈을 감고 고개를 내려버렸다. 그리고
요한을 앞서가듯 뛰다가, 다시 뒷걸음질 쳐 요한과 걸음을 맞
추곤 익살스레 말했다.

"그 이유가 어찌됐던, 난 위로 올라가서 동생을 만나보고
싶어."

하지만 요한은 그런 가로리를 영 못 미더운 눈으로 바라보
았다. 그러자 가로리가 양 볼에 바람을 집어넣곤 볼멘소리로
"왜, 너도 가고 싶잖아?"라고 짐짓 쏘아붙이자 요한은 몸을
움츠리며 시선을 피했다. 그리고 어린아이를 달래려는 의젓
한 어른 행세를 하듯 나긋나긋한 목소리로 말하려들었다. 하
지만 가로리에겐 그저 겁먹은 어린아이처럼 느껴지기를, "하
지만 가로리, 우린 아직 어린애잖아. 오버히트라고 하지만 그
렇게 강하지도 않고……" 듣지도 않겠다는 식으로 가로리가
노려보자 결국은 말꼬리를 흐리는 요한이었다. 사실 요한도

가고 싶은 마음이 없지 않아 있었으니, 차마 더욱 말할 자신이 없어졌기 때문. 그에 대해 가로리는 짐짓 단호하게 말했다.

"요한, 나는 부모님이 안 계시고 너는 부모님이 아프셔. 우리 둘 다 자신의 집안일을 책임지고 있는 가장이잖아? 그 순간부터 우리는 어른이었어."

가로리는 요한의 두 손을 낚아채어 꼭 잡으며 두 눈을 마주쳤다. 절실함을 나타내고자 꼭 잡은 손은, 오버히트 특유의 높은 체온, 그것도 유독 뜨거운 편인 가로리의 체온이 가로리의 절실한 감정을 싣고 요한을 적셨다. 요한은 차마 그 손을 뿌리칠 수가 없어서, 얼떨결에 말을 내뱉고 말았다.

"그럼, 돌연변이 괴물들이 점거한 비상계단까지만 가보고, 안 되면 돌아오자."

사실은 요한도 가고 싶었지? 요한의 대답을 들은 가로리가 방긋 웃으며 하는 말이었다. 요한은 집으로 돌아가기 전에, 이웃집에 살고 있는 친절한 퀸시 부인을 찾아갔다. 문을 두드리고 잠시 기다리니, 퀸시 부인이 여느 때와 다름없이 따스한 미소로 요한을 반겼다. 요한이구나, 오늘은 식량을 구하지 못했니? 퀸시 부인이 물으며 요한의 부스스한 머리를 가벼이 쓰다듬어주었다. 그런 취급을 받을 나이는 아니지만, 요한은 푸스스 웃음을 터트리다 가만히 퀸시 부인을 올려다보았다.

"아주머니, 아까 굉장한 소식을 들었어요. 건물 G에 사는 지도자 길버트가, 오버히트들이 위로 올라와서 레타흐와 베네흐에 나타난 돌연변이들을 처리해주면 오버히트들과 그의 가족, 친구들에게 시민권을 주겠대요."

"그래? 정말 많은 오버히트들이 이 마을을 떠나겠구나. 그럼 이 마을은 누가 지킬까……."

요한의 말에 퀸시 부인은 살며시 인상을 찌푸리며 그렇게 중얼거렸고, 요한은 퀸시 부인의 얼굴에 물든 걱정의 빛을 보고 흠칫 놀랐다. 퀸시 부인은 잠시 생각하는 것 같더니 다시금 미소를 지으며 요한의 머리를 다시 쓰다듬곤 가볍게 한 마디를 던졌다.

"하긴, 이 마을은 우리 요한과 가로리가 지켜주면 되겠구나."

요한이 놀라 숨을 들이켰다. 제가요? 요한이 묻자 퀸시 부인은 연신 웃음을 지으며 짓궂게 요한을 놀리는 말을 던졌다.

"왜, 겁나니? 우리 요한은 겁쟁이구나."

그리고선 다정하게 "농담이란다."라는 말을 붙여 해명하는 퀸시 부인이었다. 물론 그게 사소한 농담이라는 것을 알고 있었던 요한은 대수롭지 않게 웃어보였다. 그래도, 퀸시 부인의 농담에 주저하는 마음이 들어버리는 요한이었다. 하지만 이미 결심을 굳힌 터였던 요한은 단호한 한마디를 짜내어 덧붙였다.

"저는, 그리고 가로리도, 참여할 예정이에요."

그리고 간신히 그 말을 내뱉은 요한은 자신을 쓰다듬는 손길이 떨리는 것을 느꼈다. 하지만 애써 웃는 모습을 보여주는 퀸시 부인을 바라보며, 요한은 계속 말을 이었다.

"염치 불구한 말이지만, 제가 돌아올 때까지 저희 부모님을 보살펴주시지 않겠어요. 저는, 시민권을 얻어서 부모님을 레타흐의 병원에서 치료받으실 수 있게 해드리고 싶어요. 퀸시 아주머니의 남편인 퀸시 아저씨는 공장을 운영하고 있어 그나마 무난히 살아가시니까, 감히 이런 부탁을 할게요. 돈은 돌아와서 꼭 갚을게요."

그리고 그 시민권을, 퀸시 아주머니에게 드릴게요, 요한은 간절한 눈빛으로, 부디 자신의 호소가 퀸시 부인에게 닿기를 바라며 그녀를 계속 올려다 보았다. 퀸시 부인은 잠시 온순한 눈을 깜빡이며 아무런 말도 않나 싶더니, 이내 다시 그 다정한 미소를 지었다.

"무리하지 않고?"

요한이 고개를 끄덕이자, 퀸시 부인은 웃으며 두 팔을 벌려 요한을 꼭 껴안았다. 허리를 숙여 키를 맞춰가며, 퀸시 부인은 다정하게 요한을 감싸 안았다. 거절을 각오하고 있던 요한은 당황스러워했지만, 퀸시 부인의 따스한 방법의 긍정을 깨닫곤 이내 요한 또한 그녀를 꼭 끌어안았다.

"다녀올게요."

요한이 허리숙인 퀸시 부인의 귓가에 수줍게 속삭였다.

"부모님에게 인사드리고, 저녁은 꼭 먹으렴."

퀸시 부인의 조언이었다. 요한은 껴안은 채 고개를 끄덕였다. 그리고 포옹에서 풀려난 요한은 집으로 돌아가, 퀸시 부인이 조언한 대로 했다. 요한의 부모는 반대나 별다른 말없이 눈물을 흘렸고, 요한은 애써 울지 않았다. 자신이 말한 일이니 말이다. 그리고 그날은 부모님도 침대에서 일어나, 식탁에 앉아 다 같이 식사를 했다. 퀸시 부인이 마련해 주신 식사를 먹으며, 요한과 부모님은 간간히 대화를 나눴다. 그리고 잠이 들었다. 어두운 하늘에서 유일하게 밝게 빛나는 건물 G의 불빛이 자신의 침대시트를 물들이는 것을 보며, 요한은 잠이 들었다. 그날 밤 요한은 건물 G에 제일 먼저 도착하는 꿈을 꾸었다.

"일어나, 요한."

라고 가로리가 요한을 깨웠다. 어느새 건물 G의 불빛은 꺼졌고, 하늘은 다시 우중충한 회색으로 돌아와 있었다. 가로리는 부스스한 요한의 얼굴을 젖은 수건으로 닦아주며 지나가는 말로 핀잔을 주었다. 넌 왜 이렇게 침을 흘리며 자니? 하지만 요한은 하나도 들리지 않았다. 오직, 건물 G로 갈 생각에 벅차올라 있을 뿐.

"다녀올게요."

침대에 누워 계신 부모님의 볼에 일일이 작별키스를 남기고, 요한이 집을 나섰다. 집 밖에선 신발을 벗고 있는 가로리의 모습이 보였다. 요한이 물었다.

“벌써부터 신발을 벗어? 거기가서 벗어도 되잖아.”

그러자 가로리가 우습다는 듯 씩 웃으며, “이왕 실력 발휘할 건데, 미리 준비운동을 해야 하지 않겠어?”라고 말했다.

가로리가 신발을 벗어 자신의 가방에 집어넣고는 요한에게 웃어보였다. 가로리의 새하얀 발끝이 땅에 닿자, 가로리의 발끝에선 아리따운 불꽃이 피어올랐다. 흙바닥에도 옮겨 붙은 불은 작지만 쉽사리 꺼지지 않고 타올랐고, 가로리는 만족스러운 미소를 지으며 폴짝폴짝 뛰어올랐다. 그걸 본 요한은 어쩐지 가로리의 말이 일리가 있는 말로 들려, “그럼 나도.”라며 황급히 몸을 웅크렸다. 웅크리고, 스스로를 꼭 껴안은 자세를 하곤 요한은 눈을 질끈 감았다. 요한의 옷 위로, 힘줄이 불거져 나왔다. 우득, 근육이 느리게 풀리는 소리가 서서히 나더니, 요한의 웅크린 모습이 서서히 변화하기 시작했다. 요한은 여전히 눈을 꾹 감은 채 웅크렸고, 고통스러움을 참았다.

“멋져, 요한.”

요한이 한 곳으로 집중한 정신이 서서히 풀려오자, 그곳에 서 있는 것은 사람 요한이 아닌 ‘늑대’ 요한이었다. 요한은 새로운, 정확히는 오랜만인 몸뚱이를 둘러보며 혹 어디 부족한 것은 없는지 살폈다. 그리고 어색한 시선으로 가로리와 눈을 마주쳤다. 가로리는 웃으며 늑대―요한의 머리에 겁도 없이 손을 얹었다. 그리고 마구 비벼대듯 쓰다듬었다.

“멋져, 늑대 양반. 그럼 가볼까?”

가로리는 그런 말을 하곤 요한의 대답을 듣지도 않은 채 허공으로 뛰어올랐다. 그리고 요한 또한 바닥을 박차고 달리기 시작했다. 폴짝, 폴짝, 가로리는 최대한 높이, 그리고 멀리 뛰려는 기색이 역력했다. 가로리의 발끝에서 피어오르는 불꽃은 땅에서도 쉽사리 꺼지지 않아, 요한이 재빠르게 몸을 틀어가며 피해야 했다. 미안해! 가로리가 공중에서 외쳤으나 요한은 대수롭지 않게 뛰어나갔다.

"요한! 저기 다른 사람들도 비상계단으로 향하고 있어!"

가로리가 외치며 더욱 높이 뛰어올랐다. 요한도 더욱 속력을 내어 뛰어나갔다. 요한과 가로리가 지상으로 통하는 유일한 길, 돌연변이 괴물들이 점령한 지 오래인 비상계단으로 갈 때 다른 오버히트들도 속속들이 몰려들고 있었다. 가로리는 최대한 높이 뛰어 사람들을 하나하나 살피려 애썼다. 그리고 그것을 요한에게 하나하나 알려주었다.

"저기 저 사람은 하늘을 날고 있어! 아, 저기 저 언니는 지오반 언니잖아? 바람을 다뤄서 그런가? 엄청 빠르네! 우리도 열심히 가야겠어, 요한!"

하지만 요한은 갑자기 멈춰 섰다. 의아한 가로리가 바닥에 내려와 요한을 살폈다.

"왜 그래?"

요한은 주둥이 끝으로 저 너머를 가리켰고, 가로리가 그 방향을 좇아보니 가로리의 시야에 들어오는 것이 있었다. 가로

리와 요한이 가려고 했던 비상계단. 하늘 저 끝까지 연결되었
단 말이 사실인 듯 우중충한 하늘을 뚫은 탑처럼 쭉 이어진
계단의 탑은, 그야말로 너무나도 높아 보였다.

"와, 엄청 높다. 계단에서 도중에 잠들지도 모르겠네."

가로리가 농담조로 키득거리자, 요한은 고갯짓했다. 응, 그
래, 빨리 가야지. 가로리는 요한의 말을 알아듣는다는 표시를
하며 다시 달리기 시작했다. 탑이 점점 가까워질수록, 마음
한 구석이 찡하게 젖어드는 가로리와 요한이었다.

"요한, 우리 열심히 달리자!"

가로리의 외침이 허공에서 울려 퍼지고, 탑으로 향하는 다
른 오버히트들도 그 목소리를 들었다. 열심히 달리자! 그 말
이 누구에게 전해지는 것이건 간에, 오버히트들은 일제히 달
리기 시작했다, 자신에게 내려온 희망을 잡기 위해서.

소설 세계 설명

분리된 세 개의 대륙, 그리고 하나의 거대한 건물로 이루어
진 세계, '엘러미어'는 '개척지 더 해피', '레타흐(RETAH)',
'베네흐(VENEH)' 그리고 거대한 건물 'G'로 이루어져 있다.

개척지 더 해피는 100퍼센트 사람의 기술로 만들어낸 인공
대륙이다. 철판과 철근, 그리고 각종 합성소재를 덧대어 거대

하고 든든한 구유 형태의 베이스를 만든 후 철로 이루어진 수많은 밧줄로 레타흐, 베네흐와 연결해 놓은 상태이다. 그 빈 공간에 레타흐와 베네흐의 산을 깎아 충당한 흙을 채워 거대한 개척지를 만든 것이다.

과거에 인구문제 때문에 만들어 낸 곳으로, 수많은 빈민들이 부푼 꿈을 안고 개척지로 몰려들었다. 하지만 자원이 없고 토양의 질이 좋지 않았으며, 심지어 햇볕조차 잘 들지 않았다. 거의 무일푼으로 내려온 개척자들은 하루하루 힘든 생활을 하게 되었다. 공장에서 절제 없이 버려지는 오염물질이나 상층부에서 내려오는 각종 환경 폐기물이 생명체들을 오염시켜 각종 돌연변이가 속출하고 있는 상황. 이들의 삶은 병들었고, 괴물들에게 위협받으며, 기계부품처럼 부려지는 삶을 살고 있다.

개척지의 주민들은 레타흐나 베네흐로 올라갈 수 없다. 유일한 통로인 엘리베이터는 먹통이 되어버렸고, 길고 길게 뻗은 비상계단은 너무 높고, 돌연변이 괴물들이 점거해 도저히 뚫을 수 없게 되어버렸다. 어쩌다 하늘이 주신 기회가 생겨 무사히 위로 올라갈 수 있다 하더라도 노예취급을 받으며 살아야 하는 경우가 허다하다. 하지만 가끔씩은 전 재산을 말아 먹어 별 수 없이 내려오거나 흉악한 범죄를 저지른 사람들이 추방당하는 등 레타흐나 베네흐에서 사람이 내려오기도 한다.

레타흐는 가운데가 뻥 뚫린 도넛처럼 생긴 대륙으로, 개척지 더 해피와 연결되어 있으며 허공에 떠 있는 베네흐와 그 사이에 공간으로 거리를 두었다. 풍요로운 토지와 각종 산업 시설이 즐비한 곳이다. 베네흐와 G의 소비까지 책임질 정도로 엄청난 생산량을 보이며, 이들은 제법 넉넉한 삶을 누리고 있다. 이들은 베네흐와의 교류가 많으며, 개척지 출신만 아니라면 차별을 받지 않는다. 고로 레타흐에서 베네흐로, 또 G로 진출한 사례는 제법 많다.

이들이 만들어낸 각종 폐기물은 개척지에 버려진다. 이로 인해 개척지엔 돌연변이들이 늘고 있다. 하지만 최근은 빠른 생산을 위한 즉석 폐기물처리를 위해 레타흐에도 쓰레기처리장을 만들었는데, 거기에서 각종 돌연변이들이 탄생해 사람들에게 막대한 위협을 가하고 있다. 그래서 레타흐는 베네흐에 도움을 요청했으나, 베네흐도 비슷한 상황이 발생한 상황이라, 별다른 답변은 오고 있지 않는 상태다. 그래서 일부 사람들은 개척지의 오버히트들을 형식상 입양하거나 고용하여 자신의 신변을 지키도록 한다.

레타흐와 더 해피 위에 둥둥 떠 있는 대륙 베네흐와 건물 G는 그 특성이 베일에 가려져 있다. 마치 신들이 사는 세계라고 생각될 정도로, 화려하다고 하다. 권력층의 70퍼센트가량이 베네흐와 G출신이며, 올바른 정치를 하고 있다는 이야기로 매스컴을 점령시켜 정치에 별 관심이 없는 국민들의 마음을 마비시켰다. 상업이 활발하게 이뤄지며 문화의 도시, 복지의 도시 등 요란한 수식어를 지니고 있지만 이 모든 것은 개척지와 레타흐의 희생으로 이루어진 것이다. 하지만 정작 베네흐의 사람들과 정치인들은 건물 G에 가보지 못 했으며, 최고 지배자와 그의 간부들이 있는 G가 대체 어떤 곳인지는 아무도 모른다.

능력자 오버히트

산업쓰레기로 인해 발생하는 각종 생명체 돌연변이, 그중 사람에게선 단순한 기형이나 상태이상을 벗어나, 도리어 효율적이고 이용가치가 있는 특성을 지닌 이들이 생겨났다. 일종의 신인류라고도 여겨지는 이들을 '오버히트'라고 칭한다.

오버히트들은 일반인보다 체온이 약간 높은 것이 특징이며, 소설 속에서나 나올 법한 특수한 능력을 지니고 있다. 흔히들 초능력이라고 칭하는 능력이며, 단순히 염동력이나 독심술을 벗어나 특수한 힘과 신체를 지니거나 특정분야에 놀라운 능력을 보여준다.

현재 오버히트들이 발견되었다는 이야기는 개척지 더 해피에서만 들려오며, 간혹 레타흐나 베네흐에 있는 오버히트들은 개척지 출신의 입양아다. 오버히트들은 각자 자신의 능력을 이용하여 개척지의 척박한 삶을 개선하려 노력중이다.

　　최근 건물 G의 주인이자 엘러미어의 지도자인 길버트가 오
버히트들에게 막대한 관심을 보이고 있으며, 오버히트들이
돌연변이들을 물리쳐가며 건물 G까지 자력으로 올라오게 하
는 G의 내기를 제안했다. 길버트의 의도는 현재 알 수 없으
며, 일부 언론사는 그가 오버히트를 자신의 수하로 두려는 것
일지도 모른다고 추측중이다.

　　요한(남자/15세) : 변신 능력을 지닌 오버히트, 현재 산업
폐기물 때문에 병에 걸리신 두 부모님을 치료하려면 레타흐
의 의료시설에서 치료를 받아야 하므로 G의 거래에 참여했
다. 아직 어리지만 책임감이 넘치고 제 앞가림을 잘 한다. 하
지만 마음이 약해 자신에게 해코지하려는 사람들을 쉽게 떨
쳐내지 못하는 모습을 지니고 있다. 변신능력을 통해 높이 나
는 새나 강한 공격력을 가진 늑대로 변신할 수 있으며, 그 시
간이 짧으니 효율적으로 이용해야 한다. 하지만 그의 능력은
다른 능력자들의 능력과 비교하기엔 그저 평범하다. 하지만
늑대로 괴물사이를 강행돌파하고, 새로 하늘을 빠르게 나는
것은 방해하는 이가 없다면 꽤나 유용.

　　퀸터(여자/21세) : 오버히트가 아닌 위쪽에서 내려온 '별

똥별'로, 일회용 로켓캡슐을 타고 개척지로 떨어졌다. 과거가 알려지지 않은 떠돌이 아가씨. G에서 근무했으나 추방되었다는 소문이 막연하게 돌고 있다. 하지만 본인은 그에 대해 아무 말도 하지 않는다. 말을 아끼고 과묵한 편으로, 때론 무서운 사람으로 보이지만 약자를 배려하고 악자를 처단하는 듬직한 면모도 보인다. G에 대한 증오를 보이고 있다. 오버히트가 아닌지라 능력이 없지만 총기 보유자로, 날아가는 새를 떨어트릴 만큼 훌륭한 사격 실력을 지니고 있고, 무술 또한 익히고 있는 듯하다. 하지만 많은 총기류를 지니고 있다 보니 움직임이 둔하다.

가로리(여자/17세) : 발끝으로 긋는 궤적에 따라 불꽃을 일으키는 능력을 지닌 오버히트. 어릴 적에 부모를 여의고, 레타흐로 입양된 자신의 여동생을 찾기 위해 G의 거래에 참여했다. 감정 기복이 심하고 어리광을 피울 때가 많지만 그래도 자신의 여동생과 관련된 일이라면 의젓한 면모를 보여준다. 발끝에서 끊임없이 화염이 나오며, 현란한 춤사위와 함께 불꽃을 일으켜 상대를 교란시킬 수도 있다. 쉽게 꺼지지 않는 탓에 땅속까지 불꽃이 깃들며 화염을 억지로 지나치려 한 사람에겐 옮겨 붙는다. 신발을 신으면 불꽃이 나오지 않아서 맨발로 뛰는데, 그래서 가시덤불 같은 뾰족한 것 위를 걷는 것엔 몹시 약하다.

러션(남자/26세) : 땅에 스며들었다가 다시 재구성되어 나올 수 있는 오버히트. 텔레포트 오버히트로 아는 이들도 있지만 사실은 땅속에서 빠른 속도로 이동하여 다시 나오는 것이다. 같은 원리로 벽도 통과할 수 있다. 단지 이 지긋지긋한 곳에서 빠져나가고 싶다, 라고 말하지만 그에겐 막대한 책임이 있다. 10명가량의 대가족의 3남인 그는 현재 공장에서 일하다 다리를 다친 장남과 레타흐로 올라가 행방불명된 차남을 대신해 가족을 책임질 의무가 있는 것이다. 하지만 망나니로 살아왔던 러션은 현재 상당히 혼란스러운 모양이다. 자존심은 강하지만 대책이 없다. 막무가내로 참여한 만큼 현재 날이 서 있다. 암석으로 된 것이라면 통과할 수 있기에 흙속에서 빠른 속도로 이동해 앞서가거나 벽을 통과할 수 있다. 하지만 상당한 피로가 동반되는 모양이다.

지오반(여자/18세) : 바람을 다루는 오버히트. 가볍게 속도를 늘리거나 상대를 바람으로 날려버릴 수 있다. 품격 있는 생활에 욕심이 많은 고아소녀로, 홀로 살아왔지만 다행히 씩씩한 면모를 보이고 있다. 단, 남이 약한 소리 하는 것을 싫어하며, 그와 동시에 자신에게 잔소리하는 것도 싫어한다. G의 거래에 참여해 베네흐의 상류사회에 진출하는 것이 꿈이다. 바람을 조종해 자신에게 약간의 가속도를 주거나, 앞을 가로막는 괴물들을 날려버릴 수 있는 능력자다. 단, 오래 지속하진 못하고 단번의 돌풍을 이용한다. 안타깝게도 고정된 장애물은 움직이지 못하며, 때론 너무 빠른 속도로 뛰다가 그 가속도에 본인이 다치는 경우가 있다.

올리버(남자/22세) : 밧줄 다루는 것에 일가견이 있는 오버히트. 마치 신체의 연장선마냥 자유자재로 트랩을 설치하고, 사람들을 방해할 수 있다. 쓰레기처리장의 실태를 고발하기 위해 정치인이 되고자 한다. 하지만 그러려면 레타흐나 베네흐의 시민권이 있어야 하기 때문에 G의 거래에 참여하게 되었다. 잘 웃고 다정하지만 불의를 보면 참지 못하는 정의로운 사내. 하지만 생각보다 무섭게 생겨서 그에게 다가오는 사람이 별로 없다. 밧줄을 이용해 트랩을 설치, 상대방을 걸어 넘어뜨리거나 결박을 해 꽁꽁 묶어버릴 수도 있다. 하지만 상대를 방해할 수 있을지는 몰라도 본인이 빨리 달리는 것에 관해서는 쓸모가 없다.

05

희곡

무제

신동웅 은행고등학교

등장인물

세은 (18, 여) 부모님이 버려 고아원에 살던 세은이는 고등학생이 되고 고아온에서 나와 옥탑방에서 혼자 지내고 있음

은하 (18, 여) 세은이가 살고 있는 옥탑방 아랫집으로 이사 음

냥이 어느날, 세은이 혼자 살고 있는 옥탑방으로 찾아온 검은 고양이

시간적 배경 2011년 겨울

공간적 배경 도심의 옥탑방

사건 혼자 옥탑방에 사는 여고생, 그런 그녀에게 고양이 한 마리가 찾아온다.

내용 정리

발단

쌀쌀한 겨울, 언제나 옥탑방에서 혼자 살고 있던 세은이.

그러던 어느날, 고양이 울음 소리가 들려온다.

고양이 울음 소리가 들린 이후, 매일 밤마다 울어댄다.

처음에 관심이 없던 세은이도 며칠을 우는 고양이에 관심을 갖는다.

관심을 가지고 고양이 울음 소리가 다시 들려오자 세은이는 문을 열고 고양이의 존재를 확인한다.

고양이는 문 앞에 서서 말똥말똥 세은이를 쳐다본다.

전개

고양이의 존재를 확인한 후, 세은이는 검은 고양이에게 사료나 물을 갖다주고, 냥이라는 이름도 지어주며 친해진다.

그리고 말할 사람도 없이 혼자 외로웠던 세은이는 자신의 이야기를 냥이에게 하나하나 꺼낸다.

절정

그렇게 냥이에게 자신의 이야기를 하며 밝아져가는 세은이.

그 쯤, 오갑방 아랫집에 은하 가족이 이사온다.

이사 온 날, 은하가 옥탑방으로 인사하러 찾아온다.

사교성이 좋은 은하. 둘은 금세 친구가 된다.

그러면서 냥이에 대한 은하의 관심도 점점 줄어든다.

결말

세은이가 은하를 만난 이후, 냥이 역시 점점 찾아오는 날이 줄어든다.

그러다가 아예 냥이가 옥탑방을 찾는 발걸음이 끊어진다.

세은이는 그런 냥이가 걱정이 된다.

냥이가 옥탑방을 찾지 않은 지. 벌써 보름.

냥이가 옥탑방에 찾아온다. 그리고는 마지막으로 인사하는 듯한 행동을 하고는 찾아오지 않는다.

'이젠 넌 내가 없어도 되겠지. 난 다른 친구를 찾으러 갈께. 즐거웠어'

3. 고양이를 확인해봐야겠다고 생각한 세은. 고양이 울음 소리 들리기를 기다린다.

"냐옹 냐옹"

(세은이가 고양이 울음 소리를 듣고 문을 연다)

(세은이의 눈 앞에 검은 고양이 한 마리가 서 있다)

(검은 고양이는 세은이를 가만히 쳐다보고만 있다)

(세은이도 그런 검은 고양이를 바라만 본다)

(그렇게 한참의 정적이 흐르고… 세은이가 드디어 입을 연다)

"너야? 그동안 밤마다 울었던 게."
"냐옹!" 〈그렇다!〉
"왜 울었어?"
"냥냥" 〈니가 나오길 바랬다〉
"나도 참 바보다…. 니가 어떻게 대답하겠어. 딱히 먹을 건 없고 물이라도 마실래?"
"냐옹!" 〈그렇다!〉
"좀만 기다려봐."

(세은이가 물을 그릇에 담아 가지고 온다)

"너도 버려진거야?"

(검은 고양이가 물을 홀짝 한모금 마신다)

"냐아앙–" 〈아니다, 난 자유롭게 다니는 고양이. 그뿐이다〉
"뭐라는거야? 치, 됐다 너한테 무슨 대답을 바라는 게 말이 안 되지
이거 먹고 가. 그리고 그만 울어 난 괜찮은데 동네 사람들이

싫어할꺼야. 그러면 분명 너 잡으려고 할테니깐 조용히 다녀.
알았지?"
　"냐앙! 냐냐냥~" 〈알겠다, 걱정해줘서 고맙다〉
　"난 내일 학교 가야되서 이젠 자야되거든. 나 들어간다."
　"냐냥!!" 〈뭐냐! 벌써 들어가기냐!〉

(세은이가 집으로 들어간다)

　"냥냥" 〈내일 또 온다. 잘 있어라.〉

06

뮤지컬 극본

소년원 ─2013

심믿음·이희지·홍승혜·김희수
이소정·이세연·이예은·이혜인 동탄고등학교

등장인물

문재하, 부유함, 게이다, 천호진, 천호진의 아내, 천호진의
자식

문재하(男) 소년원에 들어온 신참 문제아. 왕따의 주동자
로서 피해자가 자살기도를 하게 되면서 살인미수로 소년원에
입소됨.

게이다(男) 심성이 착함, 동성애자임.

부유함(男) 부잣집 도련님으로 살면서 인생을 막 살아옴.
하지만 큰 사고를 친 후 집의 가세가 기울어 더 이상 해결해
줄 돈조차 없게 되고, 소년원으로 입소됨. 입소 경력이 가장
오래됨.

천호진 아이들을 관리 감독하는 감독관, 심성이 매우 착하
며 아이들을 교화시키기 위해 노력함. 특히 문재하에 대한 애
정이 각별함.

천호진의 아내 남편을 사랑하지만 천호진의 행동을 이해

하지 못함.

천호진의 자식(천형식) 왕따의 피해자로, 문재하의 주동을
받고 자살기도를 함. 현재는 혼수상태.

문재하의 시상식 이예은

#1 시상식
시상자 올해의 바리스타, 문재하! 콩그레츄레이션!

관중 사이에서 호명이 돼서 나오는 문재하. 꽃다발과 트로
피를 받는다.

시상자 문재하 바리스타는 세계최초로 심사위원들에게 만
점을 받으면서 전 세계에 한국 바리스타의 위상을 떨쳤습니
다. 축하합니다.

문재하, 관중에게 인사한다. 암전되고 문재하 오른쪽 문으
로 퇴장.

#2 대기실
상을 들고 왼쪽 문으로 들어오는 문재하. 대기실 한 켠의 소

파에 털썩 앉는다. 문재하 주변은 바쁘게 돌아간다. 스태프 1, 2, 3이 짐을 들어 옮기고 나르면서 연기한다.

문재하, 컵을 들어 물을 마시고 내려놓으려던 참에 전화벨이 울린다.

문재하 여보세요?

전화를 받고 잠깐의 정적 후 컵을 떨어뜨리는 문재하. 스태프들의 왁자지껄한 소리 속에서 급하게 짐을 챙겨 뛰쳐나간다. 암전.

#3 비행기
문재하, 비즈니스 석에 앉아있다. 초조한 듯 눈을 감고 뒤척거리다가 다시 눈을 뜨고 다시 눈을 감기를 반복한다.

'승객 여러분 이 비행기는 콜롬비아에서 출발하여 한국에 도착할 예정입니다. 편안한 여행되시길 바랍니다.'

그대로 암전.

천호진의 소년원 이혜인

회상① 천호진의 소년원 소개

천호진, 사무실에 앉아 서류 정리를 하며 간주 노래를 따라 휘파람을 분다.

[노래1] Puff the magic dragon(원곡:규현 노래)

천호진

소년원의 시작은 여섯 시

업무도 청소도그리고 아이들의 기상 시간도 모두 여섯 시에 시작하지 나는 소년원 교도관 아이들을 관리하지 여섯 시가 되는 순간 나의 시간도 시작되지 모든 것들이 시작돼

오! 이 불쌍한 아이들은 소년원에 있지

한 때의 잘못으로 이곳에 왔지만

모든 것을 잘 해내리라 믿어

아이들이 방황할 때

내가 바로잡아주지

아이들을 위해 바른 길로 인도할 거야 여기 소년원의 아이들은

이곳에서 많은 걸 배울 거야

다시 사회로 나가기 위해

열심히 배울 거야 그러리라 믿어

천호진, 노래가 끝난 후 서류 정리를 마저 한다. 서류 정리를 끝내고 돌아서려던 참에 전화가 울린다. 천호진, 전화를 받는다. 상대방은 천호진의 아내.

천호진 어, 여보. 우리 아들은 어때?

아내 비슷하죠 뭐……. 그런데 여보…….

천호진 응? 무슨 일 있어?

아내 여보, 그 아이 있죠? 소년원에 갔다네요…….

천호진 그 녀석도 참 불쌍하구먼…….

아내 뭐라고요? 불쌍하긴 뭐가 불쌍해? 하, 당신 우리 애를 생각해서라도 그런 말을 하면 안 되는 거 아냐?!

천호진 아니……. 여보……!

아내 정말 실망이야, 당신 (전화를 끊어버린다.)

천호진 (얼굴을 감싸쥐며) 하…….

천호진 이내 다시 서류 정리를 시작하려는데, 문 두드리는 소리와 함께 경찰관 두 명과 문재하가 오른쪽 문으로 들어온다.

문재하의 입소 이예은

회상② 문재하 입소

경찰관 두 명과 수갑으로 채워진 손목을 수건으로 가린 문재하가 소년원으로 들어온다.

경찰관1 천 교도관님 수고하십니다. (명단을 건네면서) 오늘 입소자 명단입니다. 이상 있는지 살펴보세요.

경찰관2, 뒤에 있던 문재하를 힐끔 본다.

문재하 (경찰관을 쳐다보며) 뭘 쳐다보세요? 수갑이나 풀어주지..

경찰관 2 (기가 찬 듯이) 야 이 새끼야, 사고 쳐서 소년원 들어온 주제에 어디서 눈을 부라려!

문재하, 모든 것이 싫증난다는 표정으로 노래를 시작한다.

〔노래2〕Dead President(원고:지코 노래)

문재하

이 세상 I really hate this dirty world

싫증이 나 지겨워 삶이

진짜 내 삶이 대체 뭔지

이젠 모든게 다 지겹지 난 질리지

I don't know no more

정치 경제 교육 언론

상위와 하위를 나누는 그 기준

하나씩 걸고 넘어지자면 다 돈

그 놈의 돈이 말썽이야 돈 돈 돈

대한민국 과반수는 엄마 뱃 속부터

신분 정해지고 세상에 나오는 대로 정착

세상의 행복 대신 신분 뿐인 삶

애 걸음마 떼기 전 신분으로 기를 죽이네

왜 그러는지 뻔하잖아

돈에 따른 신분의 질서 거스를 수 없는 원칙

스펙 쌓고 명문대 나와 대기업 취직

악순환의 반복 개네가 무슨 아바타

난 태어날 때부터 타고나지 못한 운명

난 이번달엔 과연 몇 곳이나 털 수 있나

하루를 허덕이면서 배워온 나쁜 짓

돌 같은 문제의 원인이 뭔지 I'll find out

천호진 (명단과 문재하를 번갈아보며) 어……. 일단 문재
하군 수갑부터 풀어주시고 나머지는 제가 알아서 하겠습니다.

경찰관 2, 문재하의 수갑을 풀어주고, 경찰관 두 명 왼쪽 문
으로 퇴장한다.

천호진 그래... 문재하! 여기 소년원이 삭막해보이지만 지내보면 괜찮을 거다.

문재하, 천호진 재소자들이 있는 복도로 걸어간다. 재소자들이 있는 방문 앞에 선다.

문재하와 재소자들의 만남 홍승혜

천호진 (문재하가 지낼 방의 방문을 열면서) 처음 일주일간은 좀 어색하고 힘들 거다. (문재하의 어깨를 두드리며) 자세한 건 같은 방 재소자들이 잘 설명해줄 거야.
문재하 (천호진 쪽은 보지도 않는다.).......
천호진 잘 지내보아라.(복도쪽으로 퇴장한다.)

천호진이 완전히 퇴장하기 전 복도 쪽 불이 서서히 꺼진다.

방 쪽에 무대조명을 비춘다. 방 안에 있던 계이다, 부유함이 고개를 든다. 계이다는 의자에 앉아 발톱에 페디큐어를 바르고 있고, 부유함은 청소를 하고 있다.

부유함 (빗자루로 계이다를 꾹 누르면서)새로 온 녀석인가 봐.

　계이다는 문재하를 빤히 보다 시선을 페디큐어로 옮기며 말없이 손을 들어 인사한다. 다시 페디큐어를 바른다.

　부유함　(청소도구를 구석으로 치우며) 반갑다, 어서와. 난 부유함이라고 해. (악수를 청함)
　문재하　(부유함의 손을 쳐다만 본다.)……
　부유함　(손을 거둔다.) 하하…여기 먼지가 있었네.(과장된 몸짓으로 문재하 옷에 먼지를 턴다.)

　방 안에는 잠시 정적이 흐른다. 계이다는 페디큐어를 바른 발가락을 입김으로 불어 말린 뒤 다른 쪽 발가락을 정성스럽게 바른다.

　부유함　짐 이리 줘. (문재하의 짐 쪽으로 손을 내민다.)

　문재하, 부유함의 손을 무시하며 부유함 왼쪽으로 짐을 던지고 나서 그 자리에 아무렇게나 주저 앉는다. 부유함 머리를 긁적이며 문재하의 짐을 바라본다.

　부유함　(문재하의 짐을 오른쪽으로 치우며) 짐은 이쪽이거든? (방 중앙을 가리키며) 잘 때는 저기서 자고, (문재하가 짐을 던졌던 왼쪽을 가르키며) 화장실은 저기야. (자신의 짐에서 수건을 꺼내며 게이다를 본다.) 야, 곧 취침시간이니까 준비해둬. (화장실로 퇴장한다.)

　　게이다, 부유함의 말에 반응하지 않고, 자신의 발가락을 보며 웃는다.
　　문재하, 부유함이 화장실로 들어가는 것을 보다 고개를 돌리는데 마침 페디큐어를 다 바른 게이다와 눈이 마주친다.

　　게이다　(반사적으로 미소 짓는다.)여기서는 밤 9시가 취침시간이야. 기상은 6시고.7시에 아침식사하고 점호 한 후 9시부터 오전일과, 12시에 밥 먹고 1시부터 다시 오후일과, 5시부턴 밖으로 못 나가.
　　문재하　(아무 말 없이 고개를 돌린다.)
　　게이다　(문재하의 무시에 굴하지 않고 옷을 개면서) 오전, 오후 일과 땐 학과 교육이나 교화 활동, 직업훈련 같은 것을 해. 어떻게 하는지는 곧 알게 될 거고. 오늘은 피곤 할 테니까 그냥 자는게 좋을걸. (머리를 귀 뒤로 넘기며) 너 어느 지역? 꽤 잘생겼는데? (손으로 입을 가린다.) 호호 (자신의 발가락으로 다시 고개를 돌린다.)

문재하 쳐다보지도 않는다. 부유함 화장실에서 나온다.

부유함 야, 뭐 좀 먹자, 아까 음식 숨겨놨거든…
계이다 (고개를 번쩍 들며)오!

계이다가 대답하기 전 복도에 발소리가 울려 퍼진다.

다른 교도관 취침시간이다. 빨리 자!!
계이다 아……. 망했다.

재소자들은 능숙하게 매트리스를 깔고 눕는다. 문재하, 겉
옷을 벗는데 조명이 꺼진다.

서로 친해지는 과정 이희지

테이프 감겼다 풀리는 소리(와 동시에 계이다, 부유함, 문
재하는 사방으로 빨리 움직인다.)로 시간이 빨리 지나가는 것
을 표현. 방에는 일주일씩 적혀있는 달력이 달려있다
계이다, 부유함, 문재하 어색하게 앉아 각자 할 일 하고 천
호진 안을 한번 들여다보고 그냥 지나간다.
테이프 감겼다 풀리는 소리와 함께 계이다, 달력 한 장을 찢

음.

계이다, 부유함 앉아 밥을 먹는데 서로 반찬 뺏어먹는 게이다, 부유함. 둘의 싸움을 보다가 문재하, 자신의 반찬도 뺏기자 웃으면서 반찬 뺏어먹기 전쟁을 한다. 테이프 감겼다 풀리는 소리와 함께 계이다, 달력 한 장을 찢음.

계이다, 부유함, 문재하 방에 천호진이 빵과 음료수를 줌. 테이프 감겼다 풀리는 소리와 함께 부유함, 달력한 장을 찢음.

귤 까먹으면서 서로가 머리 크다며 우기는 계이다, 문재하. 팔을 베개 삼아 누워있던 부유함이 벌떡 일어서며

부유함　아! 내일부터 재소자 교육프로그램 그거 체험활동으로 바뀐다더라?

계이다　아~ 또 뭘 하려고, 귀찮아~ 귀찮아~ 원래 그 시간은 자는 시간인데(재하를 쳐다보며) 그치!?

문재하　(계이다의 머리를 밀면서)난 처음이거든!? 원래는 뭐하는데?

계이다　노래도 부르고 편지도 쓰고 그냥 그냥 자는 시간이야~ 아! 나의 자는 시간이여~

문재하　(부유함을 쳐다보며) 체험활동으로는 뭐한데?

부유함　(어깨를 으쓱하며)나도 몰라, 내일이면 알겠지 잠이나 자자.

테이프 감겼다 풀리는 소리와 함께 문재하, 달력 한 장을 찢음.

재소자들의 자기소개 심믿음

교도원에 입소한 후 무의미하게 시간을 흘려보내던 문재하도 어느덧 부유함과 계이다와 친구가 되었다. 교도소에 들어온 후 한 달이 지났다.

어느덧 취침시간이 되었고, 문재하와 계이다, 부유함은 각자의 자리에 누웠다. 쇠창살에 걸려있는 달빛이 밝게 빛나고 (조명) 귀뚜라미 우는 소리(배경음)가 잔잔히 들린다.

문재하 (팔각지로 베개를 베고) 벌써 한 달이 지났어. 생각했던 것만큼 이 곳의 생활이 갑갑하진 않아. 아마도…….(달빛을 바라본다.)

문재하가 심각한 표정으로 창밖을 바라보다 계이다와 부유함을 바라보는데, 계이다는 이미 잠이 들었다. 유함이 아직 잠들지 않아 둘이 눈이 마주친다. 서로 흠칫 놀라며,

부유함 뭐야? 안자?

문재하 지도 안자면서……. (유함을 쏘아본다.)

부유함 뭐야…….

둘은 몸을 돌려 천장을 바라보고, 순간 둘 사이에 어색한 정적이 흐른다. 천장을 바라보며 대화.

문재하 야, 근데 넌 왜 여깄냐? 여기에 있을 만큼 나쁜 녀석은 아닌 것 같은데…….

부유함 이유가 있으니까…….

문재하 뭐냐, 그 반응은?

부유함 너한테 말하기 싫다는 거다. 짜샤.

문재하 넌 여기 얼마나 있었어?

부유함 몰라, (몸을 돌려 누우면서) 이 자식아, 잠이나 자.

문재하 에이 씨……. 싱거운 놈……. (문재하도 돌아눕는다.)

잠시 침묵이 흐르고, 귀뚜라미 우는 소리가 들린다.

문재하 (몸을 돌려누운 채로) 난……. 왜 여기 있는지 모르겠다.

부유함 (몸을 돌려누운 채로) 너도 이유가 있겠지. 여긴 죄가 없는데 오는 곳이 아니잖냐.

문재하 내가 뭘 잘못했는지 모르겠다고! (주먹으로 바닥을 내리친다.)

부유함 미친놈……. 그게 문제인가보지 뭐.

문재하 (몸을 반쯤 일으키며) 뭐야 이 새끼야? 하, 됐다 됐어 너랑 뭔 말을 하냐……. (다시 눕는다)

둘의 대화는 그렇게 끊기고 귀뚜라미 우는 소리만 잔잔히 울린다. 문재하는 잠들지 못하고 뒤척거리다가,

문재하 넌 뭐 하면서 살았냐?

부유함 (눈을 감은채로)아, 오늘따라 왜 이렇게 말이 많아? 그렇게 형님이 궁금했어요? 우쭈쭈쭈. 근데 어쩌냐? 말하기 싫다.

문재하 되게 까칠하게 구네.

부유함 그렇게 잔뜩 물어보는 넌 어떻게 살았는데?

문재하 ……. 나? 난 말이지…….

〔노래3〕 Leaving On A Jet Plane (원곡:Matthew Morrison 노래)

문재하

내가 어떻게 살아왔을까

내가 왜 여기 있을까

아직 나는 잘 모르지만
이미 난 여기에 있고
이상한 아저씨도 있고
이상하고 이상한 너희도 있지.

어렴풋이 떠오르는
기억들은 외로웠지
깜깜한 밤과 방안엔 혼자

밤거리를 떠돌았지
나 같은 놈을 만났지
오 그 땐 좀 낫더라. (부유함을 바라본다.)

부유함
외로운 자식이었구만
나도 너랑 비슷해
돈은 아무 소용 없더라.

만족을 모르고 살았지.
모든 건 돈이면 다 됐지
어떤 사고를 쳐도 다 괜찮더라

정신을 차리니까
난 쓰레기가 되어있더라
나는 돈으로 해결 안되더라.
이곳에 오기 전까지
부모님을 많이 욕했지
오, 그들 탓이라고
결국 남는 것은 없더라
여기 오니 좀 알겠더라
모든 것은 다 내 탓이더라
너도 그걸 깨닫길 바래
분명 너도 깨달을 거야
무엇이 잘못되어 있었는지 (부유함이 문재하를 바라보고
씩 웃는다)

　자고 있는 줄 알았던 계이다가 갑자기 일어나면서 갑자기
일어난 계이다 때문에 부유함과 문재하가 깜짝 놀란다.

계이다
오 너흰 그랬었구나
나도 내 애길 할 거야
용기 없던 나의 모습을

난 고독한 영혼이었지
매일 매일 인정받고 싶었지
오 그건 정말 쉽지 않더라
내가 어떤 애인지는
아직 말 하지 않을래
오 난 너희가 좋더라아아 아아……

두서없이 노래하다 다시 잠들어 버리는 게이다. 문재하와 부유함은 멍하게 쳐다보다 어색하게 웃으며 다시 잠자리에 든다. 조명이 꺼진다.

재소자 교육프로그램 '커피' 이희지

선생님 (책상치며)앉아! 뒤에 앉아! 자 집중!! 오늘부터 재소자교육프로그램이 체험활동으로 바뀐 건 다들 알고 있지? 그래서 오늘은 커피를 만드는 활동을 할거야, 커피를 만드는 사람, 직업인을 뭐라고 하는지 아는 사람?

게이다 (손을 번쩍 들며) 바리스타요!

선생님 맞아! 잘 아네! 요즘엔 바리스타가 되기 위해 커피 내리는 걸 배우는 사람뿐만아니라 취미로 커피를 집에서 내려먹고 싶은 사람들이 배우기도 하지. 커피를 직접 내리는 과

정을 핸드드립이라고 해, 핸드드립에 필요한 용품들은 크게5
가지. 머그컵, 따듯한 물, 원두커피가루, 드리퍼, 종이필터
다.(손가락을 꼽으면서 한다.)
  (재소자들이 하나 둘 졸기 시작한다.)
  일단 이거 (종이필터종이를 들며) 커피 추출할 때 쓰는 종
이다. 일명 종이필터라고 하지. 그 다음 드리퍼라고 하는 건
데 (드리퍼를 가리키며) 커피를 내릴 때 쓰이는 용품이야. 원
두커피가루, 따뜻한 물, 머그컵은 다 알지?
  야! 야! 야! 졸지 말랬지!
  재소자들 (졸다가 깬다)
  선생님 내가 이럴 줄 알았지 그래서 동탄고등학교 학생들
이 개사한 커피추출노래가 있더라고! 듣고 졸지 마!

〔노래4〕 싸구려커피를 마신다(원곡:장기하와 얼굴들 노래)
싸구려 커피를 내린다
종이필터 안에서 커피 바꿔온다
눅눅한 종이 안되고 손목스냅
딱 중요 돌려 내린다

이제는 아무렇지 않어
원두가루 쑥쑥쑥쑥 단번에 내려가도
따뜻한 물속안에서 3번

다만 그저 약간의 원두향 멈출 생각이 안나게
축축한 원두를 내린다.

계이다 (책상을 두드리며) 아 쌤 쳐져요 다시 다 자겠어요
~!!
선생님 이제 부턴 안 졸릴거다! 다들 나와서 커피 드립기
앞에 서봐! 또 다른 노래를 알려줄 테니.

노크소리와 천호진 등장, 동시에 재소자들은 커피드립기가
있는 앞에 삼삼오오 모여 선다.

천호진 아, 간식 가져왔습니다.
선생님 아……. 예, 여기 두시고요 잠시만.

선생님, 노래를 틀어버리고 노래에 흥취하며 손가락 지휘
를 시작한다.
재소자들이 커피를 만들면서 노래에 맞춰 퍼포먼스를 벌인
다.

[노래5] Dancing Queen(원곡:소녀시대)
예 x 12
내 코를 자극하는 원두

그 화려한 향기

원두의 그 이기적인 몸매

그 아찔한 섹시

숨 막힐 듯 해 Yeah

한참을 지나 종이 필터위에서

그때 그대처럼 노_오옥아내려

마치 꿈같아 정말로

손잡일 들어 잡고 돌려줘

넌 나의 추출 퀸

선생님 야! 야! 야! 야! 추출 3번이야 기다려!

지루한 컵 속을 가득 채워준

원두들의 꿈

내 코를 사로잡는 커피

그 화려한 향기

너의 그 이기적인 맵시 그 아찔한 섹시

온도에 몸을 맡겨 나 Yeah

넌 나의 커피 잔 누가

뭐래도 영원히

내 하나뿐인 커피 넌 나의 hero

넌 나의 hero 넌 나의 hero

커피 그 화려한 몸매

니 이기적인 향기

그 아찔한 온도

온도에 몸을 맡겨 나 Yeah

널 사로잡을 커피 내

그 화려한 솜씨

그 이기적인 향기 내

그 아찔한 온도

숨 막힐 듯한 너 Yeah

Bring it on

파티 하루를 불태울 커피파티

모두 다 함께 해 커피

하루를 불태울 커피파티

노래가 끝난 후, 천호진 선생님께 인사하고 퇴장.

문재하　야 저 교도관 왜저래?

부유함　뭐가? 괜찮은데… 잘 챙겨주잖아~

문재하　자꾸 내 앞에서 알짱알짱거리고 말 걸려고 하고 하암튼 난 맘에 안 들어.

계이다　난 저 아저씨 좋아! 천사야 천사! (입에 손대며) 호호호호

암전

천호진과 문재하의 갈등 **홍승혜**

직업훈련을 끝낸 문재하. 의자에 늘어져 앉아있는 문재하에게 천호진이 음료수를 가지고 다가온다.

천호진 힘들지? 좀 마시면서 해라. (문재하에게 음료수를 건넨다.)

문재하는 음료수를 보기만 할 뿐 가져가지 않는다. 천호진은 문재하 옆에 음료수를 놔둔다. 천호진은 음료수를 따서 한 모금 마시고 하늘을 쳐다본다. 천호진 가볍게 한숨을 쉰다. 문재하, 천호진을 쳐다본다.

문재하 아저씨는 할 일 없어요? 전 됐으니까 가서 아저씨 볼일이나 보세요.
천호진 내 볼일은 너와 대화하는 거야.
문재하 아저씨랑 저랑 대화할게 뭐가 있다고……. 그냥 가세요.
천호진 그러지 말고 아무 말이나 좋으니 대화를 하자꾸나.

난 너보다 어른이니, 너의 고민도 해결해줄 수 있고 네 문제
점도 알려줄 수 있고…(음료수를 다시 건넨다.) 자, 마시렴.

문재하 자리에서 일어나 천호진을 노려본다. 천호진, 당황
한다.

문재하 (음료수를 바닥으로 내팽겨친다.) 문제? 내가 뭘
문제가 있는데? 당신이 날 알아? 난 아무 잘못도 없이 여기
들어왔을 뿐이고, 2년만 썩다 나가면 그만이야. 2년 동안 조
용히 있다 나갈 테니까, 제발 건드리지 말아줄래요?
천호진 여기는 잘못 없이 오는 곳이 아니야. 혹시 네가 다
른 사람에게 상처를 줬다거나…
문재하 아… 진짜, 짜증나게…. 난 아무 잘못 없다고. 힘들
어 죽겠는데 귀찮게 하지 말라고요!
천호진 네가 정말 아무 잘못이 없다고 생각하니? 잘 생각
해보렴. 사람은 누구나 크고 작은 잘못을 하며 산단다. 그 잘
못을 반성하는 사람이 있는가하면 그렇지 못하는 사람이 있
지. 나는 네가 반성하는 사람이 되었으면 좋겠구나, 여기 있
는 동안 좀 더 너에 대해 많은 생각도 하고.…….
문재하 그런 거 생각한다고 내가 여기서 나갈 수 있는 것도
아니잖아요! 난 아저씨가 불편해서 이런 말을 하고 싶지도 않
다고요! 짜증나게 싫다는 사람한테 왜 치근덕거려요! 애초에

그 새끼가 나한테 치근덕거리지만 않았어도 내가 여기 오지는 않았을 거 아냐! 아놔, 다 그 한심한 찌찔이 때문이라고!

천호진, 자리에서 일어선다.

천호진 아니, 이 녀석이! 그럼 이제껏 그랬던 것처럼 똑같은 깡통으로 살거냐?
문재하 그래. 아저씨도 똑같은 어른이네. 어른들은 맨날 나만 잘못했다고 하더라. 솔직히 나는 아무 잘못 없다고! 그 왕따 새끼가 찌질하게 자살하려든게 왜 내 잘못이야? 이런 곳에 온 것만 해도 짜증나는데! 그 새끼가 나한테 미안해야 하는거 아닌가? 난 이런 곳 에 있을 사람이 아니라고!!
천호진 문재하! 그런 뜻이 아니잖아,

문재하, 천호진을 노려보고 퇴장한다. 천호진 의자에 주저앉는다. 음료수, 바닥을 굴러간다.
무대에 불이 꺼진다.

천호진의 생일 김희수

면담실에 천호진과 아내가 둘이 남아있다. 작은 책상 위엔 도시락이랑 간식(과자, 음료수)이 놓여있다.

　　아내　여보, 생일 축하해요.

　　천호진　고마워, 여보. 우리 아들은 요즘 어때? 보고싶구
만…….

　　아내　조금씩 괜찮아지고 있어요. 작년 이맘때쯤엔 함께 가
족여행도 갔는데…….

　　천호진　하하, 아들 깨어나면 또 가면되지.

　　아내　그렇지요? 여보, 요즘 일은 힘들지 않아요?

　　천호진　힘들지 않아. 생각보다 여기 녀석들도 착하고…….

　　아내　여보, 음식 식겠어요. 어서 드세요.

　　천호진　허허, 맛있겠네.

　　천호진 도시락을 맛있게 먹는다. 문재하 무대 오른쪽에서
컵을 양 손에 들고온다. 발로 문을 두드리는 시늉을 한다.

　　천호진　어, 누가 왔나?

　　천호진, 들어오쇼 라고 말하면서 문을 열어주는 시늉을 한
다. 문재하 방으로 들어온다.

　　천호진　어, 재하야, 무슨 일이니? 일단 밖으로 나가자.

천호진이 아내의 눈치를 살핀다. 아내, 그 둘을 빤히 쳐다보면서 얼굴이 굳어진다.

문재하 아, 뭘 밖이에요! 이거나 받으세요. (컵 두 개를 천호진에게 건네며) 애들이 갖다주래요. 생일이라나 뭐라나.

문재하, 주머니에 손을 넣고 돌아가려는 시늉을 한다. 천호진 문재하가 준 컵을 바라보면서.

천호진 이거……. 너희가 만든 커피 아니냐. 고맙구나. 아! 잠시만 재하야 기다리렴.

천호진, 방으로 뛰어 들어가서 아내가 챙겨온 간식 몇 개를 챙기면서 아내의 눈치를 살피다가 나간다.
문재하, 밖에서 궁시렁 대면서 기다리고 있다.

천호진 (과자를 재하의 손에 쥐어주면서) 재하야, 이거 애들하고 나눠먹으렴.
문재하 아, 예……. (문재하 들어온 곳으로 퇴장하려는 시늉)

천호진 방으로 다시 들어오는 시늉을 한다.

아내 지금 당신 뭐하는 거예요!
천호진 (머리를 긁적이며) 어……. 어…….

문재하 아내의 목소리에 놀라 되돌아와서 눈치를 살피며
둘의 대화를 엿듣는다.

〔노래6〕 왜(원곡:동방신기)
아내

(정말 믿을 수 없어)당신 그 아이에게 친절한 것을.

(난 이해할 수가 없어)우리 아이가 그렇게 돼버린 것이 누
구의 잘못인지 알면서 어떻게(X4) 그러지?

천호진

(죄라면)한순간의 실수가

(그게 죄라면)한순간의 잘못이

(이해해야 해 바르게 이끌어야 해)난 화가 나도 그 아일 용
서해

아내

(용서 안돼)그 아이의 행동이 그 아이의 잘못이 이해가 안
돼

천호진

(용서해야 해)원망했다 하지만 난 용서를 하겠다.

아내

(왜)그렇게 잘해주는 거지?
(왜)그 아이가 원망스럽진 않은 거니
(왜)내 가슴은 찢어지잖아

천호진

(왜)그 아이를 이해하진 못하는 건지
(왜)바로잡아 깨닫게 해준다면
(왜)원망하기보다 행복할 텐데

노래가 끝나고

아내 당신, 쟤 누군지 몰라? 쟤 개야, 개. 우리 아들 병원에
누워있게 만든 놈!
천호진 여보, 조용히 좀 말해. 누가 듣겠어요.
아내 들으라고 해! 아~ 아까 개가 들을까봐 무서워?
천호진 무슨 말을 그렇게 해? 그런 뜻이 아니잖아.
아내 뭐가 아닌데? 당신 이제까지 그 놈이랑 이렇게 지내
왔던 거야? 그러면서 우리 아들 얘긴 왜 물어!

 여보, 내가 뭘 어쨌다고 그래? 저 녀석도 우리 아들
처럼 보호받아야 한다고.

 보호? 하! 우리 아들은 지금도 의식이 없어. 쟤는 우
리 형식이 그렇게 만든 살인범이야. 근데 보호?!!! 그럼 우리
형식이는? 문재하 때문에 우리 아들은 학교에서 왕따였어.
저 새끼한테 맞고 다녔다고. 근데 당신은? 우리 아들 보호했
어? 우리 아들 보호도 못 했으면서 왜 저 살인범은 보호하려
고 해? 당신 우리 형식이 아빠 맞아?

문 밖에서 형식이란 이름을 들은 문재하는 충격을 받는다.

 뭐? 형식? 천형식? 설마…….

 여보 들어봐요. 우리 아들 그렇게 된 거 나도 마음
이 아파. 나, 몇 달 동안 아무것도 못한 거 당신이 제일 잘 알
잖아? 문재하? 나도 증오했었어. 하지만 저 녀석은 그저 올바
른 판단을 할 수 없었던 아이였을 뿐이야. 어쩌다 저지른 실
수가 감당할 수 없는 결과를 낳은 것뿐이라고. 저 아이에게는
새로운 삶을 살 기회가 주어져야 해.

 형식이는요? 형식이는 행복하게 살 기회를 잃어도 괜
찮고요?

 그건 아니지, 하지만 이 소년원 안에서 저 아이가
변할 기회를 잃어선 안 되지 않소. 저 녀석은 여기서 잘못을

뉘우치고 밖으로 나가서 우리 형식이에게 사과할거야. 난 저 녀석이 반드시 바뀌리라 믿어.

아내   바뀌어? 바뀔 수 있다고 생각해요? 형식이가 그렇게 되고나서 학교에 갔을 때 교무실에서 쟤를 본 적이 있어요. 뉘우치는 기색 따윈 없었다고요! (울컥한다.)

천호진   (침묵한다.) ······.

아내   (눈물을 흘리며) 모르고 그랬던거죠? 모르고 그랬겠지. 저 문재하가 그 문재하란걸 알았다면 이럴 수가 없는 거지. 당신이 형식이 아빠고 내 남편이면 이래선 안 되는 거지. 말해 봐요. 몰랐죠? 저 아이가 형식이의 인생을 망친 범죄자였다는 걸 몰랐다고 어서 말해보라고!

천호진   여보, 진정해! 내 말 좀 들어봐!

문재하 밖에서 엿듣다가 오른쪽으로 퇴장.

아내   당신을 이해할 수 가 없어요. 형식이한테 가봐야겠어요!!

아내 오른쪽으로 퇴장.

천호진   여보!! 여보!!

천호진, 아내를 부르다가 암전.

재소자들의 반성 이세연

조명이 켜지고 문재하가 왼쪽에서 입장.
어두운 상태에서 터벅 터벅 발소리

스포트라이트로 문재하만 비추고 노래 시작
　이때 문재하는 복도를 걸어가듯이 무대 맨 왼쪽부터 느리게 오른쪽으로 걸어가며 노래한다.

〔노래7〕On my own(원곡:영화 '레미제라블' 삽입 곡 중에서)
　(문재하) 칠흑 같이 깜깜한 어둠속을 나 홀로 걸어
　머릿속이 깜깜해 난 이제 어떡해야 할까 (자신이 지내고 있는 방문을 연다.)
　아저씨는 대체 어떤 생각을 했었을까

　숙소에서 앉아있던 계이다, 부유함은 문재하가 문을 열고 들어오자 동시에 문재하를 바라본다.
　문재하보다 덜 밝은 조명으로 비춰지며

계이다 무슨 일이야?
부유함 뭔데 그래?

(문재하) 너희는 잘 모르지 내가 얼마나 큰 죄를 지었는지
내 죄를 알게 되면 다신 날 보려고 하지 않을걸.

(계이다) 우린 다 이해해

(부유함) 니가 어떤 잘못을 했을지라도

계이다 왼쪽, 문재하 중앙, 부유함 오른쪽 방향으로 무대에
선다.

계이다에게만 조명 밝아지고

(계이다) 기억해 우린 너 자체를 바라봐
지금 넌 절대 그때의 네가 아냐
사실 나도 예전의 내가 아냐
세상을 저주하고 마음은 늘 불안했지

부유함한테만 조명 밝아지고

(부유함) 난 말야. 내가 행복한 줄 알았어.
그저 돈이 전부인 줄 알았지.
돈이 없으면 세상이 끝난 줄 알았어.
하지만 여기 와서 아니란 걸 배웠지

문재하한테만 조명 밝아지고

(문재하) 나라면 내가 만일 그라면
날 절대 용서할 수 없을거야.
아저씬 늘 날 믿어줬어
그런데 난 몰랐어.

그에게 난 어떤 존재 일까
살인자, 구제불능 중 하나겠지
세상은 늘 더럽고 끔찍했어.
그를 만나기 전 내 삶은 역한 냄새가 났었어.

죄송해. 받기만 해서 부끄러워
그간 난 자존심만 앞세웠지
그 없이는 난 용서받지 못했을 걸.
그 없이 난 이렇게 달라지지 않았을 걸.

미안해 그에게 그 아들에게 그 동안의 나에게

노래가 끝나고, 문재하, 그 자리에서 주저앉는다.

문재하 내가 뭔 짓을 저질렀던 걸까?

부유함 대체 왜 그래?

문재하 내가 말이지, 너무 큰일을 저지른 것 같아. 내가 천
호진 아저씨 아들을 왕따시키고 자살하게 만들었어. 그런 것
도 모르고 아저씨한테 몹쓸 말만 했지. 아저씬 다 알면서, 내
가 자기 아들 그렇게 만든 거 다 알면서! 어떻게 나한테 잘해
주셨던 거지? 나 왜 이렇게 쓰레기처럼 살았지?

계이다 뭐? 정말?! 네가 아저씨 아들을 그렇게 만들었어?

부유함 (계이다에게) 야, 닥쳐봐. (문재하에게) 그래서, 너
어떻게 했는데?

문재하 뭘 어떻게 해? 무서워서 도망쳤지.

부유함 야, 이 새끼야. 그렇게 도망친다고 뭐가 해결돼? 당
장 아저씨한테 가서 용서를 빌어. 그 가족들한테도. 그래야
해결이 되든 말든 할 거 아냐?!

문재하 x발! 돌겠다고, 무서워 죽겠단 말이야!!!! 내가 사
과를 한다고 아저씨가 받아줄 것 같아!! 내가 아저씨 아들 죽
인 놈이라고! 죽인 놈!

부유함 아저씨가 용서해 줄 마음이 없으셨다면 애초에 너

한테 잘해주시지도 않았겠지. 병신아! 네가 반성하길 기다리
고 있었던 거야.

　부유함 자리에서 일어나면서

　부유함　야 이 새끼야, 일어나.
　계이다　일. 어. 나! 일. 어. 나! 우리 재하 일어나! (계이다
특유의, 애교 섞인 말투)
　부유함　야 게이! 안 닥쳐? 문재하 안 갈 거야?

　문재하 자리에서 일어나면서

　문재하　그래, 가자. 가서 죽이 되든 밥이 되든 용서를 빌자.
　계이다　파이팅~ 파이팅~ 할 수 있어! 문. 재. 하! (부유함
의 어깨를 툭 친다.)
　부유함　(사인을 알아듣고) 아, 진짜. 별걸 다 한다. 할 수
있어 문. 재. 하! 아오!

　문재하, 친구들을 바라보며 피식 웃는다.
　세 사람 함께 걸어가면서 암전.

문재하와 천호진의 화해 김소정

문재하와 아이들이 무대 끝 쪽에서 등장한다. 천호진은 책상에 앉아있고, 아이들은 아저씨 주변에 선다.
어색한 침묵이 흐른다. 천호진이 침묵을 깨고 말한다.

천호진 무슨 일이니?

문재하가 가만있다. 다시 침묵이 흐른다.

문재하 죄송해요. 아저씨.

천호진은 잠시 침묵한다.

천호진 뭐……. 뭘 말이니?
문재하 저, 아까 다 들었어요. 아저씬 다 알고 계셨죠?
천호진 !
문재하 형식이한테 제가 몹쓸 짓 했습니다. 정말 죄송해요. 저였다면 저 같은 새끼, 용서하지 못했을 거예요. 아저씬……. 왜 저를…….
천호진 하, 어릴 때 나도 꼭 너 같았거든. 아저씬 말이다. 항상 갈망했었다.

천호진 무대 앞쪽으로 나온다. 조명 천호진에게만 비춘다.

〔노래8〕내 운명을 피하고 싶어(원곡:준수 노래)
천호진
아무도 없어 날 도와줄
왜 나만 이런 거야.
난 술 냄새 이 끝없는 가난도
모두 싫어
난 진정한 인생 살래.
저 차가운 검은 눈
담배 연기 나의 꿈을 덥히고
날 향해 속삭여.
난 알고 싶어
언제쯤 어른이 될까 어떻게 모두 치유해
언제쯤 나를 위해서 나의 미래를 위해서
누구에게 물어봐 스스로 이해 못한 건
언제쯤 그림자 걷어내고 나를 찾을까.
나는 과연 누구 인가
날 제발 내 버려 둬
여기서만 벗어 날 수 있다면
모든지 좋아
날 멍들고 지치게 만들었던 아버지의 시선

내 몸을 스치면 몸을 떨고 말지

난 알 수 없어

어떻게 이곳을 떠나 어떻게 나를 위해사나

어떻게 모두 버린 채 나의 삶을 거부해

어떻게 떠나 이러한 힘든 곳 부터

어떻게 그림자 걷어내고 자유를 찾겠나

어떻게 사나

그냥 내 운명 받아들일까

그렇겐 못해!

난 할 수 없어!

반드시 이 삶을 바꾸고 싶어

조명을 다시 무대 전체에 켜놓는다.

문재하 그런 상황에서 아저씬 어떻게 올바르게 살았어요?

천호진 나도 어렸을 땐 엄청난 문제아였다. 그랬던 내가 그 구렁텅이에서 어떻게 빠져나왔는 줄 아니? 우리 담임선생님 덕분이었지. 내가 사고를 치면 수습하러 뛰어다니시고, 내가 배고프면 밥도 사주시고, 아버지가 날 때리면 선생님이 말려주셨지. 그 분이 있었기 때문에 내가 이렇게 살 수 있었던 거야. 이 녀석아. 나도 너와 별반 다르지 않아.

그러니까 너도 변할 수 있어. 나는 너에게 그런 걸 알려주고 싫었단다. 나의 담임선생님같은 존재가 네게 필요하다고 생각했거든. 고맙구나. 잘못을 뉘우쳐줘서. 남은 기간 동안 열심히 생활하고, 모두 끝나면 아저씨와 함께 우리 아들에게 가보자꾸나. 형식이도 우리 아내도 분명 널 용서할게다.

문재하 아저씨의 말을 듣고 눈물을 흘리며 뉘우친다.

문재하 아저씨……. 정말, 정말 죄송해요. 저 정신 차리고 열심히 살게요.
천호진 (문재하의 어깨를 두드리며) 그래, 그래.

계이다, 부유함 모두 둘의 모습을 바라보며 눈물을 훔친다. 암전. 회상 끝.

천호진의 장례식 **홍승혜**

'승객 여러분 이 비행기는 콜롬비아에서 출발하여 한국, 한국에 도착하였습니다. 두고 내리신 물건은 없는지 확인해주십시오. 저희 항공사를 이용해주셔서 감사합니다.'
비행기 안내 방송 소리를 듣고, 비행기 의자 안에서 눈을 뜨는 문재하. 가방을 끌고 오른쪽으로 나간다.

무대 오른편에서 문재하 달려온다. 무대는 장례식장처럼 꾸며져 있다. 영정 앞에서 자신의 가방을 떨어뜨리는 문재하. 영정 앞에 있던 모든 등장인물 놀라 문재하를 쳐다본다. 문재하 숨을 고르고, 계이다는 손수건으로 눈물을 훔치며 훌쩍이고 있다.

부유함 왔어……?
문재하   (천호진의 영정 앞 에 무릎을 꿇은 채로) 이게……. 무슨…….(영정을 본다.)
부유함 (문재하의 어깨에 손을 올린다.) 편하게 가셨어.

문재하, 말없이 영정을 바라본다.

부유함 (문재하에게) 자, 헌화하고 분향해야지.

문재하 헌화하고 분향 한 뒤 물러난다.
천호진의 영정에 절하고 물러나 뒤에 있던 천호진의 아내에게 인사한다.

문재하 위로할 말씀이 없습니다.
아내 (말없이 문재하의 손을 잡은 채 울기만 한다.)
부유함 정말 좋은 분이셨어…….
계이다, 문재하, 말없이 고개를 끄덕인다.

문재하 내가 그렇게 큰 잘못을 했는데도 용서해주셨
지…….
계이다 좋은 곳으로 가셨겠지?

문재하 노래 시작.

〔노래9〕 힐링이 필요해(원곡:로이 킴)
문재하
(부유함, 계이다 철이 없었던) 언젠가 내가
(부유함, 계이다 생각 없었던) 힘들어했을 때
그분이 계셨지 난 그가 싫었지
하지만 알았지 어리석단걸
이젠 알았지 그가 옳단걸
이미 지나간 추억이 된 너
그대를 잃은 맘
공허한 나는 쓸쓸해
다시 한 번 돌아가
그를 만나고 싶어

부유함, 계이다 함께
그분 덕분에 밝아진 우리들
그분 덕분에 바뀌었던 우리

정신을 차렸고 난 인생 얻어지
미래를 얻게된 나
희망의 길을 드라이브해
더 이상 헤메지 않아
나를 망치지 않아

합창

Take me back in time

Take me back in time

Take me back in time

Take me back in

Take me back in

Take me back in

Take me back in time

방황의 삶을 끝내고
우리의 꿈을 찾아가
꿈을 이루고 싶어

그대가 없었다면
이러한 꿈도 못꿨지.
당신의 길을 따라가

우린 이루고 싶어

And I miss you
And I miss you
그리운 아저씨 그리운 그 사람

막이 내려오면서 이야기는 끝난다. 잠시 후 모든 출연진은
무대로 나오고, 커튼콜로 마무리한다.
  커튼콜의 배경음악은 "My life would suck without you"
(원곡:Glee Cast 노래)

07

시놉시스

까마귀 둥지

고지현 효명고등학교

'나'의 아버지는 꽤 유명하고 잘 나가던 중소기업의 사장이었는데 회사 공금을 횡령한 것이 들켜 감옥에 간다. 집은 경매로 넘어가고 '나'와 '나'의 어머니는 쫓기듯 허름한 달동네로 이사를 가게 된다. 어머니는 무력하게 집에 틀어박혀 있고, '나'는 혼자서 살림을 꾸려나가기 위해 노력한다. 하지만 그것도 잘 되지 않자 소매치기를 시작한다. '나'는 예전부터 도벽이 있었는데 한동안 그 버릇을 고치려고 노력하던 중이었다. '나'는 쌀독 밑바닥에 비상금이 든 봉투를 숨겨놓았는데 그 봉투에 든 돈은 소매치기를 해서 번 돈이었다. 아침마다 쌀독을 열어 쌀을 헤치고 봉투에 든 돈을 확인한 뒤 등교하는 습관이 생겼다. '나'는 이런 생활도 나쁘지 않다고 스스로를 위로하며 계속 소매치기를 하고 생활비를 마련한다. 어느 날, 등굣길에 어김없이 사람들 주머니에서 지갑을 빼내던 '나'를 같은 반인 '까마귀'가 보게 된다. 까마귀는 반에서 가장 가난한 아이였는데, 검은 얼굴에 버짐이 피어 있어 언뜻 보면 괴기스러운 학생이었다. '나'는 은연중에 까마귀를 무시하고 연민하는 감정을 가지고 있었다. 까마귀의 미묘한 시선을 느끼던 '나'는 자신의 범행사실을 눈치 챈 것 같은 까마귀를 알게 되지만 끝까지 모르쇠로 일관하려 한다. 하지만 그날 하굣길에 까마귀와 만나게 된다. 까마귀는 '나'에게 왜 돈을 훔치고 다니냐며 되려 동정식의 위로를 건네고, '나'는 갑작스럽게 치미는 분노와 부끄러움에 그만 까마귀에게 주먹을 휘두른다. 씩씩거리며 집에 도착한 '나'는 벽을 보고 누워 있는 어머니의 뒷통수를 보며 울분을 느낀다. 다음 날, 평범하게 등교를 한 '나'는 까마귀가 얼굴이 시퍼렇게 부은 채로 아이들과 얘기를 하고 있는 것을 보게 된다. 그리고 우연치 않게 반장이 '나'의 집이 파산했다는 사실을 소문내고 다닌다는 것을 알게 된다. 그리고 까마귀가 그 이야기를 들었다는 것도. 그제야 반 아이들의 어색한 시선을 느끼게 된 '나'는 수치스러움에 고개를 들지 못한다. 하굣길에 다시 까마귀를 만나게 된 '나'는 그에게 아무에게도 내 이야기를 하고 다니지 말라고 경고한다. '나'는 집에 돌아와 열이 오르는 얼굴을 씻고 있는데, 거울에 비친 자신의 얼굴을 보게 된다. 까마귀처럼 버짐이 핀 얼굴. '나'는 화가 나서 거울을 깨부순다. 다음 날. 주말 자습을 하러 학교에 간 '나'는 반장과 만나게 된다. 반장과 말싸움을 하던 '나'는 반장의 "너는 도둑새끼야."라는 말을 듣고 분을 참지 못해 학교를 뛰쳐나온다. 쉴 새 없이 뛰어 집 앞에 도착한 '나'는 어머니가 쌀독에서 봉투를 꺼내 들고 있는 것을 보게 된다. 어머니는 미친 사람처럼 소리를 지르며 '나'에게 봉투를 던진다. '나'는 돈 봉투를 들고 집 밖으로 나

온다. 달동네의 가장 높은 언덕으로 올라온 '나'는 엉엉 울며
봉투째 불을 붙여 태워버린다.

　까마귀는 빛나는 것을 유난히 탐내고, 훔친다고 해요. 이 글
의 주인공도, 그의 아빠도 제 것이 아닌 남의 것을 탐내고 훔치
잖아요. 그 부분에서 착안했어요. 까마귀 둥지는 주인공이 살
고 있는 집일수도 있고, 꽁꽁 숨겨놓는 돈봉투일 수도 있어요.
　평소보다 조금 이른 시간에 집을 나서니 좁은 골목길 끄트
머리에 검푸른 인영이 꿈틀거리고 있었다. 아직 해도 다 뜨지
않고 애매하게 뜬 새벽에 일어나 있을 부지런한 이는 이 동네
에 없었다. 가까이 다가가니 미역 색 깔깔이를 입고 벽을 마
주보고 서 있는 슈퍼 집 아들이었다. 내 걸음이 버석거리는
눈을 밟자, 그림자를 드리우고 있던 얼굴이 천천히 들려졌다.
담배를 꼬나문 팍팍한 인상이 나를 향했다.
　"이 신새벽에 웬일이세요?"
　"노인네가 하도 나가보라고 학질이길래. 벽이 부서졌어."
　낡은 슈퍼를 두르고 있던 시멘트 담이 밤새 불어닥친 강풍
에 맥없이 무너진 모양이었다. 알알이 부서진 시멘트 잔해들
이 남자의 발치에 널브러져 있었다. 바람은 어제보다 더 세차
게 동네를 내리치고 있었고, 남자가 이따금씩 내뿜는 담배연
기는 순식간에 허공에서 사라졌다.
　"벌써 학교 가나?"

"잠이 안와서요. 집보다는 학교가 더 따뜻하기도 하고."

"니도 참 고생이다. 여기 온지 얼마나 됐지? 한 넉 달 됐을 라나?"

"그 정도 됐을걸요."

"한창인 니 나이 때 이런 동네는 너무한 처사지. 집 박차고 안 나간 게 용하다."

"어차피 갈 데도 없어요."

내 대꾸에 헛헛하게 웃던 슈퍼 집 아들은 깔깔이 주머니에 넣고 있던 왼쪽 손을 들어 내 머리를 마구 헤집었다. "얼른 가 봐라." 등을 두들기는 손에 나는 꾸벅 인사하고 돌아섰다. 곧 이어 그가 돌무더기를 발로 후려 차는 소리가 좁은 골목길을 왕왕 울렸다.

착잡한 목소리로 서로의 처지를 동정하는 이 동네에 나는 금방 적응했다. 며칠 살아보니 내 예전 생활과 그다지 다를 것이 없었다. 잠자리와 학교가는 길이 조금 '달라졌을' 뿐이 었다. 하지만 어머니는 이사를 오던 그 날부터 식음을 전폐하 며 방 안에만 틀어박혀 있었다. 아버지가 잡혀간 그날에는 발 을 동동 구르며 집안을 뱅글뱅글 돌았었는데, 지금은 그럴 힘 도 남아 있지 않은 모양이었다. 그래도 방으로 밀어 넣는 밥 그릇은 비워주니 그걸로 다행이었다.

한림역은 출근하는 인파들로 그득그득했다. 전동차가 도착하자 널찍한 차문으로 너도나도 달려드는 모습은 아침 등굣길마다 보는 장관이었다. 모두들 먼저 자리에 앉으려 법석들이었다. 팔을 휘저으며 주위의 사람들을 막무가내로 밀어내는 정장 차림의 한 남자의 뒤에 바짝 붙어섰다. 사람들에게 밀려 옷이 마구 흐트러져 있었다. 잘 다려져 있었을 구겨진 정장 등판에 서류가방이 덜렁거렸다. 나는 뒷사람의 재촉에 떠밀려 남자의 등에 바짝 붙었다. 바둥거리는 사람들 사이를 비집느라 남자는 아무 신경도 쓰지 않는 낌새였다. 주위를 한 번 둘러본 다음 천천히 서류가방 안으로 손을 밀어 넣었다. 얇다란 플라스틱 펜과 판판한 파일을 조심스럽게 지나 손끝으로 느껴지는 부드러운 가죽지갑의 감촉을 잡아냈다. 눈치채지 못하게 남자의 등에 더욱 세게 몸을 부비며 지갑을 빠르게 빼냈다. 패딩 주머니에 지갑을 쑤셔 넣은 뒤 죔쇠가 풀린 서류가방을 단정히 정리해 주었다. 남자가 길을 텄는지 빠르게 몸을 집어넣었다. 나는 태연한 표정으로 그의 등을 방패삼아 천천히 발걸음을 옮겼다.

전동차가 출발하고, 인파가 조금 빠져나갈 즈음 옆 칸으로 건너와 얼빠진 대학생의 뒷주머니에서 지갑을 털었다. 두 지갑 다 두툼한 것이 오늘 아침 수확은 꽤 괜찮은 것 같았다. 역에서 내려 지하철역 화장실로 뛰어 들어갔다. 화장실 문 칸을 세차게 닫고 변기 위에 거치적거리던 가방을 내려놓았다. 이렇게 두둑한 지갑을 만난 게 얼마만인지. 어림잡아도 한 두 달 만인 것 같은데. 패딩 주머니에서 지갑을 꺼냈다. 회사원의 가죽지갑은 보기에도 꽤 비싸 보이는 것이, 매끄러운 새 지갑 냄새를 풍겼다. 안에는 신용카드 서너 장과 누런 지폐가 한가득 들어 있었다. 오 만원권 지폐가 빽빽하게 품어져 있는 것을 보자니 콧김이 술술 나왔다. 오늘 아침은 정말 횡재다. 이 정도면 한 달도 버틸 만 했다. 얼간이 대학생의 지갑도 꽤 풍족했다. 지폐와 수표만 꺼내 가방 안주머니에 접어 넣고, 온갖 카드들은 모조리 뚝뚝 부러뜨려 변기 물과 함께 내려버렸다. 손목에 찬 시계를 확인했다. 7시 12분. 천천히 걸어가도 늦지 않을 시간이었다. 나는 천천히 손을 헹구고 화장실을 빠져나왔다.

전에 살던 집과 많이 떨어진 곳으로 이사를 왔음에도 어머니는 전학수속을 밟아주지 않았다. 덕분에 잠을 쪼개 일어나 등교준비를 해야 했다. 걸어서 10분 거리였던 학교는 지하철로 여섯 정거장을 가야 하는 먼 곳으로 변해 있었다. 그물에 갇힌 물고기 떼처럼 퍼덕거리는 인파 틈 사이를 겨우 빠져나와 전속력으로 내달려야만 지각을 면할 수 있었다. 하지만 나는 이 급박한 아침이, 우리가 살던 세상에서 멀리 튕겨져 나온 것 같은 그 기분이 그다지 싫지 않았다.

책상에 가방을 내려놓자 먼저 와 있던 반장이 의외라는 표정을 지으며 물었다. 한동안 늦게 오더니 요즘은 일찍 오네? 엄마가 밥을 안 주거든. 반장은 내 말에 코웃음 치며 먹던 빵을 한 입에 우겨넣었다. 종이 울리기 시작했고, 그 사이에 두 놈들이 전투적으로 문을 열어젖히고 들어와 세이프를 외쳤다. 자리에 앉자 천장에 달린 히터가 노곤한 바람을 내뿜기 시작했다. 살벌한 바람으로 뻣뻣해져 있던 살가죽이 녹을 것 같은 온기였다. 급작스러운 수마가 온 몸을 뒤덮었다. 나는 양 손으로 머리를 괸 채 눈을 감았다. 정수리에 붙은 머리카락이 히터 바람에 팔랑이는 것이 느껴졌다. 이사 온 집의 방바닥은 집의 외양처럼 정직했다. 가져온 두 채의 이불은 어머니와 내가 나눠 썼는데, 좁은 방에서 그나마 바람이 닿지 않는 안쪽을 어머니가 차지했기 때문에 나는 숭숭 바람이 새는 문 옆에서 덜덜 떨어야 했다. 온돌도 깔지 않은 냉골에서 몸을 비비다보니 긴 밤을 뜬 눈으로 지새우는 날이 잦아졌고, 그러다 보니 따뜻한 곳에선 흐물흐물 녹아버리기 일쑤였다. 꿈뻑거리며 느리게 운동하던 눈꺼풀이 완전히 감기자 암흑 속에서 소란을 피우던 소리들마저 서서히 멀어지기 시작했다. 얼굴이 조금씩 기우는 것이 느껴져서 팔을 고쳐 잡았다. 정수리가 데워지자 온 몸이 노곤하게 흩어지는 것 같았다.

　날갯죽지를 누르는 느낌에 눈을 뜬 건 바로 그때였다.

　계속 힘을 주고 있던 턱과 팔이 급작스럽게 저려오기 시작했다. 흐릿한 시야 사이로 곤색 교복이 보였다. 저릿저릿한 팔뚝을 문지르며 눈에 힘을 주었다. 점점 개는 시야는 내 책상 앞에 서 있는 한 녀석을 비춰 주었다. 옆 분단의 까마귀였다.

“종 쳤는데 이동 안 해?”

시곗바늘은 10시 반을 막 넘기고 있었다.

08

웹툰 콘티

웹툰 콘티

김지민·박수진·최윤정·고지현
김다솜·방혜린·최주영·정수빈 효명고등학교

체육관

  체육부장인 연우는 농구를 하던 중, 앉아서 농구 시합을 구경하는 미주를 발견하고 한순간 멍해진다. 그때 '퍽'하는 소리와 함께 연우가 농구공에 맞고, 연우를 짝사랑하는 보람은 그 모습을 보고 놀라서 소리친다. 공에 맞은 연우는 창피하다.

  -홍(미주), 남(연우), F1
  남: '엇, 미…… 미…… 미주다!'

  -구(보람), F1·2·3
  홍: (역시 땀흘리는 모습도.)
  '연…… 연우야! 조심.'
  "조심해!"

  퍽!

-남(연우), 홍(미주), F1·2

남: 아. 씨팔! 누가 던졌냐! '씨. 쪽팔려.'

F1: 헐. 쟤 빡쳤다.

F2: 야! 괜찮냐?

-구(보람), F1·2·3

구: 여…… 연우……야.

'홍미주, 너만 없었으면.'

F1: 왜 갑자기 일어나?

F2: 왜 그래?

교실

(쉬는 시간) 미주를 짝사랑하는 연우는 앞이 잘 안 보인다
는 핑계로 미주의 짝꿍과 반강제적으로 자리를 바꾼다.
그 모습을 미주와 진수가 바라본다.

-홍(미주), 남(연우), F1·2·3·4·5

남: 하.

'아. 해? 말어?'

F(A): (잡담) 크크.

-남(연우), 홍(미주), F1·2
남: '와…… 왔다.'
야 나 눈 안 보이니까 자리 좀 바꿔.
F1 : 으……응? 응.

-남(연우), 홍(미주), F1·2·3·4
남: <u>흐흐흐</u>.
'<u>흐흐흐</u>.'

-홍(미주), 남(연우), 구(보람), 육(진수), F1
…….

장면1 : 교실풍경

오늘도 이 교실에서 나는 조용히 그리고 아무도 모르게 친구들과 함께 하루를 시작한다.

장면2 : 최 선생님이 종이를 줍는 장면

최 선생 : 아이구야, 웃차.

장면3 : 떨어진 종이

학교폭력 실태조사. 의문을 품으며 난 이 종이를 매년 본다. 정말이 이게 효과가 있을까 하고.

최 선생 : 다들 매년 하니까 알지? 무기명인거? 빨리하고 걷자.

학생1 : 아, 이거 왜 맨날 해요.

학생2 : 그러니까. 적을 사람도 없는데.

학생3 : 아 빨리하고 끝내요. 쉬는 시간 없어지는데.

학생4 : 아 쫌! 없으면 조용히 해!

최 선생 : 다했지? 뒤에서 걷어와. 청소하자.

아 이제야 끝났네. 이런 거 할 때마다 애들 너무 시끄러워. 잠 좀 자자.

장면5 : 아침 청소하는 연우, 미주

+장면추가 : 쓰레기를 쓸면서 슬금슬금 미주에게 다가감.

(쓰레받기가 놓여 있는 청소도구함이 보이도록 배경 삽입하기)

연우 : 여기도 쓰레기 있어.

미주 : 응, 나 줘.

연우 : 응. 여기. 끝났다!

연우는 참 이상하다. 저기 분명히 쓰레받기 하나 남아 있는데 그건 쓰지 않고 미주에게 쓰레기를 준다.

미주는 아무렇지 않게 청소만 한다. 나라면 화가 나지 않았을까.

하긴 미주라면 신경 안 쓸 수도.

장면6 : 껌 딱지를 떼어준 미주가 웃으면서 사라지는 장면(흑백) – 회상

난 항상 애들이 내 어깨에 붙이고 가는 것 때문에 스트레스가 이만저만이 아니다. 매년.

오늘도 역시, 내가 잠들어 있는 사이에 어깨에 누군가 껌 딱지를 붙이고 갔다.

언제인지 모르지만 미주가 나만 잠들어 있는 반에 와서는 어깨의 껌 딱지를 살며시 떼어주고 갔다.

흐뭇하다는 듯이 웃으며 반을 나가는 미주가 잊히지 않는다. 이런 아이는 보기 드물어.

장면7 : 2교시 과학시간(꼴뚜기 선생님)

꼴뚜기 선생님 : 그 다음페이지. 잠깐, 준희, 희라 왜 이렇게 시끄러워! 지금 몇 페이지 하고 있냐?

장면8 : 준희와 희라의 대화

준희 : 저, 저기.

희라 : 죄송합니다. 아 진짜 오늘 꼴뚜기 왜 저래.

준희 : 그러게. 근데 희라야, 너 할 수 있어?

희라 : 당연하지. 못 할 게 뭐 있어. 아무도 우리가 한 줄 몰라.

장면9 : 미주의 숙제를 버리는 희라 - 2교시 쉬는 시간 / E. 쉬는 시간을 알리는 종소리

　+장면추가 : 미소를 띠는 희라 얼굴 (멀리의 사람 형태 한명 이상 넣은 배경 넣기)

희라: 다음시간 숙젠데. 고생 좀 하겠네.

장면10 : 성공한 희라

준희 : 했어?

희라 : 당연하지, 아무도 몰라.

준희 : 그래.

재네 목소리 참 크다. 나한테까지 다 들리는데.

장면11 : 희라의 행동을 멀리서 지켜보는 진수(실루엣만)

분명히 나 말고 누군가 희라와 준희를 노려보고 있을 거야.

시끄럽거든.

장면12 : 쓰레기 분리수거를 하러 가는 준희와 진수 - 점심시간 / E. 터벅터벅

+장면추가 : 상체위주 장면. 무표정하게 입을 꼭 다문 진수, 스마트폰을 만지는 준희

준희 : 나도 할게.

진수 : 응. 그래.

장면13 : 쓰레기통을 뒤져 미주의 숙제를 찾은 진수, 준희에게 건넨다.

진수 : 근데 너 이거 뭔 줄 알아?

준희 : 뭔데? 어떤 거?

진수 : 이거, 미주 숙제 아니야?

준희 : 어? 맞아. 근데 그걸 네가 왜 갖고 있어?

장면14 : 준희와 진수의 대화

진수 : 여기 버려져 있는 걸 쉬는 시간에 봤어.

준희 : 누가 그런 거야. 너무한 거 같은데.

진수 : 희라, 희라가 한 거야. 너 희라 짝인데 뭐 아는 거 없어?

장면15 : 사건을 모른 척하는 준희

+장면추가 : 위에서 쓰레기를 분리하는 준희를 바라보는 진수의 시선

준희: 응, 모르겠는데.
진수: 아, 그래? 희라가 근데 왜 미주 숙제를 버려? 무슨 일 있었던 거 아니야?
준희: 난 몰라.

+장면추가 : 쓰러진 쓰레기통, 쏟아진 쓰레기 속에 미주 숙제

내가 들은 건 뭐지. 그 시끄러웠던 얘기들. 내 앞에 지금 또 다른 준희가 얘기하고 있다.
진수는 나는 알고 있는 이 사실을 알까?

장면16 : 쓰레기 분리수거 장에서 만난 보람과 예나
+장면추가 : 멀리서 걸어오는 보람과 예나의 실루엣

보람 : 어? 너희 분리수거?
준희: 응, 다 끝났어.
예나 : 그래, 수고!
보람 : 그러니까 난 그 애가 좋은데 그 애가 딴 앨 좋아…….

+장면추가 : 유유히 걸어가는 보람과 예나의 뒷모습

스치듯이 본 보람이의 표정이나 이야기들은 사람들의 흥미를 충분히 끌만하다. 나도 보람이의 이야기가 너무 궁금하고.

여기서 멀리서라도 들을 수 있었더라면 좋을 텐데.

하지만 역시 겨울의 쓰레기장은 너무 추워. 몸 안으로 찬 공기가 가득 차는 이 기분. 그냥 빨리 들어가야겠다.

콘티 2 **박수진·임광민** 공동작업

장면1 : 교실풍경

오늘도 이 교실에서 나는 조용히 그리고 아무도 모르게 친구들과 함께 하루를 시작한다.

장면2 : 최 선생님이 종이를 줍는 장면

최 선생 : 아이구야, 웃차.

장면3 : 떨어진 종이

학교폭력 실태조사. 의문을 품으며 난 이 종이를 매년 본다. 정말이 이게 효과가 있을까 하고.

장면4 : 교실풍경 /E.웅성 웅성, 딩동댕동(종소리)

최 선생 : 다들 매년 하니까 알지? 무기명인거? 빨리하고

걷자.

　　학생1 : 아, 이거 왜 맨날 해요.

　　학생2 : 그러니까. 적을 사람도 없는데.

　　학생3 : 아 빨리하고 끝내요. 쉬는 시간 없어지는데.

　　학생4 : 아 쫌! 없으면 조용히 해!

　　최 선생 : 다했지? 뒤에서 걷어와. 청소하자.

　　아 이제야 끝났네. 이런 거 할 때마다 애들 너무 시끄러워.
잠 좀 자자.

장면5 : 아침 청소하는 연우, 미주
+장면추가 : 쓰레기를 쓸면서 슬금슬금 미주에게 다가감.
(쓰레받기가 놓여 있는 청소도구함이 보이도록 배경 삽입하기)

　　연우 : 여기도 쓰레기 있어.

　　미주 : 응, 나 줘.

　　연우 : 응. 여기. 끝났다!

　　연우는 참 이상하다. 저기 분명히 쓰레받기 하나 남아 있는
데 그건 쓰지 않고 미주에게 쓰레기를 준다.

　　미주는 아무렇지 않게 청소만 한다. 나라면 화가 나지 않았
을까.

하긴 미주라면 신경 안 쓸 수도.

장면6 : 껌 딱지를 떼어준 미주가 웃으면서 사라지는 장면(흑백) – 회상

난 항상 애들이 내 어깨에 붙이고 가는 것 때문에 스트레스가 이만저만이 아니다. 매년.

오늘도 역시, 내가 잠들어 있는 사이에 어깨에 누군가 껌 딱지를 붙이고 갔다.

언제인지 모르지만 미주가 나만 잠들어 있는 반에 와서는 어깨의 껌 딱지를 살며시 떼어주고 갔다.

흐뭇하다는 듯이 웃으며 반을 나가는 미주가 잊히지 않는다. 이런 아이는 보기 드물어.

장면7 : 2교시 과학시간(꼴뚜기 선생님)

꼴뚜기 선생님 : 그 다음페이지. 잠깐, 준희, 희라 왜 이렇게 시끄러워! 지금 몇 페이지 하고 있냐?

장면8 : 준희와 희라의 대화

준희 : 저, 저기.

희라 : 죄송합니다. 아 진짜 오늘 꼴뚜기 왜 저래.

준희 : 그러게. 근데 희라야, 너 할 수 있어?

희라 : 당연하지. 못 할 게 뭐 있어. 아무도 우리가 한 줄

몰라.

　장면9 : 미주의 숙제를 버리는 희라 - 2교시 쉬는 시간 / E. 쉬는 시간을
알리는 종소리

　+장면추가 : 미소를 띠는 희라 얼굴 (멀리의 사람 형태 한명 이상 넣은 배
경 넣기)

　희라: 다음시간 숙젠데. 고생 좀 하겠네.

　장면10 : 성공한 희라

　준희 : 했어?

　희라 : 당연하지, 아무도 몰라.

　준희 : 그래.

재네 목소리 참 크다. 나한테까지 다 들리는데.

　장면11 : 희라의 행동을 멀리서 지켜보는 진수(실루엣만)

　분명히 나 말고 누군가 희라와 준희를 노려보고 있을 거야.
시끄럽거든.

　장면12 : 쓰레기 분리수거를 하러 가는 준희와 진수 - 점심시간 /E. 터벅
터벅

　+장면추가 : 상체위주 장면. 무표정하게 입을 꼭 다문 진수, 스마트폰을

만지는 준희

　준희 : 나도 할게.

　진수 : 응. 그래.

장면13 : 쓰레기통을 뒤져 미주의 숙제를 찾은 진수, 준희에게 건넨다.

진수 : 근데 너 이거 뭔 줄 알아?

준희 : 뭔데? 어떤 거?

진수 : 이거, 미주 숙제 아니야?

준희 : 어? 맞아. 근데 그걸 네가 왜 갖고 있어?

장면14 : 준희와 진수의 대화

진수 : 여기 버려져 있는 걸 쉬는 시간에 봤어.

준희 : 누가 그런 거야. 너무한 거 같은데.

진수 : 희라, 희라가 한 거야. 너 희라 짝인데 뭐 아는 거 없

어?

장면15 : 사건을 모른 척하는 준희

　+장면추가 : 위에서 쓰레기를 분리하는 준희를 바라보는 진수의 시선

　준희: 응, 모르겠는데.

　진수: 아, 그래? 희라가 근데 왜 미주 숙제를 버려? 무슨 일

있었던 거 아니야?

준희 : 난 몰라.

+장면추가 : 쓰러진 쓰레기통, 쏟아진 쓰레기 속에 미주 숙제

내가 들은 건 뭐지. 그 시끄러웠던 얘기들. 내 앞에 지금 또 다른 준희가 얘기하고 있다.

진수는 나는 알고 있는 이 사실을 알까?

장면16 : 쓰레기 분리수거 장에서 만난 보람과 예나

+장면추가 : 멀리서 걸어오는 보람과 예나의 실루엣

보람 : 어? 너희 분리수거?

준희 : 응, 다 끝났어.

예나 : 그래, 수고!

보람 : 그러니까 난 그 애가 좋은데 그 애가 딴 앨 좋아…….

+장면추가 : 유유히 걸어가는 보람과 예나의 뒷모습

스치듯이 본 보람이의 표정이나 이야기들은 사람들의 흥미를 충분히 끌만하다. 나도 보람이의 이야기가 너무 궁금하고.
여기서 멀리서라도 들을 수 있었더라면 좋을 텐데.
하지만 역시 겨울의 쓰레기장은 너무 추워. 몸 안으로 찬 공

기가 가득 차는 이 기분. 그냥 빨리 들어가야겠다.

콘티 3 **임광민 정수빈** 공동작업

배경 : 눈 내리는 밤.

야간 자율학습이 끝난 뒤 보람과 미주가 함께 하교하는 상황.

Nar(보람) : 언제부턴가 연우의 행동이 달라졌다.

연우 : 어…… 저기…… 난 이쪽 방향으로 갈게.

그러나 연우가 자신의 집 방향이 아닌 다른 곳으로 가게 됨.

보람 : 뭐? 야! 너 집 방향 그쪽 아니잖아!

연우 : 아…… 나 급한 일 있어서…… 미안해. 먼저 가.

E : 헐레벌떡

보람에게 변명하고 서둘러 가는 연우의 모습.

다른 방향으로 가 미주의 뒤를 쫓아가는 연우의 모습. 미주의 발자국 하나하나 맞추며 걸어가는 연우.

Nar(보람) : 몰랐던 건 아니다. 단지 모른 척 하고 싶었던 것일 뿐.

배경 : 학교

보람이 뒷자리에서 연우와 미주를 지켜보고 있는 상황. 연우가 가만히 미주의 옆자리에 앉아 있는 예나를 뚫어져라 쳐다본다.

예나 : 야. 어제 엠카 봤냐? 대박!
미주 : 미안. 나 요즘 TV 안 봐서…….
연우 : ……. (가만히 지켜본다)

E : 벌떡

예나와 미주를 번갈아 보다가 갑자기 벌떡 일어나는 연우.
예나에게 자신과 잠시 자리를 바꿔달라고 부탁하는 연우. 그리고 흔쾌히 허락하는 예나.

E : 소곤소곤.
예나 : 그래!
연우 : 고마워…….

연우가 미주의 옆자리로 가 어색하게 인사를 건네는 상황.

연우 : 아, 안녕.

미주 : 어? 아…… 안녕.

다정하게 앉아 있는 연우와 미주를 가만히 지켜보다가 미주, 연우, 그리고 보람 셋이서 찍은 사진을 말없이 드는 보람.

셋의 사진에서 미주의 부분만 찢는다. 울먹거리며 혼잣말 하는 보람. 단 미주의 얼굴은 실루엣 처리.

보람 : 왜 널 연우가 좋아하는지 모르겠어…….

보람이 쓰레기통에 찢어버린 미주의 부분만 버리는 상황.

Nar(보람) : 싫다.

노래를 들으며 공부하는 미주의 뒷모습. 미주는 보람의 시선을 느끼지 못한 채 공부에 열중하고 있다

Nar(보람) : 홍미주가 싫다. ……사진처럼 쉽게 지울 수 있었으면 좋겠다.

장면1 : 과거 회상. 흑백. 당시의 보람이 느낀 선하고 예뻤던 미주의 모습 부각.

장면2 : 현재. 컬러. 예전의 미주의 모습과는 같으나 어딘가 미묘하게 악해 보이는 모습 부각.

　Nar1(보람) : 미주는 남자 애들하고도 잘 어울려. 사교성이 좋은 가봐.

　Nar2(보람) : 가식적인 년. 여우같이 꼬리나 치고.

장면1 : 과거 회상. 흑백. 공부하는 미주의 옆모습. 예쁘고 착실해보였던 첫인상 부각.

장면2 : 현재. 컬러. 위와 구도는 똑같으나 훨씬 더 차가워 보이는 이미지 부각.

　Nar1(보람) : 미주는 공부도 열심히 하고…… 노력파구나.

　Nar2(보람) : 이기적이고 악독한 년. 쯧쯧…….

배경 : 분리수거장. (뒤 육진수 복선)

예나와 고민상담을 재개하는 보람.

예나 : 고민? 무슨 고민 있는데?

보람 : 아니, 별 건 아니고…….

연우를 좋아한다고 고백하는 보람. 그 뒤 점점 다가오는 육진수.

보람 : 사실…… 나 연우 좋아해.

예나 : 뭐? 야 대박. 나 진짜 상상도 못했어.

연우를 좋아하는 것 같다고 솔직하게 말하는 예나. 진수가 지나가면서 보람의 말풍선 의도적으로 가리는 것 중요.

예나 : 야…… 근데 연우 개 미주 좋아하는 것 같던데…….
보람 : …….

배경 : 운동장. 눈 오는 날.
멍하니 운동장 스탠드에 앉아 있는 미주.

힘들지만 미주가 바라보는 것을 알고 무리하며 농구를 하는 연우.

친구1 : 야아, 남연우! 눈도 오는데 농구 살살 좀 해라!

과거 회상
유치원 때 놀이동산에서 같이 사진 찍은 연우와 보람. 연우가 유독 환하게 웃고 있다.

과거 회상
운동회 때 같이 사진을 찍은 연우와 보람. 역시 둘이 환하게 웃고 있다.

중학교 졸업식 때. 보람은 여전히 웃고 있지만 연우의 표정은 어딘가 모르게 뚱하다.

연우와 미주의 모습. 연우가 유독 부끄러워 하며 환하게 웃는다. 옆은 보람이 아닌 미주.

Nar(보람) : 그리고 지금은…… 그 옆에 내가 없다.

배경 : 화장실 안

좌변기에 앉아 혼잣말 하는 보람. 울 듯 몸이 파르르 떨린다.

보람 : 난 왜 안 되는 거야, 도대체 왜…….

자신의 허벅지 위로 눈물을 한 방울 떨어뜨리는 보람. Fin.

콘티 4 **임광민·최주영** 공동작업

미주: 아 정말이야? 와, 재밌다.

남1 : 그치.

남2: 완전 웃겨.

희라: 저 여우같은 기집애. 항상 남자애들 사이에 껴 있단 말이야. 어휴 재수 없어.

올해 봄(회상) – 교실

희라는 올해 봄에 있었던 미주의 꼴사나운 모습을 회상한다.

희라: (혼잣말) 아 쟤는 뭐야? 왜 자꾸 쳐다봐? 기분 나빠.

올해 봄(회상) – 교실

희라는 진수를 곁눈질로 쳐다보며 자신과 눈이 자주 마주치는 진수를 기분 나쁘게 생각한다.

최 선생: 자, 학교폭력 실태조사 설문이다. 다들 아는 대로 솔직히 적도록!

희라: 으휴. 이걸 한다고 해서 대체 뭐가 달라진다는 건지. 차라리 내가 담임하는 게 나을 것 같다니까.

준희: 그렇게 말이야.

올해 겨울 – 교실 , 아침 조회시간

시끌벅적한 교실. 최 선생은 학교폭력 실태조사 설문지를 돌린다. 어떤 학생이 학교폭력을 당하고 있는지 조사하는 설문.

희라는 이런 설문이 아무 소용없다고 생각하며 아무도 적지 않는다.

미주: 아 정말 그런 일이 있었단 말이야? (웃음)

남1: 그렇다니까. (웃음)

희라: 야 쟤 좀 봐라. 어떻게 아직까지도 저러고 있냐. 그 성격 어디 안가.

희라친구1 : 맞아. 어우 얄미워 진짜.

희라친구2 : 아 재수 없어.

아침조회가 끝난 후 쉬는 시간- 교실

희라는 속으로 '홍미주 역시나 아직도 홍일점이셔.'라고 생각하며 한심하다는 듯한 표정을 짓는다.

국어 선생님 : 자, 관동별곡이란…….

희라:(속닥속닥) 야, 빨리 넘겨.

희라친구1 : 쫌만 기다리라고!

1교시(졸리고 지루한 국어시간) - 교실
교실은 나른한 분위기.

희라 (속마음): 아, 1교시 졸리다. 제일 최악인 건 저 쌤은 잠도 못 자게 한다는 것! 죽겠다. 지루한데 쪽지나 해야지.

희라: 아 홍미주, 여우같은 기집애.

희라친구2: 그치? 진짜 대박이라니까.

종이 울린다.

최 선생: 오늘은 여기서 끝낼게요. 다음 시간에 봅시다.

희라: 야 이거 버린다?

희라친구2: 응.

1교시가 끝날 무렵 – 교실

희라 (속마음): 홍미주. 역시 까도까도 나오는 양파 같은 년이야. 아 벌써 종쳤네? 재밌었는데 아쉽다. (쪽지를 쓰레기통으로 던진다.) 이 모습을 바라보고 있는 진수.

희라: 아 2교시 과학이네. 과학실 귀찮아.

준희: 그러니까, 귀찮아.

1교시가 끝난 후 쉬는 시간 – 교실

시끌벅적한 교실. 희라와 준희가 대화를 나눈다.

미주: 예나야 쟤 진짜 웃기지 않아? 아 눈물 나.

예나: 그니까. (웃음)

남1: 재밌는 얘기 더 해 줘? 말만해.

남2: 얘 개그맨 뺨친다. 기대해도 좋음.

희라: 쟤 홍미주 진짜 대단하지 않냐? 남자들이 끊이질 않아요. 저 눈 웃음 좀 봐. 어우 즐거워요.

준희: 피식.

쉬는 시간 - 교실

시끌벅적한 교실. 미주와 예나는 남자 아이들과 즐겁게 수다를 떨고 있다.

그 모습을 바라보는 희라와 준희. 희라는 준희에게 준희의 베스트 프렌즈인 미주를 욕한다. 그러나 준희는 아무 말이 없고 혼자서 조용히 웃는다. 멀리서 그 모습을 포착하는 진수.

과학 선생님: 이산화탄소는…….

희라: 아. 홍미주 골탕 먹일 방법 없나?

준희: 글쎄?

2교시 과학 - 과학실

희라는 미주를 골탕 먹일 방법을 생각한다. 미주의 베스트 프렌즈인 준희에게 방법을 묻자 준희는 담담히 '글쎄' 라고 대답한다. 그 모습을 의심쩍게 바라보는 진수.

희라: 흠. 홍미주한테 꼭 필요한 거. 뭐 없어? 너 홍미주 친구잖아.

준희: 미주한테? 음. 오늘 중요한 숙제가 있었긴 한데.

2교시 과학 – 과학실

희라는 미주에게 꼭 필요한 것이 있냐고 준희에게 묻는다.
아무렇지 않게 대답해 주는 준희.

진수는 희라와 준희쪽을 힐끗 쳐다본다.

희라: 오케이!

준희: 왜?

과학 선생님: 강희라! 차준희! 조용히 안 해? 너네 경고다!

2교시 과학 – 과학실

희라는 준희의 말을 듣자 큰소리로 외친다. 준희는 희라가
왜 그러는지 궁금하다는 듯이 쳐다본다.

희라의 시끄러운 목소리에 과학 선생님은 희라와 준희에게
경고를 준다. 과학 선생님의 경고에 반 아이들은 희라와 준희
를 한 번씩 흘겨본다. 마지막으로 진수가 의미심장한 눈빛으
로 희라와 준희를 바라본다.

희라: 혹시 그거 어디 있는지 알아?

준희: 그거? 아까 미주 책상 서랍에 있던데. 왜?

2교시 과학 – 과학실

희라와 준희는 과학 선생님의 경고로 목소리를 낮추고 속
삭인다. 하지만 희라와 준희에게 집중하고 있었던 진수에게

는 희라와 준희의 목소리가 들린다. 힐끗 쳐다보는 진수.

희라: 당연한 걸 뭘 물어? 버려야지!
준희: 아.

2교시 과학 – 과학실
미주의 숙제를 버린다는 희라. 준희는 말리지 않는다. 진수
또 힐끗.

희라: 이거 홍미주 꺼 맞지?
준희: 응. 찾았네? 쓰레기통 저기.
희라: 오, 예! 좋았어. 땡큐!

2교시 끝난 후 쉬는 시간 – 교실
미주의 숙제를 빼앗은 희라. 준희는 쓰레기통 위치를 가리
킨다.
희라의 큰 목소리 때문에 진수는 쳐다본다.

희라: 이제 홍미주는 끝이야.
준희: (웃음)

2교시 끝난 후 쉬는 시간 – 교실

희라는 미주의 숙제를 찢어서 쓰레기통에 버린다. 그 모습을 보고 준희는 아무도 모르게 살짝 웃는다.

그 모습을 발견하는 진수.

일본어 선생님: 숙제 펴.

예나: 미주야 했지?

미주: 당근 했지!

희라: 어디 찾아봐라.

준희: (웃음)

3교시 일본어 - 교실

무섭기로 소문난 일본어 선생님. 들어오자마자 숙제검사를 한다.

다들 숙제를 해 온 분위기.

일본어 선생님: 홍미주. 숙제 어딨어? 숙제 펴.

미주: 아. 분명히 챙겼는데. 어디 갔지.

일본어 선생님: 뭐야. 없어?

미주: 없어졌어요. 죄송해요.

희라: 홍미주 표정 봐. 가관이다.

준희: (웃음)

3교시 일본어 - 교실

엄숙한 분위기. 모두가 숙제를 해 온 가운데 미주만 숙제가 없다. 화가 난 일본어 선생님.

그 모습을 본 희라와 준희는 킥킥 거린다. 그 소리에 힐끗 눈을 돌리는 진수.

일본어 선생님: 숙제를 안 해 온 홍미주. 태도 감점이다.

예나: 미주야 어떡해.

미주: 아 어디 갔지.

희라: (웃음)

준희: (웃음)

3교시 일본어 - 교실

미주가 안절부절 못하는 모습에 희라와 준희는 웃는다. 그 모습을 바라보는 진수.

예술강사 후기

수업을 마치며

이소연

처음 학생들을 마주했던 10월이 떠오릅니다. 내 앞에 앉은 학생들은 문학이 뭐냐고 생각하냐는 질문에 교과서적인 대답들을 했었고, 이 수업에서 무엇을 얻어가고 싶냐는 질문에 좀 더 글을 잘 쓰고 싶다는 모범답안들을 내놓았습니다. 그들의 대답을 들으며 내가 도대체 이 아이들에게 무엇을 가르쳐야 하나, 하는 막막함과 부담감부터 밀려들었습니다. 사실 문학이란 만만하고 쉬운 것이 아닙니다. 그러나 만만하고 쉽게 가르쳐야 했습니다. 그렇지 않으면 쉽지 않다는 인식 때문에 문학에 대해 뒷걸음질부터 치게 될 것이었으니까요.

예고 시절부터 쭉 글을 써왔지만, 저 역시 아직까지도 문학이 어려웠어요. 저에게도 막막하고 어려운 문학을 아이들에게 어떻게 즐겁게 건네줄 수 있을까? 이것이 수업을 진행하는 내내 저의 가장 큰 숙제였습니다. 과연 내가 해낼 수 있을까? 어떻게 해야 이 애들이 문학을 즐겁고 쉽고 재미있는 것으로 여길 수 있을까? 학생들이 기다리고 있는 교실에 들어설 때마다 늘 그런 걱정을 했습니다. 오늘은 무슨 이야기를 해서 이 애들을 즐겁게 해야 할까?

교실 문을 열 때, 학생들이 먼저 와 있을 때도 있었고 아무도 오지 않아 텅 비어 있던 때도 있었습니다. 학생들이 먼저 와 있을 때에는 그런 걱정이 단박에 날아가곤 했지만 아무도 오지 않은 날에는 빈 교실만큼 걱정도 커지곤 했었습니다. 어쨌든, 학생들이 와 있건 비어 있건 정각이 되면 나는 "수업 시작하겠습니다." 하고 말해야 했습니다. 그 순간부터는 교사로서 내가 할 수 있는 이야기를 할 수 있는 한 무슨 이야기든 해야 했습니다.

학생들이 모든 과정에 모두 성실하고 꾸준히 참여한 것은 아니에요. 집안 행사 때문에 참석하지 못한다거나 아프거나 다른 활동 때문에 참여하지 못한 적도 많았어요. 그럼에도 불구하고 매 수업을 즐겁게 마무리할 수 있었던 것은 학생들의 열정적인 참여 때문이 아니었나 싶습니다. 교안을 모두 완벽하게 소화해낼 수는 없었지만 학생들은 수업이 끝나는 시간까지 흐트러지지 않았고 쓰기를 멈추지 않았습니다. 그 모습이 이상하게도 가슴 벅차서, 저는 얌전히 글 쓰고 있는 학생들을 가만히 내버려두질 못했습니다. 옆에 가서 안 풀리는 게 있는지 혹시 어려운 부분은 없는지 물어보지 않으면 좀이 쑤셔 견딜 수가 없었어요. 이 애들이 이렇게 열심히 쓰고 있는데 교사인 내가 가만히 앉아 쓰는 모습을 지켜만 보고 있을 수는 없었기 때문이지요. 혹자는 이런 지도를 참견이라고 할지도 모르겠습니다만, 그래도 학생들이 저렇게 끙끙대고 있는데 가만히 있기가 어려웠어요.

돌이켜 보면 그 과정에서 학생들도 많이 성장했지만 저 역시도 많이 성장했다는 생각이 듭니다. 수업을 진행하기 위해 교육을 받는 과정에서 제 전공이 아닌 다른 분야에 대해서 많이 걱정했던 부분도 저 스스로 해낼 수 있게 되었고, 학생들을 대하는 일이 즐거운 일이라는 것도 깨달았습니다. 무엇보다 가르쳐야 한다는 부담감을 가지고 학생들을 대하면 아무것도 가르칠 수 없다는 것을 배웠어요. 교사는 아무것도 하지 않습니다. 다만 학생들이 써낼 뿐입니다. 창작 연습을 하고 자신의 글을 써낸 뒤, 합평을 하고 또 프로젝트를 위해 문집에 실을 글을 쓰는 동안 저는 무엇을 했나요? 그저 학생들이 잘해낼 수 있도록 곁에 있어주기만 한 것 같습니다. 처음 제가 문학을 배울 때는 기술적인 면이나 문학의 어떤 개념들에 대해서 많이 부담을 느꼈습니다만 이 수업은 그런 수업이 아니었다는 사실이 다행으로 여겨집니다. 교사가 가르칠 수 있는 것은 그런 것들이 아니었어요. 학생들이 무엇을 써내든 열심히 들여다 봐 주고, 학생들이 힘들어 할 때마다 격려해 주는 것이 교사라는 생각이 듭니다. 저에게 이런 가르침을 준 장안고등학교, 호평고등학교 학생들에게 많이 고맙습니다. 그리고 더불어 이 자리를 마련해 주신 중앙대학교 산학협력단 관계자 분들과 장안고등학교의 박지만 선생님, 호평고등학교의 이용숙 선생님께도 이 자리를 빌어 못다 한 감사의 인사를 드리고 싶습니다.

수업을 진행해 나가면서 수업 하나가 마무리 될 때마다 뿌 듯했던 건 그런 고마움들 때문이었다는 생각이 듭니다. 학생 들이 하나씩 배워나간 것들에는 분명히 제가 가르친 것들도 있겠지만 학생들 스스로 얻어나간 것들이 더 많습니다. 문학 이란 그런 거라는 생각이 듭니다. 본인이 스스로 써내지 못하 면 아무것도 해낼 수 없어요. 사는 것도 역시 마찬가지입니 다. 본인이 살아보겠다고, 무엇이든 해내겠다는 의지를 가지 지 못하면 아무것도 할 수가 없지요. 학생들은 자발적으로 이 수업에 참여했고, 어떻게든 뭔가를 해내려고 했어요. 그런 모 습들이 예뻐서 제가 알고 있는 모든 것을 가르쳐 주고 싶었습 니다. 학생들은 그런 저에게서 제가 알고 있는 것도 가져갔지 만 제가 모르는 것 또한 가져갔다는 생각이 듭니다.

교사가 있어야 학생이 있나요? 아닙니다. 학생이 있어야 교 사가 있고, 그래서 교사는 가르칠 수 있는 사람으로 존재할 수 있는 것입니다. 교사가 교사로서의 역할을 해내기 위해서 는 반드시 학생들이 있어야 합니다. 그래서 제가 학생들을 가 르칠 수 있도록 이 수업을 자발적으로 신청해 준 학생들에게, 고맙다는 말을 꼭 전하고 싶습니다.

수업을 시작하면서 마무리할 때까지 학생들에게 늘 궁금한 것이 있었습니다. 부끄러워서 물어보지는 못했지만 늘 알고 싶었어요.

오늘 수업은 어땠나요? 즐거웠나요? 이 모든 수업이 늘 즐거웠다면 거짓말인 거 알아요. 그렇지만 즐거운 순간들은 얼마나 많았나요?

저는 자주 즐거웠습니다. 수업 내내 모든 과정들이 즐겁진 않았지만, 또 학교로 가는 길이 멀고 힘든 때도 있고 아침 일찍 일어나야 하는 게 부담일 때도 있었지만 그래도 즐거운 순간들이 힘들고 부담으로 다가오는 순간보다 더 많았어요. 짧은 그 순간을 위해서 열심히 힘들어야 하는 게 문학이고 인생이라면, 문학 한 번 해 볼만 하지 않은가요? 힘들고 어려웠기 때문에 즐겁고 행복한 순간이 더 크게 다가왔었잖아요. 일찍 끝내준다는 말에 여러분은 어땠나요? 시간 가는 줄도 모르고 글을 썼습니다. 그리고 그 때 시계를 쳐다본 학생은 정말 두어 명 뿐이었던 것, 여러분은 혹시 알고 있었나요? 온 교실에 글 쓰는 소리만 가득 찼던 순간들이 저에게는 가장 즐거운 순간들이었던 것 같습니다. 그 소리를 만들어 낸 것은 누구인가요? 저는 분명히 아닙니다. 그렇다면 누가 그 소리들의 주인공이었어요? 바로 여러분이었지요. 저를 힘들게 한 것도 여러분이었지만 저를 즐겁게 한 것도 여러분이었습니다. 그래서 여러분에게 물어보고 싶어요. 여러분은 저를 이렇게 즐겁고 행복하고 기쁘게 해 주었는데, 저는 여러분에게 무엇을 해 주었을까요?

사람은 서로를 버티는 과정 속에서 성장합니다. 또 서로를 기쁘게 하는 과정 속에서 성숙해 나가요. 물론 그 와중에 상처도 받고 지치는 일도 있어요. 그렇지만 그런 일들을 글로 써내었을 때, 그리고 그 일에 대해 다른 사람들의 이야기를 합평으로 들어볼 때에 분명히 자기도 몰랐던 부분이 있다는 사실이 놀랍지요. 우리는 많은 것을 몰라요. 그렇지만 단 하나는 알고 있습니다. 세상은 알아야 하는 것이 아니라 느껴야 하는 것이라는 것을요. 이 수업을 진행하며 내가 여러분에게 뭘 알고서 쓰라고 이야기한 적 없습니다. 알고 있지요? 다만 느끼는 대로, 그냥 여러분이 쓰고 싶은 대로 쓰라고 자주 이야기했던 것 같아요. 어려워할 때는 이런 방향도 있다는 걸 보여주긴 했지만 그것을 여러분 방식대로 소화해낸 것은 여러분 각자였던 것도 알고 있지요?

　살고 싶은 대로 사세요. 쓰고 싶은 대로 쓰고요. 그렇지만 힘들다고 그만둬서는 안 됩니다. 여러분이 수업하며 힘들어할 때, 내가 힘들면 여기까지 하자고 이야기한 적 없었던 걸로 기억해요. 힘들지? 조금만 더 하자. 내가 여러분에게 늘 했던 말은 이거였던 걸로 기억해요. 앞으로도 늘 기억해 주었으면 좋겠어요. 힘들죠, 알아요. 그래도 이 순간을 넘기고 나면 여러분은 좀 더 괜찮은 사람이 되어 있을 거고 여러분의 문장은 좀 더 진실한 문장이 되어 있을 거예요. 여러분은 잘 모르겠지만 저는 확실하게 알고 있습니다. 그러니까 이 수업이 끝났다고 해서 글 쓰는 것을 멈추지 말고, 무슨 글이든 써

보길 바라요. 시간 가는 줄 모르고 글을 썼던 그 시간들을 기억하길 바라요. 그 때 아무 생각도 없이 글만 썼던 여러분 스스로를 끝까지 간직하길 바라요.

시작이 있으면 늘 끝이 있는 법이지만 끝이 있으면 다른 시작도 있겠죠. 저와 제 학생들은 이 수업을 끝냈지만 또 어디서 다른 수업을 시작할 거예요. 어떤 수업이 됐든 제 학생들은 해낼 수 있을 겁니다. 어떤 일이 되었든 여러분은 그것을 잘 마무리 짓고 다른 일을 할 수 있을 거예요. 저는 제가 가르쳤던 학생들을 믿습니다. 그리고 그 학생들을 믿는 저 역시도 믿고 있어요.

이 수업이 학생들에게 조금이나마 밑거름이 되었다는 사실, 그리고 앞으로도 그런 수업이 될 거라는 사실을 알아요. 이 수업을 받은 학생들은 어디서든 잘 해 낼 수 있을 거예요.

감사합니다. 수고 많으셨습니다.

길

임광민

10주라는 시간이 길지 않은 시간이란 건 알고 있었지만 이토록 짧을 줄은 몰랐다. 지금 어리둥절하다. 생전 처음 내려본 서정리역에서 버스를 잘 못 타 종점인 복지대학교에서 내렸을 때도 이 정도는 아니었다. 서현역에서 이층에 있는 버스승강장을 찾지 못해 지도 어플리케이션을 보면서 애경플라자 안에서만 사십분 넘게 헤맬 때도, 메타폴리스 정류장에서 내려 센트럴파크를 가로지르다가 야산으로 들어가게 됐을 때도 지금처럼 어안이 벙벙하진 않았다. 초행길에 길을 잃긴 했지만 그때는 가야 할 목적지가 분명했다. 문학 강의 교육안을 들고 날 기다리는 학생들을 만나러 가는 것.

가을이었다. 벌써 가을이구나, 단풍이 정말 곱구나하면서 낯설기도, 낯익기도 한 교정을 가로질러 교무실에 가고, 너희의 담당선생님을 만나고, 그분들의 안내를 받아 처음 여러분을 만났던 날이 어제 같다. 아니, 어제도 아니다. 좀 전 같다.

'나'라는 주제로 자기소개서에 대해서 같이 생각해보고 두 명씩 모둠을 짜서 짝을 인터뷰하고, 짝에 대한 소개서를 써서 발표하던 게 아까 같다. 집으로 돌아오는 차 안에서 너희의 이름을 되뇌며 너희의 얼굴을 떠올리던 귀갓길도 방금 전처럼 느껴진다. 주영이랑 윤정이를 되게 헷갈려 했었지.

　창밖으로 지나가는 낙엽투성이의 가을풍경이 눈 덮인 겨울 풍경으로 변하는 데 걸린 10주라는 시간이 고작 하루처럼 느껴진다니 묘하구나. 내 삶에서 10주란 시간이 이렇게 빠르게 지나간 건 처음이다. 만날 때 고등학교 이학년이었던 친구들은 이제 고삼수험생이 됐고, 일학년들은 이학년이 됐다. 중간고사도 치르고, 기말고사도 치렀으니 너희의 인생에서 아주 중요한 10주의 시간이 지나간 셈이구나. 너희의 그 귀한 시간을 한 주에 두 시간씩, 나는 10주간 성실하게 빼앗았다. 그 시간을 빼앗은 대가로 너희에게 내가 무엇을 줬는지 생각해본다. 준 것도 없이 메리크리스마스와 해피뉴이어를 빼앗은 건 아닌지 괜히 마음이 불편하다. 미안한 마음이 반, 나머지 반은 아쉬운 마음이다. 그러면서도 너희와 지낼 시간이 조금만 더 허락된다면 좋겠다고 염치없는 생각을 난 또 해본다.

　이 강의가 시작될 때부터 난 쫓기고 있었다. 1차시 수업을 할 때는 운행 중인 전차를 전력달리기로 따라잡아 탑승한 듯 숨이 찼다. 숨고를 시간도 없이 1차시가, 또 2차시가 진행됐다. 교재가 나오지 않아서 매번 교재를 프린트해서 수업을 해야 했다. 좀 더 준비할 시간이 있었더라면, 내가 강사로서의 경험이 좀 더 있었더라면 너희의 재능을 조금 더 이끌어낼 수 있었을 텐데……. 난 그러지 못하고 항상 숨이 모자란 상태로 수업을 진행했던 것 같다.

내 자신이 스스로의 수업에 만족할 수 없었던 때라 요즘 뭐 하며 지내냐고 물어오는 후배에게 떳떳하게 문학 강의를 하고 있다고 대답하지 못했던 적이 있다. 하지만 3차시가 지날 무렵부턴 자신 있게 후배에게 문학 강의를 하고 있다고 대답할 수 있었다. 내가 스스로의 수업에 만족했기 때문이 아니다. 그때쯤엔 어느새 너희가 내 자신감의 근거가 돼있었기 때문이었다.

너희는 잘 쓴다. 이건 내 말을 믿어도 좋다. 수업이 잘 진행된 건 전부 너희의 역량 때문이었다. '몸과 마음'에서 시적 표현을 만들어낸 것도 너희였고, '관계'에서 독창적인 이야기를 구성한 것도 너희였다. '시간과 공간'에서 다채로운 장면들을 만들어낼 수 있었던 것도 너희가 간직하고 있던 기억들 덕이었다. 내가 한 게 없다. 난 글 쓰는 법을 가르쳐 준 적도 없다. 이미지와 장면, 이야기들은 내가 너희를 만나기 이전부터 너희 안에 있었다. 나는 그걸 한 번 꺼내보잔 말을 던졌을 뿐이다.

너희는 오만하지 않았다. '나의 글은 너무도 특별해. 세상에 하나 뿐이야. 범인은 이해 할 수 없을 거야'라는 허세가 없었다. 너희는 스스로의 글이 평범하고, 식상한데다가 기술적으론 너무 부족한 글이라고 자평했다. 하지만 발표 시간을 상기해봐. 너희는 항상 다른 친구의 글에 놀라며 즐거워했다. 너희가 발표할 땐 친구들이 그런 반응을 보였다. 너희는 잘 쓴다. 즐기면서 쓰고.

후배는 내게 좋은 일을 하고 있다며 격려했다. 그러면서 묻더라. 특별히 잘 쓰는 학생이 있느냐고. 난 모두 다 잘 쓴다고 얘기했다. 후배가 웃었다. 그러더니 내게 형평성을 잃었다고 했다. 후배가 그때 형평성이란 단어를 어떤 의미로 사용한 건지는 지금도 잘 모르겠다. 어쨌든 후배는 이렇게 덧붙였다. 문예창작학과에 글 좀 쓴다는 사람들을 모아놔도 정말 잘 쓰는 사람은 몇몇으로 압축이 되는데, 어떻게 고등학생을 모아놓은 학급의 아이들이 모두 잘 쓸 수가 있느냐고. 후배의 말마따나 내가 형평성을 잃은 건지도 모른다. 하지만 지금 그 후배가 똑같은 질문을 다시 한다고 해도 난 같은 대답을 할 거다. 지금 당장 써도 너희는 나나 그 후배보다 훨씬 더 좋은 글을 쓸 수 있다고.

10주간 내가 한 일은 그저 너희의 상상력에 놀라다가 집에 오는 거였다. '상상의 공간' 수업을 준비하면서 난 내가 학생이라면 어떤 글을 쓸까하고 궁리를 한 적이 있다. 그리고 이 정도면 너희의 상상력을 압도 할 수 있겠다 싶은 걸 구상해서 수업에 갔다. 하지만 결국 그걸 입 밖으로 꺼낼 순 없었다. 막상 너희에게서 즉흥적으로 나온 이야기를 듣다보니 자연스레 그리되더라. 조앤 K 롤링도 한글을 알았으면 깜짝 놀랐을 걸?

보충수업이 끝나고 자율학습을 하다가 수업에 들어와 항상 빨갛던 너희의 눈, 문제집과 과제를 한 아름 안고 동아리수업

시간에 반을 이동해서 분주하게 모이던 너희에게 이 강의가 또 다른 부담이 되는 건 아닐까 걱정도 많이 했었다. 도저히 과제를 내주고 보챌 수 없었다. 쉬는 토요일 아침 열시에 학원시간도 뒤로 미뤄놓고 텅 빈 학교에, 대입에 도움도 되지 않는 문학수업을 듣겠다고 모여 있던 모습도 떠오른다. 사실 그런 열정은 문예창작학과 학부생에게서도 찾아보기 어려운 건데.

물리적으로 부족한 시간 속에서 프로젝트를 기획할 때도, 난 과연 할 수 있을까 두렵기만 했었는데, 너희는 자심감이 넘쳤었다. 그리고 정말 주어진 시간 안에 할 수 없을 만큼의 성과를 만들어줬다. 대본의 형식과 무대화에 대한 기술, 콘티를 짜는 기술, 소설과 시나리오를 쓰는 기술적인 부분들은 맘 먹고 필사를 해보고 작품들을 읽어보고 따라 해보면 금세 익힐 수 있는 것들이다. 하지만 계속 쓰려하는 열정과 자신감, 쓰는 일을 재밌어 하는 건 누가 어떻게 해줄 수 있는 요소가 아니다. 그건 너희 안에 있는 것들이지. 여러 진행상의 미숙과 내 실수들로 너희의 즐거움을 방해했던 건 아니었나 하는 우려도 해본다.

당장은 이 대본이 무대화 되지 못 하고, 이 콘티가 웹툰으로 제작되지 못 하고, 너희의 글들이 웹북으로 만들어지지 않는다 해도 낙심하지 않았으면 좋겠다. 완성된 텍스트가 있으면, 그건 스스로의 힘으로 다른 콘텐츠로 변하니까.

쓰기를 통해서 대학에 가고, 유명한 작가가 돼서 부와 명예를 얻는 건 소수에게 허락된 일이다. 하지만 그런 결과와 관계 없이 너희가 이 일을 계속 재밌어했으면 좋겠다. 기술적으로 어떻든 간에 너희 안에 가지고 있는 것들을, 너희 눈에 보이는 것들을 글로 표현해보고 서로 나눠보고, 때때로 함께 작업하면서 즐겁게 지냈으면 좋겠다. 내가 너희와 있을 때 너희가 스스로 했던 것처럼 계속 그렇게 지냈으면 좋겠다.

이젠 너희가 다니는 그 학교에 어떻게 하면 갈 수 있는지, 어떻게 하면 거기에서 집으로 올 수 있는지도 알게 됐는데, 그러자 이별이다. 길을 알게 됐는데 목적지가 사라져버렸다. 허전하다. 어안이 벙벙하다. 방법과 기술을 익히고 나서도 뭘 써야하는지, 왜 써야하는지를 잊은 사람은 글을 쓸 수 없다. 못 쓰게 된 글을 억지로 잡고 앉아 쓰는 일을 즐길 수도 없다.

글 쓰는 일이 즐거운 일이고, 그래서 내가 이 일을 하려고 맘먹었던 학창시절을 떠올리게 해줘서 고맙다. 아무리 생각해도 준 것은 없고, 받은 것만 많은 것 같아 미안하다. 다음 주에도 습관적으로 너희에게 가는 길의 시작인 집 앞 정류소에 괜히 서있게 될까봐 겁이 난다.

언젠가 사이에 글을 두고 반갑게 볼 수 있을 날이 올 것을 소망해본다. 어떤 때라도 내 이메일 박스에서 첨부파일이 붙어있는 너희의 편지를 보게 된다면 난 쓰는 일이 즐거운 것임을 환기할 수 있겠지. 너희에게도 내가 그런 기억을 환기시키

는 사람이었으면 좋겠다. 잘 지내라. 살면서 10주간 글을 두
고 이야기 나눌 인연이 몇이나 될까 헤아려보니 너희가 새삼
귀하게 느껴진다.

아이들에게 문학 시동이 걸렸다

정정희

일주일에 한 번씩 만나는 문학수업이 3회 차에 이르렀을 무렵이었다.

"선생님! 저는 첫 수업 시간에 적었던 꿈을 한 가지 이뤘어요!"

생기있게 피어난 성민이의 목소리였다.

"오, 그래!, 어떤 건데?"

"가족들에게 멋진 식사 대접하기요! 지난 일요일 날 제가 요리해서 온 가족이 맛있게 먹었어요."

그 말이 끝나기 무섭게 여기저기서 말소리가 들려온다.

"나두.... '벼룩시장에서 물건을 팔아 난치병 환자들에게 기부하기' 해냈어. '보리랑 하루 종일 자기'도 곧 할거야"

소희의 즐거운 목소리였다.

"선생님, 저는 '너를 만난 게 축복이다! 라는 말 듣게 되는 행동하기'가 있는데, 벌써 두 번이나 들었어요"

경현이가 자랑스럽게 말했다.

"선생님! 저는 제 말이 사람들에게 중요한 영향력을 발휘하는 사람이 되고 싶어요!"

첫 날 제 이름을 빠뜨리고 출석을 부르지 않았는데도 수업이 끝날 때까지 왔다는 애기조차 하지 않았던 교영이의 목소리가 더욱 반갑게 들렸다.

드디어 아이들의 말문이 트였다. 입을 다물고 있던 아이들이 자기 스스로에게 마음을 열어 보인다는 표시였다. 이제 문학과 함께 놀 준비가 되었다.

고등학교 교실로 문학수업을 하러 가는 첫날, 사실 좀 걱정이 되었다. 문학이라는 이미지가 학생들에게 어느새 애매하기 짝이 없는 문제로 전락되었기 때문이다. 내 생각은 이럴 것도 같은데, 답은 메롱! 하며 빠져나간다. 가차 없는 사선이 쭉 그어진 시험지를 보며 정답에 자꾸 태클을 걸고 싶은 기분, 아마 문학문제를 풀어본 사람이라면 누구나 한번은 느껴보았을 것이다. 학생들은 애초에 문학을 사지선다형으로 평가받는 것부터 단추를 꿰었으니 그 의미가 비뚤어지는 건 당연하다. 입시가 되어버린 문학을 아이들 속에 다시 살아나게 하는 것! 이것이 나에게 주어진 임무였다. 하지만 어떻게 그것을 가르쳐줄 수 있을까 고민이었다.

'문학, 놀이로 다시 태어나다'

〈2012 학교문화예술교육 문학분야 시범사업〉 교재의 제목이 나에게는 그 고민의 실마리가 되었다.

"그래, 문학공부를 하지 말고, 문학놀이를 해보자!"

이것이 내가 아이들을 만나러 갈 때 가지고 간 중요한 열쇠였다.

　교실에 도착해 보니 호기심으로 가득 찬 표정은 쉽게 읽혀지지 않았다. 다들 모범생 같아 보였지만, 알 수 없는 조바심과 무언지 모를 불안이 함께 섞여있는 것 같았다. 수업은 시작되었는데, 누군가가 엉거주춤 나가고, 누군가는 헐레벌떡 미안한 표정으로 들어온다. 아니나 다를까 후에 아이들 이야기를 들어보니 처음엔 그랬다고 한다. 성적에 대한 부담 때문에 그와 관련 없는 교실에 앉아있다는 것이 어쩐지 불안했단다. 뭔가 더 중요할 것만 같은 다른 일들이 편안히 앉아있지 못하게 했던 것이다. 문학을 놀이로 시작해야겠다는 교사와 공부에 대한 부담으로 노는 것이 불안한 아이들, 우리들의 첫 만남은 그렇게 시작되었다.

　첫 수업의 주제는 '나'였다. 아이들에게 물었다.

"지금 나는 어디에 있나요?"

"학교요"

"그럼 여기 위치는 어디쯤 인가요?"

"서울에서 벗어난 경기도 한 쪽 가장자리요"

"그렇다면 중심은 어디인가요?"

"서울!, 청와대!, 강남! 뉴욕! 중국!, 지구의 중심은 호주에 있다던데..."

　우리들의 문학놀이는 이렇게 시작되었다. 아이들의 의견이 분분했다. 스크린에는 세계지도가 펼쳐졌다. 우리나라가 세

계의 한 가운데 자리 잡고 있다. 또 몇 개의 서로 다른 세계지
도가 보인다. 하나같이 자기나라가 한 가운데 위치해 세계의
중심이 되어있다. 지구는 어쩌면 그렇게 둥그렇고 예쁘게 생
겼을까? 아이들은 내가 무슨 말을 하려고 하는 것인지 감을
잡는 눈치다.

"어디에 있든 내가 서 있는 자리가 바로 세계의 중심이예
요. 그러니 난 기준이 되는 중요한 인물이 되는 거죠. 옆에 있
는 친구도, 맨 뒷자리에 앉은 친구도 중심에 앉아 있어요."

그렇게 시작된 수업은 아이들마다 색지 한 장 가득 자신의
크고 작은 꿈들로 빼곡히 채워졌다. 미래가 현재로 이어 붙는
멋진 순간이었다.

어떤 일을 시작할 때는 대부분 그렇지만 특히 이번 문학수
업은 나를 인정하고 북돋워주는 일에서부터 시작되어야 했
다. 아이들이 잠시 입시에 대한 불안을 가라앉히고, 잠깐 놀
거나 휴식을 취해도 괜찮다고, 그렇게 한다고 아무 문제가 생
기지 않는다고, 잠시 상념에 빠져들어도 괜찮다고, 또 누구보
다 잘하거나 못한 존재가 아니라고...이렇게 당연한 사실을
받아들이도록 설득하는 일은 종종 이루어져야 했다.

"선생님, 글을 너무 못써서 보여주기가 창피해요"

"저두요...저두 잘 못쓰겠어요"

"아니야, 괜찮아! 너만의 방식으로 너의 이야기를 쓰면 되
는 거야, 지금 네가 쓰는 글은 평생에 딱 이 순간밖에 쓸 수

없는 거잖니. 아무리 훌륭한 작가라도 생각을 대신해 줄 순 없으니 너의 글은 너무나 소중해! 편안하게 하고 싶은 말을 맘껏 즐기면 돼, 그렇게 하다보면 더 잘 표현하게 될 거야"

　이후 우리의 놀이는 더욱 본격화 되었다. 혼자 하던 놀이에서 여럿이 함께하는 놀이가 시도되었다. 책상을 가운데 두고 세 개의 그룹이 둥그렇게 모여 앉았다. 오늘의 주제는 '관계'다. 이 주제로 희곡을 써보고, 가능하다면 연극까지 해볼 참이다.

　실타래, 조약돌, 나무토막, 감자 몇 개, 밤톨 몇 개, 못, 양초, 털실방울, 단풍잎, 모과 등 의 재료들이 책상 위에 가득 놓였다. 등장인물의 성격을 구상할 재들이다.

　"이 중에 몇 개를 선택해 개성 있는 등장인물을 구상해 보세요"

　아이들의 토론은 신이 났다.

　"애들아 이 감자는 싹이 나서 파래졌으니까 마음에 독기를 품은 캐릭터로 만들면 어떨까?"

　희원이가 감자를 집어 들며 말했다.

　"좋아! 난 구운 감자를 좋아하니까…이름은 '구운자' !"

　"헐~ 하하하하…. 킥킥킥…" 상용이의 작명에 교실은 한바탕 웃음이 터졌다.

　그래서 주인공이 된 감자캐릭터 '구운자'는 겉은 부드럽고 따뜻해서 인간애가 넘치지만 어떤 사건을 만나 독을 품고 변화하는 인물로 변신했다.

"그럼 이 실타래는 어떻게 할까?"

"음...뭔가 섬세한 이미지가 있어. 올올이 풀어지기도 하고, 뜨개질을 하면 다른 무엇으로 변신할 수도 있잖아...여성 캐릭터로 적당할 것 같은데..."

채현이가 거들었다.

"그래 좋아, 이름은... '실애리!', 능력 있고 섬세한 인물로 표현해보자"

그렇게 해서 밤톨은 겉은 멀쩡한데 속이 썩었다는 '정교방'으로, 조약돌은 언제나 변함없이 순정을 바치는 '순정남'으로 거듭 태어났다. 이렇게 선정한 네 명의 등장인물들로 어떤 이야기가 엮어질지 사뭇 궁금해졌다.

소희와 초이, 성민이와 은영이가 함께한 자리에서도 열띤 토론 끝에 이야기가 시작되고 있었다. 빨강과 초록 양초는 '양초원'이라는 이름으로 부부가 되었고, 못은 철이 없는 아들로 태어났다. 맨질맨질한 검은 조약돌은 오랜 수련 끝에 결국 주지스님이 되었다고 전해진단다.

교연이와 경헌이, 다미가 함께한 조에서는 화려한 단풍잎이 가장 중심인물이 되었고, 가위로 털실방울을 잘라 붙이는가 하면, 향기 있는 캐릭터 모과를 발탁해오기도 했다.

아이들의 목소리가 커지고 여기저기서 웃음소리가 들려온

다. 한편의 이야기를 만들기 위해 어떤 의견은 반영되었고 또 어떤 것은 기꺼이 양보되었다. 한 사람의 이야기가 아니라 한 모듬의 이야기가 만들어지고 있었다. 아이들이 한층 더 친해졌고, 이야기도 재미를 더해갔다.

이렇게 진행된 아이들의 상상은 점점 더 빛이 났다. 성민이는 〈나도 별처럼〉이란 동화에서 밤마다 청소부가 된 별들이 내려와 세상을 깨끗하게 만들었는데, 요즘엔 하늘에 별이 사라져 세상이 어지러워졌다고 했다. 은영이의 동화 〈카멜레온〉에서는 '카멜레온' 이라는 희귀병을 안고 태어난 아이가 살인범을 만나자 몸 색깔이 급격히 변하는 바람에 범인을 잡아내는 역할을 해냈다는 기발한 이야기를 풀어냈다. 바로 옆 교실에서 진행된 서현이의 동화 〈구름 상인〉은 당장 동화책으로 만들어내도 좋을 만큼 빛났다.

프로그램의 후반부에 배치된 프로젝트 수업은 교사로서 특별히 따로 해야 할 일이 필요 없을 만큼 수월해졌다. 그냥 아이들과 함께 어울리기만 하면 되었다. 아이들은 스스로 중심이 되어 자기주변의 이곳저곳의 사진을 찍어 꺼내 놓았고, 그 사진들은 꿈 많은 아이들의 상상놀이가 되어 동화로 다시 태어났다. 그동안 쓴 글을 한데 모아서 '마석문학'이란 제목의 문집을 만들어내기도 했다.

이제 글을 쓰는 것이 정말 놀이가 되어 있었다. 자꾸자꾸 이야기를 풀어내고 싶은 시동이 걸렸다. 소설을 써보고 있다는 메일이 왔다. 수업은 끝났는데, 아이들 마음속에 살아있는 캐릭터들이 자꾸 말을 붙여오기 시작했다. 문학은 아이들에게서 이렇게 살아나고 있는 중이다. 문학이 놀이로 태어나 우리에게 가져다 준 큰 선물이다.

모두에게 감사하다!

예술강사

김문경 선생님	능동고등학교 A반	장보민 선생님	용인고등학교 A반
이진하 선생님	능동고등학교 B반	김하늬 선생님	용인고등학교 B반
구지원 선생님	대진고등학교 A반	이진하 선생님	은행고등학교 A반
임광민 선생님	대진고등학교 B반	조윤희 선생님	은행고등학교 B반
임광민 선생님	동탄고등학교	이영숙 선생님	이포고등학교
정정희 선생님	마석고등학교 A반	서상영 선생님	장안고등학교 A반
서상영 선생님	마석고등학교 B반	이소연 선생님	장안고등학교 B반
김기성 선생님	문산여자고등학교 A반	김문경 선생님	창현고등학교
조윤희 선생님	문산여자고등학교 B반	윤동희 선생님	포곡고등학교 A반
장수라 선생님	문산제일고등학교	김하늬 선생님	포곡고등학교 B반
이영숙 선생님	삼괴고등학교	이소연 선생님	호평고등학교
장보민 선생님	세경고등학교 A반	김문경 선생님	효명고등학교 A반
김순옥 선생님	세경고등학교 B반	임광민 선생님	효명고등학교 B반

나는 고양이가 되기로 했다

2013년 3월 20일 초판 1쇄 찍음
2013년 3월 25일 초판 1쇄 펴냄

지은이 강혜인 외
펴낸이 방재석
편집 정수인, 박신영, 이윤정
펴낸곳 도서출판 아시아
등록 2006년 1월 31일
등록번호 제319-2006-4호
종이 화인페이퍼
인쇄 한영문화사

전화 02-821-5055
팩스 02-821-5057
주소 서울시 동작구 흑석동 100-16
이메일 bookasia@hanmail.net
홈페이지 www.bookasia.org

ISBN 978-89-94006-61-1 43800
* 값은 뒤표지에 표시되어 있습니다.